BARBARA KROHN

Was im Dunkeln bleibt

Buch

In den Ausgrabungsstätten von Pompeji wird die Leiche einer schwarzen Frau gefunden. Vermutlich stammt sie aus Afrika, aber ihre Identität liegt völlig im Dunkeln. Beinahe zeitgleich verschwindet im pompejianischen Lupanar, dem Freudenhaus der Antike, ein Fresko erotischen Inhalts. Gibt es einen Zusammenhang zwischen den beiden Fällen? Sind die Täter im Umfeld des Kunstraubs zu suchen oder unter dem Wachpersonal? War die Frau eine Prostituierte? Widerwillig beginnt Commissario Gennaro Gentilini zu recherchieren. Dieser neue Mordfall passt ihm gar nicht, denn seine neue Liebe – die Hamburger Journalistin Sonja Zorn – ist soeben in Neapel eingetroffen. Die heißersehnte gemeinsame Zeit wird von den Ermittlungen empfindlich gestört – und stellt ihre Beziehung auf eine erste Probe. Sonja macht aus der Not eine Tugend: Auf eigene Faust versucht sie, mehr über die rätselhafte Tote herauszufinden. Bei einem Empfang im deutschen Konsulat knüpft sie Kontakte, die sich bald als hintergründiger erweisen als geahnt …

Autorin

Barbara Krohn wurde 1957 in Hamburg geboren. Auf ihr Germanistik- und Italianistik-Studium folgte ein vierjähriger Auslandsaufenthalt als Lektorin an der Universität Neapel. Seit 1992 lebt Barbara Krohn mit ihrem Mann und zwei Kindern in Regensburg. Ihre ersten beiden Spannungsromane »Der Tote unter der Piazza« (1998) und »Weg vom Fenster« (1999) wurden für den Friedrich-Glauser-Preis nominiert. Ihr dritter, 2002 erschienener Kriminalroman »Rosas Rückkehr« wurde unter dem Titel »Der Tote am Strand« fürs ZDF verfilmt. Der Reigenerzählung »Die Liebe der anderen« (2003) folgte im Frühjahr 2004 ein Lyrikband mit dem Titel »Orte der Liebe«. Im Jahr 2002 erhielt Barbara Krohn den Kulturförderpreis der Stadt Regensburg. Die Autorin unterrichtet Kreatives Schreiben und hat zahlreiche Romane aus dem Italienischen übersetzt. Nach »Die Toten von Santa Lucia« ist »Das verbotene Zimmer« der zweite Roman um ihr neues Ermittlerpaar Sonja Zorn und Gennaro Gentilini.

Von Barbara Krohn außerdem als Goldmann-Taschenbuch lieferbar:

Die Toten von Santa Lucia. Roman (46177)

Barbara Krohn

Was im Dunkeln bleibt

Ein Neapel-Krimi

GOLDMANN

FSC
Mix
Produktgruppe aus vorbildlich bewirtschafteten Wäldern und anderen kontrollierten Herkünften

Zert.-Nr. SGS-COC-1940
www.fsc.org
© 1996 Forest Stewardship Council

Verlagsgruppe Random House FSC-DEU-0100
Das für dieses Buch verwendete FSC-zertifizierte Papier *München Super* liefert Mochenwangen.

1. Auflage
Originalausgabe Oktober 2007

Umschlaggestaltung: Design Team München
Umschlagfoto: Bildagentur Huber
Lektorat: Julia Eisele
KvD · Herstellung: Str.
Satz: DTP Service Apel, Hannover
Druck und Bindung: GGP Media GmbH, Pößneck
Printed in Germany
ISBN: 978-3-442-46453-1

www.goldmann-verlag.de

Luca, Leon und Gerd gewidmet.

Diese Augen! Sie haben alles gesehen.
Alles.
Von Anfang an.

I

Es gab nur die Gegenwart, hier und jetzt, im halb abgedunkelten Schlafzimmer, nackte Gegenwart, die neben ihm lag. Ihr Atem ging ruhig und regelmäßig, ihr Mund war leicht geöffnet, die Haare fielen wirr aufs Laken, auf die braungebrannte Schulter. Sie hatte sich auf die Seite gedreht, ein Bein angewinkelt. Es zeigte in seine Richtung, es meinte ihn.

Gennaro Gentilini war glücklich. Er hatte Sonja morgens um kurz nach zehn vom Flughafen abgeholt. Bevor sie sich in seine Wohnung zurückzogen, waren sie auf Sonjas Wunsch in einer kleinen Bar in den Quartieri Spagnoli eingekehrt, um ihre Ankunft zu feiern: mit einem frischen Cornetto und einem *caffè*, mit Blick auf die engen Gassen, den Gemüsestand an der Ecke, im Ohr die Geräusche des neapolitanischen Alltags, Vespagelärme, die gutturalen Rufe der Händler. Um bei einem Glas Prosecco den Übergang leichter zu machen, den Übergang zwischen dem Norden und dem Süden in ihnen. Zwischen Sehnsucht und Wunscherfüllung, stundenlangen Telefonaten und dem Wiedersehen, Auge in Auge. Zwischen dem quirligen, alle Sinne beanspruchenden Leben draußen und der Stille drinnen, in seiner Wohnung. Wo es nur noch sie beide gab. Sie beide, Haut an Haut, ihren Atem, ihr Verlangen, gesprenkelt von Momenten der Fremdheit.

Ja, er war glücklich. Er lag auf dem Bett, die Arme unter dem Kopf verschränkt. Ihm fehlte nichts. Nicht einmal die Zigarette, die er früher in dieser Situation geraucht hätte. Er hatte keinen Termin. Er war entspannt. Er würde nicht plötzlich wie von der Tarantel gestochen aufspringen, um ins Wohnzimmer zu laufen und schnell eine überfällige Mail zu schreiben. Er würde nicht einmal im Geiste die Stichpunkte für den längst fälligen Halbjahresbericht notieren, den der Polizeipräsident wieder einmal ihm aufs Auge gedrückt hatte.

»Sie machen das einfach am besten, Gentilini, und im August ist doch sonst nichts los. Wenn sogar das organisierte Verbrechen Ferien macht, hahaha!«, klang ihm Dottore Paganos Stimme noch in den Ohren.

Gentilini hatte es nichts ausgemacht, zu den wenigen Kollegen zu gehören, die der Questura im August ein wenig Leben einhauchten. Er hatte die Ruhe im Büro und in der Stadt genossen, abends lange auf der Terrasse gesessen, Musik gehört, gelesen, mit Sonja telefoniert. Den Bericht hatte er nicht geschrieben. Er hatte eine Art Allergie gegen das Schreiben von Berichten. Außerdem gab es auch sonst genug zu erledigen. Alles, was in den restlichen elf Monaten des Jahres liegen blieb. Typisch Pagano, so zu tun, als wäre der Kriminalerjob im August eine Art Heilkur. Als würden die übrig gebliebenen Kollegen eine ganz ruhige Kugel schieben und in den Gängen des Polizeipräsidiums Boccia spielen. Oder pokern, auf wie durch einen Zauber leergefegten Schreibtischen.

Gleich nach Ferragosto, als sein Freund und Kollege Stefano di Maio, Vater von fünf Kindern, vom Strandurlaub in Kalabrien zurückkam, war Gentilini zehn Tage mit seinen Kindern nach Sardinien gefahren. Giorgio hatte sich im Internet einen Tauchkurs ausgesucht, der extrem teuer war, aber Gentilini war froh gewesen, dass sein vierzehnjähriger Sohn, seit ein paar Monaten fest in den Klauen der Pubertät, überhaupt die Initiative zu irgendetwas ergriff.

Also hatte er sich überreden lassen und sich ebenfalls in einen engen Taucheranzug gezwängt. Hatte Erinnerungen an missglückte Schnorchelversuche in der eigenen Kindheit, an den Gummigeschmack im Mund und die Angst zu ertrinken verdrängt. Was tat man nicht alles für seinen Sohn. Für eine positive Bilanz der Vater-Sohn-Erlebnisse.

Es war überwältigend gewesen. Nicht die Enge, sondern die so völlig andere Welt unter Wasser. Die gedämpften, gluckernden Geräusche, die wie in Zeitlupe zu den Strömungen des Wassers tanzenden bizarren Unterwasserpflanzen, die schwarzen Seeigel auf den Felsen, die dunkelroten Seeanemonen. Die Fische, die vereinzelt und in Schwärmen vorbeizogen, bunt, leuchtend oder ganz unscheinbar, lang, dick, winzig klein, wie sie in scheinbarer Ruhe vor sich hin schwammen, dann mit jähen, unvorhersehbaren Bewegungen davonschossen. Kein Lärm, niemand, der einen vollquatschte.

Durch das Tauchen war zwischen Giorgio und ihm eine neue Gemeinsamkeit entstanden, die Gentilini froh machte. Wehmütig dachte er daran, dass gleichzeitig die Kluft zu Isabella größer geworden war. Sie hatte von Anfang an nicht mit Vater und Bruder verreisen wollen, sondern mit fünf Mädchen aus ihrer Clique. Gentilini hätte nichts einzuwenden gehabt, aber seine Exfrau Rosaria war strikt dagegen gewesen. Isabella sei erst sechzehn, und Gennaro solle ja nicht glauben, dass er sich drücken könne. Wovor? Vor seiner Verantwortung. Vor dem zehn Tage lang beleidigten, gequälten Gesicht seiner Tochter. Die Nummer hatte sie, zumindest in seiner Gegenwart, konsequent durchgezogen, das musste er ihr lassen. Aber einmal hatte er sie im Vorbeigehen in einer Eisdiele gesehen, in Gesellschaft anderer Jugendlicher, ausgelassen und bester Stimmung – das hatte ihn mächtig beruhigt.

Jetzt war der August vorbei und alle vorübergehenden

Meeres- und Strandbewohner zurückgekehrt in die Stadt. Und wie auf Termin hatte sich auch das organisierte Verbrechen aus der Sommerpause zurückgemeldet – mit einer Autobombe und einer Schießerei in Secondigliano. Vier Tote. Dazu kam die Frauenleiche, die vorgestern in einer Bucht in Trentaremi angespült worden war, vermutlich ein Flüchtling aus Afrika, eine der vielen unglücklichen Seelen, die über den Seeweg versuchten nach Europa zu gelangen.

Gentilini wollte nicht darüber nachdenken. Nicht jetzt. Jetzt war hier und heute. Jetzt *ist* Sonja, dachte er in stiller Übereinkunft mit dem Glück der letzten Stunden.

Sonja ... Dieses Wort hatte nicht nur einen besonderen Klang, sondern auch einen Körper und eine Seele, es war ein Wort mit Flügeln und einer Geschichte, von der er nur einen winzigen Ausschnitt kannte, ein Wort aus einem Land, in das er noch nie einen Fuß gesetzt hatte. Aber das konnte ja noch kommen. Sonnnn-jaa ... Er versuchte ihren Namen in Gedanken so auszusprechen, wie sie es in ihrer Sprache tat. »Doch nicht wie eine Tochtergesellschaft von Sony«, hatte sie am Anfang ihrer Bekanntschaft protestiert. »Zuerst *Sonne* mit zwei *n*, Sonne heißt *sole*, und danach *ja*, also *sì*, und nicht *I-Ah* wie der Esel!«

Ihr Haar war gewachsen, seit er sie das letzte Mal so betrachtet hatte. Das war auf den Tag genau sechs Wochen her, aber es kam ihm vor wie Monate, ach was, Jahre – und zugleich schien nicht einmal eine Sekunde vergangen zu sein, so selbstverständlich war Sonjas Gegenwart. Sie lag neben ihm auf dem Bett, als wäre sie nie fort gewesen. Ihr Haar war das Indiz für die Zeit, die er ohne sie verbracht hatte. Zwei bis drei Zentimeter, schätzte er und folgte dabei mit den Augen einer dunklen Strähne, die quer über ihrem Gesicht lag.

Gegenwart: Er brauchte nur den Arm auszustrecken und

mit dem Finger über Sonjas Haut zu streichen, sonnengebräunte Haut auf einem weißen Laken, doch etwas hielt ihn zurück, vielleicht die Vorfreude, die man immer noch ein paar Augenblicke länger auskosten konnte, vielleicht ihr Körper, der so uneingeschränkt dem Schlaf hingegeben dalag, samtig, selbstvergessen, dass es ihm wie ein Akt der Gewalt vorgekommen wäre, jetzt zuzugreifen und sie aus diesem Zustand zu vertreiben.

Er hatte frei. Heute, morgen und übermorgen auch. Drei Tage große Freiheit.

Seit der Scheidung von Rosaria hatte Gentilini sich nicht mehr mit einer Frau eingelassen. Er konnte nicht oder wollte nicht, was auf dasselbe hinauslief. Alle Versuche seiner Freunde, ihn auf plumpe oder subtile Weise zu verkuppeln, waren schon im Vorfeld gescheitert. Die Frauen, die sie ihm bei allen möglichen Gelegenheiten vorgestellt hatten, waren alle irgendwie okay gewesen, hübsch, attraktiv, nett, sympathisch, klug, interessant, manchmal etwas schrill, manchmal etwas dominant oder eine Spur zu eindeutig auf der Suche nach einem Mann. Was er ihnen nicht zum Vorwurf machte. Dass es nicht gefunkt hatte, lag nicht an den Frauen, sondern an ihm selbst, dessen war er sich bewusst. Frauen hatten ihn über einen längeren Zeitraum ganz einfach nicht interessiert. Sendepause. Auszeit. Ersatzlos gestrichen. Eine Phase, die ihn viel weniger beunruhigt hatte als seine unmittelbare Umgebung.

»Du hast eine Wahrnehmungsstörung«, hatte Stefano di Maio diagnostiziert und Gentilini unermüdlich mit Frauen zusammenzubringen versucht, zumeist Freundinnen seiner Frau Stefania. »Was sagst du zu der von gestern Abend?«

»Ja, sie war ganz nett«, hatte Gentilini gemurmelt und sich nicht einmal daran erinnert, wie die Frau aussah. War es die Blonde oder die Brünette gewesen? Die kleine Mollige oder die sportliche Schlanke?

»Ganz nett?«, schrie daraufhin Stefano, als ginge es um seine eigene Schwester, als habe Gentilini den Ehrenkodex der Familie verletzt. »Die war nun wirklich top. *Bellissima! Intelligente! Sexy! Un amore!* Wo zum Teufel hast du deine Augen?!«

»Man muss sich doch nicht gleich in jede nette Frau verlieben ...«

»Verlieben, wer redet denn von verlieben?? Dann eben nicht, du Blindgänger, du Kostverächter ... Was ist nur los mit deinem Schwanz, Mann?«

»Was soll damit los sein?«, hatte Gentilini nur geknurrt. Er mochte zwar vorübergehend gegen weibliche Reize unempfindlich sein, aber das hieß noch lange nicht, dass er zum geschlechtslosen Neutrum mutiert war.

»*Ma, che ne so ...* Was weiß ich ...? Also, ich an deiner Stelle hätte sie noch am selben Abend ...«

»Bitte sehr, nur zu, ich steh dir nicht im Weg!«

»*Basta, Gennaro!* Krieg endlich deinen Arsch hoch, geh zu einem Psychologen, und lass dir diese Eiterbeule von gescheiterter Ehe aufbohren. Das stinkt doch zum Himmel! Ein Mann wie du, nicht einmal unansehnlich, in den besten Jahren! Die muss doch irgendwohin, deine Manneskraft! Das ist doch die reinste Vergeudung!!«

So durfte nur einer mit ihm reden, und dieser eine war sein Freund und Kollege Stefano, was nicht bedeutete, dass Stefano Recht hatte. Gentilini kam sich nicht vor wie ein Mann, der nach einer gescheiterten Ehe verstärkt Wundpflege oder Seelenbalsamierung betreiben musste. Er war nicht verstört, gekränkt, über alle Maßen verletzt oder vor den Kopf gestoßen. Nein, er und Rosaria hatten sich schon lange vor ihrer Trennung auseinandergelebt. Die Wahrheit war, dass sie nie wirklich zusammengepasst hatten. Das war alles. Sie hatten zwar beide ziemlich lange gebraucht, um das zu kapieren, aber andere Leute brauchten dazu ein ganzes Leben. Dass Rosaria die Wut auf ihn immer noch auf kleiner Flamme hielt, dafür konnte er nun wirklich nichts. Er hatte nichts gegen sie. Es brachte ihn nur auf, wenn sie die Wochenenden mit den Kindern zu hintertreiben versuchte. Oder wenn er mitbekam, dass sie ihn vor den Kindern schlechtmachte. Aber es hatte ihn überhaupt nicht gestört, dass sie bald nach der Trennung wieder geheiratet hatte. Im Gegenteil!

Wahrnehmungsstörung, so ein Quatsch! Er hatte in dieser frauenlosen Phase nichts gegen Frauen gehabt. Er sah und hörte, was die anderen Männer auch sahen und hörten, aber es löste nichts in ihm aus. Kein Verlangen. Keinen Funkenflug. Nirgendwo hockte auf irgendeinem Mauervorsprung ein Amor mit gespanntem Bogen. Auch kein Eros. Nichts. Gentilini hatte eine Zeitlang schlicht und überhaupt nicht ergreifend in einer Art totem Winkel verbracht. Und in diesem toten Winkel passierten nun mal keine aufregenden Dinge. Nicht einmal aufregende Gedanken, geschweige denn Phantasien erotischer oder sexueller Natur.

Was in dieser liebesarmen Zeit alles *nicht* passiert war, wurde Gentilini erst klar, als die Vorsehung oder der Zufall in Gestalt seines deutschen Kollegen Lion Lichtenberg, den er vor Jahren auf einer Fortbildung in den USA kennengelernt hatte, ihm diese Frau geschickt hatte. Auf einen Schlag hatte sich alles verändert. Plötzlich war es wieder da, das Vibrieren im ganzen Körper, dieses Kribbeln unter der Haut, dieses Pulsieren von Verlangen. Herzklopfen bei jedem Gedanken an Sonja. Sie hatte ihn aus dem Schattendasein des toten Winkels hervorgelockt. Es war ganz einfach passiert und hatte Gentilini komplett überrumpelt.

Das war im Mai gewesen. Mitte Juni war Sonja nach Hamburg zurückgeflogen. Ende Juli hatten sie sich für ein verlängertes Wochenende am Gardasee getroffen, eine Begegnung zwischen den Welten, quasi auf halber Strecke zwischen Hamburg und Neapel.

Diesmal würde Sonja länger bleiben. Ein paar Wochen.

»Mal sehen, wie es läuft«, hatte sie gesagt.

»Wie was läuft?«

»Mit Neapel. Mit uns.«

»Natürlich gut«, hatte er sorglos erwidert.

Aber er wusste, dass es keine Garantie darauf gab. Er selbst hatte eine langjährige, gescheiterte Ehe hinter sich. Sonja hatte in ihrem Leben offenbar viele wechselnde Beziehungen gehabt und ansonsten ihre Tochter großgezogen. Sie mussten behutsam sein. Behutsam und draufgängerisch zugleich. Die gemeinsamen Momente auskosten. Nichts überstürzen und doch alles wagen.

Er beugte sich zu ihr hinüber, strich ganz sacht mit den Fingerkuppen über ihre nackte Schulter. Dabei fragte er sich, an welchem Strand, auf welcher Wiese, welchem Balkon und überhaupt unter welchen Umständen Sonja so braun geworden war. Jedenfalls nicht in seiner Gegenwart. Es gab ihm einen Stich. Er war, verdammt noch mal, eifersüchtig auf die Zeit ohne sie. Auf jede einzelne Minute.

Er küsste sie auf den Hals. Er spürte, wie ihre Haut reagierte, Härchen sich aufstellten. Ein kaum wahrnehmbarer Gegendruck. Er richtete sich auf und sah sie unverwandt an. Er wartete. Er fragte sich, ob sie seinen Blick spürte, durch die geschlossenen Augen hindurch. Als hätte sie seine Frage gehört, begann sie zu lächeln, schlug die Augen auf und erwiderte seinen Blick.

»Ich habe dich vermisst.«

»Ich dich auch«, murmelte sie.

Behutsam und draufgängerisch. Nichts überstürzen und alles wagen.

Dann passierte das, was Gentilini aus tiefster Seele hasste. Was ihm schon Dutzende Kinobesuche und diverse Kinderwochenenden vermasselt hatte: Sein Diensthandy begann zu plärren. Hysterisch. Lustfeindlich. Unerbittlich.

Es klang nach einem Ernstfall, und dieser Ernstfall, das wusste Gentilini schon, bevor er nach einem kurzen Blick auf die Uhr – es war kurz vor zwei – abnahm, würde diesen ersten gemeinsamen Tag mit Sonja in Stücke reißen wie ein hungriger Wolf.

Er begann zu fluchen. Er setzte alles an unflätigen Sprüchen, Beleidigungen und Hurensohnvarianten ein, was ihm in diesem Moment in den Sinn kam. Aber er wusste, es würde nichts nützen.

2

Typisch Mann, dachte Sonja nachsichtig. Beim sexuellen Stelldichein gestört zu werden, war für das andere Geschlecht schon immer Anlass zu empfindlichsten Reaktionen gewesen, vom Ausbruch heftiger Schlechte-Laune-Lava bis hin zum kompletten Rückzug in die männliche Einigelei. Das war nichts Neues. Was die Fixierung auf sexuelle Befriedigung anging, waren Frauen doch wesentlich flexibler. Seit Anbeginn der Geschichte waren sie keineswegs mit Orgasmen verwöhnt worden. Einer mehr oder weniger fiel nicht groß ins Gewicht. Auch auf diesem Gebiet galt: Nicht die Masse war entscheidend, sondern die Intensität, nicht das Ergebnis, sondern der Weg …

»Das Leben ist ungerecht«, knurrte Gentilini, als sie an

der Ausfahrt Pompeji Scavi auf die Zahlstation zurollten. Seine gesamte körperliche Präsenz signalisierte Verstimmung, Anspannung.

So hatte Sonja ihn bisher noch nicht erlebt. Es befremdete sie jedoch nicht. Ihr gefiel einfach alles an Gentilini, na ja, fast alles, aber in diesem *fast alles* waren höchstens Winzigkeiten nicht inbegriffen. Sie hätte sie nicht einmal konkret benennen können.

Sie bedachte ihn mit einem liebevollen und spöttischen Seitenblick.

»Du hast noch gar nicht gesungen, Gennaro. Singen beruhigt. Ich zitiere einen berühmten neapolitanischen Kommissar. Du kennst ihn nicht zufällig?«

»Die Jukebox ist heute außer Betrieb.«

Ihm auf dem Höhepunkt seiner Lust eine Leiche vorzusetzen! Das war zweifelsohne ein Akt von ausgefeiltem Sadismus. Gentilini fühlte sich gleichzeitig gequält und angestachelt, seine Peiniger zu vernichten.

Als da waren: an erster Stelle der Überbringer der schlechten Botschaft via Telefon, Ispettore Nicola Cava. Dessen aufgeregtes Plappern sich auf unangenehmste Weise unter das hitzig-erregte Geschehen gemischt und die ineinander verknäulten Körper voneinander getrennt hatte. Zwei Jahre zwangsweise Enthaltsamkeit wäre die Mindeststrafe. Plus drei Monate Praktikum beim Leichenschnippeln, phantasierte Gentilini.

Dabei standen er und Cava neuerdings gar nicht mehr auf Kriegsfuß, im Gegenteil, sie hatten sich beide um ein besseres Einvernehmen bemüht: Cava, indem er, offenbar nicht nur in Gentilinis Gegenwart, weniger derbe Sprüche klopfte als früher, und der Commissario durch Verzicht auf arrogante Kommentare. Cava war es sogar gewesen, der Gentilini trotz ausverkauftem Haus die beiden Karten für das Cecilia-Bartoli-Konzert in Pompeji besorgt hatte – auf welchem Wege er solche kleinen Wunder immer wieder zustande brachte, wollten seine Kollegen lieber nicht allzu genau erforschen. Wissen machte nicht immer und in jedem Fall glücklich.

Klar, Nicola Cava konnte im Grunde nichts für die heutige Störung. Aber mit einem Untergebenen vor Augen tobte es sich lustvoller. Der Urheber der Verstimmung war eigentlich Stefano, der Gennaro hoch und heilig versprochen hatte, ihn in den Tagen nach Sonjas Ankunft zu vertreten. Ihn ausschließlich dann anzurufen, wenn es wirklich brannte. Wenn Gentilini richtig verstanden hatte, war Stefano jedoch letzte Nacht ins Krankenhaus eingeliefert worden, und man konnte nur hoffen, dass es nichts Schlimmes war. Also hatte Cava entscheiden müssen, was zu tun war, und den Commissario angerufen …

Drei Personen erwarteten sie an einem Nebeneingang der Ausgrabungsstätte, im schmalen Schattenwurf der Pinien. Cava redete gerade auf seine unangenehm intensive Art auf eine jüngere Frau ein, die, wie sich herausstellte, für die Presse- und Öffentlichkeitsarbeit der Stätte zuständig war. Vielleicht versuchte er bei ihr Freikarten für das nächste Open-Air-Konzert in Pompeji lockerzumachen, um sie dann im Präsidium meistbietend zu verschachern, dachte Gentilini. Währenddessen blaffte der Museumsdirektor, Vittorio Almirante, irgendetwas Barsches in sein Mobiltelefon. Als er den Commissario mitsamt Begleitung auf sich zukommen sah, warf er einen unmissverständlichen Blick auf seine Rolex, der Gentilini nicht entging.

Er kannte das. Leute in dieser Position hatten entweder alle Zeit der Welt oder waren furchtbar in Eile. Es kam immer darauf an, worum es ging. Und vor allem um, wen.

In diesem Fall ging es um eine schwarze Frau, wahrscheinlich eine Illegale aus Afrika. Damit war zumindest klar, dass nicht die Gattin irgendeines weltbewegenden italienischen Politikers ermordet worden war.

Vielleicht war damit für den Direktor eine Viertelstunde Aufmerksamkeit bereits eine halbe Stunde zu viel. Hätte sie nicht irgendwo am Straßenrand liegen können wie letzte Woche die Nigerianerin an der Ausfallstraße von Casoria? Aber nein, ausgerechnet in den Ruinen von Pompeji. Da musste selbst Direktor Almirante eine vergleichsweise größere Portion seiner knapp bemessenen Zeit opfern.

»Es befinden sich Tausende von Touristen auf dem Gelände. Jedes Aufsehen ist unbedingt zu vermeiden!«, schnarrte er statt einer Begrüßung.

Man sieht es immer an den Augen, dachte Sonja. Er kann so überlegen tun, wie er will, aber seine Augen verraten ihn. Er ist aufgewühlt, er hat Angst, sein pompejanisches Reich könnte in Unordnung geraten und schlimmer noch: in die Schlagzeilen. Da ist versteckte Panik, unterfüttert mit dem dringlichen Wunsch, schnell auf einen Knopf drücken zu können – der Vorhang schließt sich wieder und macht alles ungeschehen …

Eine Leiche in Pompeji, das war ungeheuerlich, zumal es keine antike Leiche war, auf die sich Wissenschaftler und Medien voller Neugier und Forscherdrang stürzen würden. Keine archäologische Sensation wie vor Jahren der Ötzi. Einfach nur ein toter Gegenwartsmensch. Noch dazu vom Schwarzen Kontinent. So jemand machte Arbeit und vor allem Ärger. So jemand wirbelte nur unnötig Staub auf, noch bevor er selbst zu Staub geworden war.

»Wir werden sehen, was sich machen lässt«, erwiderte Gentilini. Was er nicht aussprach, aber jeder hören konnte, der solche Frequenzen wahrnahm, lautete in etwa: *Bei den Ermittlungen entscheide immer noch ich, was wann wie passiert – und auf indirekte Befehle reagiere ich von Haus aus allergisch.*

»Als ich von diesem höchst unerfreulichen ... äh ... Fund informiert wurde, habe ich mich sofort mit Dottore Pagano in Verbindung gesetzt. Er sagte mir die größtmögliche Diskretion zu. Und dass er seine allerbesten Leute schicken würde ...«

Mit diesen Worten warf der Direktor Gentilini und Sonja ein ausgedünntes Lächeln zu, das besagen mochte: *Wehe, wenn Sie Ihre Sache nicht besser als gut machen ...* Soviel, um klarzustellen, wer am längeren Hebel saß.

Abwarten, dachte Gentilini unbestimmt lächelnd. Er nickte Cava zu, stellte Sonja vor und fügte mit Seitenblick auf die Pressefrau hinzu: »*Una collega tedesca* ...«

Kollegin aus Deutschland – so gesehen war das nicht einmal gelogen. Pressekollegin mit Schwerpunkt *Schöner Wohnen* und *Toller Leben* und *Cooler Sterben*, dachte Sonja, die den Schlagabtausch zwischen den zwei süditalienischen Platzhirschen amüsiert verfolgt hatte.

Almirantes Blick sprang hektisch zwischen Sonja und Gentilini hin und her. Da war irgendetwas, das sich ihm entzog. Europol? Sein Blick streifte Elena Milo, die keine Miene verzog, und kehrte dann zum Commissario zurück.

»Soll das heißen, hier liegt ein internationales Verbrechen vor?«

Gentilini überlegte eine Sekunde lang. Er würde einen Teufel tun und das Missverständnis klarstellen. »Europäische Zusammenarbeit«, erklärte er ungerührt. »Ein Pilotprojekt der EU zwischen Deutschland und Italien.«

»Pilotprojekt. *Ma certo*. Natürlich.« Augenblicklich hatte Almirante sich und seine verirrten Blicke wieder eingefangen. Und damit sofortige Rückkehr zum Direktorenhabitus: »Das ist ja eine sehr begrüßenswerte Sache.«

»*La collega parla italiano*«, schob Gentilini entgegenkommend nach.

Cava wirkte beeindruckt, und Almirante schenkte Sonja ein gewinnendes Lächeln. Allerdings lächelte nur sein Mund, und von Gewinn war keine Rede. »*Benvenuta a Napoli.* Nur schade, dass es unter diesen Umständen …«

Sonjas Mund lächelte formvollendet zurück, als würde sie jemandem einen Korb geben, der sie noch gar nicht zum Tanzen aufgefordert hatte. »*Piacere.*«

»Das trifft sich aber gut!«, ließ sich in dem Moment die klare Stimme der Pressefrau vernehmen. »Sie kommen uns wie gerufen.«

Elena Milo hatte dunkle, kurze Haare, war ziemlich klein und wirkte auf den ersten Blick sehr jung, eher wie eine Ballettschülerin. Sie hielt sich kerzengerade und hatte einen wachen Blick.

»Zwei Ihrer Landsleute haben nämlich die Leiche entdeckt«, fuhr sie fort, »zwei deutsche Touristinnen. Sie haben einen Mann vom Wachdienst zu Hilfe geholt und …«

»Wo sind die Frauen jetzt?«, unterbrach Gentilini.

»Im Verwaltungsgebäude. Eine Sekretärin kümmert sich um sie. Die beiden sind ziemlich durcheinander. Kein Wunder. Leider versteht keiner, was sie sagen …«

»Natürlich haben wir deutsch sprechende Touristenführer hier, aber ich möchte so wenig Mitarbeiter wie möglich mit dieser Sache … äh … behelligen«, fiel der Direktor ihr ins Wort. »Sie können nachher mit den Damen sprechen«, sagte er zu Sonja gewandt.

So eine nett formulierte Bitte konnte man schlecht ablehnen. Sonja verkniff sich einen Kommentar. »*Certo.*«

»Wo ist der Wachmann?«, fragte Gentilini ungehalten.

»Er bewacht selbstverständlich die Leiche …«

»Und wo liegt sie?«

Cava machte eine Kopfbewegung in Richtung der Ausgrabungsstätte. »Irgendwo da in den Ruinen …«

3

Hinter dem mit Stacheldraht bewehrten Tor begann eine breite, mit riesigen Basaltsteinen gepflasterte Straße, die schnurgerade aus dem Schatten der Bäume herausführte – und in die im Jahre 79 untergegangene, von Lava verschüttete Stadt hinein, die seit Mitte des achtzehnten Jahrhunderts wieder ausgegraben wurde. Die Hitze hatte sich im Verlauf der Mittagsstunden immer weiter verdichtet. Die Sonne brannte gnadenlos auf mehr oder weniger intakte pompejanische Häuser herab, auf Mauerteile, Steinsockel, Steinquader, Steinbögen, als wollte sie den letzten Rest an organischem Leben austrocknen, ersticken, die Steine mit ihrer Glut verschweißen, bis nichts übrig blieb als Stein, Stein und Staub und Erde.

Eine Gruppe sonnenkäppibewehrter asiatischer Touristen tauchte aus einem Ruinengeviert auf, die meisten mit Kameras vor dem Bauch, und allen voran schritt ein nichtasiatischer Fremdenführer mit rotem Sonnenschirm. Sie überquerten die Straße und bogen in einen Säulengang ein, der laut einem Hinweisschild zu den Amphitheatern führte. Teatro Piccolo. Teatro Grande.

»Und – wie war das Konzert, Gennà?«, fragte Cava auf dem Weg zum Tatort.

»Was weiß denn ich?« Gentilini brummte, er habe den Abend leider im Büro zugebracht. Was der Wahrheit entsprach. Bis kurz vor Mitternacht hatte er in der menschenleeren Questura am Schreibtisch gesessen und so viel Papierkram wie möglich erledigt, damit er den Rücken frei hatte. Für Sonja.

»Wie jammerschade!«, klagte Cava. »Das ist doch nicht möglich! Überstunden, obwohl du Konzertkarten hattest, was für eine Verschwendung! Hat es sich denn wenigstens gelohnt? Gibt es neue Informationen zu der Wasserleiche von letzter Woche? Weiß man endlich, wer sie ist? Wo sie herkommt? Vielleicht gibt es da eine Verbindung ...?«

Ispettore Cava reihte gern eine größere Anzahl von Fragen oder Aussagen aneinander, als würde sich eine einzige gar nicht lohnen. Sein Gegenüber konnte sich aussuchen, worauf er antworten wollte.

Gentilini wollte in diesem Fall gar nicht. Er ärgerte sich ja selbst darüber, dass er das Konzert versäumt hatte.

»Was für ein Konzert?«, fragte Sonja.

»Ich hatte zwei Karten. Gestern Abend, hier im Teatro Grande. *L'opera proibita.* Cecilia Bartoli.« Er sagte nicht: für uns.

»Das wusste ich gar nicht.«

Hätte ja auch eine Überraschung sein sollen, dachte Gentilini verdrossen, sprach es aber nicht aus. Cava musste schließlich nicht mehr als nötig über sein Verhältnis zur deutschen *Kollegin* erfahren. »Hätte das etwas geändert?«, murmelte er kaum hörbar.

Sie zuckte die Achseln. Was sollte sie darauf sagen. Die Tage vor ihrer Abreise waren hektisch gewesen. In letzter Minute war dieser lukrative Auftrag für die *Cosmopolitan* eingetrudelt, ein Text über Wohnen in der Hafencity, das konnte man nicht ablehnen. Sie hatte den Flugtermin verschoben und fast zwei Tage und Nächte durchgearbeitet. Hätte Gentilini ihr von dem Konzert erzählt, hätte sie sich nur geärgert. Aber das tat sie jetzt auch, ein bisschen wenigstens: ein Freiluftkonzert in einer mediterranen Nacht, sternenklarer Himmel, laue Luft, im Halbrund eines echten antiken Amphitheaters, im Hintergrund echte Pinien, Bartolis unvergleichliches Spiel mit barocken Rezitativen …

Schweigend gingen sie weiter.

Cava musterte Sonja neugierig: eine Kripofrau aus Deutschland, die Italienisch konnte und auch noch ziemlich gut aussah … War der Commissario etwa so schlecht gelaunt, weil man ihm die deutsche Kollegin aufs Auge gedrückt hatte? Nun, Cava würde das im Blick behalten. Wenn Gentilini keine Lust hatte, würde *er* sich mit Freuden um sie kümmern.

Er begann ein Gespräch mit Sonja, stellte ihr ein paar Fragen aus dem üblichen Repertoire, das zwischen dem Einheimischen und der Fremden abgewickelt wurde, allerdings mit der gebotenen Vorsicht gegenüber einer *Kollegin*. Sie antwortete einsilbig und stellte keine Gegenfragen. Das Gespräch blieb irgendwann stecken.

Sie kreuzten die Via dell'Abbondanza, ließen die Terme Stabiane links liegen. Trotz der Hitze waren viele Touristen unterwegs. Einzeln, in kleineren und größeren Gruppen stapften sie, bewaffnet mit Tagesrucksäcken, Wasserflaschen, Sonnenhüten, zwischen den antiken Gemäuern umher. Die Sache war strapaziös, aber man nahm sie auf sich. Wortfetzen aus dem europäischen und slawischen Sprachraum schwirrten, vom mediterranen Klima gegeißelt, durch die Luft.

Irgendwann bog Direktor Almirante, der zusammen mit Elena Milo voranging, nach rechts ab. Via degli Augustali, las Sonja. Kurze Zeit später überquerten sie eine Gasse namens Vicolo di Tesmo. Und dann war eigentlich Schluss, jedenfalls für x-beliebige Pompeji-Touristen. Denn quer über die Straße war eine Eisenkette gespannt. Dieser Teil der Ausgrabungen war für Besucher gesperrt: *L'ingresso vietato*, besagte ein Schild. Zutritt verboten.

Darüber konnte man sich hinwegsetzen. Einfach über die Kette steigen. Auf bestimmte Leute, zu denen im Übrigen auch Sonja zählte, übten Verbotsschilder eine nicht zu unterschätzende Wirkung aus – die Herausforderung, eine Grenze zu überschreiten. Der natürliche Entdeckerdrang des Menschen kam hier zu seinem Recht. Der ganz spezielle Reiz des Verbotenen.

Verbote waren doch dazu da, missachtet zu werden – in Ruinengrundstücken zu stöbern, leerstehende Fabrikgebäude zu erkunden, über Zäune in fremdes Terrain zu klettern, die Kirschen aus Nachbars Garten zu stibitzen, Tempolimits zu ignorieren. Den eigenen Weg auf eigene Faust weiterzugehen und sich dabei nicht von einem banalen Bishierher-und-nicht-weiter-Schild abhalten zu lassen.

Eine kleine Regelverletzung? Das war es doch, was insbesondere dem Urlaub erst die richtige Würze verlieh. Und natürlich war es für jeden durchschnittlich mobilen Pompejibesucher ein Leichtes, mit einem größeren Schritt über eine Kette wie diese hinwegzusteigen. Hätte Sonja vermutlich auch gemacht. Mit einer Leiche rechnete man selbstverständlich nicht …

4

Die Frau lag am Boden, mitten in einem Trümmergeviert, das vor über zweitausend Jahren ein größeres Haus gewesen sein musste. Jetzt stand nur noch ein Bruchteil der Außen- und Innenmauern, es gab nicht einmal mehr Andeutungen von Zimmeraufteilungen. Wucherndes Grün zwischen antiken Gesteinsbrocken. Geröll, Steine, Tonscherben, Lavaboden. Dazwischen die Frauenleiche, die von zwei Leuten des Aufsichtspersonals bewacht wurde. Sie hockten rauchend auf einem Mauerrest, von dem sie wie ertappt aufsprangen, als der Direktor und sein Gefolge um die Ecke bogen wie bei der Chefvisite im Krankenhaus. Der jüngere der beiden trat schnell noch seine Zigarette aus.

Was Sonja dann sah: dunkle Beine, dunkle Arme, überhaupt dunkle Haut, viel Haut und wenig Verhüllendes, schwarz die offenen Haare, kraus und dicht. Eher zierlich der Körper, schlank und jung. Die Frau trug nichts als einen weißen, knapp bemessenen Slip mit einem mittigen rosa Schleifchen und einen ehemals weißen BH. Entweder wirkte die Haut durch den weißen Stoff dunkler oder das Weiß durch die dunkle Haut noch weißer, jedenfalls fiel der Kontrast ins Auge. Und die Schönheit der Frau. Es gab viele Afrikanerinnen mit ausdrucksvollen, einprägsamen Gesichtern, aber diese war besonders schön, fand Sonja, obwohl es eine Tote war, auf die sie hinabblickte. Die Frau war keine Schwarzafrikanerin, ihre Haut war heller, wie nannte man dieses Braun? Kaffeebraun, Goldbraun, Messingbraun? Sie lag mit geballten Fäusten auf dem Rücken und starrte hoch in den blauen Himmel Kampaniens, als sei der Tod direkt von dort gekommen, ein herabschwebender Racheengel … Was Sonja am liebsten ausgeblendet hätte, war das Blut. Der Schuss ins Herz. Sie blickte weg.

Almirante hatte auf dem Weg fast ununterbrochen telefoniert und tat es auch jetzt wieder. Elena Milo kritzelte etwas in ein Notizbuch, vermutlich Versatzstücke einer Presseerklärung. Gentilini sagte etwas zu Cava, woraufhin dieser hinter einem Mauerrest verschwand. Dann wandte der Commissario sich den beiden Wachmännern zu.

»Wer von euch hat die Leiche als Erster gesehen?«

»Ich, Signor Commissario, aber nicht als Erster …«

»Erzählen Sie. Der Reihe nach.«

»Sagen wir mal so, Signor Commissario«, begann der ältere der beiden Wachmänner, »ich war gerade bei den Thermen, weil … da muss immer einer stehen, da geht es zu, das glauben Sie nicht … ja, und plötzlich kommen diese Frauen angelaufen und sind ganz aufgeregt und reden auf mich ein, beide gleichzeitig, ich verstehe kein Wort, wie auch, ich kann nur *danke* und *biette* und *schumaackerr* und *gutten tag* …« Er lachte kurz, wurde aber sofort wieder ernst. »Danach haben wir es mit Englisch versucht, das ging besser. Das heißt, zuerst hielt ich das Ganze für einen schlechten Witz, *dead african lady*, wie denn, wo denn, deshalb sag ich, immer mit der Ruhe, *pian piano*, *no problem*, da hält jemand ein Mittagsschläfchen, *lady sleeping* …, aber die Frauen ließen einfach nicht locker, ich sollte unbedingt mitkommen. Irgendwas ist passiert, denk ich also, jemand hat einen Kreislaufkollaps oder einen Herzinfarkt, bei der Hitze, das hatten wir schon oft, wissen Sie …«

»Kommen Sie endlich zur Sache«, fuhr der Direktor den Mann ungehalten an.

Der Wachmann hatte offenbar den Faden verloren. Hilfesuchend sah er zu Gentilini, der aufmunternd nickte.

»Sie sind den beiden Touristinnen also gefolgt …«

»Esatto.«

Der Wachmann nahm seinen weitschweifigen, in neapolitanischem Dialekt vorgetragenen Bericht wieder auf, dem Sonja nur mit Mühe folgen konnte.

»… und wie ich sie da liegen seh, denk ich auf den ersten Blick, aus der Entfernung, Commissario, als wir um die Ecke biegen, dass sie schläft oder sich sonnt, auch wenn sie das natürlich gar nicht braucht, um braun zu werden, meine ich … Und es wäre ja nicht das erste Mal, dass jemand die Absperrungen ignoriert, Sie glauben nicht, auf was für Ideen die Leute kommen, nicht nur, dass sie in den Ruinen ihr Zeug liegen lassen, als wär das ein riesiger Abfallhaufen, Chipstüten und Coladosen und Taschentücher, weil … manchmal erledigen sie hinter irgendeiner Ecke sogar ihr Geschäft … wie viele Leute wir da immer wieder rausscheuchen müssen, da könnte man jede Menge extra Personal einstellen … als wäre der ganze Rest, den man sich hier ansehen kann, nicht groß genug, das ist doch an einem Tag kaum zu schaffen, sag ich immer, aber die Leute sind so, die Leute wollen immer mehr, und wir müssen die Augen aufhalten und aufpassen, dass sich keiner ein kleines Souvenir mitnimmt, mal kurz mit dem Taschenmesser ein Steinchen aus einem Mosaikboden löst oder einfach eine alte Scherbe einsteckt, das glauben Sie nicht, auf was für Ideen die Leute …«

In dem Moment kam Cava aufgeregt zurück. Er fuchtelte mit den Händen und zeigte in die Richtung, aus der er gekommen war: »Da hinten hab ich Blutspuren entdeckt, ungefähr zwanzig Meter weiter, aber das ist das Einzige …«

Gentilini nickte kurz. »Danke. Das überlassen wir der Spurensicherung.«

Almirante nahm die Unterbrechung zum Anlass, sich vom Leichenfundort zu verabschieden. Er habe einen dringenden Termin mit dem Präsidenten der Region, und hier werde er sicherlich nicht mehr gebraucht. »Ich sehe, Sie haben die Sache im Griff.«

Gentilini antwortete nicht sofort, aber er hielt den Direktor mit den Augen fest. »Nur zwei Fragen.«

»Bitte. Wenn's schnell geht.« Ungeduldiger Blick auf die Rolex.

»Was können Sie mir zum Sicherheitssystem sagen?«

Almirante hatte die Frage erwartet, aber sie war ihm sichtlich unangenehm. »Nun, etwa die Hälfte der Überwachungskameras ist seit Kurzem außer Funktion.«

»Seit über zwei Monaten«, konkretisierte Elena Milo und fing sich einen kalten Blick ein. »Das ist allgemein bekannt«, fügte sie als Selbstverteidigung hinzu.

Gentilini nickte. Es gab also vermutlich keine Kameraaufzeichnungen. Warum das so war, wollte er im Moment außer Acht lassen. Früher hätte er sich an solchen Fragen aufgerieben. Warum etwas nicht funktionierte. Wer dies verhinderte. Früher, als er noch dachte, man könne etwas verändern, man könne der Welt einen minimal anderen Dreh geben, wenn man nur die richtigen Fragen stellte.

»Haben Sie diese Frau schon einmal gesehen?«

Almirante erstarrte. Man sah ihm an, dass er dem Commissario am liebsten ins Gesicht gesprungen wäre. »Wieso sollte ich?! Eine Neg … eine Afrikanerin …?« Er verkniff sich den Zusatz, dass er in solchen Kreisen nicht verkehre.

»Nur eine Routinefrage. In meinem Beruf ist alles möglich«, erwiderte Gentilini ungerührt.

»In meinem glücklicherweise nicht!«, blaffte Almirante.

»Wo erreiche ich Sie später?«

»Dottoressa Milo kann Ihnen alle weiteren Fragen beantworten. Sie kennt auch meinen Terminkalender.«

Bevor er sich von der am Boden liegenden Afrikanerin abwandte und zu seinen Geschäften zurückkehrte, schickte er noch ein wohldosiertes Lächeln in Richtung der anwesenden Damenwelt. »*Arrivederci.*«

»Die Frau schlief also nicht«, fuhr Gentilini, ohne den Direktor weiter zu beachten, fort. »Sie war tot. Oder lebte sie noch?«

Der ältere Wachmann wischte sich den Schweiß von der Stirn. »Aber nein, Commissario, wo denken Sie hin! Als ich dann näher ran bin, war das gleich sonnenklar, mit dem Blut und wie sie da liegt, auf dem harten Boden, das ist doch keine bequeme Lage, die man sich freiwillig aussucht … Und dass sie nicht ohnmächtig war, wegen der Hitze, das war ja auch nicht zu übersehen, *insomma*, auch wenn ich auf diesem Gebiet kein Fachmann bin …«

»Haben Sie sie angefasst?«

»Um Himmels willen, Commissario, *per l'amor di Dio*, natürlich nicht!« Er hob wie zum Beweis der Unschuld beide Hände in die Höhe.

Gentilini wandte sich an den jungen Wachmann, der höchstens zwanzig war und ihn, was die Körperhaltung und das Auftreten betraf, ein wenig an seinen Sohn erinnerte. Wer weiß, vielleicht würde Giorgio in fünf Jahren ganz ähnlich aussehen. »Und Sie?«

»Ob ich die Leiche angefasst habe …? Niemals, Ehrenwort, Commissario, bei den Haaren meiner Großmutter.«

»Waren Sie von Anfang an mit dabei?«

»Nein, ich kam erst später dazu. Gino« – er zeigte auf den älteren Wachmann – »rief mich an, ich war in der Nähe, bei der Casa del Fauno, und da bin ich sofort los, um mir die Sache mit eigenen Augen anzusehen …«

»Wie spät war es da?«

Achselzucken. »Ungefähr eins oder halb zwei. Dann haben wir in der Direktion angerufen, damit jemand kommt und die Polizei verständigt, aber es war ständig besetzt, also bin ich selbst höchstpersönlich los.« Er lachte etwas unbehaglich. »Bei der Hitze.«

»Einer musste ja dableiben und aufpassen«, ergänzte der Wachmann namens Gino. »Dass nicht womöglich noch mehr Leute über die Absperrung steigen, um hier ein Picknick zu machen, so wie die beiden deutschen Ladys, und auf dem Gelände rumtrampeln und wichtige Spuren vernichten« – ein kurzer Blick in Richtung Cava –, »das weiß man ja aus dem Fernsehen, ich meine, was sollte ich sonst tun ... Uffa! So was erlebt man schließlich nicht jeden Tag, eine echte Leiche! Und dann noch so eine ...« Er fasste sich an die Hose und rückte kurz zurecht, was sich während seines Berichts verschoben hatte.

»Was meinen Sie mit *so eine*?«, fragte Elena Milos klare Stimme.

»Na ja ... Dass sie nackt war.« Er lachte nervös. »*Una bella negrona.*«

Die Art, wie er es sagte, verriet, was er über die tote Frau dachte. Aber weil Gino ein aufmerksamer Wachmann war, dem das daraufhin eintretende eisige Schweigen nicht entging, fügte er schnell hinzu: »Das weiß man doch. Dass die Frauen aus Afrika hier großenteils als Nutten arbeiten, ich meine ...«

»Hier um die Ecke ist gleich der Straßenstrich«, bemerkte Cava.

»Vielleicht ist sie eine amerikanische Touristin«, schnitt Gentilini beiden das Wort ab.

In dem Moment bog ein Trupp der Spurensicherung um die Ecke. Auch ein Arzt war dabei. Gentilini kannte ihn nicht, aber bei der Begrüßung hörte er, dass Manganelli die Obduktion vornehmen würde. Der Commissario sprach kurz mit den Neuankömmlingen, wies auf das Gelände ringsum, während Cava einem Kollegen die Stelle zeigte, wo er die Blutspuren entdeckt hatte. Danach gab es nichts mehr, was sie hier tun konnten. Im Hauptgebäude warteten die beiden deutschen Touristinnen. Sie wandten sich zum Gehen, doch der jüngere Wachmann hielt Gentilini zurück.

»*Commissà*, kann ich Sie etwas fragen?«

»*Certo.*«

»Also, ich weiß schon, das ist nicht die wirklich passende Situation, aber man muss die Gelegenheit beim Schopfe packen, deshalb …« Er räusperte sich kurz. »Die Sache ist die, ich würde gern zur Polizei gehen, das wär schon eine andere Nummer, und … Vielleicht könnten Sie, also, wenn wir hier fertig sind, ein Wort für mich …«

Gentilini lächelte und dachte wieder an Giorgio. Sollte man nicht an jedem Ort eines Verbrechens eine Prise Hoffnung ausstreuen?

»Rufen Sie mich in der Questura an, dann erzähle ich Ihnen, welche Wege es gibt. Aber gehen müssen Sie ihn dann allein, ohne fremde Hilfe. *Va bene*?«

Der junge Wachmann nickte zögernd. Vielleicht hatte er sich einen Atemzug lang mehr versprochen. Aber auch so klang es nach einem brauchbaren Anfang.

5

In einer Dreiviertelstunde würde die Ausgrabungsstätte schließen. Obwohl die Sonne niedriger stand, hatte die Hitze nicht nachgelassen. Zumal inmitten dieser steinernen Welt. Scharen von Touristen schleppten sich nach einem langen Pompejitag in Richtung Ausgang. Manch einer, krebsrot auf Schultern, Armen, Nacken, würde sich heute Nacht quälen, dachte Sonja, die im Schatten an der Außenwand eines über zweitausend Jahre alten Hauses hockte. Und dann, dass es ihr egal war. Dass es sie nichts anging. Sie fühlte sich auf einmal ziemlich elend.

Sie war den Anblick von Leichen nicht gewohnt und wollte sich auch nicht daran gewöhnen. Als Luzie ihre Abende noch zu Hause verbrachte, hatten sie häufiger zusammen vor der Glotze gesessen, es wurden ja immer mehr Krimis gezeigt, also auch immer mehr Tote, in zunehmend ausgedehnten, genussvoll ausgekosteten Einstellungen, immer indiskreter, farbenfroher, vermeintlich echter. Wenn die Leichen gezeigt wurden, am Tatort, im Leichenschauhaus, beim Identifizieren durch Angehörige, hatte Sonja meistens den Kopf weggedreht, bis ihre Tochter Entwarnung gab. Vielleicht eine Frage der Generationen. Der Abhärtung. Der Sentimentalität. Egal. Seit Luzie ausgezogen war, hatte Sonja sich keine Krimis mehr angesehen. Und nun diese Leiche. Eine echte Frauenleiche.

Eine gute Journalistin hätte die Situation sofort für sich genutzt, schoss es Sonja durch den Kopf. Hätte ruckzuck einen Artikel in den Laptop gehämmert und an alle möglichen Presseagenturen und Redaktionen geschickt.

Mord in Pompeji.

Deutsche Touristinnen stolpern über Leiche.

In den Mittagsstunden des gestrigen Tages entdeckten zwei deutsche Touristinnen während eines Rundgangs durch das antike Pompeji die Leiche einer spärlich bekleideten jungen Frau vermutlich afrikanischer Herkunft. Nach ersten Erkenntnissen der Mordkommission wurde auf das Opfer geschossen, das noch am Tatort verblutete.

Die Identität der toten Schwarzen liegt bisher im Dunkeln. Die Bürofachfrau Marita Wieseking und die Boutiquebesitzerin Sara Schmitt, beide aus Hannover, sind schockiert. »Wir suchten nach einem lauschigen Platz für ein Picknick und entdeckten stattdessen eine nackte Tote.«

Dies ist bereits das dritte Opfer schwarzer Hautfarbe innerhalb eines Monats. Erst letzte Woche wurde in einer Bucht unweit des Stadtzentrums eine tote Afrikanerin gefunden, Anfang August ein Opfer aus Nigeria in einem

Straßengraben. Ob die drei Verbrechen in einem Zusammenhang stehen, ist noch ungeklärt. Von den Tätern fehlt jede Spur.

Die Mordstatistik in der Stadt am Vesuv spricht eine deutliche Sprache: Die Zahl der Gewaltverbrechen hat auch in diesem Jahr wieder deutlich zugenommen. Die beiden Deutschen wollen ihren lang ersehnten Urlaub am Golf von Neapel dennoch nicht abbrechen. »Es ist einfach zu schön hier.«

Aus Neapel Sonja Zorn.

Und morgen wäre ein ausführlicher Bericht gefolgt. Sie hätte ganz professionell Interviews gemacht, mit den beiden Touristinnen, mit Elena Milo, mit Gennaro, vielleicht sogar seinem eifrigen Kollegen Cava … Was scherte sie die Angst des Direktors, der Leichenfund könnte sich negativ auf die Touristenströme auswirken? Schlechte Publicity? Im Gegenteil. Sonja war davon überzeugt, dass die Leute nun erst recht kommen würden. Jeder Pompejibesucher in spe wäre insgeheim begierig darauf, eine eigene Leiche zu entdecken. Wie besessen würden sie sich über das Gelände hermachen, in sämtliche noch so versteckten Winkel der antiken Stadt eindringen …

Nachdem sie die Aussagen der beiden Deutschen übersetzt hatte, hatten Sonjas und Gentilinis Wege sich getrennt. Die Kripo hatte vor Ort genug zu tun, und Sonja wollte nicht im Weg stehen. Und die Rolle als deutsche Ermittlerin war für heute ausgereizt. Was für Ziegen, die Damen Wieseking und Schmitt! Natürlich war man nach einem Leichenfund aufgeregt und ein bisschen neben der Spur – aber diese forsch-dreiste Art hatte Sonja noch nie ausstehen können. Immer mit der Nase (oder dem Käppi) vorn, sofort die richtige Meinung zur Hand und speziell im Ausland genau wissen, wo es langgeht.

Sonja war eine gute Stunde lang ziellos durch die Straßen und Gassen gelaufen. Mit dem festen Vorsatz, in die Atmosphäre der Ausgrabungsstätte einzutauchen und dabei jeden Gedanken an die sterblichen Überreste der toten Frau und alles, was sie in den letzten Stunden erlebt hatte, auszublenden. Sie hatte mehrere einfache Wohnhäuser betreten, unterschiedlich gut erhalten und restauriert, auch Wohnkomplexe reicherer Bürger Pompejis mit Kammern, Nebenkammern, Atrien, Säulengängen. Sie hatte Graffiti an den Hauswänden gesehen, Wagenspuren in den Straßen, öffentliche Brunnen, die unter dem Schutz irgendwelcher Gottheiten standen, deren Namen und göttliche Befugnisse Sonja nicht kannte. Sie hätte einen Führer gebraucht, einen lebenden Reiseführer oder einen in Wort und Schrift, der ihr erklärte, was sie sah, der Geschichte und Geschichten auf Lager hatte.

Römische Geschichte war nie Sonjas Stärke gewesen. Ihr Kopf bot ihr nichts als Versatzstücke an: Römer, Gladiatorenkämpfe, Limes, Lorbeerkranz, Cäsar, Sklaven, Toga, Trinkgelage, Schwerter, Ketten – Begriffshülsen, die wie schwerelos und aus jedem Zusammenhang herausgerissen durch die Galaxie ihres Gedankenuniversums trieben und sich jedem Zugriff entzogen.

Vielleicht fehlte ihr die Phantasie, vielleicht war es einfach der falsche Tag. Sie konnte diese Häuser, diese Straßen, diese Plätze an den Brunnen einfach nicht mit Leben füllen. Mit römischen Hausherren und ihren Gemahlinnen, mit rufenden, spielenden Kindern, mit Bürgern, die trockenen Fußes die unratverschmutzten Straßen überquerten, indem sie die Trittsteine benutzten, die zwischen einer Straßenseite und der anderen eingesetzt waren, mit Sklaven, die auf dem Forum um Preise feilschten, Esel durch die Gassen trieben, Sklavinnen, die Krüge voll Wein heranschleppten, Körbe, die mit Feigen, Datteln, Trauben beladen waren. Es ging einfach nicht. Vielleicht hatten Hitze, Staub und Menschenmassen Pompeji endgültig in eine tote Stadt verwandelt, deren Steine nicht mehr zu den Nachgeborenen sprachen.

Sonja sah nichts als Gegenwart, echte Touristen mit Fotoapparaten, Rucksäcken, Plastikflaschen, Sonnenbränden, viel Stein und im Hintergrund dunkel, beinahe drohend als Kulisse den Vesuv. In ihren Ohren aber klang, viel deutlicher als das babylonische Stimmengewirr um sie herum, der schleppende Tonfall des Wachmanns nach, seine ausgeprägte neapolitanische Diktion. Vor dem inneren Auge tauchte ab und zu die tote Frau auf, dann wieder Gentilini: beim Abholen am Flughafen, beim kurzen Intermezzo in seinem Schlafzimmer, bei der Fahrt nach Pompeji, am Fundort der Leiche. Eine Verwandlung war in ihm vorgegangen, der Kommissar war wie auf ein Fingerschnippen zum Vorschein gekommen. Sein Beruf hatte ihn wieder an der Angel. Statt dass sie sich mit Haut und Haaren in ihre Verliebtheit stürzten, arbeitete er daran, eine weitere Leichenakte zu füllen. Und was tat sie? Sie saß erschöpft im Schatten und starrte in die Gegend.

Im Haus schräg gegenüber verkündeten in Stein gehauene Großbuchstaben auf einem antiken Hinweisschild, in dessen Zentrum ein Phallusrelief prangte: HIC HABITAT FELICITAS. Hier wohnt das Glück. Oder eine Frau mit Namen Felicitas? Sonjas Lateinkenntnisse waren dank konsequenter Nichtanwendung auf ein klägliches Häuflein geschrumpft, aber die Tatsache, dass sie fließend Italienisch sprach, rettete sie hin und wieder, wenn sie an Kirchen oder Palästen eine Inschrift entziffern wollte. Wenngleich oft gerade die entscheidende Vokabel fehlte, von grammatikalischen Zusammenhängen ganz zu schweigen. Als in der Schule im Lateinunterricht die Lektüre von *De bello*

Gallico auf dem Programm stand, war Sonja zunächst davon überzeugt gewesen, dass die Hauptperson des Textes ein schöner Gallier sein müsse. Schulstunde für Schulstunde hatte sie auf ihn gewartet, auf das Auftauchen dieses Mannes, vergeblich natürlich. Was für eine Enttäuschung herauszufinden, dass es in dem Buch nicht um schöne Männer ging, sondern um einen Krieg, Kriegsführung, strategisches männliches Denken.

Drei Worte und ein Symbol. *Hier wohnt das Glück …* Aber wie war das zu verstehen? Als Hinweis auf blühende Geschäfte, die in dem Haus getätigt wurden? Glück in Form von Reichtum? Oder anders, Glück in Form eines zeugungsfähigen Mannes und vieler Kinder? Oder hatte sich in dem Gebäude schlichtweg ein Bordell befunden? Hatte hier vor fast zweitausend Jahren eine Prostituierte gelebt, die aus beruflichen Gründen das Pseudonym Felicitas gewählt hatte?

Ein paar Jugendliche zogen an Sonja vorbei, in mehreren Grüppchen, Mädchen und Jungen im Alter von fünfzehn, sechzehn Jahren, auf dem Zenit der Teenagerei also, viel Gekicher, Gefrotzel, Geplapper auf deutsch, die Stimmung war gut.

Ihr fiel plötzlich die verpasste Klassenreise an den Golf von Neapel ein, der Film mit den Leichen. Wie hatte sie das nur vergessen können? In der neunten Klasse stand damals eine Fahrt an den Golf von Neapel auf dem Programm. Schon Wochen vorher schmiedete man Pläne, die weniger die Besichtigungsziele zum Inhalt hatten als die Fragen, wer mit wem in einem Zimmer schlafen würde, wer es überhaupt derzeit auf wen abgesehen hatte, wer mit wem ging oder gehen wollte, welche Partys sie feiern würden, wenn die Lehrer schliefen.

Zwei Tage vor Beginn der Reise hatte Sonja sich beim

Kastenturnen das Bein gebrochen und nicht mitfahren können. Ihr stand lebhaft vor Augen, wie mies sie sich gefühlt hatte, einem Weltuntergang nahe: Alle anderen, alle Freundinnen, einfach alle aus der Klasse stiegen in einen Zug namens Abenteuer und ließen Sonja mit ihrem Gipsbein zurück. Die nur warten konnte, bis der echte Zug Lichtjahre später wieder einrollte und Teil zwei ihrer Niederlage, ihres Nicht-dabei-Seins begann, nämlich das Erzählen, Berichten, Schwärmen von all den tollen Erlebnissen, die sie verpasst hatte, diesen vielen begehrenswerten Weißt-du-noch-Momenten, die, von vielsagenden Blicken untermalt, wie nebenbei in die Gespräche einflossen, von denen sie ausgeschlossen war …

Sie erinnerte sich an den schalen Trost der Mutter am Krankenbett, Sonja sei noch jung und habe daher später genug Zeit, die Welt zu entdecken. Und außerdem, was das alles gekostet hätte.

Unkosten, wieso denn *Un-Kosten*, hatte die Mutter nach dem Elternabend geschimpft, das sei Augenwischerei, schließlich seien es *Kosten*, ganz konkrete, enorme *Kosten*, die auf sie zukämen und die sie als Witwe mit Kind nur mit großer Anstrengung bewältigen könne; die Vorsilbe *un-* bedeute schließlich das Gegenteil der Dinge, man sagte *angenehm* und *unangenehm*, *freiwillig* und *unfreiwillig*, *ehrenhaft* und *unehrenhaft*, *Mensch* und *Unmensch*, unter *Un-Kosten* müsse man sich folgerichtig das Gegenteil vorstellen, nämlich *keine* Kosten, und genau so hatte der Lehrer die Sache heruntergespielt, als sei er eine Kleinigkeit, dieser *Unkostenbeitrag …*; in dieser Denkschleife verhakt, hatte die Mutter nicht auf den möglichen Zuschuss durch den Schulverein zurückgreifen wollen, denn das waren *Almosen*, wie sie es nannte, wir brauchen keine Almosen, das ist *unehrenhaft*, entweder wir schaffen es allein oder wir schaffen es gar nicht. In diesem Fall, dank Sonjas gebrochenem Bein, also gar nicht. Was der Mutter im Grunde nicht *unrecht* gewesen war ... Sonja hörte ihre Stimme so deutlich, als wäre das alles gestern passiert, in der kleinen Küche der Barmbeker Wohnung, nicht hier und jetzt in Pompeji.

Eine Reise durch Zeit und Raum – vielleicht war das der geheime Nebenzauber dieser untergegangenen, wieder ausgegrabenen Stadt. Die Erinnerung an die eigene Geschichte, an lang zurückliegende Erlebnisse. An den Film, den der Klassenlehrer nach der Reise im Unterricht gezeigt hatte. Die Leichen, die Bewohner der antiken Stadt. Männer, Frauen, Kinder waren nach dem Ausbruch des Vulkans von einer Wolke giftiger Gase überrascht worden und in Sekundenschnelle erstickt. Nach der Entdeckung Pompejis hatten Forscher die Hohlräume, die ihre von den Lavamassen eingeschlossenen, verwesenden Körper hinterlassen hatten, mit Gips aufgefüllt. Sonja erinnerte sich an Großaufnahmen der mitten in der Bewegung erstarrten Körper, Füße mitsamt der Konturen von Sandalen, Hände, die in einer verzweifelten letzten Bewegung ein Gesicht zu schützen versuchten, aufgerissene Münder im Todeskampf. Damals, im abgedunkelten Klassenzimmer, war sie stumm in Tränen ausgebrochen, was zum Glück niemand bemerkt hatte, eine lautlose Tränenflut aus Erschrecken, Schmerz, Mitleid und Selbstmitleid, einem letzten Rest an Bedauern, dass sie auf dieser Klassenfahrt nicht dabei gewesen war. Die Gipskörper auf der Leinwand hatten so lebendig gewirkt, völlig echt und doch künstlich, beides zugleich, eine Art Schnittpunkt von Leben und Tod und Tod und Leben.

In dem Moment wusste Sonja, was sie sich in Pompeji ansehen musste. Sie stand auf und sah sich nach einer Aufsichtsperson um, die sie wegen der Gipsleichen befragen konnte, falls diese nicht längst in einem Museum gelandet waren.

6

Als Commissario Gentilini am frühen Abend zusammen mit Ispettore Cava auf den Hintereingang des Polizeipräsidiums zusteuerte, brummte ihm der Schädel. Daran war nicht nur Cava mit seinem unablässigen, rasanten Palaver schuld, aber auch. Es tat gut, einen Schuldigen zu haben. Wenigstens im Kleinen. Gleich mehrere: Cava, die dumpfe Spätsommerhitze – und dann stieg ihm auch noch der Geruch in die Nase. Der Geruch setzte allem die Krone auf.

Gentilini hatte im doppelten Sinne eine feine Nase, nämlich ein hochsensibles Geruchsorgan und eine echte Spürnase, was im Kreis der Kollegen bewundert und bewitzelt wurde. Es hieß, er würde sogar riechen können, wenn es in Venedig brannte. Oder der Ministerpräsident in Rom einen Furz ließ. Obwohl der Spruch längst abgenutzt war, brachen einige Kollegen noch immer in brüllendes Gelächter darüber aus. Oder: »Das riecht unser Trüffelschwein morgens zehn Meilen gegen den Wind, wenn XY sich nachts einen runtergeholt hat.« Ein weiterer peinlicher Dauerrenner. Männer eben.

Das war nicht böse gemeint. Und im Grunde auch nicht persönlich. Jeder von ihnen hatte seine Stärken und seine Schwächen, und wenn man lange genug zusammen arbeitete, trat all das einfach irgendwann zutage und diente zuweilen der Erheiterung. Denn von sich aus erheiternd war ihr Arbeitsalltag selten. Akten versprühten nirgendwo auf der Welt Energie, Kreativität oder gute Laune. Ermittlungsarbeit erforderte insgesamt eher Ausdauer, Geduld, *pazienza!*, halsstarriges Nichtnachlassen. Leichen, egal in welchem Zustand, waren nie zum Lachen, und die dahintersteckenden Verbrechen schon gar nicht.

Doch wie effektiv waren deprimierte, lustlose, abgestumpfte Ermittlungsbeamte? Man delektierte sich also an den charakterlichen Spitzenleistungen, zu denen Mutter Natur bei allen Mitgliedern der Omicidi aufgelaufen war. Massone zum Beispiel wurde immer wieder wegen seiner Treffsicherheit in puncto Waffen und Wissen aufs Korn genommen. Im Laufe der Jahre hatten sich alle einen Spitznamen eingefangen, die einzige Gemeinsamkeit, die sie mit den Bossen und Halbbossen der neapolitanischen Unterwelt verband. Stefano di Maio wurde aufgrund seines Kinderreichtums *o pate* genannt, neapolitanisch für Vater, was zuweilen wegen seiner Gutmütigkeit, Großherzigkeit und Geduld auch zu *pateterno*, Heiliger Vater, ausgeweitet wurde. Gentilini bekam irgendwann den Beinamen *o taratùfulo*, Trüffel, verpasst, und konnte noch dankbar sein, dass man ihn nicht *o puòrco* genannt hatte, das Schwein, denn natürlich war der Name auf seine feine Nase zurückzuführen. Weil er eben oft den gewissen richtigen Riecher für Sachen hatte, die im Verborgenen lagen, wie vergrabene Tatwaffen, seltene Tatmotive, eine Lüge inmitten von zehn Halbwahrheiten. Dafür, wenn etwas faul war, wenn etwas nach Meineid roch. Zum Himmel stank. In jedem Sinne.

Wie die schwarzen Müllsäcke im Hinterhof der Questura, die sich zu einem täglich, ja, stündlich wachsenden Haufen auftürmten, was mittlerweile jedermann sehen und vor allem auch riechen konnte, nicht nur Gentilini. Angeblich waren die Mülldeponien überfüllt. In Wahrheit ging es um erpresserische Machenschaften der Camorra mithilfe diverser Subsubsubunternehmen, die flächendeckend die Müllentsorgung in Neapel und Kampanien unter Kontrolle hatten. Einstweilen wurde verhandelt. Und in der Zwischenzeit wucherten die Müllberge an den Straßenrändern, auf den Plätzen, vor den Häusern wie Tumoren, wie unansehnliche Pilze.

Echt sonnenvergoren und echt hitzeunbeständig, dachte Gentilini und hielt die Luft an.

»*Che puzza bestiale!*«, schnaubte Cava und weidete für eine Weile auch dieses Thema aus.

Doch es war nicht nur der Gestank der Müllsäcke, der Commissario Gentilini zusetzte und den er noch in der Nase hatte, als schon längst nichts mehr zu riechen war. In der Luft lag insgesamt ein unangenehmer Geruch. Es roch nach vergehendem Sommer. Nach einem Sommer, der allmählich faulig wurde und zu modern begann. Und natürlich wurde wie jedes Jahr das Wasser knapp. Es war nur eine Frage der Zeit, bis der übliche Rationierungsturnus einsetzte. Bei der bloßen Vorstellung, nach einem solch staubigen, schweißtreibenden Tag wie diesem abends nicht kurz unter die Dusche springen zu können, sackte Gentilinis bereits arg strapazierte Laune noch ein Stück weiter ab. Ja, er war schlecht drauf. Verdammt schlecht.

Während er in Cavas Gesellschaft, der in einem fort redete, auf den Fahrstuhl wartete, dachte er, dass er jetzt stattdessen mit Sonja in einem der kleinen Restaurants in Marechiaro sitzen könnte: gekühlter Weißwein, Blick aufs Wasser, ihre Hände, die sich berührten, und es gab nur sie und ihn. Vorher wären sie in einem Ruderboot die Küste entlanggeschaukelt, von Bucht zu Bucht, von Grotte zu Grotte, bis nach Trentaremi. Er hätte sich in die Ruder gelegt und dabei wie nebenbei die Muskeln spielen lassen und natürlich ein Lächeln um die Lippen, ein bisschen Macho von Zeit zu Zeit tat allen gut. Die leichte Brise über dem Wasser hätte Sonjas Haut umspielt, sie hätte sich zurückgelehnt und den Kopf in den Nacken geworfen, irgendwann hätte er natürlich angefangen zu singen, *L'ammore all'erta sta* oder *Sott' o balcone*, und sie hätte gelacht und ihn aus ihren halb geöffneten Augen angesehen, mit einem dieser Blicke, die mit seinem Begehren spielten, und ihre Zehen wären an seinem Bein entlanggewandert ...

Er sah alles genau vor sich, aber es war wie ein Bild ohne Ton, ein Bild der Erinnerung, vielleicht eines der Zukunft. Auf keinen Fall war es Gegenwart.

Den ganzen Tag über, seit er empfindlich in seiner Zweisamkeit mit Sonja gestört worden war – nicht gerade coitus interruptus, aber beinahe, dachte er, flankiert von einem gefährlichen inneren Knurren –, seit man ihn nach Pompeji beordert hatte, hatte er sich zusammengerissen und professionell das getan, was nicht nur die anderen, sondern auch er selbst von sich erwartete.

Die Arbeit bei der Kriminalpolizei war sein Beruf und der Tag heute nicht das erste Opfer, das er brachte – aber seit langer Zeit war es das erste Opfer, das schmerzte und ihn wütend machte. Nach einem langen Sommer ging jetzt diese ganze nervenaufreibende Ermittlungsarie wieder los. Nichts Neues eigentlich. Das war sein Job. Ermitteln. Rumschnüffeln. Kombinieren. Nach Beweisen graben. Trüffel suchen.

Erst letzte Woche war in der Bucht von Trentaremi eine Frauenleiche angespült worden. Alles deutete darauf hin, dass sie von einem der Flüchtlingsboote stammte, die jedoch viel häufiger vor den Küsten von Lampedusa und Sizilien aufkreuzten. Die Obduktion hatte ergeben, dass die Frau Schläge erhalten hatte, bevor sie ertrunken war. Vielleicht war sie über Bord geprügelt worden. Vielleicht hatte jemand sie ins Wasser gestoßen, und sie hatte sich gewehrt. Der Tathergang würde wahrscheinlich ebenso wenig geklärt werden wie ihre Identität. Sie kam aus dem riesigen, in Europa eher als Gesamtpaket bekannten Kontinent namens Afrika, aus irgendeinem der Staaten, von denen nicht einmal die wandelnde Enzyklopädie der Mordkommission, *o'professò* alias Umberto Massone, mit Sicherheit sagen konnte, wo genau sie lagen. Eine Landmasse mit Millionen Bewohnern, von denen bisher überhaupt nur ein minimaler Bruchteil den Versuch unternahm, einen Brosamen des reichen Europa zu ergattern, um damit der zurückgebliebenen Großfamilie das Überleben zu ermöglichen. Und Europa hatte die Hosen schon jetzt gestrichen voll.

Nun also auch noch eine tote schwarze Frau in Pompeji. Keine Papiere. Nicht ertrunken, sondern erschossen, was die Ermittlungen vielleicht ein Gramm aussichtsreicher machte. In der Nähe des Tatorts eine Blutspur. Manganelli hatte versprochen, sie spätestens am nächsten Morgen über die Ergebnisse der Obduktion zu informieren.

»Ich bin sicher, dass sie nicht allein war.« Ispettore Cava hatte inzwischen vom Thema Müllberge abgelassen und sich wieder dem neuen Fall zugewandt. »Die Frage ist doch, was hat diese Frau in Pompeji gemacht, mitten in der Nacht, wenn wir davon ausgehen, dass die Sache nachts passiert ist, tagsüber ist so ein Mord doch ziemlich unwahrscheinlich, bei den Massen von Touristen, die unterwegs sind, was meinst du, Gennà?!«

Gentilini meinte gar nichts. Er hörte zwar, was Cava sagte, so wie er, wenn er in der Küche Knoblauch in Olivenöl andünstete und Tomaten kleinschnitt, das Geplapper im Radio wahrnahm. Er hörte alles, und er hörte es nicht. Eine im Laufe seines Lebens ausgefeilte Methode, im ewig lärmenden Neapel abzutauchen. Es gab wenige Leute, die überhaupt bemerkten, wenn er sich in diesem Zustand befand, Stefano gehörte dazu, auch Livia, bei Sonja war er sich nicht sicher, so lange kannten sie sich noch nicht. Seine

Exfrau Rosaria hatte diese Fähigkeit zu gleichzeitiger An- und Abwesenheit gehasst. Cava bemerkte sie jedenfalls nicht. Er war viel zu sehr mit sich selbst beschäftigt.

»Ich bin sicher, sie war mit einem Mann unterwegs«, fuhr Cava unbeirrt fort. »Bei der Aufmachung, ich meine, viel war ja nicht mehr davon übrig, aber trotzdem …« Sein Tonfall wurde schwärmerisch. »Sag doch mal ehrlich, Gennà, eine tolle Frau, oder? Richtig rassig, krieg das jetzt nicht in den falschen Hals, ich meine natürlich nicht im Sinne von Rasse, für mich sind alle Menschen gleich, das weißt du, ich meine, wir sind natürlich nicht alle gleich, jeder ist anders, du und ich und … Aber die sah wirklich rass … astrein aus, jede Titte … also, alles am richtigen Platz, wie wir Männer es uns bei einer Frau wünschen, in den richtigen Ausmaßen, gar nicht wie …«

Ein Dingdong. Der Fahrstuhl kam. Die Fahrstuhltür öffnete sich.

»Ich sage dir, wichtig ist vor allem der Mann, mit dem sie da war … So eine Frau läuft doch nicht alleine durch die Gegend. Niemals! Das kann glauben, wer will. Gestern Abend war doch das Konzert, Gennà, da gibt es garantiert einen Zusammenhang, das müssen wir unbedingt prüfen, ob jemand diese Frau bei dem Konzert gesehen hat, vielleicht ist sie eine Sängerin aus dem Backgroundchor, falls die Bartoli so etwas hat, was weiß ich …«

Ja, was weißt du, dachte Gentilini, dessen Grimm sich zunehmend mit Lethargie mischte.

»Obwohl wir auch in Betracht ziehen müssen, dass sie vielleicht eine Nutte war, eine Luxusnutte.« Einen Moment lang war Ruhe. »Das Personal in Pompeji«, setzte Cava nach einem seiner Gedankensprünge neu an. »Sie war mit einem vom Personal dort, einem Fremdenführer oder einem Wachmann oder so, der weiß, wie man nach Feierabend auf das Gelände kommt, also, wenn du mich fragst, sollten wir zuallererst das Personal durchchecken ...«

Ich frage dich aber nicht, dachte Gentilini.

Cava war ein hartnäckiger Fall. Wenn Gentilini mit Cava zu tun hatte, kam er immer wieder komplett durcheinander, weil bei Cava eine Frage die andere überdeckte, eine Überlegung die nächste überlagerte. Dabei war schon so manches untergegangen. Manches Überflüssige, aber auch wichtige Informationen. Cava selbst vergaß sie, er verlor sie einfach aus dem Sinn, während er in seinem Assoziationsreichtum, seiner Fülle an Einfällen, durchs Leben driftete. Allerdings war er ein äußerst effektiver Sammler von Indizien und Informationen. Die Kleinkleinarbeit, wie er das in letzter Zeit immer abschätziger nannte. Er war ehrgeizig. Er wollte weiterkommen. Er wollte nicht ewig der Kleinkleinsammler bleiben, auch wenn er der Mordkommission damit am meisten diente. Deshalb ließ er auch keine Gelegenheit aus, um an seinem Profil zu feilen.

Gentilini hatte ihm unterwegs, von wachsender innerer Verzweiflung getrieben, vorgeschlagen, ihn an der Metropolitana abzusetzen, damit er früher Feierabend machen konnte, aber Cava hatte sich nicht abschütteln lassen. Genau das war einer der Gründe, weshalb die meisten Kollegen die Zusammenarbeit mit Cava zu vermeiden versuchten, wann und wo immer es ging. Cava saß einem im Nacken und ließ nicht mehr locker. Wie ein Kind, das ununterbrochen Aufmerksamkeit einfordert.

Seit sie in Pompeji losgefahren waren, hatte Cava pausenlos über diesen Mord nachgedacht. Aktive Mitarbeit. Gut. Solche Leute brauchte man dringend. Aber Cava hatte nicht leise nachgedacht, wie die meisten Kollegen es taten, erst einmal für sich, im stillen Kämmerlein, sondern laut: Jeden seiner wie junge Hunde durchs Gelände tollenden und dabei jaulenden und kläffenden Gedanken hatte er laut ausgesprochen. Sie reichten vom Serienmörder, der es speziell auf Afrikanerinnen abgesehen hatte, bis zum eifersüchtigen Nebenbuhler, vom gewalttätigen Zuhälter bis zum Freier, der nicht für die in Anspruch genommenen Dienste hatte zahlen wollen.

Auf der Höhe von Portici hatte Gentilini es nicht mehr ausgehalten und seinen Beifahrer angeblafft, ob er nicht einmal fünf Minuten den Mund halten könne. Es hatte überhaupt nichts genützt. Cava hatte das Reden zwar beleidigt eingestellt. Eine Minute lang. Doch sobald er sich von dieser symbolischen Kopfnuss erholt hatte, war es genauso weitergegangen wie zuvor, und Gentilini war von einem weiteren Schwall von Tattheorien, der von der Beifahrerseite her über ihn hinwegschwappte, überschwemmt worden. War innerlich abgetaucht. Und hatte an Sonja gedacht.

»… eine Nigerianerin vom Straßenstrich, die jemand mitgenommen hat«, wiederholte Cava gerade eine seiner Theorien, als sich die Fahrstuhltür wieder öffnete. »Oder es war eine richtige Liebesnacht. Was sagst du? Pompeji, das ist eine Abwechslung, das ist mal was ganz anderes, überall Ruinen und anderes altes Zeugs, sozusagen mitten in der Antike, über dir der sternenklare Himmel, Sternschnuppen, was weiß ich, am Horizont auf der einen Seite über dem Golf von Neapel der Mond, auf der anderen Seite der dunkle Vesuv, der geheimnisvoll aufragt, das ist doch eine prickelnde Atmosphäre, *splendida* …«

»Wie poetisch du sein kannst«, spöttelte Gentilini.

Cava bekam wie so oft den ironischen Unterton nicht mit. Er lächelte geschmeichelt. »Auf jeden Fall gibt es dort jede Menge Platz«, baute er den Gedankengang weiter aus. »Das kennen wir doch alle, Gennà, diese Nächte im Auto auf irgendeinem dunklen Parkplatz, im Parco della Rimembranza, am Straßenrand der Ausfallstraßen, ich meine, wie eng das ist, wie stickig, du hast absolut keine Beinfreiheit, null Bewegungsfreiheit, wie in der Sardinenbüchse, ständig stößt du irgendwo an ...«

Sie gingen den schmucklosen Korridor entlang. Gentilinis Dienstzimmer, das er sich mit Stefano di Maio teilte, befand sich ganz am Ende des Flurs. Ispettore Cava saß seit Juni zwei Türen weiter vorn bei ihrem neuen Kollegen im Zimmer, Italo Schmitt aus Bozen. Eine interne Umstrukturierung, seit Piselli im Juni nach dem Zwischenfall auf dem Molo Beverello gezwungenermaßen seinen Abschied genommen hatte – und für Schmitt eine Art interne Einstandsprüfung, die er bestehen musste.

»... also statt im Fiat auf der Rückbank, warum nicht mal im alten Pompeji ...«

Gentilini sah ihn nur stumm an.

»Wie in diesem antiken Puff!«, schrie Cava begeistert. »Hast du dir das mal angesehen, das Lupanar von Pompeji? Ich sag dir, Gennà, die hatten es damals faustdick hinter den Ohren! Das ist ’ne Nummer! Man kommt ja nicht immer rein, nur mit Führung, aber ich hab’s einmal gemacht, mit einer Exfreundin, ich meine, wir waren drin, *voglio dire* ...« Er grinste anzüglich bis verlegen. »Soll heißen, wir haben das Ding besichtigt. Da war nicht viel von wegen Luxus, harte Steinbänke, auf denen sie es getrieben haben, in allen möglichen Stellungen, und auf den Bildern über den Türen siehst du ganz genau, wie du es haben konntest, im einen Raum *nel culo,* im anderen französisch oder ... Ich meine, seien wir ehrlich, Gennà, das wollen wir Männer doch alle einmal im Leben ...«

»*Basta!!!*« Jetzt war es aber genug. Gentilini war stehen geblieben. Er atmete schwer und funkelte Cava zornig an.

Cava hielt perplex inne. »*Dai, Gennà, sto scherzando …*«

»*Non me ne frega niente!*«, brüllte Gentilini. »Mit deinen Männerphantasien kannst du dir meinetwegen dein Badezimmer tapezieren! In pompejanischem Rot! Mit Wichsvorlagen aus dem Playboy. Aber ab jetzt kümmerst du dich um Fakten, kapiert? Gleich morgen früh fährst du wieder raus und klapperst mit den Kollegen der Dienststelle in Pompeji die nähere Umgebung ab, die Straßenhändler am Bahnhof, die Kioskbetreiber, alle Leute, deren Häuser direkt an das Gelände angrenzen. Hört euch um, in den Läden, in den Bars. Wer hat was gesehen oder gehört. Die Tat weiträumig umzingeln. Ich will Informationen, klar? Phantasieren kannst du, wenn du alt bist.«

Was für ein blöder Spruch, dachte Gentilini. Aber was reizt der Kerl mich auch bis zur Notwehr.

Cava verzog den Mund. Das hatte er sich anders vorgestellt. Er hatte gedacht, er wäre durch den Ausfall von Stefano di Maio neben Gentilini der zweite Mann. Als eine Art unausgesprochener Aufstieg in den gehobenen Dienst. Zur Probe. Er hasste dieses mühsame Kleinklein im Staub der Gassen. Diese Anfängerarbeit. Die Leute hielten doch sowieso dicht. Wenn es drauf ankam, waren die Neapolitaner allesamt taub und blind und stumm. Aus denen war nicht mehr herauszubekommen als eine Geste, ein Nicken, ein Recken des Kinns. Das große Schweigen. Dahinter die Angst. Oder Schweigegeld. Oder die Ehre.

Cava schwieg düster. Nach einer Weile sagte er: »*Mo, che si fa?* Und jetzt?«

»Ich schreib den Bericht. Und du kannst Feierabend machen, das hab ich doch vorhin schon gesagt«, erwiderte Gentilini, nach dem kurzen Wutausbruch nun freundlicher. »Oder geh meinetwegen noch die Vermisstenmeldungen durch, auch wenn das vermutlich nicht weiterführt. *Ci vediamo domani.*«

Er wandte sich ab und ging auf sein Dienstzimmer zu. Seine schweren Schritte hallten im leeren Flur wider. Hinter ihm war es ungewohnt still. Er spürte, wie sich sein schlechtes Gewissen regte. Er blieb stehen, drehte sich um.

Sein Kollege stand noch da. Wie ein Kind, das den ganzen Tag auf einen Besuch im Kino gehofft hatte und nun mit einer herben Enttäuschung kämpfte. Cava tat ihm plötzlich leid. Er hatte sich so ins Zeug gelegt. Er wollte dabei sein, wollte unbedingt zeigen, was er draufhatte.

»Übrigens, Nicò, was mir gerade einfällt … Bist du noch fit genug, um dich hinzusetzen und deine Tattheorien aufzuschreiben? Ich meine, Punkt für Punkt, was deiner Meinung nach hinter der Sache stecken könnte. Wie es vielleicht gewesen ist. Das können wir dann ergänzen, sobald wir mehr Informationen haben. Wie sieht's aus?«

»Etwa alles?« Cava begann zu lächeln.

Gentilini seufzte. Dann musste er grinsen. »Warum nicht … Klar, alles. Punkt für Punkt. Das kann noch wichtig sein.«

»*Va bene.* Wird erledigt!« Cava drückte mit neuem Elan die Klinke seiner Zimmertür hinunter. Dann hielt er inne.

»Nur weil es mir gerade einfällt, Gennà … Wo ist eigentlich diese deutsche Kommissarin abgeblieben? Haben wir jetzt mehr mit ihr zu tun? Kennst du sie näher?« Er schnalzte mit der Zunge. »Ich sag dir, halt dich ran, die hat was …«

Von Anfang an. Nach der Geburt, der erste Blick ins Leben, wie man ihn sich vorstellt, verschwommen, der Schatten einer Hütte, dunkle Haut, dunkle Mutterbrust. Die Gesichter der Geschwister, der Mutter, des Vaters, der Familie, der Nachbarn. Ein paar Hühner, Esel. Der Weg zur Wasserstelle.

7

Am nächsten Morgen wurde Gentilini sehr früh wach. Es wurde gerade erst hell. Er wollte Sonja nicht wecken, schlüpfte leise in seine kurze Jogginghose und drehte eine Runde am Lungomare, wie er es sich seit ein paar Monaten angewöhnt hatte. Die Luft war zu dieser Uhrzeit noch sauber, so schien es wenigstens, die Abgase vom Tag zuvor hingen jetzt vermutlich weiter oben in der Dunstglocke, die dem Himmel zuweilen eine äußerst ungesunde Farbe verlieh.

Unterwegs listete er in Gedanken auf, was es zu tun gab: weitere Befragungen des Personals, der Wachleute der Tag- und der Nachtschicht; dasselbe in Bezug auf das Bartoli-Konzert, Abklappern von Konzertveranstalter, Catering-Firma, Getränkehändler, Plakatklebern, Kartenvorverkäufern, Platzanweisern, Bühnentechnikern und so weiter. Cava hatte mit seinem Kleinklein völlig Recht, dachte er, während er einen Schritt vor den anderen setzte, was ihm auf einmal sehr mühsam vorkam, beides, das Laufen genauso wie das Ermitteln. Vielleicht brachte das Foto in der Zeitung sie weiter und jemand meldete sich, aber eine tote Frau sah anders aus als eine lebendige Frau, und die Hinweise, die nach Zeitungsmeldungen eingingen, waren oft mehr zeitaufwändig als hilfreich.

Er schleppte sich die Gasse hoch in die Quartieri. Die Läden waren noch geschlossen. Ein Hund schnupperte an einem Müllbeutel. Vor der Bäckerei duftete es nach frischem Brot. Er kaufte ein noch warmes Sfilatino. Wie gern würde er jetzt wieder zu Sonja unter das Laken schlüpfen, ihre Wärme spüren, ihren Körper an seinem Körper ... Wäre Stefano nicht ausgefallen ... Unter der Dusche fiel ihm ein, dass er völlig vergessen hatte, Stefanos Frau anzurufen und sich nach ihm zu erkundigen. Sonja schlief noch immer. Er schrieb ihr eine kurze Nachricht und wässerte, bevor er das Haus verließ, noch schnell die Pflanzen auf der Terrasse. Auf dem Weg in die Questura trank er bei Scaturchio auf der Via Roma einen Espresso und aß ein Cornetto. Neben ihm las ein Mann im Stehen Zeitung. Gentilini schielte auf die Titelseite. Aufmacher war wieder einmal eine Regierungskrise in Rom. Selbstmordattentate im Irak. Der Leichenfund in Pompeji wurde rechts unten mit einem Zehnzeiler erwähnt, das Foto der toten Frau hatte Briefmarkenformat.

Mit sehr gemischten Gefühlen betrat er gegen halb neun sein Büro. Als er die Tür öffnete, traute er seinen Augen kaum.

»*Buon giorno, Gennà!*«, dröhnte Stefano di Maio sichtlich gut gelaunt und sah ihm erwartungsvoll entgegen. »*Che si dice?*«

Er wirkte nicht im Geringsten krank oder angeschlagen, im Gegenteil: In seinen Augen funkelten im Trio Schalk, Neugier und Lebensfreude.

»*O pateterno* ... Was machst du denn hier?« Das klang nicht gerade begeistert, aber Gentilini hatte nicht damit gerechnet, dass sein Kollege heute schon wieder bei der Arbeit auftauchen würde.

»Wieso? Hier ist mein Zuhause.« Stefano schwang sich mit theatralischer Gebärde auf seinem Drehstuhl halb um die eigene Achse und zeigte auf Aktenschränke, Papierberge, Büromöbel. »Ist doch schön hier. Gemütlich. So viele ungelöste Fälle. Ein Mord neben dem anderen. Andere Leute sammeln Nippes, wir sammeln Leichen.« Er verschränkte die Arme im Nacken und grinste. »Und wir sind nie allein.«

Es kam immer wieder vor, dass di Maio unterschätzt wurde, nicht nur von Leuten aus der kriminellen oder halbkriminellen Szene, mit der er von Berufs wegen zu tun hatte, sondern auch von seinen Kollegen. Man sah einen gutmütigen, gutgelaunten, gutgenährten Kriminaler vor sich, der so wirkte, als könne er kein Wässerchen trüben. Er war tatsächlich eine sensible Seele, die auf Ungerechtigkeiten jedweder Art reagierte – doch plötzlich, wie aus heiterem Himmel, konnte aus dem guten Commissario manchmal auch ein sehr böser Cop werden.

»Ich dachte, du bist sterbenskrank«, entgegnete Gentilini mit Grabesstimme. »Jedenfalls hat sich das gestern so angehört«, fuhr er fort und imitierte die schnarrende Stimme von Pagano: »Commissario di Maio musste dringend ins Krankenhaus, Gentilini, ich gehe davon aus, dass Sie einspringen.« Er warf seinem Freund und Kollegen einen grimmigen Blick zu. »Hast du wenigstens anständig gelitten?«

Di Maio hob abwehrend die Hände und wirkte auf einmal sehr zerknirscht. »Tut mir wirklich leid, Gennà. Wirklich. Hundertpro. Ich bin kerngesund wie immer. Aber Rocco hatte sich beim Fußball den Arm gebrochen …«

»Beim Fußball den Arm?«

»Er ist Torwart und anscheinend unglücklich gesprungen …«

»Du meinst unglücklich gefallen.«

»Jedenfalls unglücklich. Und Luisa hatte sich beim Räuber-und-Gendarm-Spielen den Finger in der Tür geklemmt, die Anna zugeschlagen hatte …«

»Auch unglücklich?«

»Und wie. Alle beide. Na ja, und dann ist zu allem Übel auch noch Stefania umgekippt. Einfach so, gestern früh, im Bad. War wohl etwas viel Aufregung. Dabei hat sie sich am Waschbecken die Stirn aufgeschlagen, die Wunde musste genäht werden. Also bin ich mit ihr zum *Pronto Soccorso*, aber der Arzt bestand darauf, dass sie gründlicher untersucht wird, also sind wir ins Krankenhaus.« Di Maio verdrehte die Augen. »Das übliche Riesendurcheinander, wir haben stundenlang auf dem Gang gewartet und uns Gruselgeschichten erzählt, damit wir uns nicht ständig ausmalen, was mit Stefania los sein könnte, weshalb sie plötzlich umgekippt ist, man weiß ja nie.«

»Und?« Gentilini sah seinen Freund besorgt an. »Weiß man jetzt mehr?«

Stefano di Maio verzog den Mund. »Geduld, lieber Freund, Geduld. Wart's ab.«

»Mach's nicht so spannend. Wer kümmert sich um die Kinder?«

Stefano di Maio war glücklicher Vater von einem Sohn und vier Töchtern im Alter von drei bis dreizehn Jahren.

»Gestern sind sie allein zu Hause geblieben. Haben Vater-Mutter-Kind gespielt und sich dem Allmächtigen anvertraut.«

Gentilini runzelte die Stirn.

»Dem allmächtigen universalen Babysitter namens *Televisione*.«

»Ihr habt doch sonst immer diese Nachbarin …«

»Signora Bazzicalupo … Sie weilt leider für eine Woche bei ihren Enkeln in Mailand.«

»Und deine Schwiegermutter?«

Stefano lächelte halbwegs erleichtert. »Kam glücklicherweise gegen Mitternacht mit einem der letzten Züge aus Rom. Beziehungsweise einem der ersten. Die Lokführer haben doch gestern gestreikt. Ich sag dir, das war eine einzige große Verschwörung!«

»Hört sich so an.«

»Aber das ist noch nicht alles. Jetzt kommt das Beste …« Di Maio streckte die Beine von sich und lehnte sich selbstzufrieden in seinem Stuhl zurück.

»Sag schon …«, knurrte Gentilini. »Ich bin heute wirklich nicht allerbester Laune.«

Di Maio streckte ihm eine gespreizte Hand entgegen. Dann hob er die zweite Hand und reckte zusätzlich den Daumen. »Sechs.«

»Sechs was? Sechs Richtige im Lotto? Oder hast du auf die Sechs gesetzt?«

»Die ganz große Nummer …« Di Maio sprang auf und packte Gentilini an den Schultern. Dabei strahlte er übers ganze Gesicht. Den Ausdruck kannte Gentilini doch. Moment mal …

»Ist Stefania etwa …?«

»Der Kandidat hat hundert Punkte«, rief di Maio. »Champagner, meine Herrschaften. Ich werde Vater!«

»*Cazzo!*«, stieß Gentilini aus.

»*Che cazzo!*« Di Maio fasste sich theatralisch an die Hose. »Wo du Recht hast, hast du Recht. Trinken wir was? *Offro io.* Was willst du?« Er griff zum Telefon. »Champagner? *Caffè?*«

Di Maio tätigte einen Anruf in der Bar um die Ecke, in der die halbe Questura ihre Getränke bestellte – es war gewissermaßen die Privatbar der Kriminalpolizei, die man sich allerdings mit zwei Versicherungen und diversen Kleinunternehmern teilte. Danach ließ er sich zufrieden in seinen Stuhl fallen und sah Gentilini an. »Und jetzt du.«

»Ich – was?«

»Erzähl schon, Mann. Was macht die Liebe?«

Gentilini grunzte nur.

»He, nicht so ausführlich! Wie geht es Sonja?«

»*Bene, bene.*«

Di Maio runzelte die Stirn. »Was ist denn los? Das hört sich ja an, als hätte ich mich nach deiner verstorbenen Stieftante erkundigt.«

»Wir hatten gestern einen Leichenfund in Pompeji«, sagte Gentilini lakonisch. »Schon mitbekommen? Wieder eine tote Schwarze. Identität ungeklärt. Ich warte auf Manganellis Bericht.«

»Ist schon da. Auch der von der Spurensicherung.« Er wedelte mit ein paar Blättern, die vor ihm auf dem Schreibtisch lagen. »Ich habe auch Cavas nächtliche Ergüsse gelesen.« Er schüttelte den Kopf. »Aber hör mal, Gennà, ich hab schon gesagt, dass es mir leid tut wegen gestern, ich hatte das wirklich nicht geplant ...«

»... damit solltet ihr aber vielleicht mal anfangen ...«

Di Maio ignorierte den Einwurf. »... Es kann doch nicht sein, dass du dir wegen einem einzigen gestohlenen Tag die Liebeslaune verderben lässt, Mann! Aufgeschoben ist nicht aufgehoben, hat meine Mutter immer gesagt. Wie lange bleibt Sonja denn?«

»Zwei Monate.«

»*E allora!*«

»Wenn sie es überhaupt so lange mit mir aushält«, sagte Gentilini mürrisch.

»Wieso denn nicht? Du bist ein wunderbarer Commissario, ein wunderbarer Koch, ein wunderbarer Vater und Kollege, ein wunderbares Trüffelschwein, ein wunderbarer Gärtner, Freund, Autofahrer, Sänger und ein noch viel wunderbarerer Liebhaber – was will eine Frau mehr?«

Gentilini verdrehte die Augen. Er schien mit sich zu kämpfen. »Ich verabscheue meinen Beruf«, stieß er schließlich hervor. »Ich bin ein arroganter Kommissar, ein amateurhafter Gärtner, als Koch ein Anfänger, als Vater eine Aushilfsnummer, als Autofahrer viel lieber Fußgänger und als Kollege schlecht gelaunt. Was erwähntest du noch?«

Stefano verzog keine Miene. »Liebhaber.«

»Eh, Liebhaber ... *cazzo* ... Damit wären wir wieder bei gestern Mittag ... Lass uns lieber ranklotzen.«

»Geduld, mein Lieber, ich sagte es bereits. Alles zu seiner Zeit.« Er grinste. »Hat Sonja deine häusliche Ordnung ein bisschen durcheinandergebracht? Ihr Schminkzeug in deinem Badezimmer ausgebreitet? Frauenklamotten auf dem Fußboden? Wenn du mich fragst, tut dir das gut!«

»Ich frag dich aber nicht!«

Gentilini und di Maio sahen sich an. Keiner sagte mehr ein Wort. Zwischen ihnen erstreckte sich nicht nur eine entmutigende, zerklüftete Landschaft aus Akten, Protokollen, Briefen, Papieren mit jähen Abgründen und unüberwindbaren Hindernissen – da war auch etwas anderes, das den Raum zwischen ihnen füllte und sie beide erreichte: eine beinahe zwanzigjährige Freundschaft, die schon ganz andere Höhen und Tiefen überstanden hatte.

Gentilini griff nach dem Obduktionsbefund und dem Bericht der Ballistik. Laut Manganelli war die Frau am Sonntagabend – also während des Konzerts – gestorben, zwischen zwanzig und vierundzwanzig Uhr. Todesursache war der Schuss ins Herz. Das Opfer musste einen Schlag erhalten haben oder auf etwas Hartes gestürzt sein. Spuren am Hals der Frau deuteten auf einen Kampf. Die Kugel stammte von einer kleinkalibrigen Pistole, einer RG 90. Wie viele Afrikanerinnen war die Frau beschnitten und hatte irgendwann mindestens ein Kind geboren. Kurz vor ihrem Tod hatte sie Geschlechtsverkehr gehabt. In der geschlossenen Faust der Toten hatte man Teile einer silbernen

Kette oder eines Armbands gefunden, zwei kleine kugelförmige Glöckchen, die an einem Ring befestigt waren. Sowohl Manganelli als auch Portimbene von der Spurensicherung gingen davon aus, dass der Leichenfundort nicht mit dem Tatort identisch war.

Es klopfte an der Tür. Der Barjunge brachte zwei Espressi und eine Flasche Sekt herein, mit – zwei Plastikbechern.

Di Maio holte Luft, dann erwachte der böse Cop in ihm zu neuem Leben. Er schmetterte ein Donnerwetter aus wüsten Flüchen in den Raum, das als Echo von einer Wand zur anderen geworfen wurde. Beinahe hätte der Barjunge das Tablett fallengelassen. Er stammelte eine Entschuldigung und versprach, sofort mit zwei »Gläsern aus Glas«, wie er sagte, wieder da zu sein. »*Due minuti, Signor Commissario, promesso ...*« Damit rannte er aus der Tür, froh, diesem Inferno entkommen zu sein.

Di Maio zwinkerte Gentilini zu. »Er muss endlich lernen, dass wir das nicht mögen. Soll ich etwa auf mein sechstes Kind mit einem Plastikbecher anstoßen?« Dann ging er zum Schrank und holte zwei Gläser heraus. »Bevor der Sekt warm wird.« Er schenkte ein, sie stießen an.

»Auf dein neues Kind.«

»Auf deine neue Liebe.«

Als der Barjunge außer Atem mit zwei Sektgläsern zurückkam, sagte di Maio nur »*mi raccomando, la prossima volta ...*«, ließ aber offen, was dann passieren würde. Er drückte ihm ein großzügiges Trinkgeld in die Hand. Das war das zweite Mal an diesem Tag, dass der Barjunge die Welt nicht begriff.

Kaum waren sie wieder allein, klingelte das Telefon. Gentilini nahm ab. »*Ciao, cara ...*«

Di Maio grinste vielsagend. Er drehte sich weg und wandte sich einer unschönen Akte zu. Er ermittelte in mehreren

Mordfällen an Nigerianerinnen in der Nähe von Castelvolturno. Einige der Frauen hatten auf dem Straßenstrich gearbeitet, bei anderen wusste die Polizei nicht einmal, wo sie gewohnt hatten. Geschweige denn, wer für die Morde verantwortlich war, Freier, Zuhälter, jemand aus der Familie. Ein düsteres Kapitel der jüngsten Geschichte, das noch lange nicht zu Ende geschrieben war.

»*Sì. No. Sì. Quando? Va bene. D'accordo. Sì. No! A dopo. Ciao.*« Stöhnend legte Gentilini den Hörer auf. »Auch das noch.«

»Ärger mit Sonja?«

»Wie? Was?«

»War sie das nicht?«

»Es gibt auch noch andere Frauen in meinem Leben, *caro amico*!«

Stefano grinste. »Deine Mutter, deine Cousinen, deine Ex, deine Zahnärztin ...«

»Hör auf. Der Fall weitet sich aus.«

»Eine neue Leiche?«

»Ein Einbruch im Bordell.«

»Seit wann ist das unser Ressort?«

»Seit heute.«

Jetzt war di Maio perplex. »Majestät belieben zu scherzen ... Und was wurde geklaut? Ein Laken oder gleich das ganze Bett?«

»Ein Fresko, *caro amico*. Gerade eben, das war Livia aus Pompeji. Im Lupanare dell'Africano wurde ein Fresko gestohlen. Abgemeißelt und ab die Post.«

»Schon wieder?«

»Im Vorraum wurden Blutspuren entdeckt. Und der Teil einer silbernen Kette ... Was sagst du nun?«

8

Es war das erste Mal seit vielen Wochen, dass Sonja ohne Plan in den Tag startete. Ohne die üblichen Punkte auf der to-do-Liste, die abgehakt werden mussten. Der vor ihr liegende Spätsommertag war wie ein weit in die Zeitlandschaft hineinfließendes Laken, das sich in voller Fülle und Pracht entfalten konnte. Im Hamburger Alltag war es zumeist ziemlich zerknittert und festgezurrt, von zahllosen Stecknadeln auf die Pinnwand der Pflichtabläufe gebannt.

In Sonjas Leben hatte es einige Veränderungen gegeben. Ende Juni hatte sie bei *Sweet Home* gekündigt, nach über zehn Jahren. Absolut unverantwortlich, wie ihre Mutter seither klagte: einen sicheren Job aufzugeben, in diesen unsicheren Zeiten, wo man festhalten musste, was man hatte ... Im Freundeskreis waren die Meinungen dazu gemischt. Einige bewunderten Sonjas Mut, andere werteten ihn als blauäugigen Leichtsinn. Nur Maris und Lion hatten Sonja gratuliert.

Für sie selbst war es der einzig mögliche Schritt gewesen. Das Verschwinden von Luzie in Neapel, die nervenaufreibende Suche nach ihr und nach Antonio, das glückliche Ende – all das hatte einen Abschnitt in Sonjas Leben beendet, der zwanzig Jahre gedauert hatte. Sie war jetzt vierzig. Ihr halbes Leben lang hatte sie an einem ziemlich löchrigen, vielmustrigen, aber dennoch haltbaren Kokon aus Sicherheit gewebt, für sich und ihre Tochter, und dabei jede Menge Kompromisse gemacht, rund um die Uhr. Damit war jetzt Schluss. Die Notwendigkeit bestand schlichtweg nicht mehr. Außerdem hatte Sonja sich in Gennaro Gentilini verliebt. Und die Liebe verleiht bekanntlich sehr bunte, eigenwillige Flügel.

Sie hatte Kontakt zu diversen anderen Redaktionen aufgenommen und zur eigenen Überraschung – vielleicht wegen der Ferienzeit in Hamburg – jede Menge Aufträge bekommen. Teilweise hatte sie bis spät in die Nacht gearbeitet und alles in allem weniger Zeit gehabt als zuvor. Aber dafür hatten das Schreiben und Recherchieren einen neuen Glanz bekommen. Das Gefühl, sie sei frei, zu tun und zu lassen, was sie wollte, mochte illusorisch sein, bisher aber fand Sonja es in erster Linie beglückend. Sie hatte einen gut bezahlten Auftrag über Swimmingpools im Eigenheim ebenso wenig ausgeschlagen wie einen schlecht bezahlten über eine ostfriesische Dichterin, die in einem umgebauten Zirkuswagen wohnte. Sie musste eben mischen. Und auf Vorrat arbeiten, auf Vorrat verdienen.

Jetzt aber hatte sie frei. Für zwei lange Monate. Oder sogar drei. Es lag an ihr, wie lange sie blieb. An ihnen.

Sie hatte einiges über Neapel gelesen und recherchiert, im Internet, in Reiseführern. In den Nächten ohne Gennaro hatte sie sich die neapolitanischen Tage aus Goethes *Italienischer Reise* zu Gemüte geführt, Curzio Malapartes *Die Haut* auf Deutsch und auf Italienisch *Il resto di niente* von Enzo Striano, einen Roman über die neapolitanische Revolution von 1799. Sie hatte damit begonnen, Ideen für mögliche Reportagen, die sie schreiben könnte, zu sammeln. *Wohnen in Neapel, vom Basso bis zum Palazzo*, lautete ein Arbeitstitel; *Frauenleben in Neapel, zwischen Mamma, Madonna und Modella* etwas reißerisch ein zweiter.

Pompeji wäre auch keine schlechte Idee, dachte Sonja auf dem Weg ins Gambrinus. In ihrem Reiseführer hatte sie gelesen, dass nicht das Interesse am Altertum Karl III. dazu bewogen hatte, die seit fast zweitausend Jahren verschüttete und in Vergessenheit geratene reiche Handelsstadt wieder ausgraben zu lassen, sondern reine Geldgier. Der

Bourbone wollte die schütteren Staatskassen mithilfe der entdeckten Gold- und Schmuckschätze wieder auffüllen. Aber Pompeji wurde von manchen Leuten immer noch als Schatzkammer betrachtet, in der man sich nach Belieben bedienen konnte. Vor wenigen Jahren erst war im Haus eines pompejanischen Juweliers ein Münzschatz entdeckt worden – als das antike Gebäude endlich freigelegt war, war das Gold längst verschwunden. Und offenbar gab es immer noch einen regen illegalen Handel mit antiken Vasen, Skulpturen, Münzen ... Sie ertappte sich dabei, wie sie den Artikel in Gedanken grob vorstrukturierte, Arbeitstitel *Das Gold von Pompeji*. Halt, stopp, sagte sie sich. Erst mal ist Pause. Kein Arbeitsauftrag, kein Denkauftrag. Du wolltest dich fallen lassen, dann tu das gefälligst auch und fang nicht gleich damit an, die errungene Freiheit wieder festzuzurren.

Am Wochenende würden sie auf die Inseln fahren. »Such dir eine aus«, hatte Gennaro gesagt, »Capri, Procida, Ischia. Wir bleiben über Nacht, und keine Untat der Welt kann uns davon abhalten. Versprochen.«

»Sicher?«

»Ehrenwort. Ich schwöre bei ...«

»Lieber nicht, Gennaro. Ich nehme so etwas ernst.«

»Ich etwa nicht?!«

Wenn das Wetter so blieb, würde es wunderbar werden. Zwei Tage auf Capri mit dem Liebsten, Übernachten in einer weiß getünchten Pension inmitten von Olivenhainen, Orangenbäumen, Agaven, Bougainvilleen, Spaziergänge auf autofreien Wegen fernab von Lärm und Gestank, nichts als das Zirpen der Grillen und das ferne Surren von Motorbooten auf dem Mare Mediterraneo, reglos an Mauern klebende Eidechsen, duftende Zitrusfrüchte, gaukelnde Schmetterlinge, faul auf den warmen Felsen liegen und lauschen, wie das Meer das Gestein umspült, gegen den Fels schwappt, gurgelt, plätschert, rauscht ... dabei einschlafen, sich irgendwann selbst ins Wasser gleiten lassen. Ja, das war eindeutig ausbaufähig. Ein kleines Paradies. Und all der störende mörderische Ballast bliebe am Festland zurück ...

Die Türen des Café Gambrinus standen weit offen. Von draußen dröhnten, tröteten, hupten die Verwerfungen des anderen Meeres herein, des Meeres der großen Städte, *mare automobile*. CO2 statt Salzgehalt. Aber der Duft nach frischem Espresso war dominanter. Die Espressomaschine zischte, der Barmann wischte mit dem Lappen über die Theke und verteilte schwungvoll diverse kleine und große Tassen.

»*Ecco, Signora. Un cappuccino.*«

Draußen schien die Sonne, der Himmel war blau, die Temperaturen würden auch heute wieder die Dreißig-Grad-Marke erreichen. Draußen wartete Neapel auf Eroberung. War nur die Frage, wer wen erobern würde, Sonja die Stadt oder umgekehrt. Hatte sie Neapel noch vor vier Monaten mit äußerstem Widerwillen betreten? Es zunächst nur mit Fingerspitzen anfassen mögen wie einen unansehnlichen, unangenehme Gerüche absondernden Wischlappen? Wie schnell sich manchmal alles im Leben änderte.

Noch im Mai hätte sie Stein und Bein darauf geschworen, ihr Dasein auf dieser Welt als Single zu verbringen. Ab und zu eine kleine Affäre, gern, aber einen Mann im Haus? Sich auf all die Macken einlassen, die Männer in mindestens vier Lebensjahrzehnten bruchsicher und hitzebeständig ausgebaut hatten? Diskussionen über Themen und Sachzwänge führen, die sie für sich längst abgeklärt hatte? Nie wieder. Kommt nicht in die Tüte. Hätte sie im Brustton der Überzeugung gesagt. Vermutlich hatte Gennaro, bevor sie sich kennenlernten, ähnlich hochtrabende Gedanken gehegt. Auf ewig Single. Nie wieder eine Frau im Haus …

Innerlich reckte sie sich um mehrere Meter. Das Leben war bunt. Die Welt war herrlich. Jetzt, in diesem Moment. Und solche Momente brauchte man doch, um klarzukommen. Jeder brauchte sie.

»*Le piace Napoli …?*«

Sie blickte in die Richtung, aus der die Stimme kam. War etwa sie gemeint?

Zwei Meter links von ihr stand ein älterer, gut gekleideter Mann um die siebzig und lächelte sie an. Ein Signore. Hemd, Krawatte, Jackett, alles vom Feinsten, edle Stoffe, aber nicht mehr ganz neu, registrierte sie, graumelierter Schnäuzer, Manschettenknöpfe, Hornbrille. Das Lächeln freundlich, unaufdringlich.

»Wie bitte?«

»*Le piace Napoli …?* Ge-fallt Ih-ne Ne-a-pel?«, wiederholte der Mann dann auf Deutsch mit deutlichem Akzent.

»O ja!«, erwiderte Sonja strahlend, denn die Antwort entsprach voll und ganz ihrer gegenwärtigen Verfassung. Sie dachte kurz, dass diese Frage eigentlich Gentilini vorbehalten war. Dann dachte sie etwas beschämt an ihre damalige Antwort. Das Leben war, wie gesagt, bunt …

Der Signore nickte, als hätte er das geahnt. Oder befürchtet. Er wandte sich seinem Begleiter zu, einem Signore etwa gleichen Alters, aber einen Kopf kleiner, der neben ihm am Banco stand und an einem Espresso nippte.

»*Avevo ragione io. E tedesca. E innamorata di Napoli … Eh, che vuoi fare …!*«

Was will man machen … In seiner Stimme schwangen Zweifel mit, in seiner Mimik verständnisvolles Bedauern.

Wieso, was war denn an ihrer Antwort auszusetzen? Die einen erwarteten, dass man ihre Stadt lobte, aber lobte man sie, war es den anderen auch wieder nicht recht. Und der Ausdruck *verliebt* war nun wirklich übertrieben. »Stimmt etwas nicht?«

»Nein, nein, Signora, *tutto bene*. Bitte entschuldigen Sie, *mi scusi*, eine dumme Frage«, fuhr er auf Italienisch fort. »Gestatten Sie, dass ich mich vorstelle: De Cesari, Giulio De Cesari. Meine Frau ist Deutsche, deshalb meine S-prache. Meine Aus-sprache.«

Sonja lächelte. »Wie haben Sie erraten, dass ich Deutsche bin?«

»*Ma quando mai*, erraten. Ich sehe auf eine Blick. Ihr dunkles Haar, *va bene*, das kann italienisch sein, aber Ihr Blick ... in die Ferne. Nachdenklich ... *pensierosa*. *Tedesca* eben. Meine Frau ist genauso. *Che dici, Antonello?*« Er sah seinen Begleiter an.

Der zuckte die Achseln. »Was weiß ich ... Da kennst du dich besser aus.«

De Cesari zwinkerte Sonja zu. »Er übertreibt wie immer. Dabei ist auch er seit Jahrzehnten fest in deutschen Händen ... Woher genau kommen Sie?«

»Aus Hamburg.«

»*Che bella città!*«, rief De Cesari.

»Sind Sie schon einmal dort gewesen?«, erkundigte sich Sonja höflich.

»Einmal? Dreimal schon! Zuerst als junger Mann, Neunzehnhundertachtundfünfzig, da war ich noch nicht verheiratet. *Mamma mia!* Der Hafen, wie heißt noch mal das Viertel, die Rä-per-bahn ...«

Sonja verdrehte innerlich die Augen. Immer wieder diese Nummer. Wie oft hatten Leute, die sie auf ihren Reisen kennengelernt hatte, sie schon auf die Reeperbahn angesprochen. Nein, nicht Leute – Männer. Natürlich war auch ein Signore nicht davor gefeit.

»Ein zweites Mal war ich Anfang der achtziger Jahre in *Amburgo*. Zusammen mit meiner Frau. Ihre Schwester wohnt dort, Magdalena Henkel, vielleicht kennen Sie sie zufällig? Die Welt ist manchmal so klein.«

Sonja verneinte.

»Die Familie meiner Frau stammt aus *Monaco*. München.« Er sprach es wie Mün-ken aus. »Auch eine schöne Stadt.« Er breitete die Arme aus. »Ich liebe Deutschland. Ein schönes Land ... Und was treibt Sie nach Neapel?«

»Oh«, Sonja zögerte, »ich besuche einen Freund ...«

»Die Liebe, ich wusste es! Auch meine Frau ist wegen der Liebe nach Neapel gekommen – und geblieben!« De Cesari strahlte über das ganze Gesicht und zwinkerte ihr erneut zu. »Wer weiß, vielleicht bleiben Sie auch.«

»*Vediamo*«, entgegnete Sonja lächelnd. Wusste man's?

»Waren Sie schon auf Capri? In Cuma? Was haben Sie sich bisher angesehen?«

»Gestern war ich in Pompeji.«

»Gestern? Momentchen mal ...« De Cesari nahm die Tageszeitung, die vor ihm auf dem Tresen lag. »Wurde nicht gestern in Pompeji eine Frauenleiche gefunden?« Er kniff die Augen zusammen, suchte die Titelseite ab. »Genau, hier steht es. Wieder eine Afrikanerin. Man hat auf sie geschossen! Mitten in der Nacht! Mitten in den Ruinen! Unglaublich, wo gibt's denn so was?!«

»Tatsächlich?« Sonja gab sich erstaunt bis schockiert, aber sie verschwieg, dass sie selbst sogar am Fundort gewesen war. Was, Ihr Freund ist Kommissar? Wie, Sie haben die Leiche mit eigenen Augen gesehen? Nein, lieber nicht.

»Soweit ist es mit uns gekommen«, schnaubte De Cesari. »Nichts ist diesen Leuten mehr heilig. Mord und Totschlag an den antiken Stätten! Unser kulturelles Erbe, mit Füßen getreten und mit Blut besudelt! Das Beste, was wir haben! *Bella Napoli …*«, stieß er in theatralisch übertriebener Verzweiflung aus.

»*Che vuoi fare*«, seufzte sein Begleiter achselzuckend.

»*Mah* … das war garantiert irgendein Perverser …! Was nachts auf den Straßen rund um Neapel los ist, möchte man lieber nicht so genau wissen, *vero,* Antonello?«

»Du sagst es …«

»Leben viele Schwarze in Neapel?«, fragte Sonja.

»Jede Menge. Aber erst seit ungefähr zehn Jahren. Vorher fast gar nicht.«

»Du vergisst James Senese.«

De Cesari lachte. »Der zählt nicht. Der ist waschechter Neapolitaner. Sohn eines GI«, fügte er als Erklärung hinzu. »Da gab es so einige. Bei denen sehen wir die Hautfarbe gar nicht mehr, was, Antonello? Die gehören zu uns … *Niro niro comm'a che …*«, intonierte er ein neapolitanisches Lied. »… *sempe è ggrano chello ch'esce!*« Er lachte. »Verstehen Sie das?«

Sonja verneinte.

»*Tammuriata nera.* Aus jedem Samen wächst eine Pflanze. Mensch ist Mensch. Halb Afrika sucht bei uns das Glück.«

»Glück?«

»Geld. Ein Auskommen. Irgendeine Arbeit, als Putzhilfe, als *colf., Collaboratrice Familiare*« fügte er hinzu, als Sonja ihn fragend ansah. »Sie kosten nicht viel und arbeiten gut. Im Moment haben wir gerade ein Mädchen aus Moldawien. Sehr intelligent. Die wissen, wie man über die Runden kommt. Sie spricht schon fast fließend Neapolitanisch.« Er lachte. »Antonello, hattet ihr nicht auch eine aus Osteuropa?«

Antonello nickte. »Bis vor zwei Monaten. Eine Russin.«

Sein Gesicht verzog sich zu einem Lächeln, das aber zwischen den Zähnen erstarb.

»Trinken Sie noch einen *caffè* mit uns?«, fragte De Cesari. »Es wäre mir eine Freude. Antonello, du? *Va bene* ... Giovanni, *per piacere, tre caffè* ... Und für die Signora eine *sfogliatella*.«

Sonja wollte protestieren, aber der Barmann war schneller.

»Neapolitanische Spezialität«, sagte De Cesari schmunzelnd.

Sonja kannte das bereits. Sie bedankte sich und biss ergeben in die Quarkblätterteigtasche, wohl wissend, dass sie die nächsten fünf Minuten mit den brüchigen Hüllen der Sfogliatella kämpfen würde. Zum Glück wurde zum Espresso ein Glas Wasser serviert.

»Apropos Pompeji ...« De Cesari erkundigte sich, ob sie schon im Museo Nazionale gewesen sei.

Sie brachte es zu einem Kopfschütteln.

»Nein? Oh, das müssen Sie unbedingt nachholen ... Schätze, wahre Schätze! Alles, was bei den Ausgrabungen entdeckt wurde, die wundervollsten Fresken, Mosaiken, Skulpturen, eine riesige Sammlung von Objekten aus dem Alltagsleben im alten Pompeji, Geschirr, Schmuck, Gläser.«

»*Il gabinetto segreto* ...«, ergänzte sein Begleiter.

»Natürlich, das Geheimkabinett – ist das denn wieder geöffnet? Nach dem Diebstahl im August? Bist du sicher?«

»Was verbirgt sich hinter dem geheimnisvollen Namen?«, fragte Sonja zwischen zwei Bissen.

»Das *gabinetto segreto* ist ... wie soll ich sagen ...« – er strich sich übers Kinn – »eine Sammlung von Objekten mit erotischem ... äh ... Beiklang. Fresken, Skulpturen, Tintinnabula, Öllampen mit ... phallischer Bedeutung ... nun ja. Etwas ganz Besonderes, auch unter künstlerischem Aspekt, so etwas findet man in dieser Vielfalt nur hier in Neapel. Aber mehr verrate ich nicht. Gehen Sie hin, und staunen Sie selbst.« Er nickte nachdrücklich. Dann hob er die Hände. »Bitte, verstehen Sie diese Empfehlung nicht falsch, ich meine …« Er lächelte unbeholfen, suchte nach Worten. »Ich wollte nicht …«

Die Sfogliatella war besiegt. »Ich bin Journalistin«, entgegnete Sonja leichthin, als würde diese Tatsache alle Peinlichkeiten und Provokationen der Welt neutralisieren. Sie fragte sich allerdings, ob De Cesari ihr mit derselben Inbrunst und Überzeugung den Besuch in einem Museum mit sakraler Kunst ans Herz gelegt hätte.

De Cesaris Begleiter tippte mit dem Zeigefinger auf eine Stelle oberhalb des Handgelenks. »*Il Vesuvio …*«

»Schon so spät?« De Cesari warf einen Blick auf die Uhr an der Wand. »*Managgia*, wir müssen los …« Er wirkte untröstlich, als würde er aus dem interessantesten Gespräch der letzten Jahre herausgerissen. »Leider, Signora …« Dann hellte sich sein Gesicht wieder auf. »*Ich habe ein glänzendes Idee*«, sagte er auf Deutsch. »*Meine Frau arbeitet in deutsche Consolato*. Heute Abend ist dort ein kleiner Empfang. Wie heißt das auf Deutsch? *Eine Trank, eine Trunk …*«

»Ein Umtrunk«, sagte Sonja.

»*Esatto*. Es gibt eine Kleinigkeit zu essen, und ein Streichquartett spielt. Wenn Sie Lust haben, sind Sie eingeladen. Ein Stückchen Heimat. Sie können Ihre Landsleute treffen, neue Gäste sind immer willkommen. Bringen Sie auch Ihren neapolitanischen Freund mit. Sagen Sie am Eingang einfach, *mi manda Giulio*.« Er griff in seine Jacketttasche und reichte Sonja seine Visitenkarte. »Heute Abend um sechs.«

»Neapolitanische Zeit?«, fragte Sonja, sprich: frühestens um halb sieben.

De Cesari lachte verschmitzt. »Nichts da. Deutsche Zeit. Also pünktlich.« Er nahm ihre Hand und deutete einen galanten Handkuss an. Ein Kavalier alter Schule. »Und gehen Sie ins Nationalmuseum«, sagte er. »Heute soll es wieder sehr heiß werden. In den Schauräumen ist es angenehm kühl. *Mi raccomando.*«

9

Das Lupanar des Africanus war früher einmal ein Geheimtipp gewesen, zu besichtigen nur auf Anfrage und natürlich erst nachdem diverse Geldscheine den Besitzer gewechselt hatten – diese liebenswerten, mittlerweile ausrangierten, an den Rändern ausgefransten, oft mit Tesafilm geklebten, schmutzigen, mit vielen Nullen versehenen Lappen namens Lire. Das Haus der männlichen Erwartungen, dachte Gentilini. *Lupa*, auf Lateinisch auch das Wort für Prostituierte. Das einzige zweifelsfrei identifizierte Bordell der Antike galt als eine der Hauptattraktionen, als Star im Sightseeingprogramm Pompejis.

»Es ist eine Katastrophe!«, keuchte Direktor Almirante.

Seine Stimme hatte ihren selbstsicheren Grundton eingebüßt, deutliche Risse, Aufwerfungen wurden hörbar. Sein Blick wanderte unruhig hin und her, wie auf der Suche nach festem Terrain. Irgendwo lauerte der Abgrund – vielleicht hatte er das zum ersten Mal in seinem Leben begriffen. Irgendwo lauerte der Abgrund *auch auf ihn*. Beziehungsweise *in* ihm. Das ließ sich nicht so einfach trennen.

Ein zweites Verbrechen innerhalb weniger Tage! Auf dem Ausgrabungsgelände, für das er die Verantwortung trug. Eine Leiche *und* der Raub eines Freskos auf der bisher unbefleckten Weste seiner Karriere! Der Diebstahl war ein direkter Angriff auf den Bestand seines Herrschaftsbereichs. Jedenfalls wirkte der Direktor unter seiner Sommerbräune heute sehr blass. Um einiges erschütterter als tags zuvor nach der Entdeckung der Frauenleiche, dachte Gentilini. Und dass der Mann offenbar andere Schwerpunkte setzte.

Der Diebstahl war morgens um kurz nach acht entdeckt worden, als die beiden Restaurateure ihre Arbeit aufnehmen wollten. Das antike Bordell wurde seit gut einem Jahr restauriert und war seither für Besucher geschlossen.

Auf Gentilini wirkte das zweigeschossige Bordell im spitzen Eck zwischen dem Vicolo del Lupanare und dem Vicolo del Balcone Pensile wie eine kleine Trutzburg. Vielleicht lag es an der Form des Hauses, am rohen Gestein, aber auch an dem übermächtig scheinenden, aus der Mauer vorragenden Balkon, der um die gesamte Straßenfront des Hauses herumführte und schwer über den beiden Gassen hing. Von hier aus war es nur ein Katzensprung zu den Terme Stabiane, und auch das Forum lag nicht weit, ein optimaler Standort also für das Lupanar. Nach erfolgreichem Handel, nach einem Bad in den Thermen oder einem harten Arbeitstag konnten die männlichen Bewohner des antiken Pompeji quasi im Vorbeigehen den schnellen Lustgewinn suchen.

Sie standen im Mittelgang des antiken Bordells: der Commissario, der Direktor, zwei Mitarbeiter der Sopraintendenza, die beiden Restaurateure, die Pressefrau Elena Milo und aus dem Kunstraubdezernat Livia Picone sowie zwei ihrer Mitarbeiter – sieben Männer und drei Frauen, kein schlechter Schnitt. Livia arbeitete im Dezernat für Kunstraub. Sie hatte die Kunstakademie besucht, sich eine Zeitlang als Hungerkünstlerin versucht, wie sie es nannte, und nach einem späten Jurastudium ein paar Stufen auf der Karriereleiter auf einmal genommen. Gentilini und sie waren seit Ewigkeiten befreundet.

Rechts und links führten mehrere türähnliche Durchbrüche in die einzelnen Kammern. An zwei Wänden waren schmale Gerüste mit Leitern aufgebaut, punktuell Scheinwerfer installiert. Werkzeug lag herum. Es roch staubig und muffig.

Als Gentilinis Augen sich an die Lichtverhältnisse gewöhnt hatten, konnte er die Fresken erkennen. Über den Türstürzen wurde auf Wandgemälden gezeigt, was die Freier in den Kammern erwartete. Oder was umgekehrt die Freier erwarteten, denn es gab mehr Fresken als Türen. Erotische Szenen, verschiedenste explizite Posituren, im Vergleich zu jedem Pornoheft absolut harmlos und doch aufreizend. Ein Versprechen von laszivem Sex, von etwas Zartem, Schwebendem, dachte Gentilini. Er warf einen schnellen Blick in eine der Kammern – und gleich die Idee von Zartheit und Schweben über den Haufen. Wie hart, unromantisch. Cava hatte völlig Recht gehabt. Gemauertes Bett, kein Fenster. Zwischen Bebilderung und Realität hatte auch damals eine Riesenlücke geklafft. Es ging um käuflichen Sex, nicht um lasziv-romantische Liebesabenteuer.

Gentilini war kein Puffgänger. Er war in seinem Leben ein einziges Mal mit einer Nutte zusammen gewesen. Amsterdam neunzehnhundertachtzig, Schulabschluss und danach einer dieser Kurztrips, die hauptsächlich aus Kiffen, Trinken, Autobahnraststätten, billigen Pensionen und eben auch einem Intermezzo im Rotlichtviertel bestanden. Vier Neunzehnjährige im Rausch der Freiheit. Alles einmal ausprobieren. Gentilini hatte dieses eine Mal gereicht. Nichts gegen die Hure aus Indonesien, die vom Alter her seine Mutter hätte sein können; sie hatte nur ihren Job gemacht, vermutlich sogar ziemlich zartfühlend. Eine halbe Stunde, das war's, man traf sich wieder an der dunklen Gracht, nach und nach waren auch die anderen wieder aufgetaucht, mehr oder weniger benommen, verlegen, ernüchtert, zufrieden. Man schickte noch ein paar lose Sprüche in die Nacht und ließ zwecks erneuter Benebelung den nächsten Joint rumgehen. Das ganze Erlebnis war auf Einmaligkeit angelegt. Jedenfalls hatte Gentilini nie Lust verspürt, die Erfahrung zu wiederholen. Sich sexuelle Befriedigung zu *kaufen*. Und er verstand auch nicht, weshalb andere Männer das taten.

Die Fresken hatten in den über hundertvierzig Jahren seit der Ausgrabung des Lupanars sichtlich gelitten, das Rotbraun und Grün der Körperumrisse war stellenweise kaum noch zu erkennen. Nun wurde die Phantasie also aufgefrischt. Die Restaurierung kostete sicherlich ein ansehnliches Sümmchen, vermutlich mitfinanziert aus irgendeinem Topf in Brüssel. Und alles für die sensationsgeilen Besucher aus aller Welt. Ein Tag Antike, Geschichte, Archäologie, man schleppte sich unter sengender Sonne durch den Kanon des Wissenswerten, Sehenswürdigen der Alten Welt – und als kleiner Imbiss, als Antrieb, als Highlight dann ein paar Szenen Geschlechtsverkehr, schlüpfrige Visionen auf Putz. Angesichts der unwirtlichen Kammern lief dem besichtigungsgestählten Japaner oder dem Europarundreisenden aus Boston vermutlich ein Schauer über den Rücken. Aber vielleicht beschloss er zum Ausgleich, sich abends eine Prostituierte aus Fleisch und Blut ins Hotel zu bestellen …

»*Ecco! Guardate, che disastro!*«

Der Direktor stand unterhalb eines der beiden Gerüste und riss aufgebracht die Arme hoch. »*Bastardi, maledetti!*«

Er zeigte auf die Wunde in der Wand. Da hatte jemand rund um eine leere Fläche in der Mauer geschabt, gekratzt, gemeißelt, gehämmert.

»Welches Fresko fehlt?«, erkundigte sich Gentilini. »Geschlechtsverkehr von oben unten hinten vorn ...«

Der Direktor starrte ihn mit sichtlicher Verachtung an. »Der Priapus natürlich!«

Livia bedachte Gentilini mit einem amüsierten Blick, der ungefähr besagte: Weißt du das etwa nicht, du Dummkopf, natürlich der Priapus, wer auch sonst, was für eine Frage ...

»Es handelt sich um ein Fresko, das den mit zwei Phalli ausgestatteten Priapus vor einem Feigenbaum zeigt«, sprang die Restaurateurin ein. »Wir hatten die Restaurierungsarbeiten an dem Gemälde vor zwei Wochen abgeschlossen.« Ihre Stimme zitterte.

Oho, dachte Gentilini, Doppelphallus, damit Mann im Lupanar sich doppelt potent fühlt? Halbverschüttetes Schulwissen sagte ihm, dass der Phallus in der Antike Fruchtbarkeit und Wohlstand symbolisiert hatte, aber das war hier sicherlich nicht gemeint.

»Laut der Legende entstammt Priapus dem Ast eines Feigenbaums«, kommentierte Livia unaufgeregt. »Mit seinem überdimensionierten Phallus bestrafte er die Obstdiebe, und zwar durch Vergewaltigung.«

»Was für ein reizender Bursche«, knurrte Gentilini.

Peinliches Schweigen umgab ihn.

»Gibt es ein Foto von dem gestohlenen Fresko?«

»Selbstverständlich.«

»Haben die Diebe versucht, auch noch andere Fresken zu stehlen?«

»Sieht nicht so aus«, sagte der Restaurator.

»Wie ist das Haus gesichert?«

»Durch ein normales Türschloss ... Aber es war nicht aufgebrochen, deshalb ist es uns nicht gleich aufgefallen. Erst als wir mit der Arbeit beginnen wollten ...«

»Gibt es noch einen zweiten Zugang?«

»Den Nebeneingang in der Via del Balcone Pensile.«

»War er verschlossen?«

Beide nickten.

»Wie viele Schlüssel gibt es?«

»Fünf«, sagte Elena Milo. »Die beiden Restaurateure haben jeweils einen, zwei weitere liegen im Sekretariat und werden je nach Bedarf an die Fremdenführer ausgegeben. Und natürlich haben auch die Wachleute, die nachts ihre Runden drehen, Schlüssel zu den Häusern.«

»Die Überwachungskameras sind leider ...«, setzte Livia an.

Gentilini winkte ab. »Ich weiß.« Er wandte sich den beiden Restaurateuren zu. »Sie haben den Raub entdeckt?«

Die Frau sagte, sie hätten das Lupanar an diesem Morgen gegen acht betreten und kurz darauf bemerkt, dass der Priapus fehlte.

»Dann ist er also gestern Nacht gestohlen worden?«

»Nicht unbedingt. Wir ... wir waren Freitag zuletzt hier.«

»Was?« Der Direktor schnappte nach Luft.

»Wir hatten eine viertägige Arbeitspause«, kam ihr Kollege ihr zu Hilfe. »Die Überstunden, *direttore*. Mittlerweile sind wir beide bei über hundert Überstunden, und weil uns letzte Woche unmissverständlich mitgeteilt wurde, dass wir uns eine Überstundenbezahlung aus dem Kopf schlagen könnten ...« Er zuckte die Achseln. »Das hätte auch nichts geändert. Schließlich haben wir nichts mit dem Raub zu tun.«

»Aber es weitet den möglichen Zeitpunkt der Tat aus«,

sagte Gentilini. Er sah jetzt wieder den Direktor an. »Wie viel ist dieser Priapus auf dem freien Markt wert?«

Almirante zögerte. »Mindestens zweihunderttausend Euro. Aber das ist gewissermaßen ... variabel.«

»Kein Auktionshaus auf der ganzen Welt könnte dieses Fresko jemals anbieten«, sagte Livia. »So etwas wird unter der Hand verkauft.«

Der Direktor warf ihr einen abschätzigen Blick zu. »Dann sorgen Sie dafür, dass es dazu gar nicht erst kommt! Vor vier Jahren in der Casa dei Casti Amanti hat die Polizei innerhalb kürzester Zeit ...«

»Damals wurden zwei Fresken gestohlen und mehrere andere beschädigt«, sagte Livia als Erklärung.

»Nach nur zwei Tagen war der Fall gelöst!« Almirantes Ton wurde schärfer. »Nach zwei Tagen nur! Die Polizei war äußerst effizient! Ich erinnere mich nicht mehr, wer damals ermittelt hat, aber ich kann Ihnen in Ihrem eigenen Interesse nur raten ...« Was das war, ließ er unausgesprochen, aber die Drohung lag auf der Hand.

»Nach zwei Tagen wurden die Fresken wiedergefunden«, korrigierte Livia den Direktor mit ihrer freundlichsten Miene. »Die Täter wurden nie gefasst.«

Almirante machte eine Geste, die besagen mochte, dass ihm auf der Welt nichts gleichgültiger war. Hauptsache, sein Imperium wurde wiederhergestellt.

10

Es war das erste Mal, dass Gentilini und Livia zusammen an einem Fall arbeiteten. Die Kunstraubermittlerin hatte ursprünglich an der Accademia di Belle Arti Kunst studiert und danach die schmerzliche Erfahrung vieler junger Künstler machen müssen, dass man von Kunst, Luft und Liebe kaum leben konnte. Eine jener Binsenweisheiten, die man erst am eigenen Leibe erfahren musste, bevor man sie glauben konnte, stand doch am Anfang der Künstlerkarriere fast immer die Hoffnung, die einzigartige Ausnahme zu sein und es trotz allem zu schaffen. Livia hatte damals im Dezernat Kunstraub einen Halbtagsjob angenommen, so dass sie weiterhin malen konnte, und aus dem Job war im Laufe der Jahre eine feste Stelle geworden. Sie hatte ein paar Ausstellungen in Neapel, in Kampanien und Apulien gehabt und es dank ihrer Freundin Marlen sogar bis nach Deutschland und Dänemark geschafft – natürlich in kleinere Galerien. Vom Verkauf der Bilder ließ sich nicht einmal die Miete der Atelierwohnung finanzieren.

Als ihr Großvater starb, hatte er seiner einzigen Enkelin eine alte Panettone-Dose voll kleiner und großer Geldscheine vermacht. »Damit du immer an ihn denkst.« Das hätte Livia auch ohne Geld und Büchse getan. »Du weißt ja, er hat den Institutionen nie über den Weg getraut«, hatte die Großmutter hinzugefügt. Sie habe ihn glücklicherweise dazu überreden können, das Geld nicht in irgendeine Plastiktüte zu stopfen. »Die hätte einer von uns womöglich eines Tages auf den Müll geworfen!«

Da in ihrem zu ebener Erde gelegenen Atelier schon zweimal eingebrochen worden war, hatte Livia es anders gehalten als ihr Großvater: Eine Hälfte des Geldes hatte sie in Aktien angelegt, die andere auf ein Sparbuch eingezahlt. Sie hatte ihre Beurlaubung beantragt und ein Jurastudium begonnen. Ein halbes Jahr nach ihrem Examen war im Kunstraubdezernat eine Stelle als Ermittlerin frei geworden. Seither war Livia Gentilinis Kollegin.

Zwei Stunden später standen sie außerhalb des Ausgrabungsgeländes in einer kleinen Bar in der Nähe der Villa dei Misteri und aßen im Stehen eine in der Mikrowelle aufgewärmte Pizza. Dazu Cola aus der Dose. Purer Verfall der italienischen Kulinarkultur. Aber mehr war heute nicht drin.

Bisher hatten sie nur ein paar Indizien. Die Leute im Labor hatten mittlerweile nachgewiesen, dass die Blutspuren im Lupanar von der ermordeten Afrikanerin stammten. Sie war also nicht unter freiem Himmel ermordet worden, sondern im Lupanar. Sie hatte sich offenbar gewehrt, dabei war die Halskette gerissen, von der nun ein größeres Teil gefunden worden war – laut Cava *a forma di cazzo*, was Gentilini wieder einmal auf die Palme gebracht hatte, diese Wortwahl, *phallusförmig* heißt das, hatte er den Ispettore korrigiert. Irgendjemand, vielleicht der Mörder, musste die Frau ins Freie gebracht haben, es war unwahrscheinlich, dass sie sich selbst dorthin geschleppt hatte. Die Polizei hätte mehr Spuren finden müssen. Aber warum sollte die Frau nicht im Lupanar gefunden werden? Blieb dahingestellt, ob es überhaupt einen Zusammenhang zwischen dem Freskenklau und der toten Frau gab. Sie hatten mit einigen der Wachleute und Fremdenführer geredet, von denen keiner etwas gesehen oder gehört hatte.

»Ein gestohlenes Fresko …«, sagte Gentilini kauend. »Du weißt, ich kenne mich mit Kunst ungefähr so gut aus wie mit Autos. Also gar nicht.«

»Übertreib nicht.«

»Ich meine, geht das überhaupt? Ein Fresko klauen? Bitte meine stümperhaften Kenntnisse zu entschuldigen, aber bei einem Fresko werden die Farben direkt auf den frischen Putz aufgetragen, richtig? Das Gemälde ist also direkt mit der Wand verbunden, in die Wand eingedrungen, um nicht zu sagen: Das Gemälde *ist* die Wand. Das Fresko muss doch in tausend Stücke zerbrechen, wenn man daran rumklopft. Klaut man also die ganze Wand, oder wie? Warum nicht gleich das ganze Lupanar …?«

»Leider gibt es dafür eine Technik«, sagte Livia. »Profis kriegen das problemlos hin. Das Bild wird durch Aufbringung mehrerer Trägerschichten fixiert und dann von der Mauer gelöst. Natürlich ist das keine Sache von zehn Minuten. Und nicht ganz leise.«

»Das Konzert«, sagte Gentilini. »Sonntagabend. Da waren jede Menge Leute auf dem Gelände, bis nach Mitternacht.«

»Aber das Schloss wurde nicht aufgebrochen.«

»Also hatte jemand den Schlüssel.«

»Fragt sich nur, welches der fünf Exemplare …«, seufzte Livia. »Offenbar ist es kinderleicht, sich einen dieser Schlüssel aus dem Sekretariat für ein paar Stunden auszuleihen, um einen Nachschlüssel anfertigen zu lassen.«

»Was hältst du von den Restaurateuren?«

»Kalt. Falsche Fährte«, sagte Livia. »Frag mich mal nach meinem Alibi der letzten vier Nächte.«

»Soll ich wirklich?«

Livia grinste. »Lass es lieber.«

»Überprüfen müssen wir sie trotzdem.« Gentilini wischte sich den Mund mit einer Serviette ab. »Wie war das damals eigentlich nach dem Einbruch in der Casa dei Casti Amanti, den Almirante erwähnte? Wo wurden die Fresken gefunden?«

»Nicht weit von hier, in einem nicht mehr benutzten Depot, fertig verpackt und transportbereit. Wir müssen schnell sein und Glück haben. Sonst ist auch dieses Fresko weg. Für immer.«

»Wo ist weg?«

Livia zuckte die Achseln. »Such dir was aus. USA, Russland. Seit dem Fall der Mauer haben sich ganz neue Märkte aufgetan. Deutschland wird immer mehr zur Drehscheibe des internationalen Kunst-Schwarzmarkts. Neuerdings mischen sogar die Chinesen kräftig mit. Die Skrupel nehmen ab, die Gewalt nimmt zu. Alle wollen sie ein Stück Abendland. Ähnlich wie wir Europäer uns früher auf kolonialen Beutezügen ein Stückchen Afrika oder Indien oder China mitgenommen haben. Ganz für umsonst.«

»Die Welt ist groß, und gewisse Leute werden immer reicher.«

»Ob das der Grund ist, weshalb Pagano schon zweimal angerufen hat?«

»Pompeji hat eine gute Lobby.«

»Du meinst wohl: der Direktor.«

»Was in dem Fall auf dasselbe hinausläuft.«

Gentilini bezweifelte stark, dass die ermordete Afrikanerin ohne den abgemeißelten Priapus auch nur einen Bruchteil der Aufmerksamkeit ausgelöst hätte. Hatte der Polizeipräsident sich etwa ein einziges Mal zum Telefon bemüht, als die tote Afrikanerin in der Bucht von Trentaremi angeschwemmt worden war? Als die Nigerianerin bei Castelvolturno erstochen im Straßengraben entdeckt wurde, die achte in diesem Jahr wohlgemerkt? Nichts. Nicht einmal ein Windhauch im Wasserglas.

»Wundert dich das?«, fragte Livia.

»Nicht wirklich. Aber es ist trotzdem deprimierend.«

»Was da passiert, ist symptomatisch für unsere Gegenwart. Unten Südamerika, Afrika, oben die reichen Länder der Welt. Europa, Nordamerika, Japan. China und Russland rüsten nach, in jeder Hinsicht. Die Schere geht immer weiter auf, und die Mehrheit der Menschen wird über die Klinge springen.«

»Oder sich zur Wehr setzen.«

Livia lachte nachsichtig. »Eine neue Ära von Revoluzzern? Das glaubst du doch selbst nicht.«

»Wenn wir aufhören, an so etwas zu glauben, können wir uns doch gleich die Kugel geben«, widersprach Gentilini hitzig. »Soll ich meinen Kindern etwa sagen: Setzt alles daran, dass es euch materiell gut geht, rafft zusammen, was ihr bekommen könnt, schaut auf keinen Fall, was mit den anderen ist, denn wer das tut, erstarrt zur Salzsäule und zwar innerlich? Nicht beim Blick in die Vergangenheit, sondern beim Blick nach vorn ...«

»Wusstest du, dass im Kongo jeden beschissenen Tag mehr Menschen verhungern als am elften September im World Trade Center umgekommen sind?«

Gentilini drückte eine Delle in die halbvolle Coladose, die er in der Hand hielt. »Widerlich, das Zeug.« Er bestellte ein Glas Mineralwasser und einen doppelten Espresso. »Mit Stefano führe ich nie solche Gespräche«, sagte er unwillig. »Sind wir hier, um uns über die Welt zu gruseln oder um ein, zwei Fälle zu lösen?«

Livia lächelte nachsichtig. »Das geht oftmals Hand in Hand. Komm, gehen wir lieber wieder schürfen.«

»Gold oder Wahrheit?«

»Am besten beides!«

Sie zahlten und verließen die Bar.

Es war nicht ganz so heiß wie am Tag zuvor. Am Himmel waren Schleierwolken aufgezogen. Als sie die Straße überquerten, spürten sie, dass Wind aufkam.

»Und wie macht ihr jetzt weiter?«, fragte Gentilini. »Übernehmt ihr die Überprüfung der Restaurateure?«

»Schon veranlasst. Und eine zweite Runde Wachpersonal. Vielleicht gibt es einen Zusammenhang mit dem Einbruch im Gabinetto Segreto Anfang August. Wir haben ein paar Kontaktleute mobilisiert, die sich in der Szene umhören.«

Sie strich sich die Haare aus der Stirn. »Der Kunstmarkt ist ein ziemlich hermetischer Betrieb, diskret, hält sich gern bedeckt. Bestimmte Fragen werden nicht gern gestellt und noch weniger gern beantwortet. Alles sehr dicht. Man muss Glück haben. Zufällig die richtige Quelle anstechen.«

Sie waren am Parkplatz angekommen.

»Es ist eigenartig«, sagte Gentilini.

»Was meinst du?«

»Eigentlich sollte ich ja dankbar sein, dass auch der Priapus gestohlen wurde. So wirft das Allerheiligste des Mannes endlich einen gnädigen Schatten auf die Frauenleiche – mein Ressort. Aber vielleicht hat beides gar nichts miteinander zu tun. Vielleicht sind das zwei völlig verschiedene Fälle, eine rein zufällige Kombination von gleicher Zeit und gleichem Ort. Und wir denken nur, dass beides zusammengehört, weil ... Weil wir es so gewohnt sind. Weil wir darauf geeicht sind, nach Zusammenhängen zu suchen. Nach dem, was verbindet, nicht nach dem, was trennt.«

Livia, die einen Kopf kleiner war als Gentilini, legte ihm den Arm um die Schultern. »Vielleicht hast du Recht. Wir werden sehen.«

Sie küssten sich auf die Wangen. »Du denkst an Donnerstagabend, oder?«

Er kratzte sich am Kopf. »Äh ... *scusa*, aber was ist am Donnerstag?«

»Lellos Vernissage in der Villa Lucio, du vergesslicher Esel.« Sie drohte ihm mit dem Zeigefinger.

»*Chi asino nasce ...*«

»... muss nicht notgedrungen als Esel sterben!« Sie knuffte ihn in den Oberarm. »Was ihr Männer euch immer einredet, von wegen: einmal Esel, immer Esel ... Wehe, du bringst deine Sonja nicht mit. Ich bin doch so gespannt, sie endlich kennenzulernen. Wie läuft's? *Tutto bene?*«

»Bisher hatten wir noch nicht viel Zeit«, brummte Gentilini. »Und nach so einem Tag ist mit mir nicht mehr viel los. Esel eben ...«

»So ein Blödsinn! Dreh doch nur mal die Buchstaben um.«

Er sah sie verständnislos an.

»Na, von *asino*. Mach ein Anagramm. Was kommt dann raus?«

Er zuckte die Schultern.

»S-O-N-I-A.«

11

Auf der autofreien Via Roma herrschte eine Atmosphäre ohne Hektik, nach Menschenmaß. Neapel schien Platz für alle und alles zu haben. Die Leute standen grüppchenweise vor den Geschäften oder an den Ecken der Vicoli, flanierten schwatzend, mit Kinderkarre vor dem Bauch und Seitenblick auf die Schaufenster, eins am anderen, europaweit agierende Ladenketten, Nobeladressen, altmodisch wirkende Geschäfte, zwischendurch eine Konditorei, eine Bar, eine Bankfiliale. Pflanzgefäße waren aufgestellt und die Gehwege verbreitert worden, vermutlich nicht in der Absicht, Platz für die Decken der Afrikaner zu schaffen, die einer neben dem anderen ihre Waren feilhielten, holzgeschnitzte Tiere, Sonnenbrillen, Ledergürtel, Handtaschen.

Die Verkehrsberuhigung im Stadtzentrum war ein Projekt der goldenen Zeiten Anfang der neunziger Jahre gewesen, als unter Bürgermeister Valenzi zeitgleich zum großen Kehraus in den Kreisen um Camorra, Politik, Verwaltung alles Unmögliche auf einmal doch möglich wurde. Wenigstens im historischen Zentrum und entlang der Ladenmeilen sollten Touristen sich unbehelligt von Abgasschwaden und Huptiraden bewegen können, statt im Gänsemarsch, an Häusermauern gedrängt, stets zu Ausweichmanövern, Hasensprüngen bereit, durch die Stadt zu mäandern. Die große Instandsetzung der Palazzi und Innenhöfe, der zuvor nie zugänglichen Kapellen und Kirchen setzte ein, Autos wurden von den Plätzen verbannt, stattdessen Cafés eröffnet.

Weshalb sollte der Strom der deutschen, englischen, französischen, skandinavischen, amerikanischen, neuerdings auch russischen Reisenden, die seit Jahrzehnten die Thermalbäder auf Ischia, die malerische Landschaft Capris, die traumhaften Buchten der amalfitanischen Küste aufsuchten, ausgerechnet um Neapel einen großen Bogen machen? Neapel war eine unvermeidliche Durchgangsstation, die man möglichst sofort hinter sich ließ, auf schnellstem Wege zum Hafen und dann nichts wie weg auf dem Fährschiff, von wo aus die missachtete Stadt zu einem handlichen, überschaubaren hübschen Häusergewürfel zusammenschmolz. Auf risikofreies Fotoformat. Man musste diesen Touristenstrom also aufhalten, umleiten, die Pforten der Stadt öffnen.

Es hatte funktioniert: Für kurze Zeit war Neapel sogar zu einer Art Geheimtipp geworden, auch unter Reisenden aus Norditalien, und das wollte etwas heißen.

Laut Gentilini war es jedoch nur eine kurze Blüte gewesen. Eine Blüte, die welkte, noch bevor sie sich richtig öffnen konnte. Die Camorra hatte sich bald von den Rückschlägen erholt und neu organisiert, noch kälter, brutaler als zuvor. Der Bürgermeister hatte die Flucht nach oben angetreten. Die Arbeitslosigkeit, vor allem unter Jugendlichen, war weiterhin angestiegen, ebenso die Kriminalitätsrate. Welches nationale oder multinationale Unternehmen ließ sich auf einen Ableger am Golf von Neapel ein, wenn das eine zwingende Kooperation mit Firmen bedeutete, die von der Camorra kontrolliert wurden? Wenn die Eintrittskarte namens Schutzgeldticket mehrere Millionen kostete?

Doch von all dem bekamen Touristen in der Regel kaum etwas mit. Auf Reisen wollte man alles, aber keine Probleme wälzen, vor allem nicht die anderer Länder.

Am Kiosk kurz vor der Galleria kaufte Sonja zwei neapolitanische Tageszeitungen. Direktor Almirante konnte zufrieden sein – die Presse hatte sich in Zurückhaltung geübt. Keine reißerische Riesenüberschrift, die auf zehn Meter Entfernung sogar Touristen ins Auge sprang, Bausteinprinzip aus *Mord* oder *tote Frau* oder *Frauenleiche* und *Pompeji*. Stattdessen schlichte Berichterstattung. Das Gesicht der Schwarzen in Briefmarkenformat, undeutlich, von Schönheit keine Spur, dazu ein kurzer, sachlich gehaltener Text zum Fundort, das vermutete Alter der Frau (zwischen zwanzig und dreißig), Körpergröße (einsfünfundsechzig), schlank, ihre Herkunft (Afrika, möglicherweise Äthiopien, Somalia, Eritrea). Aha, diese Information war neu. Die Polizei war ansonsten wie immer dankbar für jeden sachdienlichen Hinweis zur Identität der Leiche. Auch diese Nachricht würde bald den Weg aller Zeitungsmeldungen gehen, ab in den Schredder des Vergessens.

Sonja dachte, dass die einzigen Menschen, die diese Frau in Neapel gekannt hatten, heute vielleicht zufällig nicht Zeitung lasen. Oder nie Zeitung lasen, weil sie gar kein Geld dafür übrig hatten oder kein Italienisch sprachen. Sie fragte sich, aus welchem Land die Frau wohl stammte? War sie verheiratet, hatte sie womöglich Kinder, die irgendwo in dieser Stadt darauf warteten, dass sie zurückkäme? Hatte sie Papiere, eine Aufenthaltsgenehmigung? War sie erst vor ein paar Tagen nach Neapel gekommen, oder hatte sie schon längere Zeit hier gelebt? Hatte sie eine regelmäßige Arbeit oder war sie eine von zahllosen Afrikanern, die in Europa ihr Glück suchten und sich irgendwie durchschlugen, in menschenunwürdigen Jobs für einen jämmerlichen Lohn, von dem sie Tag für Tag überlebten und manchmal ein paar Euro nach Hause schickten, damit wenigstens eins der vielen Geschwisterkinder die Schule besuchen konnte? Versatzstückgedanken aus Zeitungs- und Fernsehberichten, die Sonja irgendwann zufällig gelesen oder gesehen hatte.

Plötzlich fand sie die Vorstellung, dass diese Frau für immer unerkannt bleiben würde, unerträglich.

Sie trat auf einen der Afrikaner zu, der ein Sammelsurium aus farbenfrohen Taschen in allen Größen, Farben und Formen auf einer riesigen Decke feilbot.

»*Ciao.*«

»*Hello. Nice day.*«

»*Sì. Where are you from?*«

»*From Ghana. You?*«

»*Germany.*«

»*You like a bag?*«

»*Yes. Very nice.*«

Genug des Smalltalks am Straßenrand. Sie hielt ihm die Zeitung mit dem Foto unter die Nase.

»*Do you know this woman?*«, fragte sie.

Der Straßenhändler schüttelte den Kopf. Lachte sie wieder freundlich an. Oder aus? Er griff nach einer blau-gelb-weißgeblümten Strandtasche, die es in mehreren Ausführungen gab. Er hielt die Tasche fragend hoch.

Grazie, sie wollte nichts kaufen. Nach kurzem Hin und Her erfuhr sie, dass der Mann seit drei Jahren in Neapel war. *Married? No. Happy? Yes, happy.* Sie zeigte noch einmal auf das Foto. Ob er diese Frau irgendwo schon einmal gesehen habe? Er schüttelte erneut den Kopf.

Auch der zweite, dritte, vierte dunkelhäutige Straßenhändler aus Nigeria, Ghana, Somalia konnte mit dem Foto nichts anfangen und versuchte im Gegenzug, Sonja zum Kauf einer Tasche zu überreden. *Qualità buona. Backpack no good.*

»*Yes, sure, sì …*«

»*Try. Provare. Robusta.*«

Sie wurde allmählich mürbe. Sie würde eine Tasche kaufen. So teuer waren sie schließlich nicht. Gleichzeitig wuchs die Überzeugung, sie könnte tatsächlich eine dieser Taschen *brauchen*. Eine Strandtasche für das geplante Wochenende auf Capri beispielsweise. Oder ein Lederimitat für ihre Streifzüge durch die Stadt – keine der Frauen ihres Alters trug wie sie einen Stadtrucksack, das war etwas für junge Mädchen, nicht für eine Signora. Sie entschied sich für eine gestreifte Strandtasche.

Gegenüber der Bank wurde allerlei Krimskrams verkauft, Nagelzwicker, Gummibänder, Haarspangen, Kämme, Gummiringe für Espressokannen, Filtereinsätze, Messer, Scheren, Korkenzieher – Sonja erstand eine kleine Schere. Damit schnitt sie das Foto aus der Zeitung aus.

»*Ma chi è?*«, fragte die einheimische Verkäuferin, die Sonjas Tun stirnrunzelnd verfolgte.

»Eine Frau, vermutlich aus Afrika.« Sonja zeigte ihr den Ausschnitt. »Haben Sie sie zufällig schon einmal gesehen?«

»*Ma quando mai …!* Hier kommen den ganzen Tag so viele Leute vorbei … Was ist mit ihr? Weshalb suchen Sie nach ihr? Sind Sie etwa von der Fremdenpolizei? Sie sind doch selbst nicht von hier …«

Sonja erklärte kurz, was in Pompeji passiert war, und vermied so eine Antwort. Was sie nicht erwartet hatte, war die Reaktion der Händlerin, ein Potpourri aus Schimpftirade und Klagegesang, Variationen zum Thema »Von dieser Sorte Frauen« … gebe es in Neapel viel zu viele, an den Ausfallstraßen stünden sie und seien allesamt infiziert und würden die neapolitanischen Männer anstecken und dann auch deren Frauen und Kinder mit ins Verderben reißen – wir wollen diese Frauen hier nicht, sie sollen endlich dorthin zurückkehren, wo der Pfeffer wächst, und das neapolitanische Volk in Frieden leben lassen, *vogliamo vivere in pace, madonna mia …*

An der Ecke zu einer der düsteren schmalen Gassen, die in die Quartieri Spagnoli führen, wurden Seidentücher und -schals verkauft. Sie lagen in vielerlei Farben in einem aufgeklappten, umgedrehten Regenschirm, der wiederum auf einer Tonne auflag. *Uno cinque, tre dieci* – stand von Hand geschrieben auf einem Pappschild, das am Griff des Schirms befestigt war, ein Tuch zu fünf Euro, drei Stück zu zehn. Ein Verkäufer war nicht in Sicht. Vielleicht gab genau das den Ausschlag für Sonja, stehenzubleiben. Dass niemand da war, der sie beobachtete, bequatschte, bedrängte. Sonja nahm dieses, dann jenes Tuch in die Hand, überlegte hin und her, entschied sich schließlich für einen hellblauen Schal für Luzie und ein in Pastellfarben geblümtes Halstuch für ihre Mutter.

Sie sah sich suchend um. Noch immer war niemand in Sicht, der für diesen Verkaufsstand zuständig zu sein schien. Wenige Meter weiter hatte ein Afrikaner das übliche Taschensortiment aufgebaut und verhandelte gerade mit zwei Neapolitanerinnen.

Sonja näherte sich von hinten, wedelte mit den Seidentüchern, machte dazu eine theatralisch ratlose Miene.

»*One moment, please.*«

Ein Pfiff, und kurz darauf tauchte in einem Hauseingang ein paar Schritte die Gasse hoch ein Neapolitaner auf. »*Vengo, vengo.*«

Sonja bezahlte mit einem Zehn-Euro-Schein. Als der Mann die Ware in einer Plastiktüte verstauen wollte, hielt er inne.

»*Tre*, Signora«, sagte er beinahe vorwurfsvoll. »Sie müssen drei Tücher nehmen. Drei zum Preis von zwei. Da«, er griff willkürlich nach einem rosafarbenen Schal, »nehmen Sie den.«

»Ich möchte aber nur zwei«, erwiderte Sonja mit einem entschuldigenden Lächeln. »Eins kostet fünf Euro, dann kosten zwei Stück zehn, oder?«

»Drei Stück kosten zehn«, widersprach der Mann. »*Non ho capito*, warum wollen Sie nur zwei kaufen, wenn Sie drei haben können, gefallen Ihnen die Tücher etwa nicht?«

»Doch, aber …«

»Sehen Sie, hier, dieser rosa Schal, der passt perfekt zu Ihrem Haar. *Splendido!*«

Sonja hatte Rosa noch nie ausstehen können.

Der ambulante Händler griff nach einem Handspiegel. »Sehen Sie selbst. Habe ich recht, *sì o no?*«

Ihre Bluse war weiß. Zu Weiß passte fast jede Farbe. Aber es war keine Frage der Farbe. Sie kam sich mit diesem Tuch vor wie die Signora ab vierzig, alles farblich aufeinander abgestimmt, fehlten nur noch die passenden Pumps, genau so ging man zu einem Empfang im Konsulat …

Der Mann sah ihr Zögern und griff nach einem anderen Tuch, Wellenmuster in drei verschiedenen Blautönen. »Das ist hochmodern, Signora, Modell Mare, beste Qualität.«

Sie winkte lachend ab und wollte nach der Plastiktüte greifen, aber der Mann gab sie nicht her. Noch nicht.

Er legte die freie Hand aufs Herz. »Signora, das dritte Tuch ist ein Geschenk des Hauses. Suchen Sie sich eins aus. Oder wollen Sie mich beleidigen? *Non mi dovete offendere!*« Seine Empörung war natürlich gespielt. Die ganze Szene war gespielt.

Natürlich lag Sonja nichts ferner, als diesen Showmaster der Straße zu beleidigen. Aber sollte sie deshalb etwas kaufen, was ihr gar nicht gefiel? Sie hasste es zu feilschen. Doch in diesem Spiel hier ging es gar nicht ums Feilschen, es ging nicht um den Preis. Sie bekam sogar etwas geschenkt. Das dritte Tuch. Es ging eher darum, wer am Ende siegte …

In dem Moment fischte eine dunkelbraune Hand einen einfarbigen Seidenschal in Türkis aus dem Schirm und hielt ihn ihr entgegen. Es war der afrikanische Taschenverkäufer.

»*Prendi. Questo buono.*« Er zeigte auf ihre Augen. »*Buono con occhi.*«

Er hatte Recht. Das Tuch passte zu ihren Augen. Zu ihren Haaren.

Der Neapolitaner stopfte den dritten Seidenschal schon in die Plastiktüte. »*Ecco. Ma fate attenzione!* Passen Sie nur auf, sonst verkauft Omar Ihnen noch die passende Handtasche dazu.«

Sonja musste lachen. Das könnte den beiden so passen. Sie zog das Foto aus der Hosentasche, zeigte es vor.

»*Cazzo, che fica …*«, stieß der Neapolitaner aus und machte eine eindeutige Geste. »*Bella bona fémmena …*« Er stieß den Afrikaner an. »*La conosci tu? Nire nire comm'a te …*«

Omar wirkte keinesfalls beleidigt. Er schüttelte den Kopf und grinste ebenfalls vielsagend.

Sonja wusste, dass *fica* auf deutsch *Feige* hieß, eigentlich die *Frucht der Feige*. Was *bona fémmena* bedeutete, wusste sie nicht, *gute Frau*, nun gut. Um die Reaktion der Männer zu kapieren, brauchte man keine erweiterten Sprachkenntnisse, scharfe Tussi, etwas in der Art, Männer aller Länder, vereinigt euch …

Sie schaltete auf stur. »Ich verstehe nicht …«

»Eine Nutte«, sagte der Neapolitaner auf Italienisch. »*Bona fémmena, puttana.*« Er lachte wieder.

»Woher wollen Sie das wissen?«, fragte Sonja herausfordernd.

Für sie war die Tote einfach eine attraktive Frau gewesen. Nein, nicht attraktiv. Attraktiv war ein Wort für Männer. Schön war sie gewesen, auch wenn das auf dem kleinen, unscharfen Zeitungsfoto nicht mehr zu erkennen war.

»*Ma, è chiaro* … Das sieht man doch …! Was ist mit ihr? Warum fragen Sie?«

»Sie lebt nicht mehr. Sie wurde ermordet.«

»*Managgia* …« Er musterte sie ungehalten. »Und was geht Sie das an?«

Sonja spürte, dass sie wütend wurde. Es war, als müsse sie die tote Frau verteidigen, als hätte sie sie persönlich gekannt. Als wäre sie *ihre Leiche*.

Aus Männersicht schienen afrikanische Frauen in dieser Stadt nur in zwei Varianten vorzukommen: als Hausmädchen oder als Nutte.

In Wirklichkeit war sie noch viel schöner als auf dem Foto, dachte Sonja trotzig und aufgewühlt, als sie weiterging. Viel zu schön für Wichser wie euch.

Vor einem Schuhgeschäft blieb sie stehen, holte ihr Handy heraus und wählte Gentilinis Nummer. Sie wollte seine Stimme hören. Sie wollte wissen, ob sich jemand gemeldet hatte, der die Frau kannte.

Ihre Finger glitten nervös über die Tasten. Ein durchdringender Pfiff. Was war das? Kam das aus ihrem Handy? Sie sah hoch.

Omar und alle anderen Afrikaner packten in Sekundenschnelle ihre Ware zusammen. Die Decken verwandelten sich in null Komma nichts in riesige Bündel, die die Männer sich über die Schultern schwangen, während sie im Laufschritt in verschiedenste Richtungen auseinanderliefen, in Gassen, Toreinfahrten, Hausfluren verschwanden. Kurz darauf bog ein Polizeiwagen mit Blaulicht aus einem Vicolo in den Quartieri um die Ecke und fuhr im Schritttempo die Via Roma entlang und an Sonja vorbei. Aha, die Polizei durfte also. Die beiden Uniformierten trugen Sonnenbrillen, ein Lächeln umspielte ihre Münder, die Ellbogen ließen sie lässig aus den Fenstern hängen. So sah in manchen Momenten Macht aus, dachte Sonja.

Die Bürgersteige waren zur Hälfte leergefegt. Alle Schwarzen waren verschwunden. Als hätte nie auch nur ein einziger afrikanischer Flüchtling sein Glück auf diesem Pflaster versucht. Die neapolitanischen Straßenhändler hatten sich nicht vom Fleck bewegt, sie beobachteten die Polizisten, aber keiner machte Anstalten zu einem Fingerzeig.

12

Gentilini dachte sehnsüchtig an seinen Kollegen Alfonso Bozza, der wie Livia bei der Kripo in Brot und Lohn stand und in seinem zweiten Leben ein begnadeter Zeichner war. Wie oft war es Bozza schon gelungen, vage, teilweise hanebüchen divergierende Zeugenaussagen zu einem Porträt (zumeist des Täters) zusammenzufügen, das dem Original verdammt nahekam. Aber hier konnte auch Bozza nicht weiterhelfen. Erstens war noch kein Täter in Sicht. Und zweitens brauchten sie kein Abbild von einem Menschen, sondern etwas, was sich dahinter befand, den möglichen Einblick in eine Lebenslandschaft aus ihren unzähligen Fragmenten namens Identität. Aus welchem Land stammte die Frau, wo hatte sie zuletzt in Neapel gelebt, was hatte sie hier gesucht oder getan, und welchen Menschen, welchem Unheil war sie hier begegnet?

Im Laufe des Tages hatten fast ein Dutzend Leute angerufen, die die Frau auf dem Foto wiedererkannt haben wollten. Wenn Gentilini diese Angaben zu einem einzigen Menschen zusammenfügte, erhielt er eine Art multiple Persönlichkeit. Eine Frau mit mehreren Jobs, die sie alle gleichzeitig ausgeübt hatte, vielleicht mittels Magie: Putzhilfe in einer Grundschule in Fuorigrotta, Kindermädchen in einer Familie auf dem Vomero, Hausmädchen in einer zweiten Familie, etwa zweihundert Meter Luftlinie von der ersten entfernt, Mädchen für alles bei einer alleinstehenden, gehbehinderten alten Dame, Straßenstrich in Ponticelli (der erste anonyme Anruf), Hure in einem Puff in der Nähe von Sorrento (der zweite anonyme Anruf). Außerdem war sie in einem Haus bei der Piazza Mercato gesichtet worden, in dem ausschließlich Schwarze wohnten, sowie in einer Absteige in Bahnhofsnähe.

Sie mussten den Angaben nachgehen, einer nach der anderen. Cava war noch rund um Pompeji beschäftigt, Stefano steckte in einem anderen Fall fest. Also hatte Gentilini sich nach einem kurzen Zwischenstopp in der Questura gleich wieder auf den Weg gemacht.

Die beiden Vomero-Familien waren schnell abgehakt. Bei der ersten Familie entpuppte sich der Anruf als dummer Scherz des Ältesten, bei der zweiten Familie öffnete ein schwarzes Hausmädchen die Tür, und es stellte sich heraus, dass kein Mitglied der Familie bei der Polizei angerufen hatte, sondern offensichtlich jemand aus der Nachbarschaft.

Als Nächstes hatte der Commissario die gehbehinderte alte Dame aufgesucht, die im dritten Stock eines einigermaßen gepflegten Palazzos am oberen Rand der Quartieri Spagnoli wohnte und nie aus dem Haus ging. Zwei Haushilfen kümmerten sich um den Haushalt und die Einkäufe, eine etwa fünfzigjährige Frau aus dem Viertel und ein Mädchen aus Tansania. Das Mädchen war seit einer Woche nicht mehr zur Arbeit erschienen. Die alte Dame hatte sich abwechselnd große Sorgen gemacht und die Unzuverlässigkeit ganz Afrikas verflucht, dann hatte sie nach dem Mittagessen das kleine Foto in der Zeitung entdeckt und war felsenfest davon überzeugt, ihr verschwundenes Hausmädchen sei die Leiche von Pompeji. Als der Commissario der alten Dame jedoch ein größeres Foto vorlegte, war sie sich nicht mehr sicher. Ihre Haushilfe Maria hatte definitiv und resolut abgewinkt. Nein, das war die falsche Frau.

Letzter Punkt auf seiner Liste. Gentilini stand vor dem funktionalen, eckigen Gebäude einer Grundschule in Fuorigrotta. Dass die Außenwände einer intensiven Graffitibehandlung unterzogen worden waren, war noch der vitalste Aspekt des Gesamteindrucks und garantiert keine Auftragsarbeit.

Er zog die Eingangstür auf. Mehrere Risse in der Glastür waren behelfsmäßig mit Klebestreifen geflickt. Drinnen roch es nach stehender Hitze, Schulschweiß und Essen. Es sah nicht so aus, als sei bereits geputzt worden. Gänge führten nach rechts, nach links und geradeaus. Aufs Geratewohl wählte Gentilini den rechten. Er blieb stehen, lauschte, ob er irgendwo Geräusche hörte. Aber wie laut waren schon Besen und Aufwischer.

Anruferin war die Mutter eines Mädchens aus der dritten Klasse gewesen. Sie hatte gesagt, die tote Frau aus der Zeitung habe nachmittags als Reinigungskraft in der Schule ihrer Tochter gearbeitet. Gentilini hatte daraufhin den Hausmeister angerufen, der Hausmeister hatte sich von seiner Frau die Zeitung bringen lassen, doch das Foto sagte ihm nichts. Reine Neugierde und vertane Zeit, denn als Gentilini nach einem etwaigen Wechsel innerhalb der Putzkolonne fragte, sagte der Hausmeister, das gehöre nicht zu seinen Aufgaben, für die Reinigung des Schulgebäudes sei eine Firma in Casoria verantwortlich. Dort war beim Anrufbeantworter Schluss gewesen. Deshalb war Gentilini hier. Vielleicht traf er vor Ort eine Kollegin, die Auskunft geben konnte.

Seine Schuhe quietschten auf dem Linoleum des Flurs. Die Türen zu den Klassenzimmern standen teilweise sperrangelweit offen. Er warf kurz einen Blick in den ersten Raum, umgefallene Stühle, beschmierte Tafel, an den Wänden aus Pappe ausgeschnittene Buchstaben des Alphabets, allerdings unvollständig. Er dachte an die Einschulung von Giorgio und an die von Isabella und daran, wie stolz er an diesen Tagen gewesen war. Ein stolzer Vater, dessen eigene Schulzeit wie ein goldenes Fähnchen im Wind der schönfärbenden Erinnerung flatterte. Erst in den Jahren danach hatte er nach und nach hinter die eigene Kulisse geschaut. Bei jeder Kränkung, jeder Keilerei, jedem Konflikt, die seine Kinder erlebten und zu Hause erzählten, hatte er sich an eigene Schulgeschichten erinnert. Wie sie eine Flasche Rotwein in der Aktentasche des Lehrers, sprich über der Lateinarbeit, ausgeleert hatten. Wie er hundert Mal den Satz *Non devo copiare* hatte schreiben müssen – der Satz war ihm geblieben, nur den Anlass hatte er vergessen.

Das Schulgebäude wirkte wie ausgestorben. Gentilini

bog in einen weiteren Gang ein. In den Klassenzimmern rechts und links standen die Stühle auf den Tischen, hier war schon geputzt worden. Er musste im Grunde nur der Spur der Sauberkeit folgen ... Am Ende führte eine Treppe in den ersten Stock. Oben dasselbe Chaos wie in der Eingangshalle. Die Spur war zu Ende. Er ging weiter.

Sein Handy brach unvermittelt in ein gellendes Heulen aus, das ihm durch Mark und Bein ging. *Managgia!* In diesen Räumen war das Handy um ein Vielfaches lauter als draußen auf der Straße. Entnervt drückte er auf Empfang.

Es war Sonja. Sie sagte, sie sei im erotischen Geheimkabinett gewesen. Sie stehe jetzt nackt im Schlafzimmer. Sie werde gleich duschen und habe dann eine Verabredung.

Er schwieg.

»Willst du gar nicht wissen, mit wem und wo?«

Ihre Stimme schlang sich um seinen Körper und erinnerte ihn entfernt an eine andere Welt, die außerhalb seiner Arbeit existierte.

Er erwiderte, er sei gerade in einer Grundschule in Fuorigrotta. Er stehe verschwitzt in Hemd und Hose in einem verdreckten Korridor. Quasi auf einem anderen Stern.

Die Stimme im Hörer strich ihm noch einmal über den Nacken und sagte, okay, dann bis später am Abend in unserem Universum, *va bene*? Dann war sie weg.

Er starrte ein paar endlose Momente lang vor sich hin, abwesend, ratlos, suchend, als habe er sich in diesem weit verzweigten, hochkomplexen System namens Leben ganz grundsätzlich verirrt. Was tat er hier? Warum suchte er nicht die Nähe dieser Stimme? Weshalb ließ er nicht alles stehen und liegen und fuhr nach Hause und dann mit Sonja ans Ende der Welt?

Hinter sich hörte er Schritte. Er fuhr blitzschnell herum. Wie ertappt und kampfbereit zugleich.

»*Che ci fa qua, Lei?*«

Diese andere Stimme gehörte zu einer etwa vierzigjährigen Frau, die schleppenden Schrittes auf ihn zukam. Zur Abwehr schob sie einen Reinigungswagen vor sich her. Als sie auf seiner Höhe war, sah er ihre bleiche, ungesunde Haut, die ärmellose blauweiß gemusterte Kittelschürze, unter der sie nur einen BH trug. Die Haare waren blondiert und wuchsen an den Ansätzen sehr dunkel nach.

»Was suchen Sie hier?«, wiederholte die Frau misstrauisch.

Recht hat sie, dachte Gentilini. Was suchte ein Mann nachmittags in einer leeren Schule? Er zeigte ihr seinen Ausweis und erklärte, weshalb er gekommen war. Er fragte sie nach der Frau auf dem Foto. Hatte sie in der Putzkolonne in dieser Schule gearbeitet?

Die Kittelschürzenfrau warf einen flüchtigen Blick auf das Foto, reichte es ihm zurück, schüttelte den Kopf.

»Nie gesehen.«

»Sicher?«

»Sicher.«

Er fragte, wie lange sie schon für die Reinigungsfirma tätig sei.

»Acht Jahre, vielleicht auch neun oder zehn«, erwiderte die Frau unwirsch. Sie sagte es, als wische sie mit einem Putzlappen über die Tafel der Zeit: Die Zahlen verschwanden, aber am nächsten Tag würden sie wieder dort stehen und sie würde mit der gleichen Geste erneut darüberwischen und so weiter und so fort.

»Werden Sie immer am selben Ort eingesetzt?«

»Mal hier, mal da. Das wechselt.«

»Könnte es sein, dass die Frau auf dem Foto in einer anderen Putzkolonne in dieser Schule gearbeitet hat?«

»Keine Ahnung. Möglich ist alles.«

»Arbeiten Afrikanerinnen für diese Firma?«

Statt einer Antwort begann sie mit dem Besen den über den Boden verteilten Kleinmüll zusammenzukehren. Ihm fiel eine Gedichtzeile ein, die er irgendwo gelesen hatte: *Vom Fegen, weiß ich, wird man Besen ...*

»Hören Sie, ich habe zu tun.«

Gentilini verschränkte die Arme vor der Brust und wiederholte seine Frage.

»Was ist das hier, ein Verhör?« Ihre Stimme wurde lauter, ätzend wie ein Putzmittel.

»Heißt das: ja?«

Stumm fegte sie weiter den Boden. Ihre Wut war jedem Besenstrich anzusehen. Wut darüber, dass sie hier fegte und putzte und er dort stand und nichts tat und sie ausquetschte. Wut über ihre miserable Bezahlung und seine abgesicherte Position als Polizist. Sie war das Volk, und er war die Ordnungsmacht, eine Rollenverteilung, die Neapel seit Jahrhunderten prägte. Dazwischen ein breiter Graben. Selbst die Einheit und Unabhängigkeit Italiens hatte das nicht verändert, denn die Republik war nicht im Süden gewachsen, sondern von Norden gekommen, und der Norden war ebenso fremd und feindlich wie Jahrhunderte zuvor die Sarazenen, die Spanier, die Bourbonen, all die Besatzer und Fremdherrscher dieser Stadt.

Polizist, *sbirro* ... Nicht zufällig hatten viel zu viele Neapolitaner mehr Vertrauen in die Macht der Camorra als in die des Staates. Die Polizei war in dieser Stadt nicht mehr als dessen verlängerter Arm, ach was, kleiner Finger. Diese Reinigungsfirmen, die Putzkolonnen an private Unternehmen, aber auch an den Staat vermieteten, waren fast ausnahmslos Miniableger der Camorra, aber immerhin boten sie Arbeit.

Er spürte die Wut der Frau und dahinter die Angst – und

den zähen Überlebenswillen der Neapolitaner, der von Generation zu Generation weitergegeben wurde und seit Jahrhunderten dafür sorgte, dass sie trotz aller Miseren, die das Leben für sie bereithielt, Fremdherrschaft, Kriege, Seuchen, verbrecherische Politiker, die Globalisierung oder einfach nur den Tod eines geliebten Menschen, immer irgendwie weitermachten. Die Frau würde ihm nicht freiwillig sagen, ob Illegale in der Firma beschäftigt wurden. Er hätte sie unter Druck setzen können, aber das wäre ihm schäbig vorgekommen. Er war auch Neapolitaner. Er mochte nicht mit der angeschlagenen Würde der Leute spielen.

»Sind noch andere Kolleginnen von Ihnen im Haus unterwegs?« Seine Stimme war rau, als er es fragte. Man hörte Spuren der eigenen Ohnmacht und Befangenheit.

Die Frau zeigte nach hinten und hielt einen Finger hoch.

»*Una sola*.«

»Ist sie die Frau auf dem Foto?«

Sie schnalzte energisch mit der Zunge und kehrte das Zusammengefegte auf die Plastikschaufel.

Gut. Natürlich würde er auch die zweite Putzkraft befragen, aber er war sich fast sicher, dass die Frau die Wahrheit sagte. Sie mussten diese Firma genauer unter die Lupe nehmen. Garantiert wurden auch Afrikaner in den Putzkolonnen eingesetzt, für einen noch viel miserableren Stundenlohn. Der Hinweis, den sie erhalten hatten, war schließlich nicht aus dem Nichts vom Himmel gefallen, aber vielleicht handelte es sich schlichtweg um einen Anruf der Konkurrenz …

13

Das Viertel Chiaia westlich des Castel dell'Ovo lag – nicht nur zu dieser Tageszeit – auf der sonnigen Seite der Stadt. Die materielle Bedürfnislage der Leute, die hier wohnten, zeigte sich an der Aufmachung der Geschäfte, den Schaufenstern, natürlich an den Preisen, sofern überhaupt ein Preis verzeichnet war. Vielleicht wurde auch hier über Geld geredet, vielleicht sogar nachhaltiger als anderswo, aber man stellte das nicht zur Schau. In der Via Filangieri war nur ein einziger Straßenhändler unterwegs, ein Mann, der Blumen verkaufte, aber kein einziger Afrikaner mit in den Hinterhöfen der Altstadt gefertigten, gefälschten Markenhandtaschen. Der einzige Störfaktor im Straßenbild war eine Frau, die auf der Höhe eines Juweliergeschäfts am Bordstein kauerte. Der Besitzer stand mit verschränkten Armen in der Ladentür und sah zu, wie zwei Sanitäter auf die Frau einredeten. Sie hatte sich die Knie aufgeschlagen, war gestürzt – wer nur eine Sekunde länger hinschaute, musste die körperliche Vernachlässigung der Frau bemerken, die unter Drogen stand, wirr artikulierte und sich weigerte, in den Krankenwagen zu steigen. Während die Sanitäter die Wunde versorgten und den Blutdruck maßen, brachte die Miene des Juweliers unverhohlen seinen Wunsch zum Ausdruck, die Frau möge den Platz vor seinem Schaufenster so bald wie möglich räumen.

Der Empfang im Konsulat hatte seit zehn Minuten begonnen. Sonja hatte sich zu Fuß auf den Weg gemacht, laut Stadtplan war es nicht weit. Aber im Stadtplan war natürlich nicht vermerkt, was nach der Siesta in den Straßen los war, wenn halb Neapel auf den Beinen war. Sonja schob sich mit wachsender Ungeduld und völlig unpassendem

Schnellschritt im Zickzack zwischen den Fußgängern hindurch, die ohne Hast flanierten, schlenderten, wandelten, promenierten, mitten im Gewühl stehen blieben, um sich zu unterhalten, einen Gruß zu tauschen, die den Nachmittag entspannt mit einem Bummel ausklingen ließen oder einen Flirt am Nachmittag mit Menschen, die man zufällig traf, genossen. Man war unterwegs, um unterwegs zu sein.

Als Sonja zwanzig Minuten später als geplant vor dem großzügigen, gediegenen Gebäude in der Via Crispi stand, war sie abgehetzt und verschwitzt. Sie ließ ein paar Atemzüge verstreichen, bevor sie eintrat. Am Eingang musste sie wie erwartet ihren Ausweis vorzeigen, aber niemand fragte sie nach einer Einladungskarte.

Augenblicklich war die veränderte Atmosphäre spürbar. Von der Hitze draußen in ein angenehm temperiertes Drinnen, von Lärm und Gestank in ein Reich der halblauten, höflichen Töne. Vom neapolitanischen Alltag in das Reich der Diplomaten. Aus einem der vorderen Räume erklang gedämpft Violinmusik. Das Streichquartett hatte schon zu spielen begonnen.

Sonja blieb im Korridor stehen. Kurz durchfuhr sie der Fluchtgedanke, auf dem Absatz wieder umzudrehen. Was wollte sie hier – einen weiteren Handkuss einfahren? Mit dem Herrn Konsul über Neapel plauschen? Oder vielleicht mit Signor De Cesari über die grandiose Sammlung von phallischen Objekten im erotischen Geheimkabinett des Nationalmuseums, über penetrierte Nymphen, den mit der Ziege kopulierenden Pan?

Zugegeben, der Tipp war gut gewesen. Die Sammlung erotischer Kunstobjekte war kurios, offenbar schon unter den Italienreisenden des 18. Jahrhunderts ein Geheimtipp gewesen und auch immer wieder Stein des Anstoßes.

Noch in den sechziger Jahren, Sonjas Geburtsjahrzehnt, durften ausschließlich Männer dieses Kunterbunt an Männerphantasien besichtigen, mehrere Räume voller Glücksbringer-Phalli und pornographischer Szenen. Niemals hätte Sonja im Nationalmuseum eine solche Sammlung erwartet. Sie war fast den ganzen Nachmittag dort geblieben und nur kurz zum Duschen und Umziehen nach Hause gegangen.

Stell dich nicht so an, sagte sie sich. Stell dir vor, du bist auf Recherche. Diese Welt gehört auch mit dazu. Du gehörst zwar nicht dazu, aber du kennst sie. Ihre Reportage zum Thema *Wohnen als Gesamtkunstwerk der Meditation* im Frühjahr hatte in einem ähnlichen Ambiente gespielt. Die riesigen, beinahe leeren Räume der Henschel-Villa in Poppenbüttel tauchten kurzfristig in Sonjas Gedächtnis auf, Bilder vom Brunch bei Hinz & Janssen, einem aufstrebenden Architekturbüro, über das sie kürzlich berichtet hatte. Sie dachte sogar an ihr One-Night-Intermezzo mit Julius Schönboom in seinem Luxusappartement an der Elbchaussee ... Ja, diplomatisch würde sie sein müssen.

Sie selbst war in Barmbek-Uhlenhorst groß geworden, einem im Krieg umfassend zerstörten Stadtteil, der weder zum Arbeiterviertel Barmbek noch zum großbürgerlichen Uhlenhorst gehörte. Das Gesicht dieses Weder-Noch-Stadtteils bestand aus schmucklosem dunkelrotem und hellgelbem Backstein, einem Kanal, einer Hochbahnlinie und einem kilometerlangen überdachten Einkaufszentrum aus den siebziger Jahren. Eigentlich war es gar kein Gesicht. Eher eine zufällige Ansammlung von Nachkriegsscheußlichkeiten. Eine Lücke, die irgendwie geschlossen werden musste. Aber es war nicht weit gewesen zu den herrlichen Gründerzeitvillen an der Alster. In einer davon hatte ein Mädchen aus Sonjas Klasse gewohnt, in einem Haus mit

Auffahrt und Freitreppe und einem ausladenden Balkon und einem gepflegten Rasen. Einmal war Sonja zur Geburtstagsfeier eingeladen worden, die Eltern des Mädchens waren ihr höflich, steif und alt vorgekommen, der Kuchen hatte auch nicht besser geschmeckt als anderswo.

Sie schrak zusammen, als plötzlich wie aus dem Nichts eine dunkelhäutige Frau in einem dunkelblauen Kostüm neben ihr auftauchte. Diese hielt ihr mit einem scheuen, bezaubernden Lächeln ein kleines silbernes Tablett entgegen. Sonja nahm ein Glas Sekt mit Orangensaft und lächelte zurück. Die Frau blieb neben ihr stehen, sehr aufrecht, sehr fremd, auf fremde Weise schön. Auch sie schien auf das Ende der Musik zu warten, um den Gästen sogleich Getränke anzubieten.

Sonja hätte sie gern gefragt, aus welchem Land sie kam, auf welchem Weg sie ausgerechnet nach Neapel gelangt war, ins deutsche Konsulat. Sie hätte ihr gern das Foto gezeigt, das in der Innentasche der heute erstandenen gelb-blau-weißen Strandtasche steckte, die in Gentilinis Wohnung an der Garderobe hing. Aber sie sagte kein Wort. Sie fühlte sich befangen, weniger der Etikette dieses Ortes gegenüber als der Frau, die cool wirkte – nein, *cool* war eindeutig das falsche Wort: stolz, geheimnisvoll, unnahbar. Eine schwarze Bedienstete beim Empfang eines weißen Diplomaten, dachte Sonja. Wie war das möglich, hier, in Europa, im einundzwanzigsten Jahrhundert? War das eine Neuauflage des Kolonialismus, unter altbewährtem Vorzeichen? Jetzt ertönte Applaus hinter der verschlossenen Flügeltür, die sich kurz darauf öffnete. Das Konzert war beendet.

Sie nippte an ihrem Sekt und mischte sich unauffällig unter die Gäste, an die sechzig Personen. Es wurde überwiegend Deutsch und Italienisch gesprochen, aber auch englische Sprachfetzen waren zu vernehmen. Man war dem

Ort des Geschehens entsprechend gekleidet, elegant bis leger, also Anzug oder Jackett, aber nicht unbedingt Krawatte, die Damen in Bluse und Rock oder in sommerlichen Kostümen mit halblangen Ärmeln. Ein Hauch Nostalgie lag in der Luft, feine Gesellschaft plus Sommerfrische. Das Wort *Cocktailparty* fiel Sonja ein, vielleicht weil es ebenfalls einen altmodischen Beiklang hatte. Der Altersdurchschnitt um die fünfzig war hauptsächlich einem Grüppchen junger Leute zu verdanken, die sich am kalten Büfett bedienten. Sonja hörte, dass jemand ihren Namen rief.

Es war Giulio De Cesari, der mit einem breiten Lächeln auf sie zukam und sie einer Gruppe älterer Damen vorstellte: seiner Frau Christa, der Gattin des Konsuls, Clara Canetti, der Frau seines Freundes Antonello, der ebenfalls anwesend war, einer weiteren Dame mit vielen Sommersprossen im Gesicht, die als Mitarbeiterin des Goethe-Instituts vorgestellt wurde, einer rundlichen Brünetten, Frau eines Hoteliers auf Ischia, und schließlich der einzigen Italienerin in der Gruppe. De Cesari verschwand, Sonja wurde in den Kreis gezogen und musste Rede und Antwort stehen, sprich den ganzen Fragenkatalog beantworten: wie lange sie schon in Neapel war, wie ihr die Stadt gefiel, welcher Zufall des Lebens sie hierhergeführt hatte. Man war entzückt über jungen Zuwachs. Nachwuchs aus der Heimat, frisch eingetroffen, noch nicht von Neapel verlebt.

»Ein Küken inmitten einer Gruppe alter Hennen«, sagte Christa De Cesari vergnügt. »Ich bin schon seit vierundvierzig Jahren in Neapel und ebenso lange verheiratet. Genau zwei Drittel meines Lebens.«

»Dann fühlen Sie sich vermutlich eher als Neapolitanerin«, erwiderte Sonja. »Und nicht mehr als Deutsche.«

Frau De Cesari wiegte den Kopf. »Nein. Weder noch. Wie es in Deutschland ist, wie man dort lebt, weiß ich längst nicht mehr. Aber deshalb bin ich noch lange keine echte Neapolitanerin. Meine Kinder, die ja, meine Enkel sowieso, aber ich …« Sie machte die typisch neapolitanische Geste, die ein Achselzucken bedeutete. Ein *c'aggia fa'*, was soll man machen … Dann lachte sie. »Wir sind Zwitter, beides ein bisschen und keins richtig, was sagst du, Klärchen?«

Antonellos Frau nickte zustimmend. Die Frau des Konsuls war anderer Meinung. Sie habe im Laufe der Jahre immer mehr Gewicht auf ihre deutsche Herkunft gelegt, sagte sie.

»Dieser ständige Ortswechsel, Türkei, Indien, Australien, jetzt Italien. Immer fremde Länder um einen herum, dem muss man doch ein Stück Heimat entgegensetzen.«

Sonja erkundigte sich auch bei den anderen Frauen in der Runde, wie lange sie schon in Neapel lebten – die Frau des Konsuls seit anderthalb Jahren, Frau Dr. Zink aus dem Goethe-Institut seit fünfzehn, Frau Canetti seit über vierzig Jahren.

Christa De Cesari blitzte vital mit den Augen. »Wir werden alle älter, meine Lieben. Manchmal denke ich, ich bin erst vorgestern hier angekommen, und dann frage ich mich wieder, wo die Jahre geblieben sind.«

Allgemeine Zustimmung.

»Wir sind so alt, wie wir sind«, verkündete die Frau des Konsuls, offenkundig die Jüngste in der Runde.

»Und so jung, wie wir uns fühlen!«, ergänzte die Italienerin.

»Also, ich verstecke mein Alter nicht!«, sagte Christa De Cesari hoch erhobenen Hauptes.

»Das haben Sie auch nicht nötig«, bemerkte Frau Dr. Zink, die als Einzige in der Runde keinen Ehering trug.

»Das hat keine Frau über fünfzig nötig!«, erwiderte Christa De Cesari. »Neapel ist unser Jungbrunnen.«

»Schön wär's«, lachte die Italienerin. Sie war ebenfalls nicht mehr die Jüngste. Ihr braungebranntes Gesicht hatte sich im Laufe ihres Lebens in eine Vielzahl hauchdünner Fältchen gelegt. »Ich weiß ja nicht, wie du das machst, Christina, welche Creme du nimmst, wo du atmest und wie du braun wirst ...«, sagte sie mit heiserer Stimme. »Nimm nur die Abgase. Und die Sonne. Das sieht man der Haut einfach irgendwann an.« Sie streckte sich, blickte vergnügt in die Runde. »Aber es ist keine Schande, älter zu werden, *ragazze*. So ist das Leben.«

»Hauptsache, wir haben die Sonne im Herzen!«, sagte die Frau des Konsuls jovial.

»Und die Männer an der Leine ...«, ergänzte die Italienerin. Alle lachten, die einen mehr, die anderen weniger ungeniert.

Gleich stimmt jemand *O sole mio* an, dachte Sonja. Nein, vielleicht eher *Schwestern, zur Sonne, zur Freiheit* ... Sie wunderte sich über die Lockerheit, mit der die Damen, zumal dieses Alters und dieser gesellschaftlichen Stellung, über Themen redeten, die gewiss nicht zum klassischen Kanon des Small Talks gehörten. Offenbar kannte man sich gut und lange genug. War in der Fremde näher zusammengerückt.

»Neapel, *ein Klima, wo jedes Lüftchen Wollust haucht*«, sagte Christa De Cesari verschmitzt.

»Unsere Carlotta«, lachte die Italienerin, »immer poetisch.«

»Das war August von Platen, meine Lieben.«

»Ihr Gedächtnis hätte ich gern«, sagte die Frau des Konsuls bewundernd.

»Hartes Training. Ich bemühe mich, jeden Tag ein paar Zeilen auswendig zu lernen, eine Gedichtstrophe, ein Lied, ein schönes Zitat.« Sie beugte sich verschwörerisch vor.

»August von Platen ist frisch von gestern …« Sie brach in schallendes Gelächter aus. »Aber glaubt ja nicht, dass ich noch weiß, was ich vor einem Monat gelernt habe.«

»Nur auf Deutsch oder auch auf Italienisch?«, fragte die Italienerin.

»Was mir gerade in die Finger kommt … Momentchen, wie war das doch gleich … *Scusate, sapite l'ammore ched'è? L'ammor' è na cosa …*«

»… *c'addora di rosa, ca rosa nunn'è, nduvina ched'è?*«, fielen Frau Dr. Zink und die Italienerin fröhlich ein. Die Zeilen stammten aus einem bekannten Gedicht über die Liebe von Eduardo De Filippo, das in Neapel fast jedes Kind in der Schule lernte, erklärten sie Sonja. Christa De Cesari wusste, dass das Politeama im Oktober ein Theaterstück von Eduardo im Programm hatte, und empfahl Sonja, unbedingt hinzugehen.

»Was haben Sie denn bisher von Neapel gesehen?«, erkundigte sich die Frau des Konsuls. »Waren Sie schon in Pompeji?«

Sonja bejahte. »Gleich nach meiner Ankunft.« Sie zögerte, fuhr dann fort: »An dem Tag, als die tote Afrikanerin gefunden wurde.«

Die Italienerin sah sie empört an. »Sie Ärmste! Das ist wirklich kein guter Einstand. Was das für Eindrücke hinterlässt …!«

Sonja entgegnete, schlimmer sei die Sache für die Afrikanerin ausgegangen.

»*Mamma mia*, was für ein *disastro*!« Das war wieder die Italienerin. »Marco arbeitet doch in Pompeji«, sagte sie zu Clara Canetti. Und zu Sonja: »Ihr Sohn ist Fremdenführer. Ein Sprachgenie. Er spricht alle möglichen Sprachen. Ich dagegen« – sie lachte –, »*zero, niente*! Wie sagt ihr? *Ein Null!*«

»*Eine* Null«, verbesserte Frau Dr. Zink.

»Hat Marco etwas von dem Mord mitbekommen?«

»Er hat nichts davon erzählt. Er ist ja so selten da …«

Sie öffneten eine Schneise, damit die Bedienung, der Sonja schon im Vorraum begegnet war, in ihren Kreis treten konnte. Mit scheuem Lächeln offerierte sie den Damen eine Auswahl von Kanapees. Jede Frau nahm ein Häppchen und eine Miniserviette.

»*Thank you*«, sagte die Frau des Konsuls mit einem Lächeln aus Toleranz und Herablassung.

Als die Frau weitergegangen war, fragte Sonja: »Woher kommt sie?«

»Vom Partyservice.«

»Nein, ich meine, aus welchem Land?«

»Das weiß ich nicht«, sagte die Frau des Konsuls.

»Irgendwoher aus Afrika«, sagte Christa De Cesari. »Wie die meisten dieser Mädchen. Wenn man den armen Dingern nur weiterhelfen könnte. Mein Hausmädchen kommt aus Gambia.« Sie blickte stolz in die Runde. »Ich weiß inzwischen sogar, wo das liegt! Habt ihr inzwischen eine Neue gefunden?«

Frau Canetti schüttelte den Kopf. »Ich will das nicht mehr. Ich schaffe meinen Haushalt auch allein.«

»War die Russin so schlimm?«, fragte die Frau des Konsuls teilnahmsvoll. »Hat sie etwas mitgehen lassen?«

»Nein, das nicht.«

Die Unterhaltung mäanderte ohne ersichtliche Gründe von den Hausmädchen zum Opernprogramm der nächsten Saison, zu einem neuen Restaurant auf dem Vomero, zu einer Reihe von Lesungen im Goethe-Institut und schließlich zu dem Einbruch im Nationalmuseum im August. An dieser Stelle konnte auch Sonja sich wieder in das Gespräch einklinken. Sie verschwieg jedoch taktvoll, dass Giulio De Cesari ihr den Besuch empfohlen hatte – ein älterer Mann, der einer jüngeren Frau den Besuch einer wenngleich antiken Erotik-Ausstellung nahelegte …

Aber sie täuschte sich.

»Im Geheimkabinett waren Sie heute?«, lachte Frau De Cesari. »Der Tipp kam garantiert von meinem Mann. Seit dieses Kabinett wiedereröffnet wurde, erzählt er das jedem, der es wissen will – und der es nicht wissen will. Dabei gibt's da nichts zu sehen, was wir nicht alle schon gesehen hätten. Ein Tick ist das, ein Spleen. Wenn Giulio im neunzehnten Jahrhundert gelebt hätte, wäre er garantiert Sammler geworden. Privatsammler erotischer Kunst.«

»Wahrscheinlich hat genau so ein Liebhaber wie er den Einbruch in Auftrag gegeben«, spekulierte die Italienerin.

Christa De Cesari drohte ihr halb spielerisch, halb ernsthaft mit dem Zeigefinger. »Du willst doch wohl nicht meinen Giulio verdächtigen …!«

»*Per l'amor di Dio!* Wo denkst du hin!«

»Sprecht ihr etwa über ein ernstes Thema?«, ertönte in dem Moment Giulio De Cesaris durchdringende Stimme.

»Nur über Männer«, sagte seine Frau lächelnd.

14

Es war spät geworden. Stefano hatte sich vor über zwei Stunden verkrümelt – er wollte schnell noch zu Stefania ins Krankenhaus, bevor der Feierabendverkehr alle Hauptschlagadern der Stadt zum Platzen brachte. Bevor er sich zu Hause dem kreativen Chaos aus fünf Kinderwelten plus Schwiegermutter auslieferte. Gentilini hatte in der Zwischenzeit zumindest in groben Umrissen die bisherigen Ermittlungen zu Papier gebracht, dazu Kurznotizen zu den durchgeführten Gesprächen und einen Ausblick auf das weitere Vorgehen. Gleich morgen früh würde er daraus den Bericht zusammenbasteln, den der Polizeipräsident sich erbeten hatte.

Gentilini war schon an der Tür und würde sich bis morgen früh nur um seine privaten Gespinste kümmern – dachte er zumindest, als er das Licht löschte. Aber als er nach der Türklinke griff, klingelte zum zigsten Mal an diesem Tag das Telefon. Er hielt in der Bewegung inne und dachte, dass er den Anruf eigentlich ignorieren sollte. Doch schon bewegte sich sein Körper wie von einer unsichtbaren Leine gezogen zurück in Richtung Schreibtisch. Gentilinis Hand griff nach dem Hörer. Es war ein polizeiinterner Anruf von Livias Apparat.

»Guten Abend, Kollegin. Was gibt's? Den großen Zusammenhang oder den Einzelfall? Verbindendes oder Trennendes?«

Livia lachte leise. »Du hörst dich müde an, Gennaro.«

»Das ist die unglaubliche Entspannung am Ende eines erfolgreichen Arbeitstages …«

»Mach Feierabend.«

»*Managgia!* Was meinst du, was ich gerade tun wollte … Also, sprich, was ist los? Seid ihr vielleicht dem geklauten Priapus auf der Spur?«

»Schön wär's. Nein, es geht um das Wachpersonal. Ich bekam gerade einen Anruf von Rivello.« Ihre Stimme klang erregt. »Einer der Wachmänner, der heute Nachtschicht hat, ist damit herausgerückt, dass ein Kollege von ihm gestern Nacht nicht zum Dienst erschienen ist. Sie drehen ihre Runden in derselben Ecke, also hat er die Runden von Buttà, so heißt dieser Typ, mit übernommen.«

»Wir hatten doch mit allen Wachleuten gesprochen, davon hat keiner etwas erwähnt.«

»Salvapreti, so heißt der Wachmann, wollte nach eigener Aussage den Kollegen nicht verpfeifen. Weder bei der Ehefrau noch bei der Verwaltung.«

»Wieso bei der Ehefrau?«

»Weil er davon ausging, dass eine andere Frau dahintersteckt. Buttà hatte offenbar einmal eine Andeutung gemacht. Salvapreti hat gesagt, er wolle sich nicht einmischen und die Sache vor allem nicht an die große Glocke hängen. Aber im Laufe des Tages muss er wohl doch kalte Füße bekommen haben. Falls Buttà etwas mit den beiden Geschichten zu tun haben sollte. Nun befürchtet er einen Riesenärger, falls der Kollege morgen früh frisch und munter zum Dienst erscheint.«

»Scheint etwas durcheinander zu sein.«

»Die zwei Seelen der Loyalität unter Kollegen ... Ach ja, hatte ich schon erwähnt, dass Buttà in der Tatnacht Dienst hatte?«

»Hattest du nicht. Aber er müsste auf unserer Liste stehen. Habt ihr schon bei ihm zu Hause nachgefragt? Vielleicht ist er einfach krank. Oder er hatte keine Lust zu arbeiten ...«

»Rivello hat dort angerufen. Zu Hause ist der Wachmann auch nicht. Laut Aussage seiner Frau ist er gestern Abend zum Dienst gefahren und seitdem nicht wieder aufgetaucht. Allerdings wirkte sie Rivello zufolge nicht beunruhigt. Jedenfalls am Telefon.«

»Vielleicht kennt sie das. Dass ihr Mann ab und zu verschwindet. Wisst ihr, wie lange er schon im Wachdienst von Pompeji arbeitet?«

»Seit einem knappen Jahr«, sagte Livia.

»Das ist nicht lange. Und wo war er vorher?«

»Salvapreti wusste es nicht. Darum können wir uns morgen kümmern, falls Buttà weiterhin verschwunden bleibt.«

»Hat er Kinder?«

»Zwei.«

»Und wo wohnt er?«

»Im Centro. Nicht weit von der Porta di San Gennaro.«

Gentilini gluckste. »Na, das passt ja blendend. Hast du mich etwa angerufen, damit ich das übernehme?«

Livia lachte kurz. »Höchstens unbewusst, mein Lieber. Aber wer weiß, vielleicht hat dieser Buttà etwas mit dem Mord an der Afrikanerin zu tun.«

»Oder mit dem Raub des Priapus.«

»Oder mit beidem. Wie gesagt: Verbindendes …«

»… oder Trennendes«, ergänzte er.

Sie lachten gemeinsam, komplizenhaft.

»Ich wollte dir das nur kurz erzählen«, sagte Livia. »Es hätte auch bis morgen früh warten können, aber … Wir kennen uns schon so lange. Ich kenne dich besser als jeden anderen Kollegen. Wir sind gute Freunde.« Sie zögerte. »Auch wenn ich dir eigentlich nichts anderes erzählt habe als den Kollegen – es ist trotzdem anders. Wie soll ich das erklären … Du hörst mir zu.«

»Die anderen hören dir auch zu.«

»Ja. Aber eben anders. Wenn ich dir etwas erzähle, bin ich irgendwie weniger unter Druck und kann besser nachdenken und …« Sie stieß die Luft aus. »Ach, ist ja auch egal. Ich kann es nicht besser erklären.«

»Ich glaube, ich weiß, was du meinst«, sagte Gentilini.

»Siehst du, *genau das* meinte ich!«

In dem Moment steckte Cava seinen Kopf zur Tür herein. »Du bist noch da, Gennà … Was ist denn los? Feierst du?«

Auch das noch. Der Commissario gab ihm mit einem Wink mit dem Kopf zu verstehen, er solle verschwinden. Was Cava als Aufforderung einzutreten deutete. Er wirkte so dynamisch, als wäre es neun Uhr morgens.

Gentilini verzog den Mund und drehte sich zur Seite. Mit veränderter, hochoffizieller Stimme sagte er: »Ein überaus interessantes Thema, *direttore*, ja, da stimme ich Ihnen voll und ganz zu … Ich rufe Sie gleich morgen früh an …«

»Was ist passiert, Gennaro?«, fragte Livia. »Hast du unerwartet Besuch bekommen?«

»Aber gewiss …«

»Arbeit?«

»Das wünsche ich Ihnen ebenfalls …«

»Mist, das tut mir wirklich leid. Hätte ich nicht angerufen, wärst du längst über alle Berge und in den Armen deiner nordischen Prinzessin …«

»Sie sprechen mir aus dem Herzen …«

»Versprich mir, dass du so schnell wie möglich Leine ziehst.«

»*A domani, direttore. Buona sera anche a Lei.*«

»*Ciao, Gennaro.* Bester Freund aller Zeiten!«

Es sollte aber doch eine geschlagene halbe Stunde dauern, bis Cava losgeworden war, was in ihm auf Berichterstattung drängte.

Alles wollte aus ihm heraus, Informationen, Beobachtungen, Nebensächliches ebenso wie Gesprächszitate, völlig unsortiert, in einem Redeschwall, der den ganzen Tag lang gespeist und gefüttert worden war und nun nach einem entsprechend glänzenden Abgang suchte. Sprich: nach Gehör.

Gentilinis Mitarbeiter hatte sich zusammen mit Kollegen in Pompeji umgehört und umgesehen. Keiner der Befragten hatte die Frau auf dem Foto wiedererkannt, aber die Quintessenz der Aussagen lief darauf hinaus, dass schwarze Frauen vor allem ab Einbruch der Dämmerung seit vielen Jahren nichts Ungewöhnliches mehr waren. Früher wäre eine Afrikanerin in dieser Gegend aufgefallen, aber heute war das kein Thema mehr. Er hatte mehrere Hinweise auf Familien mit schwarzen Hausangestellten erhalten. In zwei angeblich anrüchigen Hotels hatte er mit den Tagportiers gesprochen, außerdem mit den Straßenhändlern vor der Station der Circumvesuviana. Konkrete Hinweise auf die Frau oder die Tat gab es nicht.

Am Nachmittag hatte Cava sich querbeet über die lange Liste rund um den Konzertveranstalter hergemacht, angefangen bei Kartenabreißern, Kontrolleuren, Platzanweisern bis zu Bühnentechnikern und dem Catering für Publikum und Künstler.

Natürlich hätte Gentilini Cavas Redeschwall abwürgen können – aber auch das hätte einen gewissen Energieaufwand bedeutet und letztlich wozu? Nur damit Cava beleidigt war und ihm den ganzen Sermon morgen zum zweiten Frühstück servierte? Also hörte Gentilini geduldig zu, was der Ispettore zu sagen hatte, kritzelte auf einem Block herum, machte sich die eine oder andere Notiz, nickte zwischendurch aufmunternd. Man konnte nie wissen, vielleicht tauchte in all dem frisch geschürften Material, das Cava ihm so wortreich servierte, tatsächlich der eine oder andere winzige Rohdiamant auf, den er ihm zum Schleifen mitgeben konnte.

»Ohne neugierig sein zu wollen, aber … war das vorhin … wenn ich fragen darf … *il direttore*, ich meine, Signore Almirante?«, fragte der Ispettore, als er mit seinem Bericht geendet hatte.

Gentilini hob nur erstaunt die Augenbrauen, schnalzte dann mit der Zunge. Das konnte alles Mögliche heißen, unter anderem: geht dich nichts an.

»Weil …« Cava legte eine Kunstpause ein, dann zog er seinen bis zuletzt aufbewahrten Trumpf. Ihm hatte jemand gesteckt, dass der Direktor von Pompeji und der Polizeipräsident im selben Club Tennis spielten. »Im Nobelclub *Vesuvio* zwischen Molo Beverello und Santa Lucia, Gennà, mit Blick auf den Golf und mit Sonnenterrasse und Swimmingpool und …« Neid und Bewunderung klangen deutlich durch.

»Ja, und?«, sagte Gentilini ungeduldig.

»Ich habe gehört, dass manchmal Ausflüge stattfinden, wie soll ich sagen, Männerfahrten, Herrentouren, also, wo nur die männlichen Mitglieder mitdürfen und längst nicht jeder, und …«

»Erstens ist das übelster Klatsch, Nicò«, sagte er streng. »Das ist unter deiner Würde. Sollen diese Leute sich amüsieren, wo, wie und mit wem sie wollen. Zweitens ist das kein Geheimnis. Die Mitgliederlisten dieser Clubs sind bekannt. Wenn du es genau wissen willst, ich selbst habe einmal mit Dottore Pagano im *Vesuvio* Tennis gespielt …«

»Nein!«

»Doch.«

»Und wer hat gewonnen?«

»Das ist doch jetzt nicht wichtig …«, brummte Gentilini, der das Match mit Pagano als quälende Langeweile in Erinnerung hatte. Seither hatte der Polizeipräsident ihn noch zweimal eingeladen, aber es war dem Commissario jedes Mal gelungen, eine glaubhafte Ausrede zu erfinden.

Er hätte sich lieber die Zunge abgebissen, als auch noch nach Feierabend mit Leuten wie Almirante zu tun zu haben, mit den Honoratioren dieser Stadt, alteingesessenen Altreichen wie dem Conte Solopaca oder skrupellosen Neureichen vom Typ Berlusconi, all den Anwälten, Stararchitekten, Wirtschaftsbossen, einflussreichen Geschäftemachern, Dezernenten für Wasser, Kultur, Pizza Margherita oder was immer diese Kerle tagsüber trieben. Ein Match unter Gleichgesinnten, danach ein Drink an der Bar, wo zwischen Whisky und Sonnenuntergang die Geschicke dieser Stadt gesponnen wurden.

»Vor allem hat das alles mit dem Fall nicht das Geringste zu tun. Das sagt mir meine Trüffelnase.«

»*Forse sì, forse no*«, sagte Cava stur. »Man kann nie wissen, wozu so eine Information gut ist.«

»Verbrenn dir nicht die Finger, *affarone* ...«

Als Cava endlich gegangen war, rief Gentilini erneut in seiner Wohnung an, aber Sonja meldete sich immer noch nicht. Offenbar war sie noch unterwegs. Es war keine Eifersucht, die er spürte, eher eine um mehrere Ecken entfernte Verwandte der Eifersucht, eine Vorstufe der Irritation unter Paaren. Ein Misston, der normalerweise von der Vieltonmusik des Alltags geschluckt wurde. Dennoch fragte er sich mit einiger Verspätung, mit wem sie sich wohl verabredet hatte. Wenn Sonja in Hamburg war, stellte er sich diese Frage nicht. Es war eine klare Sache: Er lebte sein Leben, und sie lebte ihr Leben, und man freute sich über jeden noch so kurzen Funkkontakt. Aber jetzt war Sonja hier, bei ihm in Neapel, und auch wiederum nicht bei ihm, denn er saß immer noch in der Questura fest und wollte endlich nach Hause. Und wusste nicht, wo Sonja war.

15

Das war jetzt schon der zweite Abend. Es hörte nicht auf. Es hörte einfach nicht auf.

Verfluchter Priapus mit deinem doppelten Phallus!, dachte Gentilini. Zum Teufel mit dir!

Er stand im leichten Morgenmantel am Schlafzimmerfenster und sah hinaus. Alle Fenster zum Innenhof waren dunkel. Er hörte nicht einmal mehr das vage Echo irgendeines Fernsehprogramms. Vier Uhr zwanzig. Die Stadt lag im Tiefschlaf. Vielleicht war das innerhalb von vierundzwanzig Stunden die einzige wirkliche Pause, in der in Neapel Ruhe herrschte, jedenfalls fast, in den Köpfen, den Körpern. Wenn für kurze Zeit alles schlief, kein Mord geplant, kein Scippo verübt, kein Espresso getrunken, kein neues Leben gezeugt wurde. Keine Fragen, keine Antworten. Nur Träume. Tiefschlaf.

Natürlich: keine Regel ohne Ausnahme. *Er* war die Ausnahme. Er konnte nicht schlafen. Er stand am Fenster und fröstelte. Und dachte nach.

Sonja war die Regel. Sie schlief fest. Er hörte hinter sich ihren leisen, regelmäßigen Atem.

»Macht nichts«, hatte sie vor ein paar Stunden schläfrig gemurmelt und sich zusammengerollt. »Wirklich, Gennaro. *Fa niente*.«

Natürlich machte es etwas. Selbst für einen Mann wie ihn. Der eigentlich über solchen Dingen stand. Der sich nicht aus dem üblichen Machorepertoire bediente, für das seine Landsleute – nein, Landsmänner – auf der ganzen Welt berühmt waren. Der Latin Lover war nichts als Klischee. Es gab nicht nur *den* Italiener. Sondern auch den anderen, für den er stand, Gennaro Gentilini.

Hatte er gerade *stand* gedacht? Zum hundertsten Male? Eine Welle der Scham brach sich an seinem Körper und versickerte im Schweigen der Nacht.

Das konnte eine Frau nicht verstehen.

Er verstand es ja selbst nicht.

Das war ihm mit Rosaria nie passiert, nicht einmal in den letzten halbwegs funktionablen Monaten ihrer Ehe, als er schon längst keine Verliebtheit mehr gespürt hatte, nicht einmal Vertrautsein. Seine ehelichen Pflichten hatte er trotzdem verlässlich absolviert, wenn auch im Laufe der Jahre seltener, aber das war normal. Nicht ein einziges Mal hatte er seinen Mann nicht gestanden.

Was für abgeschmackte Gedanken, dachte er und atmete tief durch, um die plötzlich erwachte Gier nach einer Zigarette mit einem tiefen Zug Nachtluft zu löschen. *Eheliche Pflichten absolvieren*. Wie ein Hochschulexamen, eine Reifeprüfung. Als ob dieses ungeschriebene Gesetzbuch der Sexualität in der Ehe jemals für ihn verbindlich gewesen wäre. Man tat es doch, weil man Lust dazu hatte ... Weil der Körper Lust verspürte. Sein Körper hatte damals nach einer Frau verlangt, und diese Frau war Rosaria gewesen, deren Körper nach einem Mann verlangt hatte, der er gewesen war. Ganz einfach. Schlichtes Aufeinandertreffen gleichgearteter Interessen. Sex hatten sie bis zum Schluss. Eigenartigerweise hatte es dabei zwischen ihm und seiner Exfrau nie Probleme gegeben. Sie hatten nicht miteinander reden können. Traurig, aber wahr. Sexuell hatte es dafür immer geklappt. Vielleicht nicht immer zärtlich. Manchmal eher wie eine routinierte Handhabung vor dem Einschlafen. Eine rituelle Begegnung ihrer Körper, die eine ganze Weile über das Scheitern ihrer Ehe hinweggetäuscht hatte. Trieberfüllung zwischen Zubettgehen und Erwachen – aber immerhin. Erfüllung. Trieb.

Was also, verdammt noch mal, war los? Sonja war seit nicht einmal achtundvierzig Stunden in Neapel. Und seit dieser Frauenleiche in Pompeji ging nichts mehr. Es war niederschmetternd.

Niederschmetternd, wiederholte er und versuchte sich an dieser Formel entlangzuhangeln und wieder aufzurichten. Frag dich also, Gennaro: Was hat dich so niedergeschmettert? Die tägliche Dauerbeballerung durch Cava, heute noch dazu kurz vor Feierabend? Das unvermeidliche Durcheinander am Anfang jedes neuen Falls, verstärkt durch die zwei parallelen Ermittlungsschienen und obendrein auch noch durch Sonjas Ankunft? Hast du etwa Angst vor zu viel Nähe? Verkraftest du etwa so viel Nebeneinander nicht mehr? Wirst du alt? Hängen die vielen unbeantworteten Fragen wie bleierne Gewichte an dir und ziehen dich runter, bis du wenigstens einen der Fälle gelöst hast? Erst die tote Afrikanerin, dann auch noch der geklaute Doppelphallus …

Der geklaute Doppelphallus, wiederholte er selbstmitleidig. Da kannst du sowieso nicht mithalten. Symbol der Fruchtbarkeit, *grazie*, zwei Kinder waren genug. Potenz hatte er bewiesen.

Das Gefühl des Versagens aber blieb.

Und wenn es an der Arbeit lag, wie sollte es dann weitergehen? Morgen oder übermorgen würde schon der nächste oder übernächste oder überübernächste Tote auf seinem Schreibtisch liegen, das Karussell drehte sich immer weiter. Neue Akte, du klappst sie auf: Mann in Hinterhof niedergemäht. Die nächste Akte: Erstochene Frauenleiche an der Ausfallstraße. Die übernächste: Zwei Menschen nach Autounfall verbrannt – war es vielleicht Mord? Undsoweiterundsofort. Bis du eines Tages selbst an der Reihe bist …

Sieh zu, dass du dich nicht unterkriegen lässt, sagte eine innere Stimme.

Vielleicht hatte er einfach zu viel Alkohol getrunken. Im *Cucciolo* war der Wein wie immer ausgezeichnet gewesen. Ein exzellenter Koch, moderate Preise. Vier Gänge, die ihm später doch ein wenig im Magen gelegen hatten … Caprese mit frischer Büffelmozzarella, Ravioli mit Trüffeln, eine *dorada*, wie man sie in Neapel nur in wenigen Lokalen bekam, als Nachspeise ein *fiordilatte*. Sonja hatte aufgekratzt erzählt: vom Empfang im Konsulat, von den Leuten dort, von den Appetithappen, die ebenso schnell verschluckt wie verdaut waren. Von ihrem Besuch im Nationalmuseum und dem erotischen Geheimkabinett. Die Begeisterung über diesen Tag sprach aus jeder Geste, jedem ihrer Blicke. Zumindest sie hatte sich amüsiert. Das gemeinsame Essen war die Krönung. Nein, die Krönung sollte die gemeinsame Lust werden. Aber er war darin nicht vorgekommen. Oder nur in angestrengten Versuchen.

Er fuhr sich mit den Händen durch die Haare. Nein, das wäre zu einfach. Das wäre gemein. Ihr im Schatten der Nacht die Schuld zuzuschieben.

Vielleicht waren die Erwartungen zu groß, von ihnen beiden. Vielleicht lag es am Wein. Vielleicht war es dies, vielleicht war es das.

Taratùfolo, hör auf rumzuhirnen, sagte eine weitere innere Stimme. Du findest nichts als tausend Vielleichts.

Auf Zehenspitzen schlich er in die Küche, schenkte sich einen doppelten Grappa ein, ging dann ins Wohnzimmer und knipste ein Wandlicht an.

Er griff nach den Broschüren auf dem Tisch, die Sonja aus dem Nationalmuseum mitgebracht hatte, und ließ sich auf sein neues schwarzes Ledersofa fallen.

Es war ziemlich lang und hart gepolstert wie die Sitze in alten Limousinen und wirkte insgesamt eher wie von vorgestern als wie von übermorgen. Hatte Sonja gesagt und den Nagel damit auf den Kopf getroffen. Das war es. Retro hieß die Serie, die er bei seinem Zahnarzt zufällig in einer Hochglanzzeitschrift entdeckt hatte. Nicht gerade billig, aber von der Sorte Bis-dass-der-Tod-euch-Scheidet. Er mochte solche Dinge, die auf Dauer ausgerichtet waren. Es lag natürlich nicht nur an den Dingen, es lag auch an dem, der sie besaß. Mit welchen Augen er sie ansah. Mit welcher Idee im Herzen er sie zu sich holte.

Damit war er wieder beim Thema. Was er auch machte, es lag immer auch bei ihm. Er war darin verwickelt. Selbst wenn er sich entzog.

Hatte er sich entzogen?

Pompei vietata, war der hochtrabende Titel der einen Broschüre. *Verbotenes Pompeji*, hieß die andere. Bis auf den Titel identische Cover. Sonja hatte die deutsche und die italienische Ausgabe gekauft – etwa für ihn? Für ihn als Ermittler oder als Mann …?

Er begann zu lesen. Zehn Seiten Vorwort.

»Wie lebten die alten Pompejaner?«, fragte sich der Autor, dessen Namen Gentilini noch nie gehört hatte, zu Beginn. »Was für Tugenden hatten sie? Welche Laster? Welche Verbrechen?« Er schrieb, die damaligen Menschen hätten den heutigen Menschen in nichts nachgestanden. Sie waren zwar weniger gereist, kannten weder Seife noch Toilettenpapier, waren aber ansonsten in gleichem Maße Sklaven ihrer »Laster und Bedürfnisse«.

»Der Tarif für eine Edelhure ist absolut nicht mehr vergleichbar mit der ausgezeichneten Ware in Pompeji für sechzehn Asse, das sind vierzig, fünfzig Lire«, las Gentilini.

Es folgten fragmentarische Ausführungen zum erotischen Leben im alten Pompeji. Venus als Verantwortliche für Liebe und Bitterkeit und Obszönität. Der Kult des Phallus und orgiastische Kulte im Mittelmeerraum.

Auch das Lupanar wurde erwähnt, das größte Bordell Pompejis mit seinem Verwalter namens Africanus und einem gewissen Victor. Die überlieferten Namen der dort arbeitenden Frauen lauteten hübsch ordentlich in alphabetischer Reihenfolge: Attica, Attine, Beronice, Callidrome, Cressa, Drauca, Elps, Faustilla, Felicla, la figlia di Salvo, Fortunata Ianuaria, Issa Fabia, Ias, Mula, Murti, Nica Cretessiana, Restituta, Victoria und Panta. Panta fiel eindeutig aus der Reihe. Panta stand, so der Autor, für das griechische Wort *alles* – woraus er schloss: »Fräulein Panta machte eben alles wie gewünscht.«

Gentilini vertiefte sich in die Broschüre und vergaß für kurze Zeit seinen Frust.

Er war überrascht zu lesen, an wie vielen Orten in Pompeji Prostituierte gearbeitet hatten – wenn man dem Autor Glauben schenken konnte: nicht nur im Lupanar, sondern in diversen Badehäusern, Hinterzimmern von Kneipen, in ganz normalen Läden wie dem Geschäft eines Obsthändlers namens Felice, wo sich zwei Frauen namens Mula und Fortunata für einen Preis von zwei Assen hingegeben hatten. Das Bordell von Somene, unklar, ob Mann oder Frau. In der Herberge des Febo in der Gasse der Bäcker stand eine gewisse Euplia zur Verfügung. Ein Sgraffito besagte: »Hier stand Euplia mit genug kräftigen Männern, die sie außer Gefecht setzte.« Überhaupt wurden für die Beweislage immer wieder Inschriften, Einkerbungen, Sgraffiti bemüht und für diejenigen Leser, die sich hinterher als Privatgelehrte vor Ort von der Richtigkeit der Angaben überzeugen wollten, auch genau beschrieben, wo sich diese Sgraffiti befanden: »auf der Wand gegenüber dem linken Eingang des Hauses der Vettii« oder »im Vicolo del Labirinto in der Nähe des zehnten Turms«.

Offenbar war es bereits in der Antike üblich, sich via Sgraffiti zu verewigen, nicht mit Stiften und Farbspray, aber auch damals schon an Hauswänden, eine im Wortsinne *spürbare* Hinterlassenschaft. Der Autor hatte eine ganze Reihe solcher Ritzereien zusammengetragen, eine der wenigen verlässlichen Quellen über das damalige Leben. Gentilini las: »›Wer sich auf diesen Stein setzt, soll zunächst diese Nachricht lesen: Wer mit einer Dame schlafen möchte, frage nach Attica. Es kostet sechzehn Asse‹ – endlich eine

Dame für gehobene Ansprüche«, kommentierte der Autor und mutmaßte, ob es sich vielleicht um dieselbe Attica gehandelt habe, die auch schon für das Bordell des Africanus verzeichnet war.

Eine gewisse Asellina hatte in der Via dell'Abbondanza ein erst 1911 und nur teilweise ausgegrabenes Badehaus geführt, dessen Außenwand mit Sgraffiti übersät war. In diesem Badehaus hatten die Mädchen Smirina aus Smyrna, Egle aus Griechenland und die Jüdin Maria gearbeitet – ein internationales Haus also, schloss der Autor. Die Puffmutter Asellina hatte diese Mädchen offenbar angeworben, um das Lokal durch einen Hauch von Exotik für Einheimische attraktiv zu machen und gleichzeitig fremden Reisenden ein wenig Heimat zu bieten.

Um aber jedem Verdacht von Pornographie entgegenzuwirken, hieß es, das Büchlein sei ein »aus dem Ernst des Vorsatzes geborener Informationstext«. Es war die Mischung, die so eigenartig war. Der Text las sich wie ein kleiner Führer durchs Rotlichtmilieu im alten Pompeji: welche Frauen hatten wo was zu welchem Preis angeboten. Lateinische und griechische Begriffe für männliche und weibliche Geschlechtsteile und diverse Sexualpraktiken, Zitate, Quellen – ein bunter Mischmasch aus Wissenschaftlichkeit, hochtrabendem Stil, moralischen Kommentaren und durchaus lüsternem Blick.

Gentilini blätterte weiter. Aha. Zuletzt folgte der pornographische Teil, der keiner sein wollte. Für den Mann in ihm. Der Bildteil war ein Sammelsurium in Schwarzweiß aus Abbildungen, Fotografien, Zeichnungen von erotischen Objekten und Szenen, die allesamt um die Sammlung des Gabinetto Segreto und das erotische Leben in Pompeji kreisten. Die Fotos waren eher stümperhaft oder schlecht gedruckt. Die Zeichnungen konnten nicht einmal als schlechter Kitsch betrachtet werden. Schon gar nicht als Anleitung zum sexuellen Genuss. Sie waren schlichtweg jenseits von Gut und Böse.

Mann penetriert auf einer Liege kniende Frau von hinten, eine Hand locker auf ihrem Hinterteil ruhend, die andere ebenso unbeteiligt am Körper herabhängend, während die Liebesdienerin noch einen Blick über die Schulter wirft. Darunter der lüsterne Kommentar: »Die Frau trägt noch den jungfräulichen Gürtel!«

Das Foto eines pompejanischen Freskos. Dazu die Bildunterschrift: »›*Lente impelle*‹, steht da. ›Treib es in Ruhe.‹ Sicher, nicht in jedem Falle ist die Eile angenehm!«

Auf einer anderen Skizze zeigt ein nackter Mann mit erigiertem Penis mit dem Zeigefinger direkt auf das noch vom griechischen Gewand verhüllte Geschlecht der Frau, die den Mann mit der einen Hand abzuwehren versucht und in der anderen einen kleinen Krug hält – den sie ihm möglicherweise gleich über den Schädel schlägt, dachte Gentilini. Dann las er:

»Im Rhythmus des Tanzes und mit ›vorgelegter Lanze‹ greift er an, der feurige Mann, doch das stolze Fräulein erwehrt sich mit geschwungener Vase und würgendem Griff.«

»Kommt es zum Finish?«, fragte der Kommentar weiter.

Die Antwort: »Im zärtlichen Spiel werden die Wellen sich sicher glätten.«

Halb belustigt, halb angewidert klappte Gentilini das Heft zu. Machokram, verbrämter. So miserable Zeichnungen wären nicht einmal in Witzblättern der fünfziger Jahre durchgegangen. Aber die Flut erigierter Phalli ebenso wenig. Ein Blick nach unten: nein, keine Erektion. Kein bisschen Erregung. Wozu auch.

Er gähnte. Schloss die Augen. Irgendwann rutschte das Heft von seinem Bauch. Sein Schlaf war traumlos. Gegen Morgen schob sich eine Hand tastend unter seinen Bademantel.

Der Weg zur Wasserstelle. Die Sonne, unersättlich und grell, die alles Wasser an sich bindet, aus dem Boden saugt. Der Wind, der um die Hütten fegt, Sand bringt und mit sich nimmt. Sie hat die Wüste gesehen, den Staub der Straßen, die Dürre der Tage. In ihren Augen liegt der Schmerz des Mädchens, das beschnitten wird, wie alle Mädchen aus dem Dorf. Mit sechzehn hat sie ein Kind geboren, einen Sohn. Auch er wohnt seither in ihren Augen, dieser Sohn. Wohin sie auch geht, er geht mit ihr, in ihren Träumen, und wenn sie wacht, er ist immer da.

16

Wie wenig es doch brauchte, um einen Menschen glücklich zu machen! Kleinigkeiten, dachte Gentilini beschwingt, als er an diesem Morgen auf die Straße trat, später als am Tag zuvor und ziemlich müde, aber ganz grundlegend zufriedener.

Heute winkte ihm das Leben in den Gassen freundlich, friedfertig zu, obwohl derselbe Trubel herrschte wie immer. Jemand raste auf einem klapprigen Mofa im Slalom die schmale Gasse hinunter, als wäre der Teufel hinter ihm her, von allen Seiten hörte man Stimmen, Hupen, zwischendrin das Aufkreischen der Kreissäge des Schreiners eine Gasse weiter, all das unterlegt vom Dauergezwitscher aus den Vogelkäfigen, die neben Balkonen und Fenstern hingen. Auch Gentilini war nach Singen zumute. Er summte einen Schlager aus den fünfziger Jahren, der ihm in den Sinn gekommen war: *Basta un po di musica* … Er grüßte den Besitzer des Haushaltswarenladens, der vor seiner Ladentür stand, nickte den beiden älteren Männern zu, die sich in einer Toreinfahrt unterhielten, wich zuvorkommend zwei jungen Mädchen aus, die ihre Kinderkarren wie Rasenmäher energisch die Gasse hinunterschoben.

»*Buon giorno, commissario!*« Das war der Pizzabäcker an der Ecke, der ihm zuwinkte.

»*Buon giorno*, Gaetano!«

»*Bella giornata oggi!*«

»*Na jurnata'e sole …!*«

An Tagen wie diesem hätte Gentilini die ganze Welt umarmen mögen. Sie kam ihm auf einmal hoffnungsvoll vor, positiv. Ihm war klar, dass dieser Eindruck trog. Dass die Welt mehr als zwei Gesichter besaß und sich nicht grundsätzlich verändert hatte. Aber das spielte keine Rolle. Tage wie diesen musste man nicht hinterfragen, sondern mit beiden Händen ans Herz drücken und liebkosen und rufen: *Eccomi!* Hier bin ich!

Mit beinahe missionarischem Eifer dachte Gentilini, mit wie wenig die ganze Welt glücklich sein könnte und dass dieses Glück nichts kostete. Weder Assi, Lire noch Euro. Die Liebe!

Als er bei Michele Barbaro vorbeikam und sah, dass der Barbier gerade keine anderen Kunden bediente, trat er kurz entschlossen ein.

»*Commissario, che piacere!*«

»*Il piacere è mio!*«

»Das Übliche?«

»Wie immer.«

»*Va bene.*«

Dieser Fünfzeiler leitete jede ihrer Begegnungen ein: ein Austausch höflicher Floskeln, der den Übergang von einer Welt in die andere markierte. Das Stück, das folgte, war allen Seiten bekannt, es sei denn, Gentilini hatte spezielle Wünsche, wie die Haare geschnitten werden sollten.

Er machte es sich in einem der abgenutzten kunstledernen, allmählich kultreifen roten Barbiersessel bequem, die, wie Michele gern erzählte, aus den fünfziger Jahren stammten, als noch sein Vater diesen Salon betrieben hatte.

»*Caffè?*«

»*Sì, grazie, molto gentile.*«

Michele schickte seinen Lehrling, der gerade den Laden gefegt hatte, mit der Bestellung los. Der Barbier legte dem Commissario den schützenden Friseurmantel um, griff nach der Schere und begann zu schneiden.

»Was gibt's Neues, Commissario? *Come vanno le cose?* An welchem Fall arbeiten Sie gerade?«

»Die Geschichte in Pompeji«, sagte Gentilini und blickte selbstzufrieden auf sein Konterfei im Spiegel.

Michele würde wissen, was er meinte. Michele war ein aufmerksamer Zeitungsleser. Er las die regionale Zeitung von vorn bis hinten, Politik, Sport, Kultur bis zum Horoskop. Wenn sie beide allein im Barbiersalon waren, fachsimpelte Michele gern ein wenig mit dem Commissario.

Jedes Viertel in der Millionenstadt Neapel war wie ein eigener Kosmos und zugleich ein Dorf, mit eigenen Geschichten, ungeschriebenen Gesetzen, inoffiziellen Machtstrukturen. Die Leute kannten sich, man wohnte dicht an dicht, Gerüchte und Informationen machten schnell die Runde. Beim Haareschneiden war jedes Thema willkommen, Politik, Kirche, Fußball, Medien, Klatsch und Tratsch ebenso wie die kleinen, scheinbar nebensächlichen Informationen aus dem Alltag, dem Leben der Leute.

Gentilini war nach der Trennung von Rosaria in die Quartieri Spagnoli gezogen, und obwohl in Neapel geboren, war er in diesem Viertel ein Fremder. Niemand aus dem engeren Kreis seiner Familie wohnte hier. So manches, was der Commissario seitdem erfahren hatte, verdankte er Michele. Während der das Messer oder die Schere tanzen ließ, unterhielt er sich mit seinen Kunden und all den anderen, die kurz bei ihm hereinschauten, sich auf einen der Hocker setzten, ihm bei der Arbeit zusahen, ein paar Sätze tauschten. Michele wusste alles. Nein, nicht alles, aber vieles. Und was er nicht wusste, darüber machte er sich seine Gedanken.

»Die erschossene Frau und der Raub im antiken Bordell«, sagte der Barbier. »Gibt es schon eine heiße Spur?« Er lachte. »Ich weiß, Sie müssen jetzt *nein* sagen. Denn wenn Sie eine hätten, dürften Sie nicht darüber reden.«

Gentilini schmunzelte. »Stimmt genau.«

»Also, ich weiß ja nicht. Verrückte Geschichte. Hört sich ziemlich kompliziert an. Zwei verschiedene Fälle, die am selben Ort stattfinden. Der Priapus, das ist doch der mit dem Riesending, also, ausgerechnet dieses Fresko wird gestohlen. Und eine Frau wird ermordet. Und an welchem Ort findet das alles statt? In einem Bordell.« Michele hielt inne, sah Gentilini im Spiegel an. »Das muss man kombinieren. Erstens, da klaut jemand einen Riesen … ein Riesending. Zweitens, in einem Bordell. Die Frau war beinahe nackt, stimmt's?«

Gentilini nickte.

»Hat man ihre Kleider gefunden?«

Er schnalzte verneinend mit der Zunge.

»Was tut eine Afrikanerin nachts in Pompeji?, fragt man sich doch. Oder?«

»*Certo*«, sagte Gentilini. »Das fragen wir uns alle. Und die Antwort?«

»Ist doch sonnenklar, Commissario …«

Der Lehrjunge kam von der Bar zurück, stellte einen Espresso im Plastikbecher auf der Konsole vor Gentilinis Barbierstuhl ab.

»Mit Zucker, Commissario?«

»Mit.«

»Viel?«

»Die ganze Tüte. Danke.«

»Wo war ich stehen geblieben?«

»Die klare Antwort …«

»Ein Sexualmord in einem antiken Bordell … Das ist doch kein Zufall. Der Täter ist entweder der Freier oder der Zuhälter.«

»Ich weiß nicht«, wandte Gentilini ein. »Nur weil die Frau im Lupanar gefunden wurde und weil sie Afrikanerin ist, heißt das noch nicht, dass sie eine Prostituierte sein muss. Das wäre ein bisschen simpel.«

»Da haben Sie Recht, Commissario. Trotzdem. Manchmal ist das Einfache das Richtige.«

Er arbeitete eine Weile schweigend weiter. »Im Fernsehen war neulich ein Bericht über Kokainhandel, und da haben sie gesagt, dass der Stoff neuerdings auch mit geklauten Kunstwerken bezahlt wird.« Er schüttelte den Kopf. »Und in Neapel gibt es von beidem mehr als genug. Genug Drogen und jede Menge Kunstwerke.«

Gentilini nickte. Ja, das musste man in Betracht ziehen. Man musste *alles* in Betracht ziehen, auch wenn es einem nicht gefiel. Deshalb fragte er Michele, ob er sich mit Bordellen in Neapel auskenne.

Der Barbier hielt im Schneiden inne. »Kennen wäre zuviel gesagt, Commissario. Aber man hört das eine oder andere.« Er lachte. »Wir sind doch alle keine Heiligen! Sagen wir mal so, ich für mein Teil weiß, wo ich hingehen würde ...« Er machte eine international bekannte Geste. »Aber das ist immer auch eine Frage der Preisklasse. Die untere und mittlere Kategorie, da könnte ich Ihnen vielleicht etwas empfehlen ...«

»So habe ich das nicht gemeint!«, protestierte Gentilini.

»Weiß ich, weiß ich ...«, sagte Michele beschwichtigend. Er lachte Gentilini im Spiegel verschmitzt an. »Das Viertel hat viele Augen und Ohren ... Ihre Freundin aus Deutschland ist wieder da.«

Gentilini spürte, wie ihm heiß wurde.

»Sehen Sie, Sie sind verliebt bis über beide Ohren. Jetzt den Nacken, bitte ...«

Gehorsam senkte Gentilini das Kinn auf die Brust.

»Aber wenn Sie wollen, *Commissà*, dann höre ich mich gern ein wenig um. Was die höhere Preisklasse betrifft, meine ich. Das Exklusive. Ganz unverbindlich, und wie immer bleibt es unter uns.«

»*Ah, buon giorno, dottore.*«

»*Buon giorno*, Michele«, hörte Gentilini einen sonoren Bass.

»*Solo due minuti, dottore.*«

»*Va bene, cinque minuti.*«

»Einen *caffè*?«

»Danke, gern.«

Der Barbier warf seinem Lehrjungen einen barschen Blick zu. »Gigì, hast du gehört? Und bring dem Dottore die Zeitung.«

»Es gibt da offenbar eine Fünf-Sterne-Lokalität in Bacoli«, fuhr Michele seelenruhig fort, als handle es sich um ein empfehlenswertes Restaurant. »Ich werde mich genauer informieren.«

Er holte einen Handspiegel, zeigte Gentilini den Haarschnitt am Hinterkopf.

»*Benissimo.*«

Als Gentilini den Barbiersalon verließ, war er nicht weniger zufrieden als zuvor. Sein Konterfei im Spiegel hatte ihm durchaus gefallen, trotz der grauen Haare, die regelmäßig über den Kopf verteilt zu sprießen begannen. Allerdings hatte er nicht mehr das Gefühl, die ganze Welt umarmen zu wollen. Die Arbeit hatte ihn wieder eingeholt.

An der nächsten Straßenecke stand ein Blumenverkäufer mit seinem Karren. Einer spontanen Eingebung folgend kaufte Gentilini einen prallen, bunten Strauß, erklärte dem Mann, wohin die Blumen geliefert werden sollten, und drückte ihm einen Euro extra in die Hand. Der Mann stieß einen durchdringenden Pfiff aus, ein Junge von etwa acht Jahren kam angerannt, bekam den Strauß in die Arme gedrückt, dazu wie als Aufmunterung einen freundlichen Klaps auf den Hinterkopf, und schon rannte er los.

17

Nachdem Gentilini gegangen war, streifte Sonja durch seine Wohnung, barfuß, nur mit einem altmodischen Unterrock bekleidet, ein Geschenk von Luzie aus einem Secondhand in London. Die Türen zu den beiden kleineren Zimmern, in denen Gentilinis Kinder an den Vaterwochenenden wohnten, öffnete sie nicht. Die Wohnung war weitläufig, allein der Flur mindestens zehn Meter lang. Es gab viel Platz. Jedes der beiden Zimmer, die Gennaro als Schlafzimmer und als Wohnzimmer benutzte, war riesig, nach Sonjas Schätzung mehr als fünfzig Quadratmeter. Ihre ganze Hamburger Wohnung hätte in einem einzigen dieser Zimmer Platz gefunden: Bad, Küche, Luzies Zimmer, ihr eigenes Zimmer.

Sie stellte sich den Transfer vor. Wie es in diesem Raum aussehen würde, wenn ihr gesamter Hausrat, ihr über zwanzig Jahre gesammelter Krempel, hier verteilt wäre – alle Möbel, alle Haushaltsgeräte, das Geschirr, die Bücher, die CDs, Videos, DVDs, die Lampen, Regale, Kissen, Fotos, der Nippes, alles, einfach alles, sogar ohne Luzies Kram: grauenhaft, dachte Sonja. Und dass sie zu Hause dringend ausmisten musste.

Einstweilen hatte sie das Zimmer ihrer Tochter an eine Sprachstudentin aus Frankreich vermietet. Luzie war für ein Jahr nach Florenz gegangen, um Italienisch zu lernen. Bis vor drei Monaten hatte sich Luzies engster Familienkreis auf Mutter und Großmutter beschränkt – die heilige Zornsche Dreieinigkeit. Dann war, gewissermaßen über Nacht, als Folge der Suche nach Luzies Vater eine ganze neapolitanische Sippschaft aufgetaucht, eine komplette Verwandtschaft aus Onkel, Tante, Großmutter, Großtante, Großonkel, Cousins und Cousinen, die den völlig unerwarteten, bereits erwachsenen Zuwachs aus dem Norden mit Begeisterung aufgenommen und ins Herz geschlossen hatte. Patrizia, die Schwester von Luzies Vater, lebte in Florenz und hatte ihre neue Nichte als Aupair an Freunde vermittelt. Offenbar ging es Luzie blendend: Sie wohnte ziemlich zentral nicht weit vom Arno, die Aupair-Eltern, er Architekt, sie Rechtsanwältin, waren freundlich und weltoffen, die beiden Kinder bisher unkompliziert, es blieb genug Zeit für eigene Erkundungen, nebenbei lernte Luzie Italienisch. Sie hatte sich mit zwei anderen Aupairs angefreundet, unternahm Ausflüge nach Perugia und Siena. Es ließ sich also alles prächtig an.

Sonja holte sich das Telefon und machte es sich auf dem Sofa bequem. Sie wählte Luzies Nummer in Florenz, aber niemand nahm ab. Vielleicht war sie mit den Kindern auf dem Spielplatz. Sonja hinterließ eine kurze Nachricht auf dem Anrufbeantworter.

Zeit für Veränderungen. Beide, Mutter und Tochter, begannen ein anderes Leben. Luzie würde ihres erst finden müssen – aber im Grunde kam es Sonja so vor, als sei es für sie gar nicht anders. Auch sie musste ihr Leben erst wiederfinden, neu erfinden, ein neues Leben nach zwanzig Interimsjahren als alleinerziehende Mutter, in denen andere Schwerpunkte geherrscht hatten. Manchmal kam es Sonja so vor, als stünde sie wieder genau dort, wo sie vor zwanzig Jahren schon einmal gewesen war, nur um unzählige Tage und Nächte, Berg- und Talfahrten, Irrtümer und Glücksmomente reicher – und um eine ganze Reihe von Männern erfahrener.

Gennaro also. Sie sah ihn in mehreren Facetten vor sich, wie beim Blick durch ein Kaleidoskop. Wie er aussah, wenn er sang. Wenn er lachte. Wenn er schlief. Wie die Flecken in seinen Augen auf sie zugetrieben kamen. Beim Autofahren. Wenn er verletzt, wütend war wie gestern Abend. Verspannte Schultern. Die Kränkung im Blick, weil seine Manneskraft nicht so funktionierte, wie sie sollte. Wie er es wollte. Das Glück in seinen Augen heute morgen, als sie sich endlich geliebt hatten, gierig, zärtlich.

Es war ihre dritte Begegnung. Erst. Schon. *Schon*, weil sie in ihn verliebt war wie im Mai. Schmetterlingsflattern, ein fast vergessen geglaubtes Gefühl. *Erst*, weil sie sich sehr bald sehr nahe gekommen waren. Tiefseetauchen in unbekannten Gewässern. Vielleicht war dies das Los der Liebe auf Entfernung. Da war kein stetes Anwachsen und Sich-Anreichern und Ausbreiten und Ranken. Da waren intensive Tage zu zweit und ebenso intensive Wochen des Alleinseins und Sehnens. Eigentlich kannte sie Gennaro kaum. Nur einzelne Bekanntheitsfelder, Glitzerinseln. Das, was er von sich gezeigt hatte, und das, was sie in ihm entdeckt hatte. Diesmal kam er ihr unbeständiger vor, aufgewühlt. Wie ein Spiegelbild dieser Stadt. Er fühlte sich zerrissen, weil er durch den aktuellen Fall in Pompeji wenig Zeit für sie hatte. Viel weniger, als er gern gehabt hätte.

Sie hatte ihm mehrfach gesagt, dass sie wunderbar alleine zurechtkam. Dass er sich keine Sorgen zu machen brauchte. Weder Sorgen noch ein schlechtes Gewissen. Im Gegenteil, sie war im Grunde froh darüber, dass sie und Gennaro nicht auf Schritt und Tritt zusammen waren. Ein bisschen Zweisamkeit war wunderbar, zu viel davon konnte hochtoxische Nebenwirkungen entwickeln.

In Gennaros Begleitung würde sie Neapel anders entdecken, durch seine Brille, durch seine Auswahl an Orten, seine Kommentare und Geschichten. Natürlich war sie gespannt darauf, *sein* Neapel näher kennenzulernen und dadurch Schritt für Schritt auch ihn, aber sie wollte nicht von diesem *seinem* Neapel verschlungen werden. In Gennaros Begleitung hätte sie De Cesari und Canetti im Gambrinus vermutlich nie kennengelernt. De Cesari hätte sie nicht angesprochen, ganz einfach. Sie wäre nicht zu diesem Empfang im Konsulat eingeladen worden und auch nicht zum Essen zu Frau Canetti. Das Gabinetto Segreto? Das hätte sie irgendwann auch von selbst entdeckt.

Sie schaltete das Radio ein, suchte nach einem Sender, auf dem nicht in unglaublichem Tempo gequasselt wurde und keine Werbung lief.

Es klingelte an der Haustür, zeitgleich läutete auch das Telefon – vielleicht Luzie, die aus Florenz zurückrief. Sonja schnappte sich das Schnurlose, drückte auf Empfang und eilte währenddessen zur Tür.

»*Pronto*. Bist du es, Luzie?«

»*Ma chi è?*«

»*Oh, mi scusi,* ich dachte …« Sie nannte ihren Namen und fragte, wer am Apparat sei. Gleichzeitig betätigte sie die Gegensprechanlage, vernahm nur eine von Rauschen und Knacken verzerrte Stimme, öffnete per Knopfdruck die Gittertür unten am Hauseingang und per Hand die Wohnungstür.

Währenddessen schrillte eine Frauenstimme in ihr Ohr. »Hier spricht Rosaria.«

Sonja wusste nicht, was sie antworten sollte. Sie konnte den Namen einordnen. Rosaria war Gennaros Ex.

Aus seinen Erzählungen, aus ihren Gesprächen, hatte sie ein paar Szenen seiner verkorksten Ehe vor Augen. Er hatte ihr auch Fotos gezeigt, von seinen Kindern natürlich, es war unvermeidlich, dass ab und zu auch seine Frau darauf zu sehen war. Sonja war nicht eifersüchtig auf Gennaros Vergangenheit. Sie hatte noch nie etwas davon gehalten, allzu viele Details aus den verblühten Beziehungen jeweiliger Liebschaften zu erfahren. Das waren Geheimnisse, die im Lebenssafe aller Beteiligten gut aufgehoben waren. Gentilini und Rosaria aber hatten zwei gemeinsame Kinder, das änderte die Bedingungen, denn irgendwann würde Sonja auch Rosaria kennenlernen, ob sie wollte oder nicht. Der Stimme nach zu urteilen allerdings lieber nicht.

»Ich weiß, dass Sie nicht sein neues Hausmädchen sind«, sagte diese grelle Stimme, während auf der Treppe ein Junge in kurzen Hosen und viel zu großem, schmuddeligem T-Shirt auftauchte, der Sonja einen Strauß Blumen entgegenreckte und außer Atem keuchte: »*Mi manda il commissario, per la signora.*«

Sonja nahm ihm die Blumen ab, bedankte sich mit einem stummen Kopfnicken, den Hörer am Ohr, schloss die Tür und wusste im gleichen Moment, dass der Gassenjunge natürlich ein Trinkgeld erwartet und verdient hatte, aber durch den Hörer kam gerade die Anweisung: »Richten Sie Gennaro aus, dass die Kinder am Wochenende bei ihm sind.« Rosaria sagte nicht einmal *bitte*. »*Mi ha capito?*« Sonja sagte automatisch »*Sì*« und überlegte, wo sie ihr Portemonnaie hingelegt hatte – und schon wurde am anderen Ende aufgelegt.

Sonja stand, die Blumen in der einen, das Telefon in der anderen Hand, wie eingefroren im Flur. Sie spürte die Überforderung, ihr brach der kalte Schweiß aus. Sie riss die Wohnungstür auf, aber der Junge war schon weg.

Das erste Wort, das ihr einfiel, hieß: Zicke. Und gleich darauf: blöde Zicke. *Dass Sie nicht sein neues Hausmädchen sind, weiß ich …* Wie sagte man »Zicke« auf Italienisch? Sonja wusste es nicht. Nur dass alles falsch gelaufen war. Die Zicke hätte warten können.

Mit dem Wort im Kopf suchte sie die Wohnung nach einer Vase ab, fand aber weder leere Flaschen noch sonst ein passendes Gefäß. Keinen Sektkübel. Nichts. Gennaro war ein Mann, der Ordnung hielt, viel mehr als sie selbst – wo war hier der Ort für Blumen und Pflanzen? Klar, auf der Terrasse. Tatsächlich entdeckte sie in einem Regal neben Blumentöpfen und Gärtnerutensilien auch Vasen.

Neben der Treppe befand sich ein niedriges, breites Waschbecken, das irgendwann einmal vielleicht zum Wäschewaschen gedient hatte. Zuerst kam das Wasser noch lauwarm aus den Rohren, dann wurde der Wasserfluss kühler, erfrischender. Sonja füllte die Vase, dann ließ sie das Nass auch über ihre Hände, ihre Unterarme laufen, hielt ihre nackten Füße unter den Strahl.

Von Gentilini wusste sie, dass Rosaria bald nach der Trennung wieder geheiratet hatte: einen Banker, der alles in allem nicht mehr Zeit zu Hause verbrachte als sein Vorgänger. Nur die Geschichten, die er erzählte, waren weniger kriminell. Nein, sie *klangen* nur weniger kriminell, hatte Gennaro gesagt. Vielleicht hatte seine Ex sich zu selbstverständlich daran gewöhnt, dass der Vater ihrer Kinder es in all den Jahren zu keiner festen neuen Beziehung gebracht hatte. Und umso heftiger jetzt die Reaktion auf seine neue Liebe. Verspätete Eifersucht kombiniert mit einem günstigen Moment der Rache: Gennaro, am Wochenende hast du die Kinder. Zackbumm. Jetzt sag mal was dagegen.

Capri ade, dachte Sonja konsterniert. Das Wochenende zu zweit konnten sie sich abschminken. Dann fragte sie sich, wieso die Zicke eigentlich an einem Wochentag bei Gennaro zu Hause anrief? Sie wusste doch genau, dass ein

Commissario um diese Uhrzeit längst bei der Arbeit war. Ein Anruf bei ihm im Büro wäre naheliegender gewesen. Es sah also ganz so aus, als wollte sie seine neue Freundin einfach ein bisschen ärgern – oder hatte sie nur auf den Anrufbeantworter sprechen wollen? Anders gefragt: Woher wusste Rosaria überhaupt, dass Sonja in Neapel war? Sollte Gennaro ihr davon erzählt haben? So naiv konnte er nicht sein … Oder gemeinsame Bekannte? Wahrscheinlich funktionierte das *world wide gossip web* hier noch besser als in Hamburg …

Aus dem Wasserhahn drang plötzlich ein seltsames Geräusch, ein Gluckern, ein Glucksen, Rülpsen, Gurgeln, Spotzen – dann versiegte der Strahl.

Die Schildkröte Arturo war unterwegs, er kroch, ohne auch nur den Kopf in Sonjas Richtung zu drehen, fünf Zentimeter an ihren nackten Füßen vorbei. Sonja zupfte aus dem Salatbeet eines der unteren, äußeren Blätter ab, hielt es dem Tier hin, aber Arturo kroch unbeeindruckt weiter, an den Gestellen mit den Tomatenpflanzen vorbei, die in der prallen Vormittagssonne standen. Sonja pflückte eine tiefrote Tomate ab, ein köstlicher, intensiver Geschmack nach Sonne und Frucht und Gentilinis liebevoller Pflege, also aß sie gleich eine zweite. Sie spürte ihren Hunger, sie hatte noch nicht gefrühstückt.

In der Küche wollte sie sich einen Espresso aufsetzen. Als sie den Hahn aufdrehte, kam nur noch ein kleiner Rest lauwarmes Wasser, dann nichts als Luft. Was war denn hier los? Sonja ging ins Badezimmer, drehte alle Hähne auf, nichts. Offenbar gab es in der ganzen Wohnung kein Wasser.

Espresso kochte sich nicht mit Luft. Auf dem Tisch stand eine halbvolle Flasche Mineralwasser. Sonja schüttelte solange, bis ein Teil der Kohlensäure entwichen war, füllte dann den unteren Teil der Espressokanne mit Mineralwasser.

Sie sah im Kühlschrank nach den Vorräten und überlegte, was sie am Abend kochen könnte. Ganz hinten fand sie ein Riesenglas Nutella, vermutlich von Gennaros Kindern. Sie verteilte eine Messerspitze Nutella auf einer Scheibe Sfilatino. Der Espresso schmeckte anders als sonst. Sie tat extra viel Zucker rein und nahm die Tasse mit ins Wohnzimmer an den Computer.

Gennaros Arbeitsecke bestand aus einem etwa drei Meter langen dunklen Tisch an der hinteren Wand. Darauf standen eine italienische Enzyklopädie, sein Laptop, der Drucker, Papier. Alles war übersichtlich, sortiert, ordentlich. Nicht wie bei Sonja zu Hause oder in der Redaktion. Sie stellte die Tasse ab, ging ins Schlafzimmer, um nach ihrem Wörterbuch zu suchen.

Es sah wüst aus. Sonja hatte ihren Koffer noch nicht ausgepackt, er lag aufgeklappt neben dem Bett, überall lagen oder hingen ihre Kleider herum, auf dem Boden, auf dem Stuhl, auf dem Bett. Egal. Sie hatte keine Lust aufzuräumen. Nach dem Anruf dieser Zicke schon gar nicht. Nur die Bücher, die sie mitgenommen hatte, das Lexikon und ihr Schreibzeug trug sie nach nebenan ins Wohnzimmer. Dort begann sie sich wie gewohnt auszubreiten. Wie sie es bei sich zu Hause auch gemacht hätte. Fühl dich wie zu Hause. Aber gern.

Sie sah unter »z« nach: Zicke hieß *bisbetica.*

Das klang eigenartig, fand Sonja. Kein bisschen zickig. Vier Silben waren doch viel zu lang für so eine Art von Beschimpfung. *Bisbetica* hörte sich eher nach ärztlicher Diagnose an als nach Gezeter. Wie wäre es mit *oca*? Gans, dumme Gans? Nicht schlecht, aber im Grunde zu lahm, zu rund, zu wenig gezischt. *Strega* klang schon besser. Hexe. Ja, gut.

Sie schaltete den Computer ein, rief ihre Mails ab. Nichts von Luzie. Sonjas bester und ältester Freund Lion, ebenfalls Kripomann, dem sie die Bekanntschaft mit Gentilini verdankte, hatte eine seiner ironischen Weltschmerzmails verfasst, Gedankenläufe durch Zeit und Raum mit Lion als einer Mischung aus lyrischem Ich und entpersonalisiertem Brennpunkt, in dem sich alle Fragen bündelten und keine beantwortet wurde. *Die landschaften des herbstes sind vor den schlünden des todes nicht so furchtbar wie die pfauenfedern, die du aussäst*, schrieb er zum Schluss. Und dahinter: *nicht von meiner wenigkeit, sondern von Jan Skácel.* Außerdem gab es Post von zwei Kolleginnen. Eine vermisste sie, so schrieb sie jedenfalls, die zweite schickte eine amüsante kleine Lästerkolumne über den Alltag in der Redaktion. Immerhin, man dachte an sie. Weg zu sein war in dieser Hinsicht eindeutig besser, als da zu sein.

Als sie mit den Mails durch war, suchte sie bei Altavista und Google nach Informationen über die Situation der Afrikanerinnen in Neapel, Kampanien, Süditalien. Sie gab mehrere Stichworte ein, erst auf Deutsch, dann auf Italienisch. Die Ausbeute war mager. Anscheinend hatten Afrikanerinnen in Süditalien keine Lobby. Vielleicht waren auch die Stichworte, unter denen sie gesucht hatte, die falschen gewesen, aber das dachte man eigentlich immer. Sonja druckte die Artikel aus, hatte aber keine Zeit mehr, sie zu lesen.

18

»Mein Sohn kommt jeden Mittwoch zu uns zum Essen«, hatte Clara Canetti gesagt und Sonja zu ihrer Überraschung gleich für den nächsten Tag eingeladen. Eine lobenswerte Initiative, fanden auch die anderen Damen in der Runde. Man musste sich um den Nachwuchs aus der fernen Heimat kümmern und beim Knüpfen von Kontakten helfen. Der Neapelfrischling Sonja Zorn sollte von Anfang an die richtigen Leute kennenlernen.

Also schob Sonja um kurz nach eins das nur angelehnte schmiedeeiserne Tor zur Nummer vierundsechzig in der Via Parco Margherita auf. Vor dem Jugendstilhaus lag ein kleiner Garten: gestutzte Buchsbaumhecken, Rosenbeete, Kieswege rund um einen verwitterten Springbrunnen, dessen Geplätscher jedoch nicht gegen den Verkehrslärm der kurvenreichen Straße ankam, die zum Corso Vittorio Emanuele hinaufführte. Auf den Stufen zur Veranda lag eine dicke schwarze Katze in der Sonne.

Es gab zwei Namensschilder, beide mit der Aufschrift *Canetti.* Sonja klingelte zuerst unten. Der Türsummer wurde betätigt, sie betrat das Haus, aber die Wohnungstür zum Erdgeschoss blieb verschlossen. »Kommen Sie herauf!«, rief in dem Moment eine Stimme von oben. Die dunkle Holztreppe knarrte bei jeder Stufe. Auf halber Höhe spendete ein bunt verglastes Fenster mildes Licht.

Clara Canetti stand in der Tür. Sie trug ein beinahe bodenlanges safrangelbes Kleid. In dieser Aufmachung wirkte sie ganz anders als in dem schlichten dunkelblauen Kostüm, das sie bei dem Empfang im Konsulat getragen hatte, viel ungezwungener, auch aparter. Der kleine Unterschied zwischen Öffentlichkeit und Privatsphäre, Schein und Sein.

Sonja überreichte ihr die sieben gelben Rosen, die sie in einem Blumenladen an der Piazza Amedeo erstanden hatte, einem schrecklichen Geschäft wie am Ohlsdorfer Friedhof mit einer Auswahl aus überwiegend kitschigen Gestecken und Sträußen, dahinsiechenden Orchideen und nur wenigen, absolut überteuerten frischen Blumen. Sonja bedauerte, dass sie unterwegs keine bunten Sträuße wie den von Gennaro gefunden hatte.

Frau Canetti aber schien sich aufrichtig zu freuen. Sie fasste Sonja an der Hand und zog sie in die Wohnung, als wäre sie eine Jugendfreundin.

»Das wäre wirklich nicht nötig gewesen.«

Dieser Satz wiederum entstammte der gesellschaftlichen Benimmfibel. Sonja bedankte sich entsprechend förmlich für die Einladung.

»Nein, ich habe zu danken.«

Du liebe Güte, dachte Sonja, das Spielchen ließe sich beliebig fortsetzen, hoffentlich ging das nicht so weiter. Doch dann sah sie das Leuchten in den Augen ihrer Gastgeberin. Es war echt und in keinem Knigge auf der ganzen Welt zu finden.

Sie gingen durch einen langen Flur, von dem mehrere Türen abzweigten. Der Salotto lag am Ende, gen Westen und zur Straße hin. Die Fenster waren weit geöffnet, der Verkehrslärm schwappte ungefiltert durch die durchsichtigen bodenlangen Gardinen herein. Im hinteren Teil des riesigen Wohnzimmers stand ein langer Esstisch, an dem mindestens zwölf Leute Platz finden konnten. Am fensternahen Ende war für drei Personen gedeckt.

»Möchten Sie etwas trinken?«

»Danke, gern.«

»Ein Glas Weißwein?«

Zu Hause trank Sonja mittags nie Wein. Aber war sie hier

zu Hause? Die Frage ließ sich eindeutig verneinen. Also Weißwein.

Clara Canetti schenkte zwei der typischen unprätentiösen neapolitanischen Wassergläser halbvoll.

»Er ist leicht. Ein wunderbarer *vino da tavolo*. Wir holen ihn bei einem Weinhändler in der Nähe der Torretta.« Sie hob das Glas. »Auf unsere Begegnung.«

Das klang leicht pathetisch und überzogen, aber vielleicht gingen im Laufe von vierzig außer Landes verbrachten Jahren die Feinheiten der eigenen Sprache im Getriebe der fremden verloren.

»*Salute.*« Auch Sonja hob das Glas. Sie war unsicher, wie sie ihre Landsmännin ansprechen sollte, *Signora Canetti* oder *Frau Canetti*? Überhaupt war *Landsmännin* ein unsägliches Wort, *Landsfrau* machte es aber auch nicht besser, die Italiener sagten neutral *connazionale*. *Mitdeutsche?*

Clara Canetti kam ihr entgegen. »Ich bin wirklich sehr froh, dass Sie gekommen sind, Sonja. Ich darf doch Sonja zu Ihnen sagen? Bitte, nennen Sie mich Clara, alles andere wäre viel zu förmlich, wie eine steife Uniform, in die wir uns quetschen müssen.« Sie kicherte. »Mein Mädchenname ist Hengersbach. Clara Canetti-Hengersbach. Für Italiener eine Herausforderung. Ein Zungenbrecher. *Engersbak*. Mein Mann nennt mich Chiara. *Chiaramente* …« Sie kicherte erneut. Vielleicht war es nicht das erste Glas Wein, das sie an diesem Tag trank.

Ihr schulterlanges, dunkles Haar schimmerte im Sonnenlicht rötlich.

»Ich war heute Morgen beim Friseur«, sagte sie, als sie Sonjas Blick bemerkte. »Dieses graue Zelt auf dem Kopf … Das war höchste Zeit. Allerhöchste Zeit.« Sie warf einen Blick auf die Standuhr, die in der Ecke des Zimmers gleichmütig tickte. »Er muss gleich kommen.«

»Ihr Mann?«

»Mein Mann kommt mittags nie!« Es klang beinahe vorwurfsvoll, als müsste Sonja das wissen. In der Tat hatte sie nicht daran gedacht, dass das dritte Gedeck natürlich für den Sohn gedacht war.

»Das wäre viel zu weit«, fuhr Frau Canetti fort. »Seine Firma ist draußen in Bagnoli. Nein, ich meine natürlich Marco, meinen Sohn. Er kommt jeden Mittwoch zum Essen. Wenn er in Neapel ist. Er ist ja viel auf Reisen, auch in Deutschland.« Sie reckte den Kopf. »Er ist zweisprachig aufgewachsen, dafür habe ich gesorgt.« Ihr war anzusehen, wie stolz sie auf ihren einzigen Sohn war.

»Spricht Ihr Mann auch Deutsch?«, erkundigte sich Sonja, obwohl sie die Antwort ahnte. Antonello Canetti hatte im Gambrinus kaum einen Satz von sich gegeben, aber stille Wasser waren zuweilen tief und vielleicht sogar mehrsprachig.

Clara Canetti zog die Augenbrauen hoch. »Ein Dutzend Wörter. Mehr nicht. Er hat es nicht einmal versucht«, sagte sie mit einer wegwerfenden Geste. Dann zuckte sie die Schultern. »Italienische Männer sind bequem.«

Darauf ließ sich vieles entgegnen. Zum Beispiel, dass auch deutsche Männer zuweilen bequem waren. Aber vielleicht gab es da graduelle Unterschiede. Bevor Sonja sich fragte, ob Gennaro wohl mehr als ein Dutzend deutscher Worte lernen würde, wechselte sie lieber das Thema. Sie sagte, sie würde sich gern die Hände waschen, in ihrer Wohnung sei heute früh das Wasser weggeblieben.

»Ganz plötzlich, mitten am Vormittag. Vielleicht Bauarbeiten oder ein Wasserrohrbruch.«

Clara Canetti brach in ein fröhliches Gelächter aus. »Daran merkt man, dass Sie neu hier sind. Das Wasser wird fast jedes Jahr im September rationiert. An einem Tag gibt es Wasser, am nächsten nicht. Das wechselt von Viertel zu Viertel. Wo wohnen Sie?«

»In den Quartieri Spagnoli.«

»Morgen ist wieder Wasser da. Dann haben wir hier in Chiaia keins. Sie müssen Plastikflaschen füllen, Wasservorräte anlegen, eventuell ein paar Eimer kaufen. Ihr Freund hat sicherlich vorgesorgt.«

»Und wie lange dauert das? Eine Woche, zwei Wochen?«

Auch diese Frage löste Heiterkeit aus. »Wenn wir Glück haben, nur bis Allerheiligen, meine Liebe. Wenn wir Pech haben, bis kurz vor Weihnachten.« Als sie Sonjas verdutztes Gesicht sah, legte sie ihr eine Hand auf den Arm. »Keine Angst, das hört sich schlimmer an, als es ist. Man gewöhnt sich daran. Kommen Sie.« Dann zeigte sie ihr, wo sie sich die Hände waschen konnte.

Als Sonja wieder ins Wohnzimmer trat, rief ihr die Gastgeberin aus der Küche zu, sie solle es sich bequem machen. Sie hatte Opernmusik aufgelegt, ein Sopran trällerte im Hintergrund. Sonja sah sich um. Die zweite Hälfte des riesigen Zimmers wurde von einer schweren schwarzen Ledergarnitur dominiert, die auf einen überdimensionalen, in eine Schrankwand integrierten Fernseher ausgerichtet war, echt imitiert antik. Ihr Blick glitt über den Beistellwagen mit allerlei Alkoholischem und einen ebenfalls schwarzen Ledersessel mitsamt Fußschemel. Das eindeutig Schönste an dem ganzen Raum waren die Fußbodenkacheln: alte, an einigen Stellen abgestoßene Majoliken in Blau, Gelb und Weiß, auf denen die Möbel sich ausnahmen wie auf feinem chinesischem Porzellan servierte Chicken Nuggets. Was würde sie über solch ein Interieur schreiben? Dass die Mixtur der Stile wieder schwer im Kommen war? An der Wand hinter dem Esstisch hingen zwei kitschige Ölgemälde und mehrere Keramikteller. Auf einer weiß lackierten Anrichte entdeckte Sonja mehrere Fotos in Klapprahmen. Ein Foto zeigte die Eltern von Frau Canetti, die Ähnlichkeit von Vater und Tochter war nicht zu übersehen.

»Das da vorn ist mein Sohn Marco«, sagte Clara Canetti, die gerade einen Teller mit einer üppigen weißen Büffelmozzarella auf den Tisch stellte. »In dem silbernen Rahmen.«

Sonja nahm das Foto in die Hand. Ein gutaussehender junger Mann vom Typ Was-kostet-die-Welt lachte rundum sorglos in die Kamera. »Er ist ja blond.«

Clara Canetti legte verschmitzt den Kopf in den Nacken: »Seine Vorfahren … Na, Sie lernen ihn ja gleich kennen. Ich bin sicher, dass Sie sich mögen werden. Wenn es Ihnen nichts ausmacht, warten wir noch zehn Minuten, dann werfe ich die Pasta ins Wasser.«

Sonja lächelte. Was für ein netter Italianismus: *buttare la pasta* – die Nudeln ins Wasser zu *werfen* …

»Mögen Sie Büffelmozzarella?«

»Und wie.«

»Das hier ist die allerbeste, die man in ganz Neapel bekommen kann, von einem Alimentari in der Via Cimarosa. Kommen Sie, wir fangen an, sonst verhungern wir noch. Und derweil erzählen Sie doch ein bisschen: Welche Liebe hat Sie nach Neapel verschlagen?«

Gute Frage. Ursprünglich die Liebe zu Antonio vor über zwanzig Jahren. Wenn sie es denn Liebe nennen wollte. Aber warum nicht. Wo fing die Liebe an, wo hörte die Verliebtheit auf – die Grenze war fließend.

Wenn sie damals am Lido in Venedig Antonio nicht kennengelernt hätte, wäre sie heute nicht hier. Dann hätte sie keine Tochter namens Luzie, die im Mai in Neapel nach ihrem Vater gesucht hatte. Dann hätte sie auch Gennaro nicht kennengelernt. So war doch alles im Leben, ein Ereignis führte zum nächsten, eins baute auf dem anderen auf, ob man es nun Zufall nannte, Fügung, Schicksal. Selbst ihr Dasein war damit verknüpft, mit dem zufälligen, gefügten, schicksalhaften Kennenlernen ihrer Eltern, die wiederum anderen Verknüpfungen entstammten.

Aber man konnte neu ansetzen. Immer. Der entstandenen Lebenskette eine andere Richtung geben. Jetzt war sie wegen Gennaro hier. *Punto e basta.*

»Sie müssen es nicht erzählen«, sagte Clara Canetti, »bitte entschuldigen Sie meine Neugier, es ist nur, weil …«

»Nein, nein«, unterbrach Sonja sie. »Ich habe nur einen Moment lang nachgedacht.« Sie umriss mit knappen Sätzen, wo und wie sie den Neapolitaner Antonio di Napoli kennengelernt hatte, den Vater ihrer Tochter.

»Sie haben eine Tochter! Wie alt ist sie?«

»Zwanzig …«, sagte Sonja und wandte sich endlich der Mozzarellascheibe auf ihrem Teller zu. Wirklich exzellent.

»Ich verstehe … Aber dann müssten Sie Neapel doch kennen … Wieso sagten Sie, dass Sie erst zum zweiten Mal hier sind? Ich verstehe es wohl doch nicht …«

Also erzählte Sonja auch noch die Kurzfassung der Geschichte ihrer Suche nach Luzie, die nach ihrem Vater gesucht hatte.

Clara Canetti wurde bleich. Sie starrte Sonja aus aufgerissenen Augen an. »Er wurde ermordet? Wie schrecklich. Wie ist das passiert?«

Ja. Schrecklich war sicherlich ein angemessenes Wort für das, was damals passiert war, aber sie verspürte überhaupt keine Lust, ins Detail zu gehen. Die Sache mit Antonio war vorbei. Heute war heute.

Sie schüttelte den Kopf. »Lieber bei anderer Gelegenheit.«

»Natürlich, entschuldigen Sie, ich wollte Ihnen nicht zu nahe …«

»Kein Problem«, sagte Sonja, vielleicht eine Spur zu schroff. Sanfter fügte sie hinzu, sie habe sich im Mai neu verliebt. Wieder in einen Neapolitaner. Sie nannte seinen Namen, aber sie verschwieg seinen Beruf. Erst ein Mordopfer, dann ein Kriminalkommissar – sie wollte keine künstliche Aufregung auslösen. Sie erkundigte sich, auf welchen geheimnisvollen Wegen Frau Canetti nach Neapel gekommen war.

»Oh. Geheimnisvoll. Ja.« Frau Canetti schenkte neuen, gekühlten Weißwein ein, warf dann erneut einen Blick auf die Uhr. »Wo Marco nur bleibt …« Dann schüttelte sie den Kopf und lächelte. »Ich altes Huhn. Jetzt lebe ich seit vierzig Jahren hier und habe mich immer noch nicht an die notorische Unpünktlichkeit in dieser Stadt gewöhnt. Wahrscheinlich steckt er irgendwo im Stau.« Sie seufzte. »Was hatten Sie gerade gefragt? Bitte entschuldigen Sie, aber ich werde immer vergesslicher.«

Sonja sagte, das passiere ihr auch immer wieder, dann wiederholte sie ihre Frage.

»Ich habe meinen Mann auf Ischia kennengelernt. Ich war erst Mitte zwanzig, aber ich litt unter rheumatischen Beschwerden, mein Arzt hatte mir eine Kur in den warmen Quellen empfohlen.« Sie lachte, und einen Augenblick lang blitzte das junge Mädchen in ihr auf. »Es hat geholfen. Ich fahre immer noch jedes Jahr für zwei Wochen rüber.« Unvermittelt fügte sie hinzu: »Ich komme aus Bielefeld. Früher war ich eine Schönheit. Warten Sie.« Sie sprang auf, lief aus dem Zimmer und kehrte mit einem Fotoalbum zurück. »Hier, das bin ich, auf Ischia, vor dem Hotel.«

Fotos aus den sechziger Jahren. Eine schlanke Frau mit

hochgestecktem, dunklem Haar im Badeanzug, im Hintergrund die Balkonfront eines Hotels.

»Und das hier war die Hochzeit.«

Sonja blätterte sich mit halb gespieltem Interesse durch das kleine Album, Verlobung, Hochzeit, Hochzeitsreise. »Antonello war damals Koch in diesem Hotel in Casamicciola, in dem ich gewohnt habe.« Sie kicherte. »Die Liebe geht durch den Magen, meine Liebe, vergessen Sie das nicht! Wie verliebt wir waren …« Ihre Stimme verebbte. »Das ist lange her. Vierzig Jahre, liebe Sonja, seien Sie erst mal vierzig Jahre mit Ihrem Gennaro zusammen …«

Dann wäre ich achtzig, dachte Sonja. Unvorstellbar. Für ihre Verhältnisse wären schon fünf Jahre eine kleine Ewigkeit.

Das Fotoalbum wurde zugeklappt. Erneuter Blick auf die Uhr. Stirnrunzeln, Kopfschütteln. »Ich verstehe das nicht … Bitte entschuldigen Sie mich einen Moment …«

Die Pasta mit Artischocken schmeckte köstlich. Frau Canetti sagte, ihr Mann habe ihr nach der Heirat beigebracht, italienisch zu kochen. »Natürlich wollte er sich nicht auch noch zu Hause an den Herd stellen.« Sie beugte sich über den Tisch, als könnte sie jemand hören. »Aber manchmal koche ich mir etwas aus der alten Heimat, ich habe noch ein Kochbuch von meiner Mutter. Königsberger Klopse oder einen Sauerbraten oder Pfannkuchen.«

Das Telefon klingelte. Es war der Sohn, der reichlich verspätet mitteilte, dass er nicht kommen würde. Die Enttäuschung seiner Mutter war ihr deutlich anzumerken, aber sie gab ihm jede Menge liebevoller Worte mit auf den Weg.

»Der Ärmste. Ich hatte Recht, er steckt im Stau und schafft es nicht mehr rechtzeitig, weil er um vier eine Führung hat. Jetzt bekommt er gar nichts zu essen.« Sie seufzte. »Wirklich schade. Keiner kennt sich in Neapel so gut aus wie Marco. Ich hätte Sie so gern miteinander bekanntgemacht, er könnte Ihnen einiges zeigen.« Sie senkte ihre Stimme erneut. »Sie sagten gestern, dass Sie in Pompeji waren, als die tote Frau gefunden wurde?«

Sonja nickte. »Ja, am selben Tag.«

»Wie aufregend! Ich habe Marco gefragt, aber er hatte an dem Tag gerade keine Führung und hat nichts davon mitbekommen.«

»Ich muss irgendwie ständig daran denken. An diese Frau, wie sie da lag ...«

»Ja, haben Sie sie denn gesehen? Am Tatort? Großer Gott!« Frau Canetti schlug die Hände vor dem Mund zusammen.

Jetzt hatte Sonja sich doch tatsächlich verplappert. »Gennaro ... also der Mann, mit dem ich ... dessentwegen ich hier bin, ist bei der Kriminalpolizei«, sagte sie nach Worten suchend. »Am Tag meiner Ankunft ist das passiert, ich bin einfach mitgefahren nach Pompeji ... Sie war so schön.« Ihr brach der Schweiß aus. Sie trank einen großen Schluck von dem kühlen, süffigen Weißwein. »Sie war fast nackt, aber es sah nicht anstößig aus. Sie lag einfach da und war tot.« Sie starrte auf ihren Teller. »Und keiner weiß, wer sie ist. Wer sie war. Sie hatte keine Papiere bei sich, keine Tasche, gar nichts. Das lässt mir keine Ruhe. Ich meine, das kann doch nicht möglich sein, irgendjemand muss diese Frau doch gesehen oder gekannt haben. Irgendjemand muss erzählen können, wo sie herkommt und ob irgendwo jemand auf sie wartet.«

Frau Canetti hatte aufgehört zu essen. Sie starrte auf ihre Gabel, auf der zwei Penne steckten und ein viertel Artischockenherz ... Eingefrorene Wirklichkeit, wie bei diesem Kinderspiel, solange die Musik spielt, darf man herumlaufen und sich bewegen, hört die Musik aber auf, muss man in der Position verharren, in der man sich gerade befindet – bis die Musik weitergeht. Und wer sich bewegt oder lacht, scheidet aus.

»Das ist ja schrecklich«, murmelte Frau Canetti.

»Vielleicht hat diese Frau irgendwo in Neapel als Hausmädchen gearbeitet«, fuhr Sonja fort. »Oder sie musste auf den Strich gehen.«

Frau Canetti nickte stumm.

»Diese Frauen sind doch mittellos. In einem fremden Land, ohne Papiere, ohne Familie, ohne Rechte. Sie tun das, was die Frauen überall auf der Welt seit Jahrtausenden machen, wenn es ums Überleben geht. Dienen, egal, in welcher Hinsicht. Sie hatten doch auch ein Hausmädchen? Gibt es in Neapel vielleicht eine Vermittlungsstelle, eine Jobbörse oder so etwas?«

»Ich weiß nicht. Um solche Sachen hat mein Mann sich gekümmert.« Clara Canetti stand auf, griff nach der nun leeren Weinflasche und ging in die Küche, um Nachschub zu holen. »Was für trübsinnige Themen wir haben! Leichen über Leichen. Schrecklich!«

Die Wohnungstür wurde geöffnet und fiel kurz darauf ins Schloss.

»Marco? *Sei tu?*«

»*Sono io*«, rief eine tiefe Männerstimme, die Sonja als die Stimme von Signor Canetti identifizierte. Kurz darauf betrat er den Salotto und zog bei Sonjas Anblick die buschigen Augenbrauen hoch.

»*Che sorpresa!* Was für eine Überraschung!«

Es klang nicht wirklich erfreut. Er schüttelte Sonja geistesabwesend die Hand.

»*Marco non è venuto?*«

»*No*. Er stand im Stau.«

»*Mah* … Er ist unzuverlässig, das ist alles.« Signor Canettis Blick streifte missbilligend die benutzten Teller. »Gibt es noch etwas zu essen?«

Seine Frau ging wortlos in die Küche zurück.

»Wie läufst du denn heute herum?«, mäkelte er, als sie mit einem Teller voll Pasta wiederkam.

»Ich, wieso?«

»Diesen alten Fet …«

»Oh, du meinst das Kleid?« Sie strich sich über die Hüften und lächelte. »Nostalgie, *mio caro*. Das Kleid ist so schön luftig, bei diesen Temperaturen.«

»Es steht Ihnen sehr gut«, sagte Sonja auf Deutsch. »Das ist mir sofort aufgefallen. Sie sehen … fetzig aus.«

»*Fetzig* … Das Wort habe ich lange nicht mehr gehört.« Frau Canetti warf ihrem Mann einen triumphierenden Blick zu. »Und was tust *du* hier, um diese Uhrzeit?«

»Ich hatte in der Nähe zu tun und wollte sehen, ob alles in Ordnung ist«, brummte er.

»Was soll denn nicht in Ordnung sein?« Sie leerte ihr Weinglas.

»Das zum Beispiel.«

»*Sciocchezze. Siamo tutti adulti, no?*«

Der Dialog fand auf Italienisch statt. Offenbar war das die Sprache, in der das Ehepaar Canetti lebte und kommunizierte. Über Frau Canettis Blick hatte sich seit der Ankunft ihres Mannes ein Schatten gelegt. Weil sie in dieses lange safrangelbe Gewand geschlüpft war, das er offenbar an ihr nicht mochte? Weil die beiden Frauen schon eine Flasche Weißwein geleert hatten?

»Was ist das für ein Geplärre?«, brummte er in Sonjas Überlegungen hinein.

»Das ist Cecilia Bartoli, *mio caro*«, sagte Frau Canetti leise und warf den Kopf in den Nacken.

Er stand auf, war mit wenigen Schritten bei der Schrankwand und schaltete die Musik aus. Neben Giulio De Cesari hatte Antonello Canetti eher zurückhaltend gewirkt. Hier zeigte er ein anderes Gesicht. Er bemühte sich nicht einmal um den schönen Schein, um Respekt, Höflichkeit. Er war ganz eindeutig übler Laune, vielleicht wegen des unerwarteten Besuchs, oder vielleicht war sein Tag einfach schlecht gelaufen.

Die Geräuschkulisse des weiteren Mittagessens bestand im Wesentlichen aus dem Klappern des Bestecks auf den Tellern beim Schneiden der schmackhaften Hühnerbrustfilets mit Zitrone, aus Kauen und Schlucken, dem Ticken der Wanduhr und dem nachlassenden Lärm von der Straße. Niemand sagte etwas. Auch Sonja sah keinen Anlass, Alleinunterhalterin für ein alterndes Ehepaar mit Freundlichkeitsblockade zu spielen.

Als Antonello Canetti nach dem Espresso mit einem kurzen *arrividerci* zu Sonja und einem stummen Kopfnicken in Richtung seiner Frau verschwand und man die Wohnungstür zuschlagen hörte, klarte der Himmel wieder auf. Als hätte eine fette dunkle Wolke vor der Sonne sich verzogen.

»Bitte, entschuldigen Sie meinen Mann«, sagte Clara Canetti mit brüchiger Stimme. »Manchmal ist er … sehr launisch. Wenn er Kopfschmerzen hat und … So ist er nicht immer.«

Das war wirklich nur zu hoffen.

Aber was konnte Sonja jetzt noch sagen? Dass Frau Canetti sich einen anderen suchen sollte? Dass es nie zu spät war? Dass es besser war, allein zu leben als unter der Fuchtel eines launischen Machos? Sie sagte nichts. Sie kannten sich ja kaum. Aber sie hatte einen kurzen Blick in das Leben der anderen geworfen, und was es da zu sehen gab, war nicht angenehm. Bevor sie ging, schrieb Sonja Gennaros Telefonnummer auf einen Notizzettel – »für alle Fälle oder für zwischendurch« –, gab ihrer Gastgeberin nach italienischer Art zwei Küsse auf die Wangen und versprach, sich bald zu melden. Beim Abschied stand Frau Canetti in der Tür wie ein riesiger, gelber, in der Wüste gestrandeter Vogel, der die Orientierung verloren hatte.

19

Der Wachmann Paolo Buttà war auch am nächsten Vormittag nicht wieder aufgetaucht. Rivello, der nach einem Termin mit dem Freskospezialisten des Nationalmuseums sowieso in der Gegend war, stattete Buttàs Frau einen kurzen Besuch ab. Eine offenbar ernüchternde Erfahrung für den gebürtigen Triestiner, der sich in manchen Momenten sehr nach der ihm bekannten, überschaubaren Gangart der Hafenstadt am nördlichen Zipfel der Adria zurücksehnte.

»Du weißt schon, eine dieser Frauen aus dem Volk, die mit Mitte dreißig schon alles hinter sich haben«, fasste er die Situation eine Stunde später zusammen – für Livias Empfinden eine Spur zu locker und mindestens zwei Spuren zu hochtrabend.

Sie wusste, was er meinte, aber die Formulierung ärgerte sie – *eine dieser Frauen* ... Speziell aus dem Mund eines Grünschnabels, der locker ihr Sohn sein könnte und erst seit einem Jahr in Neapel weilte. Vielleicht war Alvise Rivello der falsche Mann für eine Frau wie Mirella Buttà. Aber sie waren mit Kollegen nicht so üppig gesegnet, dass sie auch noch auf die regionale Herkunft Rücksicht nehmen konnten.

»Was meinst du mit *Frauen aus dem Volk*?«

»Na ja, eben … Frauen aus dem Volk.« Es wurmte ihn, dass ihm spontan nichts Besseres einfiel. Dass Livia Picone, mit der er sonst gut auskam, bei solchen Themen immer wieder penetrant bis gereizt reagierte, war eine gewisse Herausforderung. »Du bist hier aufgewachsen«, begehrte er auf. »Du weißt genau, was ich meine. Stell dich nicht dümmer, als du bist.«

»Danke für das Kompliment.«

»Gern geschehen«, knurrte er. »Also gut. Wen oder was meine ich mit *Frauen aus dem Volk*? Alle oder fast alle Frauen, die in ganz Neapel in einem Basso wohnen. Flächendeckend. Zum Beispiel. Oder willst du es soziologisch? Proletariat in allen Varianten: Subproletariat, Lumpenproletariat, Camorraproletariat. Oder feministisch betrachtet: früh geschwängert, immer unter der Fuchtel irgendeines Mannes. Erst der Vater, der Bruder, dann der Ehemann. Perspektivisch: immer auf Augenhöhe mit der Gasse. Entsprechend die Enttäuschungen, die Verrohung, die Verbitterung. Vom Leben gezeichnet, ohne je einen eigenen Entwurf abgegeben zu haben. Besser so?« Er hatte sich in Rage geredet.

Livia verzog keine Miene, aber ihre Augen lächelten ein wenig. Ja, so bekam der Ausdruck Konturen, Farbe, ein Gesicht. Rivello hatte eindeutig Potenzial.

»In einem Punkt habe ich untertrieben«, fügte er hinzu. »Die Buttàs wohnen im zweiten Stock. Also nicht ebenerdig. Was den Blickwinkel verändert. Aber nur minimal. Das Fernsehprogramm ist in jedem Stockwerk gleich.«

Er stand auf und begann in Livias Büro auf und ab zu gehen. Paolo Buttà war seit Montagvormittag verschwunden. Also ungefähr zeitgleich mit dem Auftauchen der Leiche der Afrikanerin. Da konnte es einen Zusammenhang geben. Buttà hatte in der Nacht des Konzerts Dienst gehabt, sprich: in der Mordnacht, möglicherweise auch der Nacht, in der der Priapus gestohlen worden war. Laut Aussagen seiner Frau war er am Montagmorgen wie immer nach der Nachtschicht gegen halb acht nach Hause gekommen, kurz bevor die Kinder in die Schule mussten. Danach hatte er sich schlafen gelegt. Wann er die Wohnung am Montag verlassen hatte, wusste sie nicht. Sie war unterwegs gewesen, Einkaufen, *in giro*. Seitdem war ihr Mann verschwunden. In der Nacht von Montag auf Dienstag war er nicht zum Dienst erschienen. Inzwischen war Mittwoch. Das war doch nicht normal. Da stimmte etwas nicht. Dachte zumindest der Polizeibeamte.

»Was ich nicht kapiere und vielleicht nie kapieren werde, ist diese Gleichgültigkeit!« Rivello fuchtelte mit den Armen. »Du kannst diesen Leuten sagen, dass gerade der Vesuv ausgebrochen ist – da wird nicht mit der Wimper gezuckt, da kommt das Herz nicht einmal eine Zehntelsekunde ins Stolpern.« Er blieb stehen, sah Livia mit einem Ausdruck der Hilflosigkeit an. »Diese Mirella Buttà hat so verdammt cool gewirkt. Keine Spur beunruhigt.«

»Stand sie unter Drogen?«

»Keine Ahnung. Nein, ich glaube nicht. Das ist nicht die Art Gleichgültigkeit, die ich meine. Sie war nicht weggetreten. Ich habe sie gefragt, ob es häufiger vorkommt, dass ihr Mann ein paar Tage wegbleibt, auch über Nacht, und sich nicht meldet. Weißt du, was sie gesagt hat? *Manchmal*. Also habe ich gefragt, ob sie weiß, wo ihr Mann sich dann aufhält, was er macht. Sie hat mit den Schultern gezuckt. *Was weiß ich*, hat sie gesagt. Wann das zuletzt vorgekommen ist, wusste sie auch nicht. Oder sie wollte es nicht sagen. Und auch das ist ein Merkmal der *Frauen aus dem Volk*!« Rivello hatte bei diesen Worten die Stimme erhoben, er war erregt. »Dass sie mit Leuten wie uns nicht reden!«

»Uraltes Misstrauen gegen Fremdherrschaft«, sagte Livia ungerührt. »Das sind Erfahrungen eines ganzen Volkes, über die Jahrhunderte bestätigt, wiederholt, verfestigt. Außerdem ist dieses Misstrauen nicht nur negativ, es ist auch ein Schutz. Das sitzt uns Neopolitanern in den Poren, um nicht in den Genen zu sagen, was mir immer zu absolut klingt. In den Poren unserer Erinnerung.«

»Du bist anders.«

»Ich hatte andere Chancen im Leben«, sagte Livia.

»Man muss sie aber auch suchen und beim Schopfe packen«, wandte Rivello ein.

»Manche Leute suchen und rackern sich ab und packen mit an und schaffen es trotzdem nicht. Ich hatte Glück. Viele andere Frauen haben es nicht.«

»Jeder ist auch seines Glückes eigener Schmied«, widersprach Rivello.

Livia stöhnte auf. »Willst du bei den nächsten Wahlen für Forza Italia kandidieren?«

Rivello grinste. »Nein, ich werde Gründervater der neuen postkommunistisch-global-regionalistischen Partei des gemäßigten Fortschritts im Rahmen des rationalen Umsturzes mit dem Kampfspruch: Arme Opfer der Verhältnisse, vereinigt euch …«

»Blödmann!«

Kampflustig starrten sie sich an, die Frau in den besten Jahren und der junge Wilde aus dem Norden.

»Zurück zum Fall?«, schlug Livia vor.

»Hoffentlich fallen wir nicht so tief …«

»Einigen wir uns darauf, dass die Neapolitaner so sind, wie sie sind. *Va bene?*«

»Wir Triestiner aber auch …«

Livia ging nicht darauf ein. Sie mochte diese hitzigen Debatten mit ihrem jungen Kollegen durchaus, aber irgendwann war Schluss. »Gegen die Polizei hat das Volk schon immer dichtgehalten, noch dazu gegen Norditaliener ... Wenn dieser Wachmann irgendetwas Illegales laufen hat, dann wird seine Frau dir das nicht auf die Nase binden. Wenn, wie Salvapreti angedeutet hat, vielleicht eine Geschichte mit einer anderen Frau dahintersteckt und seine Frau das ahnt oder sogar weiß, wird sie sich nicht ausgerechnet dir tränenüberströmt an den Hals werfen. Sie wird ihren Mann trotz allem lieber decken als ihn verraten. Denn auch das ist eine Ausdrucksform der neapolitanischen Seele, mein lieber junger Kollege: Loyalität. Nach außen halten wir dicht. Wir liefern niemanden aus. Deshalb funktioniert auch die Camorra so prächtig.«

»Du meinst, die Gleichgültigkeit ist eine Show, und in Wirklichkeit weiß Mirella Buttà, wo ihr Mann sich aufhält?«

»Denkbar ist es.«

Rivello ging zum Fenster, legte die Arme in den Nacken, streckte sich. »Ich rekapituliere die Möglichkeiten, werte Vorgesetzte. Eins: Buttà hat eine Geliebte und taucht irgendwann wieder auf und basta. Zwei: Buttà hat den Mord am Hals und ist jetzt auf der Flucht. Drei: Buttà ist der Kontaktmann zu den Freskodieben und deshalb vorübergehend abgetaucht. Vier: Buttà hat in der Tatnacht irgendetwas beobachtet, ist zufällig Zeuge geworden oder hat jemanden erkannt. Dann hat er sich selbst vorübergehend aus dem Verkehr gezogen, bevor es jemand anders tut. Fünf: Buttà ist tot. So sieht das für mich aus.«

»Bisher ist Buttà einfach nur ein Wachmann, der einmal nicht zum Dienst gekommen ist«, sagte Livia.

»Stimmt.«

»Trotzdem sollten wir uns umhören, ob er irgendwelche intensiveren Kontakte zur kriminellen Szene hatte. Mimì rief vorhin aus dem Archiv an. Buttà ist vor zwölf Jahren wegen einer Schlägerei aktenkundig geworden. Hast du seine Frau gefragt, wo er früher gearbeitet hat?«

Das Telefon klingelte.

Rivello schlug sich vor den Kopf. »Verdammt.«

»Dann hol das nach.«

Als Rivello das Zimmer verlassen hatte, nahm Livia den Anruf entgegen. Sie hatte nach wie vor unzählige Kontakte zur Kunstszene, angefangen bei Kollegen und Galeristen bis zu Kunsthändlern, Professoren, Kunstkritikern. Livia hatte keine Kinder, keine Haustiere und keine bedürftigen Eltern, um die sie sich kümmern musste. Nach Feierabend traf man sie entweder in ihrem Atelier an, auf einer Vernissage oder bei Freunden, viele davon ihrerseits Künstler. Sie pflegte diese Kontakte mit Hingabe. Sie waren ihr zweites Leben. Sie hatte diverse Leute angerufen und rumgefragt, ob der Name Buttà in der Szene irgendwann einmal gefallen oder aufgefallen war.

»Ciao, Pepe. *Che si dice?*«

Was Buttà betraf, war das Ergebnis negativ. Aber Pepe Fiorentino, der eine kleine Galerie führte und ansonsten profitabel von den Ups und Downs an der Börse lebte, wusste zu berichten, dass der Kurs für Kunstwerke erotischen Inhalts seit dem Einbruch im Gabinetto Segreto kontinuierlich gestiegen war, wie er es ausdrückte. Die Nachfrage nach dieser Art von Objekten auf dem illegalen Markt war groß und würde seiner Ansicht nach weiterhin steigen.

»Seht zu, dass nicht noch mehr geklaut wird«, sagte Pepe.

»Wie denn, bitte schön?«

»Ihr müsst die Sachen besser bewachen.«

»Lange nicht mehr so herzhaft gelacht.«

Bei dem Einbruch im Gabinetto Segreto im August waren mehrere Tonlampen, Terrakottafiguren, antike Vasen, Tintinnabula, kleinere Skulpturen und sogar ein Marmorrelief gestohlen worden. Das Diebesgut war bisher nicht wieder aufgetaucht. Von den Tätern fehlte jede Spur. Insgesamt gab es in diesem Fall seit Wochen keine neuen Erkenntnisse, was Livia und das gesamte Kunstraubdezernat bis hin zu Politikern diverser Parteien allmählich nervös machte. Ende letzter Woche hatten sie einen Hinweis erhalten, dass die Camorra ihre Fühler nun auch ins lukrative Kunstraubgeschäft auszustrecken begann. Was die Ermittlungen nicht erleichtern würde.

»Wird über den Raub im Lupanar geredet?«, fragte Livia.

»Wenig. Die üblichen Witze zum Thema Doppelphallus kannst du dir wahrscheinlich vorstellen …«

»Lebhaft! Danke bestens. Irgendwelche Hinweise, wer dahinterstecken könnte?«

»Nichts. Tut mir leid.«

Von Livias Schreibtisch ertönte das Brüllen eines Löwen. Der Sohn einer Freundin hatte ihr eine Abfolge von Klingeltönen auf dem Mobiltelefon installiert, im Wechsel drei verschiedene Tierlaute, Elefant, Gorilla, Löwe. Am Anfang war sie selbst jedes Mal erschrocken zusammengezuckt, wenn ihr Handy sich auf diese Weise meldete, mittlerweile aber fühlte sich Livia in ihrem elektronischen Urwald wie zu Hause. Sie fischte das Handy unter einem Stoß Fotokopien hervor und drückte auf Empfang.

»Ciao, Gennaro …«

»Auf der Dienstleitung ist ständig besetzt …«

»… ich ruf dich gleich zurück! – Was hast du gesagt, Pepe?«

»Wer brüllt denn da? Habt ihr ein neues Maskottchen?«

»Wie? Was? Ich stehe gerade auf der Leitung …«

Pepe wiederholte es, Livia musste lachen. »Ich weiß, ich stehe tief in deiner Schuld, immer tiefer, bis zum Hals. Nächstes Mal revanchiere ich mich … Ja, eine Hand die andere, ich bring eine wunderbare Seife mit, *d'accordo*? … Ja, morgen Abend bei der Vernissage. Bis dann.«

20

Das Büro, das Gentilini und Stefano di Maio sich teilten, lag gen Süden. Es gab eine Klimaanlage, die aus unersichtlichem Grund seit Anfang Juli nicht mehr kühlte, sondern heiße Luft verströmte.

Gentilini hatte den Hausmeister informiert und mehrfach nachgefragt, wann die Klimaanlage endlich repariert würde. Der Hausmeister hatte ihm versichert, er habe längst die Wartungsfirma benachrichtigt. Bisher aber hatte sich nichts Entscheidendes getan. Die beiden Kommissare hatten den ganzen Sommer im wahrsten Sinne über den Akten gebrütet. Schließlich war es Stefano zu dumm geworden, er hatte bei der Wartungsfirma angerufen. Großes Erstaunen und Bedauern, man tat, als wisse man von nichts, und versprach sofortiges Eingreifen.

Das war über eine Woche her. Sie waren erstens zu dem Schluss gekommen, dass entweder der Hausmeister oder die Wartungsfirma, bevor auch nur ein Finger gerührt wurde, eine gewisse Vorauszahlung erwarteten. Was zweitens auf keinen Fall in Frage kam. Weshalb Gentilini drittens versprochen hatte, einen seiner Cousins anzurufen, der das gewisse Händchen für jede Art streikender Maschinen besaß. Was viertens noch nicht geschehen war, weil Gentilini es in dem Trubel nach Sonjas Ankunft schlichtweg vergessen hatte.

Die heiße Luft war einer der Gründe, weshalb er nach dem Mittagessen in seinem Bürostuhl eingenickt war. Er wurde wach, als Stefano die Tür aufriss und mit seinen unüberhörbaren Elefantenschritten den Raum betrat.

»Ja, ja, wer nachts der Liebe frönt …« Er ging tatendurstig an seinen Schreibtisch.

Gentilini reckte sich, erhob sich schwerfällig und wankte benommen zum Waschbecken. Er schüttete sich mit beiden Händen kaltes Wasser ins Gesicht. »Hast du was gesagt?«

»Nicht weiter wichtig.«

»Ich habe den Fall gelöst«, brummte Gentilini.

»Ist nicht wahr!«

Im Spiegel über dem Waschbecken sah Gentilini das Gesicht seines Kollegen, ein Feld voller Hochspannungsmasten, auf dem sonst gemütlich Kühe grasten. Fast tat es ihm leid. Aber nur fast.

»Die Russen waren's«, sagte er. »Die Chinesen haben die Russen bezahlt, und die haben ihre alte Äthiopien-Connection aktiviert. Aber dann haben die Russen den Priapus doch lieber selbst behalten wollen, das gab Ärger, und der arme Wachmann ist den beiden Großmächten leider in die Quere gekommen.«

Stefano starrte ihn perplex an. Dann schlug mit der Faust auf den Schreibtisch.

»Donnerwetter, *taratùfolo*, was für eine Meisterleistung! Und ich wette, die Frau war eine Doppelagentin, die dafür sorgen sollte, dass der Obelisk auf den Platz des Himmlischen Friedens gelangt, was? Gute Arbeit, Commissario.« Seine Augen blitzten vergnügt.

Gentilini zuckte unschuldig die Achseln. »Ich hab's geträumt. Genau so war's, *pate* …«

»Hast du die Geschichte schon für unseren Herrgott aufgeschrieben?«

»Pagano?« Gentilini grinste. »Das wäre wahrscheinlich genau nach seinem Geschmack. So eine Story, und ich sehe ihn schon nach Rom abwandern.«

»Sonst noch was Neues?«

»Der Wachmann ist nach wie vor verschwunden. Livia bleibt dran. Cava überprüft diesen ganzen Konzertrummel. Ich habe zwei Leute losgeschickt, um diese Putzfirma unter die Lupe zu nehmen. Sie haben auch die Fotos deiner beiden Sorgenfälle dabei. Und, wie war's bei dir?«

Stefano blies die Backen auf. »Nichts. Ich bin sicher, dass die Hälfte der Leute, mit denen ich geredet habe, ganz genau weiß, wer dieser Frau das Messer in den Bauch gerammt hat. Wer sie in den Straßengraben geschmissen hat. Aber wenn wir fragen: nichts. Du glaubst gar nicht, wie tiefdunkel Augen sein können. Abgründe! Da kommen wir nicht weiter. Es ist sinnlos.«

»Und die Leiche von Trentaremi?«

»Vergiss es.« Er schlug mit der Faust auf den Schreibtisch. »Mit den Afrikanern ist das alles noch schwieriger als mit unseren Landsleuten, mal ganz abgesehen von der sprachlichen Verständigung. Keiner hat etwas gesehen, keiner weiß etwas, keiner will etwas sagen. Und wenn einer blass wird vor Schreck, sieht man das nicht mal. Die Frauen haben Angst, die Männer haben Dreck am Stecken. Und arme Schweine sind sie irgendwie alle.« Er stieß die Luft aus und schnaubte: »Ich sag dir eins, Gennaro Gentilini, wir können alle froh und dankbar sein, dass wir zufällig auf dieser Seite der Erdkugel zur Welt gekommen sind. In Europa. In Italien. Selbst hier in Neapel.« Er wischte sich den Schweiß von der Stirn. »Irgendwie heiß hier drinnen. Die Klimaanlage ist nicht zufällig kaputt?«

»In Afrika ist es noch heißer«, sagte Gentilini. »Sei also froh und dankbar.«

Stefano di Maio brummte etwas in sich hinein, was sich nach »theoretisch immer« anhörte. Dann wandten sie sich ihrer Arbeit zu.

»Wie geht es Stefania?«, fragte Gentilini kurz darauf.

Ein Lächeln streifte Stefanos Gesicht. »Sie muss sich die nächsten Monate schonen, aber sonst ist alles paletti. Und wie läuft's mit Sonja?«

»Oh, sie kommt gut klar. Sie war im Gabinetto Segreto und hat Leute vom Konsulat kennengelernt.«

Stefano gluckste. »Cava hat heute früh versucht, mich auszuhorchen. Wer sie ist und was sie hier macht. Und dass er den Eindruck hat, dass du sie näher kennst. Er hätte allzu gern etwas Konkretes erfahren.«

»Und, hast du ihm den Gefallen getan?«

»Ich habe ihm erzählt, dass es ein Austausch ist. Europäischer Gedanke und so weiter. Dass immer ein Mann und eine Frau zusammenarbeiten, integratives Lernen vom anderen Geschlecht ...« Stefano war anzusehen, wie viel Spaß es ihm gemacht hatte, Cava auf den Arm zu nehmen. »Du glaubst nicht, wie interessiert er an der Sache war. Er hat mich gefragt, wo man sich bewerben kann. Du wirst diesem Plan zufolge übrigens nächstes Jahr für zwei Monate bei der Kripo in Hamburg reinschnuppern.«

»Gute Idee ...«

In dem Moment wurde die Tür aufgerissen. Cava stürzte herein. Sein Kopf war hochrot, er schwitzte. »Der Wachmann ist tot! Ich hab's gerade per Funk mitbekommen. Sie haben seine Leiche gefunden, in der Nähe von Boscotrecase, auf dem Parkplatz eines leer stehenden Restaurants.«

»Selbstmord?«

»Keine Ahnung.«

Widerstrebend stand Gentilini auf. »Ist alles schon in die Wege geleitet? Sind alle informiert?«

Cava nickte eifrig. »Bis auf ... die deutsche Kommissarin ...«

Gentilini warf Stefano einen vielsagenden Blick zu. »Das machen wir heute allein, Nicò. Unter Männern.«

21

Gentilini stand an der Ecke von Vico Limoncello und Via Anticaglia. Gerade hatte er Sonja angerufen und angekündigt, dass er in einer Viertelstunde zu Hause sei.

Schräg gegenüber moderte wie überall in der Stadt ein großer Haufen teils aufgerissener Müllsäcke vor sich hin. Hinter ihm lag die dunkle Altstadtgasse, hundertfünfzig, zweihundert Meter bis zu dem Haus, in dem die Familie Buttà zwei Zimmer plus Küche bewohnte. Er hatte die Nachricht vom gewaltsamen Tod des Wachmanns überbracht, die offenbar bereits andere Kanäle gefunden hatte, um die Familie zu erreichen. Gentilini hatte nicht nachgefragt, was für Kanäle das waren. »*Ci hanno chiamato*«, hatte Mirella Buttà nur gesagt, als sei damit alles klar. Jemand hatte angerufen. Ohne weitere Erklärung.

Sie war noch nicht alt, aber der Lebenskampf in dieser Stadt hatte in ihrem Gesicht Spuren hinterlassen. Vielleicht hatte sie geweint. Ein paar Stunden vorher. Oder auch nicht. Die Anstrengung um die Augen konnte ebenso gut von Übermüdung stammen, von zu wenig Schlaf, zu viel Sorgen, zu viel Alkohol. Von den Zigaretten, die sie eine an der anderen ansteckte, während Gentilini, der als vergleichsweise frisch entwöhnter Raucher mitgezählt hatte, bei ihr in der Küche saß. Auch die Tochter hatte geraucht, aber nur halb so viel. Der Qualm in der kleinen Küche der Familie Buttà war Gentilini, dem erst kürzlich entwöhnten Raucher, regelrecht zuwider gewesen. Ein Wegdrücken von Schmerz, ein Inhalieren aufkeimender Trauer, dachte er. Mirella Buttà hatte kaum Fragen gestellt. Ihr Mann war erschossen worden, das reichte ja wohl. Vielleicht ahnte sie auch, was auf sie zukam. Die Todesnachricht war ja erst der Anfang.

Paolo Buttà war allem Anschein nach keine unschuldige Leiche. Sie hatten bei ihm die Waffe gefunden, mit der auf die Afrikanerin geschossen worden war. Was er außerdem in der Hosentasche bei sich trug, war überraschenderweise ein Teil dieser Halskette, zwei kugelförmige Glöckchen an einem kleinen Ring. Im Lupanar und in der Hand der toten Frau hatte man dieselben Glöckchen gefunden. Die Teile gehörten eindeutig zu einer silbernen, vermutlich afrikanischen Halskette. Aber was war wirklich davon zu halten? Gentilini hatte gelernt, Situationen zu misstrauen, die allzu offensichtlich bestimmte Richtungen vorgaben. Alles deutete daraufhin, dass Buttà die Frau ermordet hatte. Blieb die Frage, wer ihn erschossen hatte, vom Warum und Weshalb einmal ganz abgesehen. Cava hatte die These aufgestellt, der Wachmann habe möglicherweise mit den Kunsträubern zusammengearbeitet, der Tod der Afrikanerin sei nicht eingeplant gewesen, man habe den Wachmann deshalb als zu großen Risikofaktor aus dem Weg geräumt. Was eher nach Camorramethoden aussah.

All das hatte Gentilini am Küchentisch der Buttàs nicht gesagt. Nicht heute Abend. Sie würden früh genug davon erfahren. Er war froh, dass Cava nicht mit dabei war.

Die linke Hand in der Hosentasche, das Jackett über die Schulter geworfen, ging Gentilini gedankenversunken die Via S. Paolo hinunter bis zur Via Tribunali, einer der drei parallel verlaufenden Hauptachsen, die schon die alten Griechen angelegt hatten. Es tat gut, zu Fuß unterwegs zu sein. Die meisten seiner Kollegen, auch der übergewichtige Stefano, hätten für die zehn Minuten von der Questura zum Vico Limoncello automatisch auf die bequemere Variante zurückgegriffen.

Er fragte sich, ob Gina Buttà und ihr Vater Paolo sich vielleicht auch in diesem Tochter-Vater-Funkloch befunden hatten. Das könnte die Coolness der Tochter erklären. Zur Schau gestellte Coolness, das kannte Gentilini von seiner eigenen Tochter. Die sechzehnjährige Gina hatte sich zusammengerissen, vielleicht um ihre kunstvoll aufgetuschte Wimpernpracht nicht zu gefährden.

Seine Gedanken wanderten zu Isabella. In letzter Zeit ging es mit ihm und Isabella zum Glück wieder bergauf. Millimeterweise, aber immerhin, Aufwärtstendenz. Nach Jahren intensiver Ablehnung und Auflehnung gegen den abtrünnigen Vater war seit diesem Sommer endlich wieder eine Annäherung zu spüren. Vielleicht seit er es aufgegeben hatte, sich die Haare zu raufen und die Beine auszureißen, sich Nächte um die Ohren zu schlagen mit Grübeleien über alles und jedes, was er je als Vater getan oder gelassen hatte. Seit er nicht mehr um sie kämpfte. Mit ihr kämpfte. Möglicherweise spielte dabei auch eine Rolle, dass er sich neu verliebt hatte, als eine Art Entlastung, ein Weichwerden. Jedenfalls redete Isabella wieder mit ihm. Sie behandelte ihn nicht mehr wie ein unansehnliches, leider notwendiges Stück Materie, eine ältliche, in jeder Hinsicht Andersartigkeit ausdünstende Masse Mann, der man nur mit Augenrollen, verachtungsvollen Blicken, zurückgeworfener Mähne, knallenden Türen oder strafendem Schweigen begegnen konnte. Tiefer Absturz vom Lieblingspapa zum Gewürm.

Das musste man als Vater erst mal aushalten.

Aber er hatte es geschafft. Das Tal der tödlichen Sendepause war überwunden. Isabella war ein Jahr älter als Gina Buttà. In drei Monaten wurde sie siebzehn.

Er versuchte sich vorzustellen, wie seine eigene Familie reagieren würde, wenn eines Abends irgendein unbekannter Polizist vor der Tür stünde – sie wären gerade beim Essen, Isabella, Giorgio, Rosaria, im Hintergrund TV-Gelärme, halbvolle Teller mit Pasta auf dem Tisch, Parmesan, ein Korb mit geschnittenem Sfilatino, eine Flasche Mineralwasser, vielleicht ein Glas Rotwein für Rosaria (und seinetwegen auch ein viertes Gedeck für Rosarias neuen Ehemann Pino, den Gentilini in diesem Bild jedoch nicht sah, warum sollte er auch) –, und dieser unbekannte Polizist würde ihnen mit Grabesstimme eröffnen, ihr Vater und Exmann, Gennaro Gentilini, wäre auf tragische Weise bei einem Einsatz erschossen worden …

Wie würde Isabella reagieren? Und Giorgio? Was war denn eine angemessene Reaktion auf eine Hiobsbotschaft dieser Art? Was wusste er schon davon, was sich in einem Menschen abspielte, wenn jemand aus der eigenen Familie erschossen wurde? Noch dazu der Vater? Wie der Schmerz sich äußerte und wann und in welcher Form? In Form von Tränen, Wut, Aktivismus, innerer Versteinerung?

Gentilini atmete tief durch und legte den Kopf in den Nacken. Die Nacht war sternenklar, aber Sterne waren keine zu erkennen. Vielleicht befand sich zufällig gerade kein von der Erde aus sichtbares Himmelsgestirn in diesem schmalen Spalt, den die Häuser freigaben.

Lello, Buttàs Sohn, war nicht zu Hause gewesen. Er war auch vierzehn, ungefähr in Giorgios Alter. Weder Mutter noch Schwester hatten gewusst, wo er sich herumtrieb, abends um neun. Achselzucken. »Unterwegs eben. *In giro.*«

Keine der beiden Frauen wirkte beunruhigt. Wenn Lello heimkam, würden sie es ihm sagen. Die Sache mit dem Vater. Eine Stunde früher oder später. Davon wurde Paolo auch nicht wieder lebendig.

Trotzdem, dachte Gentilini. Trotzdem. Ihn beunruhigte die erlebte Szene. Er würde nicht wollen, dass sein Sohn sich bis in die Nacht hinein in dieser Stadt herumtrieb, irgendwo, mit irgendwem. Aber er wusste, dass das in Familien wie den Buttàs ganz normal war. Die Kinder wurden viel früher in den Alltag hineingeworfen, die Mädchen liefen mit zwölf durch die Gegend, als wären sie zwanzig, die Jungs lenkten mit acht Jahren souverän jedes Motorino durchs Gewühl, waren auf sich gestellt, im Schutz irgendeiner Gang. Eine harte Lebensschule, durch die auch schon die Eltern gegangen waren.

Paolo Buttà, achtunddreißig, aufgewachsen in der Sanità, Schule mit dreizehn abgebrochen, keine Ausbildung, aktenkundig wegen einer Schlägerei, eins zweiundachtzig groß, fünfundachtzig Kilo, muskulös, durchtrainiert. So ein Mann schaffte es problemlos, eine Fünfzigkilofrau eine Strecke weit ins Freie zu tragen. Seit einem Jahr war er Wachmann in Pompeji. Und sonst? Mirella hatte zwischen einer Zigarette und der nächsten gesagt, er sei regelmäßig ins Fitnessstudio gegangen, fast jeden Tag.

Auf dem Platz vor der Kirche San Lorenzo Maggiore stand ein Trupp Jugendlicher zusammen – Jungs und Mädchen, ungefähr in Giorgios Alter, in ihrer Mitte Motorini mit laufenden Motoren, die immer wieder im Stand auf Touren gebracht wurden, wie um sie bei Laune zu halten. Gentilini ging auf die Gruppe zu. Lachen, Gekicher, Männergetue, Frauengetue, das alte Spielchen, es wurde geraucht, sicherlich kreiste ein Joint. Aber man konnte ja schon froh sein, wenn Jugendliche einfach zusammenstanden. Nur so. Wenn die Tabubrüche nur Blechschäden hinterließen. Wenn Kids in dem Alter nicht gerade tatkräftig an der eigenen kleinkriminellen Karriere feilten …

»*Buona sera, ragazzi.* Alles klar?«

»Was will der denn?« Getuschel, symbolischer Schulterschluss. »*Chiste vecchione* …«

»Ich suche Lello Buttà. Kennt ihr ihn zufällig? Er wohnt ganz in der Nähe.«

»Warum?«

Gentilini wiederholte seine Frage. Einer der Jungs sagte schließlich, Lello sei nicht da.

»Habt ihr eine Idee, wo er sein könnte?«

Getuschel. Gekicher.

»*Vabbuò* … danke. Ciao.«

Der Commissario wandte sich zum Gehen.

»Wer hat nach ihm gefragt?«, rief eines der Mädchen hinter ihm her.

»Seine Mutter!«, rief Gentilini nach kurzem Zögern zurück.

Erneutes Gelächter.

Vor zwei Wochen war hier in der Nähe auf dem Heimweg von der Arbeit Gianna überfallen worden, die Frau eines Kollegen, in der Gasse, die zum Krankenhaus *Gli Incurabili* führte. Eine Gruppe Zwölf-, Dreizehnjähriger hatte die Frau umkreist, so dass es nach außen so wirkte, als stehe man einfach zusammen – wie der Trupp dort drüben. Einer der Jungs hatte ein Messer gezückt, ein anderer sogar eine Pistole hervorgeholt, Gianna hatte sofort Portemonnaie und Handy herausgerückt. Damit hätte der Zwischenfall, so unangenehm er war, beendet sein müssen. So war es jedenfalls früher gewesen, noch vor wenigen Jahren. Zwei Jungs aus der Bande aber hatten sie zu Boden gezerrt, zwei andere begonnen, auf sie einzutreten – voller Wut, unkontrolliert, hasserfüllt, völlig außer sich, wie sie später ausgesagt hatte. Sie konnte von Glück sagen, dass in dem Moment ein Krankenwagen in die Gasse eingebogen war. Die Bande hatte von ihr abgelassen und im Geflecht der Gassen Reißaus genommen. Zusammengeschlagen von Zwölfjährigen, das musste man sich mal klarmachen …

Bisher war keiner von ihnen geschnappt worden. Doch selbst wenn – was sollte aus ihnen werden?, dachte Gentilini im Weitergehen. Zwölf-, dreizehnjährige *guaglioni*, viel zu früh erwachsen gewordene Kinder … Jede Form von Haft oder Heim trieb sie nur noch schneller härteren Methoden, der organisierten Kriminalität in die Arme. Es gab viel zu wenig Sozialarbeiter, zu wenig Projekte für diese Jugendlichen. Die in einem Alter waren, in dem durchaus noch etwas zu retten wäre. Mit zwölf Jahren war man kein fertiger Mensch, wie aus Blei gegossen, für alle Ewigkeit in eine feste Form des Denkens und Handelns gezwängt, da war doch Luft, da konnte doch noch Hoffnung blühen – da *musste* Hoffnung blühen, dachte Gentilini wider besseres Wissen. *Musste* einfach.

Diese Überfälle brachten so vieles zum Ausdruck. Die Lieblosigkeit und Verrohung dieser Gesellschaft, auch wenn man nach außen gern die Herzensgüte der mediterranen Familienkultur hochhielt. Die uneingeschränkte Herrschaft des Konsums vom ersten Atemzug an – man hatte keine Sehnsüchte mehr, sondern nur noch Bedürfnisse, man fühlte sich im Recht, sich gnadenlos alles zu nehmen, was man brauchte. Den Wertverlust von menschlichem Leben, zugleich aber auch den Wunsch nach dem Zusammenhalt einer Gruppe, egal, welcher. Alles in allem eine umfassende Orientierungslosigkeit. Der gellende, unhörbare Schrei nach Identität. Wie sollte man sich als junger Mensch in Neapel zurechtfinden?

Gentilini ballte die Faust in der Hosentasche, dann umhüllte er sie mit einer hauchdünnen Schicht zärtlicher Gedanken an seinen Sohn. Er musste Giorgio davor schützen, dieser Stadt, egal, in welcher Form, zum Opfer zu fallen.

Was war auf einmal los? Statt sich auf Sonja zu freuen, die zu Hause auf ihn wartete, hing er düsteren Gedanken nach. Von wegen: Nichts würde ihn heute aus der Fassung bringen. Dieser Tag hatte ihn mal wieder gründlich in die Mangel genommen.

Am hinteren Ende der Piazza Miraglia leuchtete Blaulicht. Ein Polizeiauto stand quer auf der Straße, hatte zwei schweren Motorrädern den Weg abgeschnitten. Soeben wurden Papiere ausgehändigt, einer der Kollegen ging zum Auto, um die Daten per Funk prüfen zu lassen. Gentilini bog nach links in die schmale Gasse, die zur Piazza San Domenico Maggiore führte.

Er hatte die dunkle, rauchige Stimme von Mirella Buttà im Ohr, die müde und irgendwie desinteressiert auf die Fragen antwortete, die er einfach stellen musste.

»Wann haben Sie Ihren Mann zuletzt gesehen?«

»Montag früh.« Griff zur Zigarettenpackung. »Nach der Nachtschicht.«

»Danach nicht mehr?«

»Nein, hab ich doch gerade gesagt. Als ich gegen zwei nach Hause kam, war er nicht da.«

»Was hat Ihr Mann gemacht, als er nach Hause kam?«

»Vermutlich geschlafen.«

»War er irgendwie anders als an anderen Tagen, also, nach anderen Nächten?«

Mirella Buttà hatte Gentilini einen verständnislosen, leicht verärgerten Blick zugeworfen. »Was meinen Sie mit anders?«

Ja, was meinte er damit … »Anders als sonst«, sagte er. »Ich kannte Ihren Mann ja nicht.«

»Eben.«

»War er zum Beispiel besonders aufgewühlt oder durcheinander?«

Mirella Buttà hatte nicht geantwortet, Gina hatte achselzuckend gesagt: »Er war wie immer! Was sollen diese Fragen?«

»Jemand hat Ihren Vater erschossen. Da muss man ungewöhnliche Fragen stellen«, hatte Gentilini gesagt, etwas schärfer als beabsichtigt.

Auf einer Anrichte aus kackbraunem Teakimitat stand ein Kinderfoto von Lello und Gina, daneben Fotos der Familie Buttà, Hochzeit, Taufe, die Großeltern. Die übliche Familienfotogalerie, wie ein kleiner Altar, dem man täglich nebenbei den einen oder anderen Blick zuwarf – liebevoll, gedankenversunken, zornig, gleichgültig. Und daneben der Fernseher. Signora Buttà hatte immerhin den Ton ausgeschaltet, aber während des Gesprächs war ihr Blick und auch der ihrer Tochter immer wieder für Momente zum Bildschirm hinübergewandert, wie um sicherzugehen, dass man nichts Weltbewegendes versäumte. Ein automatisierter Blick. In die Nebenwelt. In der es andere Tote gab, um die man nicht trauern musste.

»Hatten Sie denn erwartet, dass Ihr Mann zu Hause sein würde, als Sie mittags kamen?«

Was sollte man darauf antworten. »Weiß ich nicht. Manchmal war er mittags da, manchmal nicht.«

»Wissen Sie zufällig, was er am Montagnachmittag vorhatte? Irgendeinen Termin?«

Nein, sie wussten es nicht. Paolo Buttà hatte irgendwann das Haus verlassen. Der Bericht der Gerichtsmedizin lag noch nicht vor, aber die Leiche hatte länger als vierundzwanzig Stunden auf dem Parkplatz bei Boscotrecase gelegen. Man musste davon ausgehen, dass Buttà zwischen Montagvormittag und Montagabend, als er nicht mehr zur Nachtschicht in Pompeji auflief, ermordet worden war.

»Wo hat Ihr Mann früher gearbeitet?«

»Im Hafen, bei irgendwelchen Firmen, mal hier, mal da, mal gar nicht. Tagschicht, Nachtschicht, wie es gerade kam. Man nimmt, was kommt, oder? Hauptsache, das Geld stimmt, und man kann überleben. *Campare.*« Das war die bis dahin längste Antwort von Mirella Buttà gewesen. Neue Zigarette.

»Als die Kinder kleiner waren, hatte er einen Job im Fußballstadion. Er hat sie ein paar Mal bei Heimspielen reingeschleust.«

»Und warum hat er dort aufgehört?«

»Es war eben vorbei«, hatte Mirella gesagt.

Tja, so war das. Was sollte man Leute fragen, die keine Fragen stellten. Die Vergangenheit war vergangen. Das Wieso und Warum interessierte nicht, nicht einmal jetzt. Aber auch die Gegenwart schien nicht wirklich hoch im Kurs zu stehen.

Auch Gentilini hatte immer häufiger zum Fernseher gelinst. Es lief irgendeine Rateshow vom Typ: Wie heißt die Frau von Brad Pitt, was haben Neapel und Indien gemeinsam (*Bombay*, mit weichgeschliffenen Konsonanten *alla napoletana*: *Pompeji* …), blondierte Moderatorin, üppig entblößter Busen, perfekt gestyltes Lachen, Barbiepuppenbeine.

»Und als Ihr Mann am Dienstag nach der Schicht immer noch nicht wieder da war, haben Sie sich da nicht gewundert?«

Achselzucken. »Warum sollte ich?«

Ja, warum …?

»Kam das häufiger vor, dass er länger wegblieb?«

»Ab und zu. Das habe ich Ihrem Kollegen alles schon gesagt.«

»Wie ist es mit dir?« Eine Frage an Gina, die eine ähnliche Lockenpracht wie Isabella hatte. »Hast du dir Sorgen gemacht, als dein Vater gestern nicht nach Hause gekommen ist?«

»*No*.« Zungenschnalzen. Große dunkle Augen, dunkel umrandet mit Wimperntusche und Lidstrich. »Er macht eben, was er will.«

Beide starrten wieder auf den Bildschirm. Oder durch das Bild, die schönen Zähne, die schönen Beine, all das Schöne eben, hindurch.

Nein, er würde nicht weiterfragen, nach etwaigen Geliebten, dem Familienalltag, Freunden, Arbeitskollegen, Hobbys. Nicht jetzt, nicht hier. Es war sinnlos. Außerdem war er nicht Cava. Und morgen war auch noch ein Tag. Allerletzter Vorstoß:

»Hatte Ihr Mann Feinde?«

»Haben Sie keine?«

An diesem Punkt hatte Gentilini beschlossen, dass es in diesem Moment weder etwas zu trösten noch etwas zu erfahren gab. Er würde wiederkommen, hatte er zum Abschied gesagt. Und an der Tür, ohne darüber nachzudenken, hinzugefügt: *»Pianto è sollievo.« Weinen erleichtert.*

Zwei Augenpaare hatten ihn überrascht gemustert. Dann hatte Mirella Buttà sich wie aus letzter Kraft mit Todesverachtung zu einem zweiten Satz aufgerafft: *»Chiagnere 'o muorto, so' lacreme perze.«*

Die Tränen um einen Toten sind verlorene Tränen. Mit diesem Satz im Kopf hatte Gentilini das Haus verlassen. Da konnte man ja nur auf trübe Gedanken kommen.

22

Es war kurz nach zehn, als der Commissario endlich die Tür zu seiner Wohnung aufschloss. Im fensterlosen Flur war es nicht dunkel wie sonst, wenn er nach Hause kam. In der Luft lag nicht die manchmal bedrückende Einöde des Ein-Mann-Haushalts, sondern ein köstlicher Duft, den er nicht auf Anhieb identifizieren konnte. Gedünstete Zwiebeln, tippte er, allemal ein guter Start, für *tubetti con cipolla, maccheroni al forno, pasta al ragù* oder, was phantastisch wäre, eine *genovese* als Primo oder Secondo. Das Wasser lief ihm im Mund zusammen, jetzt spürte er auch seinen Hunger.

Als er sich der Küche näherte, hörte er, dass Sonja sang. Eine singende Sonja, die für ihn kochte – das war das Beste, was an diesem Tag noch passieren konnte. Nichts, was ihn an die Arbeit erinnerte, an diesen schweißtreibenden Nachmittag, den toten Wachmann mitsamt seiner weiblichen Nichttrauergemeinde, Cavas Übereifer, die Müllhaufen an den Straßenecken, diese ganze verrohte, verrohende Umgebung. Er war zu Hause. Nicht auf Wolke sieben, kein Höhenflug, dafür war er viel zu müde. Aber die wohlige Wolke auf Stufe zwei bis drei.

Auf der Schwelle zur Küche blieb er stehen.

»*... you just call out my name / and you know whereever I am / I'll come running, oh yeah ba-by-hiieeh / to see you agai-hain ...*«

Sonja stand am Herd. Sie hatte sich seine Schürze umgebunden und einen Bratenwender in der Hand. Das Bild berührte ihn seltsam, es rief eine verschüttete Sehnsucht in ihm wach. Nach einer gekitteten Welt, wenigstens für zwischendurch, zum Luftholen, zum Kraftschöpfen.

»*… winter, spring, summer or fa-hall / all you gotta do is ca-hall / and I'll be there, yes I will …* – Ich weiß, dass du da bist, Gennaro«, unterbrach Sonja die Melodie, ohne sich umzudrehen. »Treten Sie näher, mein Herr, aber treten Sie sich ja die Füße ab …«

»*Che cosa?* Wie bitte?«

»War nur ein Scherz.«

»Da bin ich aber erleichtert …«

Seine Antwort sollte leichtfüßig klingen, aber einen Moment lang hatte er tatsächlich geglaubt, sie meine es ernst. Mit dem Füßeabtreten. Ein weiteres Echo aus seiner Kindheit, das ihn streifte.

Er trat wie gewünscht näher, schlang seine Arme um sie und drückte sich an sie, ihren Rücken, ihren Körper. Wie wohl das tat.

Sie erwiderte den Druck und lehnte sich an.

»Du hast gerufen, schon bin ich da.«

Sonja lachte. »Ich habe nicht gerufen, da verwechselst du was. *Du* hast gerufen, schon am Handy vorhin hast du gerufen, mit deiner zweiten Stimme, ganz deutlich habe ich das gehört.« Sie drehte sich um, musterte ihn amüsiert und liebevoll.

»Meine zweite Stimme? Was soll das denn sein?«

»Na, eine deiner Stimmen natürlich. Du weißt doch, jeder Mensch hat nicht nur eine Stimme, sondern viele, einen ganzen Chor von Stimmen, die in deinem Kopf wohnen und sich darum balgen, wer gerade das Solo singen darf. Vorhin hat deine zweite Stimme gewonnen. Und deine dritte lag vorn, als wir uns zum ersten Mal begegnet sind. Weißt du nicht mehr? Wir saßen im Auto, Endausscheidung um den ersten Preis in mustergültiger Konversation, und deine dritte Stimme hat geflüstert: *Aufhören! Basta! Wann fährt diese Zicke endlich wieder ab?*«

»Ist gar nicht wahr!«, protestierte Gentilini und hob abwehrend die Hände.

»Und deine vierte Stimme«, fuhr Sonja fort, »hat im Hintergrund intrigiert und gesagt: *Wann ich die wohl ins Bett bekomme?* Und deine fünfte hat gewispert: *Probier's mal mit Gesang.*«

Er wollte widersprechen, dann spann er den Gedanken weiter. »Wenn das der eigentliche Grund ist, weshalb du dich gerade als Retro-Soft-Pop-Sängerin versuchst ...«

»Das Singen ist dein Geheimcode, nicht meiner«, lachte sie. »Ich vertreibe mir eben die Zeit, bis der Mann von der Arbeit nach Hause kommt, heim zu Wein, Weib und Gesang. Was dagegen? Nein? Gut, basta, zurück zur Tagesordnung.« Sie wandte sich wieder dem Herd zu.

»Und was ist *dein* Geheimcode?«

»Den werde ich dir doch nicht verraten ... Magst du Bratkartoffeln?«

Er stutzte. »Wieso?«

Sie zeigte auf den Inhalt der Pfanne. Zwiebeln und angebratene Kartoffelscheiben.

Gentilini konnte ein enttäuschtes Achselzucken nicht verhindern, das Sonja zum Glück nicht mitbekam.

»Warum nicht ...«, murmelte er lau. »*Perchè no* ...«

»Das war nichts«, protestierte sie gut gelaunt. »Noch mal: Magst du Bratkartoffeln? Bratkartoffeln alla tedesca?«

»Ich liebe deutsche Bratkartoffeln«, sagte Gentilini gehorsam.

»Das war besser. Liebe geht durch den Magen. Schon mal welche gegessen?«

»Nein.«

Sie lachte. »Ich liebe deine Ehrlichkeit.«

Gentilini öffnete den Kühlschrank, nahm eine von sechs Halbliterflaschen Peroni heraus. »Magst du ein Bier?«

»Danke, hab schon.«

Er lehnte sich an den Türrahmen, setzte die Flasche an den Mund und trank sie in einem einzigen langen Zug leer.

Sonja sah ihn von der Seite an. »So schlimm heute?«

Er zuckte die Achseln.

»Erzähl doch mal. Wie war's denn?«

Nein, dachte er.

Nein, bitte nicht diese Frage. Und schon fiel eine Tür in seinem Innern zu, ohne dass er es hätte verhindern können. *Erzähl doch mal, wie war's denn* – ein weiteres totgehofftes Echo aus alten Zeiten, die nicht einmal lange zurücklagen. So hatte seine geschiedene Frau Rosaria auch immer gefragt. Abend für Abend, wenn er aus der Questura nach Hause gekommen war, immer dieselbe Aufforderung, dieselbe Frage. Immer hatte sie einen Bericht von ihm erwartet, über den neuesten Klatsch unter Kollegen, über neu reingekommene Leichenfälle, Verdächtigungen, Verhaftungen, und je erbitterter sie gefragt hatte, desto erbitterter hatte er ihr die Antwort verweigert und geschwiegen. Er hatte nichts erzählen wollen. Arbeit war Arbeit, und Zuhause war Zuhause, in seinem Kopf hatten sich die Welten schon genug vermischt.

Irgendeine dieser Stimmen in ihm erhob leise Protest, das sei ungerecht, Sonja sei nicht Rosaria, jetzt sei alles anders. Er reagierte nicht darauf. Schob nur den Unterkiefer vor und drehte stumm die Bierflasche in der Hand. Studierte mit einer Intensität, als hätte er so etwas noch nie gesehen, vorn und hinten das Etikett. Er wollte nicht mehr als abschalten und den Tag so weit wie irgend möglich hinter sich lassen. Ihr Wiedersehen wollte er feiern, die Liebe hochleben lassen, die vierte Stimme von damals im Mai – oder die wievielte war es? – sollte wieder zum Zuge kommen.

Doch die Stimmung war auf einmal zähflüssig. Ein

falscher Ton lag in der Luft. Nicht nur einer. Ein ganzer Chor falscher Stimmen, die alle gleichzeitig wild und misstönend durcheinanderkrakeelten.

Sonja wiederholte ihre Frage. »Ist irgendwas passiert?«

Die möglichen Antworten gefroren schon in seinem Kopf. Dieser Fall hatte mit seinem Privatleben verdammt noch mal nichts zu tun. Er hätte es Sonja erklären müssen, er hätte sagen müssen, bitte, jetzt nicht, ich kann nicht, ich will nicht – aber er bekam kein Wort heraus. Es ging nicht. Das Einzige, was noch ging, war der Griff in die Kiste der bewährten Abwehrformeln.

»Reden wir lieber über was anderes.«

Jetzt reagierte Sonja mit Schweigen. Sie unternahm keinen Versuch, ein anderes Thema anzuschneiden. Kein Kommentar, keine weiteren Fragen.

Gentilini stand noch eine Weile unschlüssig und mit unguten Gefühlen am Türrahmen herum und beobachtete, wie Sonja die Bratkartoffeln in der Pfanne wendete, weitere Kartoffeln aus der Schüssel nahm und in Scheiben schnitt, das Gas leicht reduzierte, sich bückte, um im Unterschrank nach einer zweiten Pfanne zu suchen.

Ihr Rock rutschte dabei hoch, aber in ihm meldete sich kein Verlangen. War das möglich? In den letzten Wochen hatte er sich abends vor dem Einschlafen so oft ihren Körper vor Augen gerufen, hatte die Augen geschlossen und an ihre Beine gedacht, ihre Schamgegend, ihren Bauchnabel, ihre Brüste, ihren Nacken, ihre Ohren, einfach alles an ihr, das Haar, die Wimpern, die Lippen, die Falten um den Mund, um die Augen ... Noch heute Morgen war die Lust mit ihm durchgegangen, ein wilder Galopp durch Wälder, Steppen, Wüsten, Oasen, Steilküsten bis hin zum Meer – und jetzt ... Er kam sich vor wie hinter einer schalldichten gläsernen Wand.

Auf dem kleinen Küchentisch stand eine Schüssel mit angerührter Salatsauce und kleingeschnittenen Tomaten.

»Kann ich was helfen?«, fragte sein Mund.

Als Antwort schnalzte Sonja mit der Zunge. Gekonnt einheimisch.

Na, dann eben nicht.

Ihm fiel ein, dass er die Gemüsebeete auf der Dachterrasse heute noch nicht gewässert hatte. Der Weg zur Wendeltreppe führte durchs Wohnzimmer. Gentilini stutzte. Das Wohnzimmer war unaufgeräumt. Ein Rock von Sonja hing über der Sofalehne, ihr BH lag am Boden, neben den Broschüren aus dem Nationalmuseum. Der Computer lief, und auf dem langen, stets übersichtlich aufgeräumten Arbeitstisch herrschte ein ungewohntes Durcheinander aus Papieren, Büchern, aufgeschlagenen Lexika, mittendrin stand eine halbvolle Tasse mit Espresso.

Zunehmend verstimmt stieg Gentilini zu seiner Dachterrasse hoch, die sich über die gesamte Fläche der Wohnung erstreckte, mit Blick auf das nachts angestrahlte Castel Sant' Elmo. Vom Vorbesitzer der Wohnung, einem pensionierten Konfektionsschneider, der mittlerweile über neunzig war, hatte Gentilini eine alte Hollywoodschaukel und ein gutes Dutzend selbstgeschreinerter hölzerner Pflanzkästen übernommen. Er liebte seine kleine grüne Oase mitten im Geflecht der Gassen und Häuser. Sie war sein Refugium, ein dem Monstrum urbanen Lebens entrissener Ort des Friedens. Wenn der Commissario seine Pflanzen wässerte, umtopfte, zurückschnitt, mit den Fingern in der Erde wühlte, über die Blätter strich, fühlte er sich für eine kurze Zeit mit sich und der Welt im Reinen. Oft begann er dabei zu singen. Vielleicht war das der eigentliche Grund dafür, dass seine Kräuter, das Gemüse und die Blumen prächtig gediehen. Das Basilikum wucherte geradezu.

Gentilini beschloss, demnächst ein frisches Pesto zu machen und ein paar Freunde einzuladen. An der Kürbispflanze, deren Triebe sich kreuz und quer über die Terrasse schlängelten, klebten mehrere bereits fußballgroße goldgelbe Kugeln. Er nahm sich eine Gießkanne, drehte den Wasserhahn auf – und erlebte dieselbe Überraschung wie Sonja am Vormittag. Er fluchte! Bestimmte Einrichtungen der Stadt waren von der Wasserrationierung ausgenommen, so die Krankenhäuser, die Schulen, die wichtigsten Ämter. Sein Blick fiel auf die Kästen mit Salat und Rucola. In seinem Salatbeet klaffte eine deutliche Lücke. Er erstarrte.

Die Vernunft in ihm sagte, klar, weshalb soll Sonja den Salat nicht ernten, weshalb soll sie auf den Markt gehen und Salat kaufen, wenn doch auf seiner Dachterrasse die herrlichsten Salatköpfe nur darauf warten, angerichtet und verspeist zu werden ... Moment mal, die Tomaten in der Salatschüssel ... – Mit wenigen Schritten war er bei seinen drei üppig behangenen Tomatenstauden. Natürlich, auch hier ... Etwa die Hälfte der Tomaten war reif, die dunkelroten Kugeln luden geradezu ein, die Hand auszustrecken und sie abzupflücken.

Trotzdem. Die Irritation wuchs, auch wenn sie überhaupt nicht in Gentilinis Selbstverständnis passte. Es war *seine* Wohnung. Hier wohnte er, Gennaro Gentilini, *er* ganz allein, und Sonja war *zu Besuch*. Dies war *sein* Reich. Hier konnte er singen oder reden oder Antworten verweigern – auf jeden Fall konnte er hier tun und lassen, was immer er wollte und wann er wollte ...

Sonja hatte bereits den Terrassentisch gedeckt und um den Tisch herum alle Kerzen aufgestellt, die sie in seinem Singlehaushalt hatte auftreiben können.

Schön sieht es aus, dachte Gentilini – aber widerstrebend. War er denn seit der Trennung von Rosaria so zwanghaft geworden, so verbissen? War er im Laufe der letzten Jahre zu einem eigenbrötlerischen Single mutiert, der es nicht einmal mehr aushielt, wenn minimale, im Grunde nebensächliche Veränderungen vorgenommen wurden, kleine Eingriffe in sein Leben wie das eigenmächtige Entfernen eines Salatkopfes zwecks Abendspeisung? Wie das Kramen in seinen Schubladen und Schränken auf der Suche nach Kerzen? Lächerlich.

Wie war's denn, erzähl doch mal ...

Warum konnte er nicht einfach wie jeder normale Mensch ein paar Sätze formulieren, die seinen Arbeitstag hinreichend illustrierten? Mehr war doch gar nicht verlangt. Sonja war mit vor Ort gewesen, sie hatte die Leiche gesehen, mit den deutschen Touristinnen gesprochen, ihre Aussage übersetzt, ihre Rolle als Kripofrau von Europol bis zu Ende gespielt – also hatte sie auch ein Recht darauf zu erfahren, wie die Ermittlungen weitergingen.

Sonja konnte nichts dafür, wirklich nicht ...

Mist!, dachte er. Es war eben nicht so einfach, sich zu zweit zurechtzufinden.

Jetzt eine Zigarette. Die sechste Stimme. Er seufzte. Dies war eine jener absolut selten gewordenen Situationen, in denen er für sein Leben gern eine Zigarette geraucht hätte, eine einzige nur. Eine Zigarette, die alles wieder auf die Reihe brachte und sortierte, alle gegenläufigen Gedanken beim Inhalieren nacheinander auffädelte und dann als blauen Dunst in die Welt hinausschickte. Gereinigt. Alles klar. Und damit Neustart.

Auftritt Sonja, Bierflaschen und zwei Schüsseln auf einem Tablett balancierend.

»Soll ich tragen helfen? Ist noch etwas in der Küche?«

»Die Spiegeleier.«

»Die was?«

»Spiegeleier. Zu den Bratkartoffeln.«

Gentilini konnte sich im Vorbeigehen einen irritierten Blick auf die Schüssel mit den Bratkartoffeln nicht verkneifen. Wenn er ehrlich war – und Sonja liebte doch seine Ehrlichkeit, hatte sie jedenfalls vor zehn Minuten noch gesagt –, gäbe er wer weiß was für eine stinknormale Portion Pasta. *Spaghetti aglio olio*, *alle vongole*, eine *carbonara*, *penne con ricotta e pomodoro*, seinetwegen sogar Kartoffeln, *pasta e patate,* nicht gerade seine Lieblingsspeise, aber egal, Hauptsache: Pasta ... Das war er so gewohnt. Das erwartete sein Magen. Seit über vierzig Jahren.

Wie peinlich, Gennaro, geiferte Stimme Numero sieben, acht oder neun in ihm. Bist du so ein unflexibler Banause, ein süditalienischer Spießer? Ein Muttersöhnchen, *figlio di mamma*? Du nennst dich Europäer, fühlst dich tolerant und aufgeschlossen, aber kaum bietet man dir etwas Ungewohntes an, benimmst du dich wie ein verwöhntes Gör.

Gut, rief er sich innerlich zur Raison, du bist ab jetzt flexibel und lernfähig. Du isst, was auf den Tisch kommt. Deutsche Küche, natürlich, liebend gerne, Sonja, der Mittelpunkt deines jetzigen Lebens, hat gekocht. Für dich! Für dich hart arbeitenden Mann! Und du reißt dich gefälligst zusammen und stehst endlich Rede und Antwort. Ist das klar?

Klar.

Aber es kamen keine Fragen mehr.

Die ersten fünf Minuten aßen sie in zwieträchtigem Schweigen.

Gentilini versuchte sich zwischenzeitlich mit einem Lob, es klang in seinen eigenen Ohren hohl. Er hatte ein paar Sätze im Kopf, die er hätte sagen können, aber sie kamen nicht einmal bis zur Türschwelle seiner Gedankenwelt.

Sonja wiederum ging der Ausdruck *Bratkartoffelverhält-*

nis nicht aus dem Sinn, ein Ausdruck aus ihrer Kindheit, den ihre Mutter häufiger benutzt hatte. Sie fragte sich, was damit eigentlich gemeint war? Ein Mann, der ein Verhältnis hatte mit einer Frau, die ihm als Vorspiel Bratkartoffeln servierte? Oder bedeutete es, dass der Mann auf ein Liebesspiel aus war, die Frau ihn aber mit ihren guten Bratkartoffeln hinzuhalten verstand? Hieß das italienische Pendant dann vielleicht *Pastaverhältnis*, und sagte man in Japan *Sushiverhältnis*? Und von wem hatte ihre Mutter damals konkret gesprochen?

Das hatte alles nichts mit ihr und Gentilini zu tun, aber es lenkte ab. Denn das Gespräch kam einfach nicht in Gang. Nichts ging mehr. Kein zärtlicher Blick, kein Lächeln. Eiszeit, nun auch von ihrer Seite. Es fühlte sich schrecklich an.

Er öffnete die vierte Flasche Peroni. Dann gab er sich einen Ruck, Tonfall bemüht ungezwungen-fröhlich: »Hattest *du* denn einen schönen Tag?«

Sonja zog die Augenbrauen hoch und musterte ihn wie einen Fremden. Einen schönen Tag …?

»Möchtest du gern wissen, was ich gemacht habe? Mit wem ich mich getroffen habe? Das erzähle ich doch gern. Vormittags informierte mich deine Frau darüber, dass die Kinder am Wochenende hier sind.«

Gentilini starrte sie perplex an. »Weshalb hat sie denn nicht bei mir angerufen?«

»Gute Frage … Zum Mittagessen«, fuhr Sonja fort, »war ich bei einer Deutschen, die italienisch gekocht hat. Und nebenbei habe ich im Internet nach Informationen über Afrikanerinnen in Neapel gesucht. Hast du das übrigens auch schon mal getan?«

Gentilini zuckte die Achseln. Was sollte die Frage? Was bezweckte Sonja damit? Ihr Ton war feindselig. Er wartete ab, das war immer am besten. Sie würde es ihm schon sagen.

»In Nigeria gibt es Organisationen, die gezielt arme Familien aufsuchen, um deren Töchter für die Prostitution in Italien anzuwerben. Sie verlangen als Vermittlungsgeld fünfzigtausend Euro, die Mädchen sollen diese Summe in etwa zwei Jahren abarbeiten, danach sind sie frei.«

Sonja starrte Gentilini an, als sei er schuld an allem Übel der Welt. So kam es ihm jedenfalls vor.

»Fünfzigtausend Euro in zwei Jahren, Gennaro«, fuhr sie fort. »Der Preis liegt pro Freier bei zehn Euro! Die Frauen müssen also rund fünftausend Männer an sich heranlassen. Fünftausend Schwänze, fünftausend gierige Münder. Fünfzigtausend dreckige Finger! Das sind im Schnitt etwa zehn Männer am Tag. Zehn Männer! Für die Freiheit. Und wenn diese Frauen Pech haben, landen sie am nächsten Tag in einer Routinekontrolle der Polizei und werden in ihr Land zurückgeschickt!«

Gentilini schluckte trocken. Jetzt würde ihm das Essen erst recht nicht mehr schmecken.

»Wusstest du das?«

»Ja, klar. Na ja, so in etwa …«

Scheiße, dachte er, verdammte Scheiße.

Sie starrte ihn wütend an. »Diese Frauen sind in Europa einen Dreck wert, deshalb habt ihr auch noch nichts herausgefunden. Hätte eine Weiße tot in diesen Ruinen gelegen, eine Berühmtheit, Madonna, Cecilia Bartoli, dann würde eure Maschinerie auf Hochtouren laufen. Aber so … Ach, vergiss es.« Ihre Stimme zitterte. Sie nippte an ihrem Glas.

Gentilini verzog den Mund. Was sollte er sagen, es gab nichts zu verteidigen, Sonja hatte verdammt noch mal Recht …

»Aber eigentlich … Ach, Gennaro.« Ihre Stimme klang jetzt aufgeraut, verwundet. »Es kommt oft anders, als man denkt, und sowieso nie so, wie man geplant hat. Vorgestern bin ich angekommen. Du kriegst einen Anruf, du musst hin, du nimmst mich mit zum Tatort, eine Schwarze wurde ermordet, keiner weiß, wer sie ist, ein neuer Mordfall, es geht rund, dann noch der doppelschwänzige Priapus, du hast zu tun, kommst spät nach Hause, bist erschöpft, ja?«

Er nickte erschöpft. Ja.

»Gut. *Va bene.* Ich bin zu Besuch, ich habe Zeit, du steckst in deinem Alltag. Kein Problem. Ich komme auch alleine klar, du musst mir nichts zeigen und auch nichts beweisen. Aber eins musst du wissen.« Ihre Stimme wurde wieder lauter. »Ich lasse mich nicht mit einem dummen Spruch abspeisen! Wenn du im Augenblick keine Lust hast zu erzählen, was los war, gut, aber sag es! Dann erzählst du es eben später. Ich habe Zeit. Ich bedränge dich nicht. Aber ich will es wissen! Ich will, verdammt noch mal, an deinem Leben teilhaben! Nicht nur an den sonnigen Seiten, sondern auch an all dem, was hässlich ist. Aber wenn du das nicht willst oder kannst, dann lassen wir es lieber gleich.« Ihre Stimme war zum Schluss fast explodiert. Sie löschte sie mit dem Rest Bier in ihrem Glas.

Gentilini starrte auf seinen halbvollen Teller mit Bratkartoffeln, die langsam kalt wurden. Ihm saß ein Kloß im Hals. So hatte er es doch gar nicht gemeint. Aber wie hatte er es dann gemeint? Natürlich, auch die Schattenseiten, in Schattenmomenten …

»Es war nur wegen dieser Frage, die du gestellt hast«, sagte er nach einer Weile. »Ich … Wie du das formuliert hast … Das ist für mich ein rotes Tuch …«

»Wie soll ich denn sonst fragen? Wie hätten Sie's gern,

der Herr? Viel Zucker, wenig Zucker, mit Milch, ohne Milch, schwarz?«

Er zuckte die Schultern. »Es ist nicht deine Schuld …«

Sonja sprang auf. »Wer redet denn von Schuld? Es geht hier nicht um Schuld! Wir sind zwei erwachsene Leute, Gennaro. Innerlich sind wir beide krumm und schief, und das ist gut so. Du kannst bestimmte Fragen nicht ertragen. Und ich hasse bestimmte Arten, keine Antwort zu bekommen. Und da gibt es bestimmt noch viel mehr. Was wir voneinander nicht wissen und nicht kennen.« Ihre Augen tropften Tränen. »Aber wenn wir jetzt schon so anfangen und nicht sagen, was los ist, und nicht sagen, weshalb wir so allergisch reagieren, ich meine …« Ihre Stimme wurde leiser, brüchiger. »Wie soll es dann überhaupt weitergehen?« Die Tränen tropften auf ihren Teller.

»Ich ändere das«, sagte er nach einer langen Pause mit fester Stimme. »Ich habe aufgehört zu rauchen, dann schaffe ich das auch. Ich will, dass es mit uns weitergeht.«

Sie nickte stumm.

»Ich habe ständig mit dem Tod zu tun, Sonja. Mit Mord und Totschlag. Mit Leuten, die erschossen, erstochen, hingerichtet, völlig ausgelöscht wurden. Bis zur Unkenntlichkeit zerstörte Körper und Gesichter, zerschmetterte Schädel, kugeldurchsiebte Oberkörper, abgeschnittene Gliedmaßen, zerquetschte Hände, verbrannte Leichen, du hast keine Vorstellung, wozu die Menschen fähig sind, herausgeschnittene Zungen, ausgestochene Augen, Bomben in der Aktentasche, die eigenen Kinder als Zeugen, Leichen am Straßenrand, von denen niemand weiß, woher sie kamen, wohin sie gehören … Und da soll einer nach Hause kommen und ein guter Vater und Ehemann sein und erzählen, wie es bei der Arbeit war … Und mit den Kindern ein Kartenspiel spielen … Und nachts den feurigen Liebhaber …«

Er sah an Sonja vorbei, aber es schien ihm gut zu tun, Worte zu finden für das, was er jahrelang in seinem vor der Außenwelt abgeschotteten inneren Kripobunker mit sich herumgetragen und nie mit einer Menschenseele geteilt hatte.

»Wann hätte ich meiner Frau davon erzählen sollen? In Gegenwart der Kinder? Natürlich nicht. Als Gutenachtgeschichte? Untauglich. Als Appetitanreger vor dem Vögeln … Absurd.«

»Vielleicht hätte sie es verstanden«, sagte Sonja leise. »Vielleicht hätte sie dich dann besser verstanden.«

Er schüttelte den Kopf. »Nein. Rosaria wollte nie wirklich wissen, was da passiert. Sie wollte Storys wie im Fernsehen, das fand sie aufregend. Klatsch- und Tratschgeschichten. Mehr nicht. Ein Happy End, Verhaftungen, Verurteilungen, das Böse unter Dach und Fach. Alles Skandalöse, ja, aber nicht das wirklich Hässliche. Das einen beunruhigt, so tief beunruhigt, dass man irgendwann nicht mehr schlafen kann. Das einem den Boden unter den Füßen wegreißt. Das wollte sie nicht.«

»Das will keiner.«

»Nein, aber es ist da«, sagte Gennaro. »Wenn du hier in dieser Stadt lebst, wenn du so einen Job wie ich hast, kommst du nicht drumherum.«

Auch er wohnt seither in ihren Augen, dieser Sohn. Wohin sie auch geht, er geht mit ihr, in ihren Träumen und wenn sie wacht, er ist immer da. Sein Blick begleitet sie auf ihrem Weg gen Norden. Er sieht wie sie die Menschen in den Bussen, in denen sie fährt, die Landschaft, die sich verändert, die Grenzkontrollen, die Augen der Männer, die ihren Körper abgrasen. Auf dem Meer ist er an ihrer Seite, sie teilen den Blick zum Horizont, kurze Momente von Glück, eine Brise Sorglosigkeit im Schatten des Bangens, das dem Boot vorauseilt. Sie ist nicht allein, alle sind sie bei ihr, Sohn, Familie, Dorfbewohner, Tiere, Sonne, Sand, Wind, alle sehen gemeinsam mit ihren Augen, was sie sieht.

23

Nach dem Streit hatte es sie hinausgetrieben ins Freie, weg vom Ort der schwelenden Zwistereien, der wortlos auseinanderdriftenden Zweisamkeit. In einer Bar an der Piazza Vittoria hatten sie sich mit Grappa getränkt, das hatte schon einmal Wunder gewirkt, man hoffte, sich später aneinander festhalten zu können. Jeder drei Grappa, dazu versöhnlich gemeinte, aber vorerst ins Leere gleitende Sätze, die Blicke eher aneinander vorbei. Randbemerkungen zur Inneneinrichtung – Bar, Tresen, Flaschenpyramide, zum Geschehen auf dem Bildschirm, Maurizio Costanzo Show. Dahinperlende Konversation im vordergründigen Niemandsland zwischen Schein und Sein. Und darunter, zwischen den hörbaren Verlautbarungen, Schweigen, nicht einmal beredt, spürbare Verunsicherung auf beiden Seiten.

Später, am Lungomare, waren sie über die Brüstung geklettert. Das Wasser schwappte spielerisch und harmlos gegen das Gestein, zuweilen war ein dunkleres Glucksen zu hören. Vor ihnen lag eine endlose dunkle Wasserfläche, im Vordergrund vereinzelt mit Lichtern versehen, dahinter, längst mit der Nacht verschmolzen, die unsichtbaren Schattenrisse der Inseln, gedachte Tiefe, Weite, und am Ende der Erdscheibe kippten all diese Wassermassen über den Rand, um sich in einem gigantischen Wasserfall ins Nichts zu stürzen …

Jeder von ihnen hatte auf einem eigenen Felsbrocken gehockt.

Die erste Auseinander-Setzung, dachte Sonja am anderen

Morgen wehmütig. Immerhin waren sie eng umschlungen aufgewacht. Gennaro war inzwischen aus dem Haus, sie lag noch im Bett und verspürte überhaupt keine Lust aufzustehen. War sie erst am Montag früh angekommen? Es kam ihr wie Wochen vor.

Diese Misstöne vom Abend zuvor waren nicht mehr Teil des großzügigen, spielerisch kontroversen Geplänkels unter Verliebten, die sich neckten, mit den Unterschieden jonglierten, zwei verschiedene Meinungen oder Wünsche leichtfüßig durch Kompromisse oder Küsse überbrückten. Dieser Streit war nicht Teil des Spiels. Er hinterließ in ihrem prallen, ungetrübten Glück einen feinen Riss. Ganz normal eigentlich. Irgendwann passierte das eben, irgendwann war die Wolke-sieben-Phase vorbei. So etwas war zu verkraften. Aber es blieb ein haarfeiner Schmerz.

Sie hatte vergessen, dass das so war. Immer wieder. Dass irgendwann dieser Moment der Trennung kam. Wenn die Verrücktheiten des ersten, wie trunkenen Liebestaumels endeten, wenn Sonne, Mond und Sterne aus Gedichten und Gesichtern wieder an ihren angestammten Platz zurückkehrten. Wenn Schatten denkbar, sichtbar, spürbar wurden.

Wie oft hatte sie das erlebt, in den verschiedensten Varianten und Spielarten. Den sofortigen Abbruch einer Beziehung schon beim ersten Anzeichen eines möglichen Fröstelns, ohne Wenn und Aber, weil plötzlich klar vor Augen stand, dass man nicht nur nichts gemeinsam hatte, sondern auch nicht haben wollte, was oft nicht beide Beteiligten gleichzeitig so empfanden. Sechs bis acht Wochen Höhenflug und dann von einem Tag zum anderen für beide das große Aus mit unterschiedlichen Intensitäten an Bedauern. Die Bruchlandung wie damals mit Nils. Das Platzen einer Luftblase wie mit Florian. Die plötzliche Erkenntnis, bei der nächtlichen Heimfahrt in der U-Bahn oder beim Blick in einen fremden Spiegel, dass da nichts mehr kommen würde. Dass man mit Chris eine kurze tolle Zeit gehabt hatte, aber das war's dann auch. Keine Entwicklung in Sicht, keine Nähe, keine Perspektive. Die berühmte rosarote Brille, die man eines Morgens partout nicht mehr finden konnte. Die unsäglichen Beziehungsgespräche, die einen Riss überbrücken sollten, der längst zum Abgrund geworden war.

Aber eins hatte Sonja gelernt: Es half nichts, diesen ersten Riss nicht zur Kenntnis zu nehmen. So zu tun, als sei alles eitel Sonnenschein, und die Verliebtheit, die große Inszenierung des Eins-plus-eins-macht-eins wie ein besonders kostbares Kostüm zur Schau zu tragen – es war sowieso nur geliehen und ein Schwindel obendrein.

Sie wickelte sich in das Laken und bekam Verlangen nach einer flauschigen norddeutschen Bettdecke. Sie war ratlos. Sie wusste nicht, wie sie und Gennaro es besser machen konnten. Aber immerhin hatte sie eine ziemlich klare Vorstellung davon, was sie *nicht* mehr wollte. Das war nicht gerade viel, aber immerhin etwas. Wir sind zwei Leute, dachte sie. Er und ich. Er mit Pasta aufgewachsen – ich mit Bratkartoffeln. Er geschieden, zwei Kinder in der Adoleszenz – ich alleinerziehend mit zwanzigjähriger Tochter. Er aus dem katholischen Süditalien – ich aus dem protestantischen Norddeutschland. Er Mann – ich Frau …

Kontrastreicher ging es kaum. Aber so war es eben. Sie fingen gerade erst an, sich kennenzulernen. Alles andere war ein wundervolles Vorspiel gewesen. Und wie alles Wundervolle war es irgendwann vorbei. Es musste so sein, das erste, unschuldige, traumtänzerische Glück musste irgendwann enden. Damit das andere, dauerhafte, auf Misstönen und Abgründen balancierende Glück wachsen konnte. Sagte die Vernunft, sagte die Erfahrung. Der Augenblick jedoch wollte davon nichts wissen. Der Augenblick spürte nur den Riss, so hauchdünn er auch sein mochte.

Sie sah sich neben Gennaro auf dem Felsbrocken sitzen und sah sich neben ihm liegen. Es war dunkel und hell zugleich, und sie sahen sich nicht an, aber sie erkannte dennoch die Flecken in seinen Augen. Würden sie irgendwann einmal von ihr forttreiben, sich von ihr entfernen, vor dem inneren oder dem äußeren Auge, wäre es vorbei. Aber sie trieben auf sie zu. Das spürte sie ganz deutlich.

Seit der Rückkehr vom Gardasee im August hatte Sonja sich auf Gennaro gefreut, wochenlang war sie jeden Morgen mit dem Gedanken an ihn aufgewacht, abends hatten sie stundenlang telefoniert, zum Schluss hatte sie die Stunden gezählt, die Minuten. Hatte es kaum erwarten können, bis sie endlich in Capodichino landete, wo die Luft – die abgasgeschwängerte, staubige, emissionsgetränkte – vor freudigem Verlangen vibrierte, und auf der Fahrt durch die an Verstopfung leidenden Straßen hatte sich jedes Gehupe und Gequäke wie der übermütige Schnörkel eines Liebesgeplänkels angehört. Sie hatte es kaum erwarten können, bis sie und Gennaro sich endlich in den Armen lagen, minimale Verschiebung des lebenden Bildes in die Horizontale inbegriffen. Dass ihre Ankunft in Neapel von einem Mordfall gestört werden könnte, hatte nicht im Bereich des Vorstellbaren gelegen.

Gennaro arbeitete in der Mordkommission, das war sein Job. Hatte sie etwa geglaubt, ihr zuliebe würde in den zwei Monaten, die sie in Neapel zu bleiben beabsichtigte, kein Mord geschehen? Das Leben in dieser Stadt, jedenfalls der unangenehme, grausame Teil davon, würde extra für sie auf Eis gelegt werden? Sie hatte nicht darüber nachgedacht. Keine Sekunde lang. Weshalb hätte sie sich das Leben mit negativen Erwartungen vermiesen sollen? Immer das Unangenehmste zuerst denken, so wie ihre Mutter? Kam nicht in Frage.

Bratkartoffeln hätten nicht sein müssen, dachte Sonja versuchsweise. Sie hätte ebenso gut irgendein Nudelgericht kochen können, zu Hause in Hamburg aß sie ständig Pasta mit irgendwas und Kartoffeln nur äußerst selten. Aber als sie auf dem Rückweg von dem seltsamen Mittagessen bei Frau Canetti an dem kleinen Markt vorbeigekommen war, hatte sie nicht etwa Zucchiniblüten gekauft, die sie so gern mochte und in Hamburg nie bekam, auch nicht die grünen, leicht bitter schmeckenden Peperoni, keine frischen Auberginen, die bergeweise auf den Verkaufstischen lagen – nein, ausgerechnet Kartoffeln. Sie hatte Gennaro verwöhnen wollen – *Liebe geht durch den Magen* – und treffsicher das Falsche gekocht. Auf der Suche nach Kerzen hatte sie in seinen Schränken gewühlt, sich in seinem Wohnzimmer ausgebreitet, den Tisch so gedeckt, wie sie es für richtig hielt. Und die Fragen gestellt, die sie stellen wollte.

Nein, dachte sie entschieden. Darunter geht es nicht. Entweder wir lernen, auf den Rissen zu tanzen, oder wir stürzen ab. Zu ihrer eigenen Überraschung beflügelte sie der Gedanke.

Sie schwang sich aus dem Bett, ging ins Wohnzimmer, suchte im CD-Regal nach Musik, die zu dieser Stimmung passte. Unglaublich, wie ordentlich Gennaro war: Die CDs waren alphabetisch sortiert. Entsprechend problemlos fand sie unter B eine Aufnahme mit Cecilia Bartoli. Na denn. Gestern hatte sie sowieso nicht zugehört. Im Hintergrund leise tröpfelnde, plätschernde, einlullende Musik rangierte für sie immer auf dem Niveau von Supermarktgedudel, also ganz unten. Entweder man redete, oder man hörte zu, oder man tanzte. Als sie Cecilia Bartoli singen hörte, bedauerte sie aufrichtig, nicht bei dem Konzert gewesen zu sein.

Zum Mittagessen war sie bei Vittorios Familie eingeladen. Vittorio war Luzies Onkel, Antonios Bruder und Sonjas Beinahe-Schwager. Nach der Lektüre der aus dem Internet gefischten Artikel hatte sie ihn angerufen. Er war der einzige Mensch, den sie in Neapel kannte, der für einen Ausflug zum Litorale Domizio und nach Castelvolturno in Frage kam. Seit ihrer ersten Begegnung im Juni lag er Sonja und Luzie im übertragenen Sinne zu Füßen. Sie waren Verwandte, mit denen nie im Leben jemand gerechnet hatte. Sie waren Boten aus der Welt des seit zwanzig Jahren toten Bruders, und er und die ganze Familie hatten Sonja mit offenen Armen empfangen. Und mit derselben Großherzigkeit hatte er sich für diese Fahrt als Chauffeur zur Verfügung gestellt. Einzige Bedingung: Sonja musste bei ihm zum Mittagessen erscheinen. Ohne *pranzo* bei seiner Familie ging nichts. Aber bis dahin war ja noch Zeit. Sie machte sich einen Espresso, reduzierte ihr Frühstück ein zweites Mal auf ein Scheibchen Sfilatino mit Nutella.

Gegen halb zehn rief Frau Canetti an. Sonja kam gerade aus der Dusche und fühlte sich königlich erfrischt.

»Bitte entschuldigen Sie, wenn ich Sie so früh störe«, sagte die Stimme im Hörer, die sich irgendwie gezwungen fröhlich anhörte, nicht echt. »Ich wollte nur hören, wie es Ihnen geht.«

»Danke, bestens. Sie hatten Recht. Heute ist das Wasser wieder da. Und wie geht es Ihnen?«

Schweigen. Leises Atmen.

»Clara, sind Sie noch da?«

»Ja. Ich bin noch da. Noch bin ich da.«

Sonja hörte ein Schluchzen, einen tiefen Seufzer, gedämpftes Naseputzen.

»Entschuldigen Sie bitte.«

»Sie müssen sich nicht immerzu entschuldigen«, sagte Sonja sanft.

»Tue ich das?«

»Ja.«

»Wie schrecklich. Bitte entschuldig … Oh, nein.« Frau Canetti lachte kurz auf. »Jetzt haben Sie mich doch tatsächlich zum Lachen gebracht.«

»Nein, das waren Sie selbst.«

»Ja? Ja, das war ich wohl selbst.«

Wieder schwiegen beide. Sonja hörte Frau Canetti atmen. Sie fragte, ob irgendetwas nicht in Ordnung sei – und fand die Frage im selben Moment dumm und banal. Wie aus einem Drehbuch für mittelmäßige TV-Unterhaltung. Es war nicht klar und würde sich genau wie die Frage nach der Henne und dem Ei wohl auch nicht mehr klären lassen, ob diese Art von Sätzen (*Bist du okay?*) aus lebensechten Dialogen im Alltag der Leute kopiert wurde oder umgekehrt. *Noch bin ich da …* Sie hätte Frau Canetti fragen sollen, wann sie die Absicht hatte, ein neues Leben ohne ihren Mann zu beginnen.

»Alles ist in Ordnung, in bester Ordnung, meine Liebe, alles geordnet, sortiert, jedes Gefühl in die passende Schublade … Was rede ich da, bitte ent … Ach was.« Die Stimme verließ die Frequenz des flügelverletzten Vögelchens, wurde ein wenig lauter, fester. »Nichts ist in Ordnung. Ich bin seit vierzig Jahren verheiratet. Seit fünfzehn Jahren hat er mich nicht mehr … haben wir keinen … Sex mehr.«

Sie stieß das Wort hervor, das sicherlich nicht zu ihrem täglichen Wortschatz gehörte, die Sache aber ohne Umwege benannte – und einer Tränenflut den Weg bahnte. Zwischen zwei Schluchzern entschuldigte sich Frau Canetti erneut, und Sonja versuchte beruhigende Worte durch die Leitung zu schicken. Weil ihr nichts Besseres einfiel, schlug sie schließlich vor, sie könnten sich im Park der Villa Comunale treffen, etwas zusammen trinken, ein wenig spazieren gehen. Bis zwölf Uhr hatte sie Zeit. Wenn man sich bewegte, kam alles andere auch in Bewegung. Und das schien Clara Canetti zu brauchen.

24

Gentilini überquerte den Bahnhofsvorplatz. Es war früher Nachmittag, der Verkehr erträglich. Es konnte nicht schaden, sich ein wenig zu bewegen. Wenn man sich bewegte, kamen auch die Gedanken in Trab. Was hinter dem Schreibtisch nicht so leicht passierte. Besonders wenn man in einem Fall feststeckte. Oder besser gesagt: zwischen mehreren Fällen …

Es stellte sich als schwierig heraus, mehr Informationen über Buttà zu erhalten. In Pompeji war Buttà offenbar aufgrund einer persönlichen Vermittlung gelandet. In der Personalakte befanden sich jedoch keinerlei Zeugnisse oder sonstige Empfehlungsschreiben. Die Empfehlung war entweder verschwunden oder aber, was wahrscheinlicher war, nur mündlich erfolgt – eine Sonderzuteilung aus dem ebenso unermesslichen wie unergründbaren Reich der Gefälligkeiten, die nicht mit Geld zu bezahlen waren. Das eigentliche Fundament dieser Stadt, das Schmieröl, das hier alles am Laufen hielt. Jemand hatte Buttà nach Pompeji empfohlen und ihm damit einen Gefallen getan. Und die Gegenleistung? Zu welchem möglicherweise kriminellen Umfeld hatte Buttà Kontakt?

Gentilinis Leute hatten sich unter den Kollegen umgehört. Zum festen Mitarbeiterstamm im Wachdienst gehörte Paolo Buttà seit einem Jahr. Erst vor drei Monaten war er in den Nachtturnus gewechselt. Sein Leumund war gut. Er galt als zuverlässig, wachsam und loyal. Er habe seine Ohren und Augen überall gehabt. Selbst nachts. Wie eine Raubkatze. Träge, aber stets hellwach, durchtrainiert und gefährlich.

Keiner aber wusste, wo Buttà vorher gearbeitet hatte. Für welche Leute, bei welchen Firmen. Der Wachmann war kein großer Redner, hatte nie viel erzählt. Schon gar nicht über sich selbst. Nur einmal, in einer offenbar schwachen Minute, hatte er seinen Kollegen Salvapreti in irgendeine Frauengeschichte eingeweiht. Aber ob das überhaupt stimmte, und wenn ja, ob das noch immer aktuell war, wusste niemand. Geschweige denn, welche Frau gemeint war. Niemand hatte Buttà zusammen mit einer Schwarzen gesehen. Gentilini hatte Leute losgeschickt, die sich im Viertel rund um die Porta San Gennaro umhören sollten. Vielleicht kam ja von dort ein Tipp. Schwache Hoffnung, aber was hatte man sonst? Die Tageszeitungen hatten eine Kurzmeldung gebracht. Tatzeugen wurden gesucht. Wer hatte Buttà am Montagnachmittag gesehen? Es gab nur den Hinweis auf den Job im Fußballstadion. Gentilini hatte Cava zum SSC Napoli geschickt, was die Augen seines Kollegen zum Glänzen brachte. Die andere Minispur führte in das Fitnessstudio.

Cava war felsenfest davon überzeugt, dass der Wachmann die Afrikanerin auf dem Gewissen hatte. Für ihn lag das auf der Hand, allein der Besitz der Tatwaffe sprach seiner Meinung nach dafür. Es war ein ergebnisloser Vormittag mit diversen Telefonaten, unter anderem mit dem Polizeipräsidenten, der den Fortgang der Ermittlungen anmahnte – Fortgang, dachte Gentilini, genau. Und zur Entschleunigung waren ständig neue Delikte eingetrudelt wie bei der Zeitung Agenturmeldungen. In Ercolano hatte der Kampf um einen Parkplatz am Straßenrand zu einer tödlichen Auseinandersetzung geführt. Das hatte Stefano übernommen. In Forcella waren in einer Wohnung drei Leichen gefunden worden, ein Vater und seine zwei Kinder, allem Anschein nach ein Familiendrama. Massone kümmerte sich darum. Es gab ein ausgebranntes Autowrack mit zwei verkohlten Leichen auf einem Feldweg bei Chiaiano.

Der kriminellen Energie in dieser Stadt war einfach nicht beizukommen. An allen Ecken und Enden brodelte es, entwichen giftige Gase, kam es zu Stichflammen, Flächenbränden. Ein gesellschaftliches Abbild der Phlegräischen Felder, nur oberhalb der Erde. Rund um die Uhr wurde gemordet, geraubt, geschändet, betrogen, geklaut, bestochen, erpresst, bedroht, gedealt. Und passierte einmal ein paar Tage lang nichts, konnte man sicher sein, dass es danach umso heftiger weiterging. Da konnten die Politiker mit Programmen und Gesetzen kommen, die Wirtschaft mit Prognosen, die Soziologen mit Analysen – das änderte nichts. Sie hatten einfach zu wenig Leute. Und die Justiz arbeitete im Schneckentempo. Es war, als wollte man einen Feuer spuckenden Vulkan mit drei Flaschen *acqua naturale* und ein paar wohlfeilen Sprüchen zum Erlöschen bringen. Schlimmer noch: Dieser Vesuv spuckte ja nicht einmal regelmäßig Feuer, es brodelte tief in der Erde, die Glut suchte sich unterirdisch neue Spalten, Ritzen, Kanäle. Eines Tages würde ganz Neapel hochgehen. Was jetzt an Mord und Totschlag passierte, war erst der Anfang.

Und ich bin auf dem Weg in ein Fitnessstudio, dachte Gentilini und kickte eine Fantadose weg, die ihm im Weg lag. Er suchte Puzzleteile zusammen und hoffte, dass irgendwann eines zu einem anderen passte. Die gedrückte

Stimmung, die er am Vormittag hatte überspielen können, gewann jetzt wieder die Oberhand. Der Streit mit Sonja saß ihm in den Gliedern. Schmerzte von innen.

Auf den Gehwegen rechts und links vor dem Bahnhof hielten Afrikaner Sonnenbrillen, Handys, CDs, Gürtel, Portemonnaies feil. Die Ware war auf Klapptischen oder Decken ausgebreitet, die Männer hockten auf dem Boden, den Rücken an die Außenwände der Häuser gelehnt, hörten Musik, redeten miteinander, lachten, andere dösten. Natürlich versuchten sie Gentilini etwas zu verkaufen, aber allenfalls halbherzig. Niemand riss sich seinetwegen ein Bein aus, es war klar, dass er kein Kunde werden würde, aber das Spielchen, der Zuruf, *hey man* oder *vu cumpra*, gehörte nun einmal mit dazu.

An der Straßenecke beugten sich drei Halbstarke schützend über eine Vespa in ihrer Mitte. Ein Päckchen wechselte den Besitzer. Gentilini blieb stehen. Einer der Jungen bemerkte, dass etwas nicht stimmte – schnell wurde das Päckchen weggesteckt. Ein schiefes Grinsen.

»*Che c'è?*«, eine Spur zu forsch.

»Weiß ich nicht«, sagte Gentilini. »Ich weiß nicht, was los ist, aber ich bin sicher, dass ihr es wisst.« Er sah auf die Uhr. »Jetzt habe ich leider gerade keine Zeit, aber wenn ihr in einer halben Stunde noch hier seid …«

Den Rest ließ er offen. Es war egal. Die Jungens waren bis dahin garantiert weg.

Er ging verdrossen weiter. Im Schatten der Jalousie einer Bar standen zwei Männer seines Alters und ein junges Mädchen. Sie trug einen kurzen Rock und eins dieser bauchfreien Oberteile mit minimalem Stoffaufwand und maximalem Einblick. Der eine Mann legte dem Mädchen gerade seine behaarte Pranke auf die Schulter. Um ihren üppigen Busen zu sehen, musste man sich nicht groß anstrengen.

Der andere Mann gähnte und strich sich mit der Hand am Goldkettchen vorbei über die behaarte Brust.

Es ist ein Klischee, dachte Gentilini, aber es ist gleichzeitig Realität – gleich kratzt der Typ sich ungeniert am Sack. Schnell sah er weg, in die andere Richtung.

Es war auch eine Frage der Wahrnehmung. Was man sah, was man nicht sah. So funktionierte schließlich die ganze Stadt. Rund um die Uhr alles mitzubekommen, was passierte, den ganzen Wahnsinn, das hielt keiner aus. Man filterte heraus, was man gerade brauchte, danach wandte man sich wieder ab. Viele Leute beherrschten diese Technik virtuos.

Gentilinis Wahrnehmung war heute offenbar auf Attribute männlicher Sexualität geeicht. Ein Straßenköter versuchte einen anderen zu bespringen. Der Commissario war kein großer Hundefreund, an anderen Tagen hätte er die Szene nicht einmal am Rande wahrgenommen. Die Bushaltestelle: quer über dem nicht mehr existenten Fahrplan mit schwarzem Stift die Konturen eines mächtigen männlichen Gemächts.

Ich bin anders, dachte Gentilini wie auf der Suche nach einer Rettungsleine. Ich gehöre nicht zu diesem Mackeruniversum.

Ich könnte ja den halben Bahnhofsvorplatz verhaften lassen, dachte er versuchsweise. Ein Fischzug wie zu neutestamentarischen Zeiten: im Netz jede Menge Kleindealer, Vorbestrafte, Aktenkundige, Leute ohne Papiere, Leute mit Waffen, Leute, die der Camorra zuarbeiteten, andere Leute, die nur an der Steuer vorbeiarbeiteten, Prostituierte, Zuhälter – kleine Fische. Und dann? Dann wäre der Bahnhofsvorplatz leer, überall stünden riesige Gefängnisse, und die Kinder, deren kriminelle Eltern abgefischt worden waren, könnten endlich in Ruhe kicken – nur müssten sie irgendwann wieder klauen gehen, um zu überleben. Was wäre also gewonnen? Gar nichts. Idiotische Idee.

Er ging den Corso Novara hinunter. Asien war eindeutig im Kommen. Vor zehn Jahren hatte es in der ganzen Stadt ein einziges chinesisches Restaurant gegeben. Mittlerweile hatten sich speziell in der Bahnhofsgegend Asien-Imbisse und asiatische Läden fast schon virusartig vermehrt, an jeder Straßenecke wurden chinesische Suppen, Uhren, Stoffe, Schuhe, Täschchen und aller möglicher Krimskrams verkauft. Die Gegend war eher unattraktiv, die Mieten günstig, nichts von wegen italienischer Siesta, man hatte quasi rund um die Uhr geöffnet, das war asiatischer Geschäftssinn. Der Geschäftssinn der Neapolitaner sah eine lange Siesta vor und überhaupt ganz anders aus. In der Questura wurde aufmerksam beobachtet, dass der Einflussbereich der Triaden deutlich zunahm, es war eine Frage der Zeit, wann sie mit der Camorra aneinandergerieten. Gentilini nahm sich manchmal insgeheim vor, spätestens dann Neapel zu verlassen. Wahrscheinlich hatte er den Zeitpunkt schon verpasst.

Er blieb irritiert stehen. Mist, jetzt war er zu weit gegangen. Er musste den Eingang zu dem Fitnessstudio übersehen haben. Na ja, es zog ihn auch nicht wirklich dorthin. Auf der gegenüberliegenden Straßenseite wurden Audio-, Video- und sonstige elektronische Geräte verkauft. Gentilini sprang vor allem der Schriftzug SONY ins Auge.

Er beschloss, Sonja eine kurze SMS zu schicken. Einen digitalen Kuss. Furchtbar eigentlich, dachte er, wie weit ist es mit uns Menschen gekommen. Er sollte das Fitnessstudio in den Wind schießen, sich ins nächste Taxi werfen und mit fliegendem Herzen nach Hause fahren. Wahrscheinlich lag Sonja im Schatten auf seiner Dachterrasse und hielt Siesta. Wenn er Glück hatte, träumte sie von ihm …

Mit einem Fluch auf den Lippen betrat er die Nummer

vierundfünfzig, einen kastenförmigen Bau mit zwei Etagen. Unten eine Mofawerkstatt, im ersten Stock das Fitnessstudio, in dem Paolo Buttà beinahe täglich seine Muskulatur auf Trab gebracht hatte. Ein kleiner Flur mit einem Getränkeautomaten, ein Raum mit der Aufschrift *direzione* an der geöffneten Tür. Ein Mann in Trainingshose und weißem T-Shirt telefonierte gerade, die Füße auf dem Tisch, den Rücken halb zum Eingang gewandt. Gentilini lugte durch die Glastür, die zum Kraftraum führte, dann öffnete er sie. Um diese Tageszeit und bei diesen Temperaturen war nicht viel los. Die meisten Gerätschaften standen verwaist im Raum. Vorn rechts stemmte ein untersetzter Mann Gewichte. Ein zweiter arbeitete an seiner Bauchmuskulatur. Die Luft war trotz Ventilator schwer und schwül. Durchtränkt mit männlichen Hormonen, dachte Gentilini.

»*Ti posso aiutare?* Kann man was für dich tun?«

Der Typ aus dem Büro stand in der Tür. Ein Riese von einem Mann, dachte Gentilini, der selbst nicht gerade klein war, für einen Neapolitaner sogar ziemlich groß. Der Mann aber war noch einen Kopf größer als er selbst. Knapp zwei Meter. Alles an ihm wirkte riesig. Alles? Schon wieder so ein Machogedanke …

Die Frage war keine Drohung, aber auch kein freundlicher Willkommensgruß. Ein Abtasten. Mit einem Blick hatte der Büroriese erfasst, dass Gennaro Gentilini ein Büromensch war und zwar ein echter. Dass seine Muskeln vergleichsweise zu wünschen übrig ließen, auch wenn er seit Monaten joggen ging. Dass er ein Aufbautraining gut gebrauchen konnte. Vor allem oberhalb der Gürtellinie.

Es wäre ein unnötiger Umweg gewesen, so zu tun, als wolle er sich für ein Fitnessabo einschreiben. Gentilini sagte ohne Umschweife, weshalb er gekommen war.

»Tot?«, sagte der Riese. »Scheiße, Mann.«

Sie gingen ins Büro der *direzione*. Es gab einen Klappstuhl, auf dem der Commissario Platz nahm. Der Riese ließ diesmal seine Füße auf der Erde und tippte etwas in den Computer. An der Wand hinter dem Computer hing ein Pin-up-Kalender. Das Girl des Monats September war eine dunkelhäutige Nackte mit Turban statt Helm auf einem blitzenden Motorrad. Süß. Klar, hatte der aufbautrainingsbedürftige Softie im Reich der Muskelmänner etwa einen Kunstkalender mit Madonnenbildnissen erwartet?

»Buttà war seit fünf Jahren Stammkunde«, sagte der Riese und ließ seine Fingergelenke knacken. »Er kam immer. Montag bis Freitag. Da konnte man sich drauf verlassen.«

»War er an diesem Montag hier?«

»Nein. Hab mich schon gewundert. Gestern auch nicht.« Er fixierte Gentilini. Aus seinem Gesicht war nicht abzulesen, was er dachte. »Kann ich dir sonst irgendwie helfen?«

Die Frage klang nicht nach einem aufrichtigen Angebot, aber der Commissario ignorierte das. Dass der Riese ihn duzte, störte ihn nicht, im Gegenteil. Das *Du* war in diesem Fall wie eine wenigstens angelehnte Tür.

»Er war im Wachdienst in Pompeji«, sagte Gentilini. »Uns interessiert, für wen er vorher gearbeitet hat. Für welche Firmen.«

»Keine Ahnung, *mi dispiace*. Hier wird trainiert, nicht geredet. Wir verlangen kein polizeiliches Führungszeugnis.«

»Vielleicht trainiert ja der eine oder andere ehemalige Kollege von ihm ebenfalls hier. Buttà hat dieses Studio offenbar einer Reihe von Leuten weiterempfohlen.« Das war das Maximum an Lob, das Gentilini sich abringen konnte.

»Ich weiß nichts über ihn.« Der Riese sog an seiner Zigarette. »Und wenn ich es wüsste, würde ich es nicht sagen. Eine Frage der Diskretion.«

»Klar. Würde ich auch so machen. War ja nur eine Frage. Ist er übrigens immer allein aufgetaucht?«

Achselzucken.

»War er vielleicht irgendwann in Begleitung einer Frau hier?«

Der Riese verschränkte die Arme vor der Brust. »Wir haben keine Hinterzimmer, wenn du das meinst. Wir sind kein Puff, sondern ein Fitnessstudio. Bei uns können auch Frauen trainieren. Tun aber nur wenige. Nicht der Typ Frau, mit dem man gern …«

Gentilini lächelte. »Nur eine Frage noch: Wann hast du eigentlich zuletzt deine Konzession erneuert?«

Sein Gegenüber beugte abrupt den Oberkörper vor, geballte Muskelkraft voraus, aber der Commissario wich keinen Millimeter zurück. Just da klingelte sein Handy. Er stand auf und ging zum Telefonieren hinaus auf den Gang.

Es war Cava. Er hatte beim Stadion einen Wachmann aufgetrieben, der sich an Buttà erinnerte. Todesco, so hieß der Mann, habe einen Sohn im selben Alter wie der Sohn von Buttà, erzählte Cava umständlich, und manchmal hatten sie nach den Ligaspielen auf dem Platz vor dem Stadion gekickt, zwei Väter, zwei Söhne, ein Ball, ein Ziel. Laut Todesco war Buttà vom Stadiondienst zu einer exklusiveren Wachfirma gewechselt, die hauptsächlich Villen in den reicheren Vororten sicherte. Buttà habe ihn dazu überreden wollen, ebenfalls dort anzufangen, hatte Todesco gesagt. Das sei eine echte Chance.

»Mangano«, knurrte eine Stimme hinter Gentilini. »Er hat für einen Typen namens Mangano gearbeitet.«

Der Commissario drehte sich um.

Der Riese war wieder in seinem Büro verschwunden und hatte die Tür hinter sich zugeschlagen. Augenscheinlich war ihm in diesem Fall kein Ärger mit der Polizei wichtiger als kein Ärger mit seinen Kunden. Zumal Buttà definitiv die längste Zeit sein Kunde gewesen war.

»Ja, ich bin noch da«, sagte er zu Cava. »Frag ihn weiter aus, vielleicht fällt ihm der Name ein. Mir ist gerade einer zugefallen. Besser gesagt: Jemand hat ihn ausgeschwitzt. – Was? – Nein, ich bin in diesem Fitnessstudio. Mangano. – Nein, so heißt nicht der Laden, das ist der Name eines Mannes oder einer Firma, bei der Buttà als Wachmann gearbeitet hat. Frag mal nach, vielleicht erinnert sich dieser Todesco daran.«

Er klickte Cava weg und wählte die Nummer seines Kollegen Massone, der für sein enzyklopädisches Wissen bekannt war.

»Ciao, *professò*. Sagt dir der Name Mangano was? Er muss eine Wachfirma haben oder so was Ähnliches. Ich weiß nicht, in welchem Zusammenhang, nein. Nichts Konkretes, ganz allgemein. *Grazie, ciao*.«

Bevor er das Fitnessstudio verließ, suchte er die Toilette auf. Verglichen mit den Schmierereien an den Wänden hier war der doppelphallische Priapus aus dem Lupanar ein Waisenknabe.

25

Vittorio hatte eigentlich keine Zeit, aber er hatte sich trotzdem den Nachmittag freigehalten. Er fand Sonjas Vorhaben absurd, aber er machte mit. Sie rechnete ihm das hoch an. Sehr hoch.

Beim Essen ging es so turbulent zu, wie man es sich in einer neapolitanischen Familie vorstellte – alle redeten durcheinander, vor allem die Zwillinge Pino und Lucio. Vittorios Frau Emilia wollte alles über Gentilini wissen und alles über Luzie und alles über die letzten Monate in Hamburg. Für jede Antwort bekam Sonja maximal fünf Sekunden Zeit, mehr war beim besten Willen nicht drin. Am Anfang fühlte sie sich gestresst, gehetzt, aber schon beim Secondo – einem köstlichen *spezzatino* – sah sie ein, dass es auf die Antwort überhaupt nicht ankam. Nicht auf den Inhalt und schon gar nicht auf irgendeinen Anspruch an Vollständigkeit. Hauptsache war, man saß zusammen und lehnte sich in dieser Mischung aus Durcheinanderreden, Fuchteln, Essen, Trinken, Lachen und turbulentem Themenwechsel entspannt zurück.

Was für eine andere Stimmung als im Hause Canetti, dachte Sonja, als sie neben Vittorio im Auto saß, einem an diversen Stellen rostenden und eingedellten Passatkombi. Vielleicht war es bei den Canettis früher ähnlich lebhaft zugegangen, als Marco noch ein Kind gewesen war.

Als sie sich vor dem Aquarium trafen, hatte Frau Canetti ganz ruhig gewirkt, fast zu ruhig. Vielleicht hatte sie ein Beruhigungsmittel genommen. Sie hatte die sexuelle Beziehung zu ihrem Mann mit keinem Wort mehr erwähnt. Stattdessen ausführlich von Marco erzählt, ja geschwärmt, was er alles tat und machte, natürlich immer bravourös. Marco war ihr ganzes Leben, aber als er erwachsen wurde und aus dem Haus ging – wenngleich nur ein Stockwerk tiefer, wo er sich allerdings selten aufzuhalten schien –, hatte Marco dieses Leben mitgenommen, und nun war es fort, weil er fort war. So hatte seine Mutter es zwar nicht formuliert, aber es lief darauf hinaus.

Sonja hatte geduldig zugehört und ab und zu einen Satz aus Luzies Jugend beigesteuert. Auch Luzie war fort, auch Sonja musste neu beginnen, ohne ihre Tochter, doch sie hatte nicht das Gefühl, mit leeren Händen dazustehen, ohne ein eigenes Leben. Im Gegenteil. Vielleicht weil es keinen Verlust gab, nur eine Veränderung.

Aber Sonja war vierzig und Frau Canetti Mitte sechzig. »Sie sind noch jung, ich bin alt«, hatte Clara Canetti resigniert gesagt.

»Sie sind nicht alt«, hatte Sonja widersprochen, aber sie wusste, dass solche Bemerkungen meist ihren Zweck verfehlten: *Man ist so jung, wie man sich fühlt* ... Das waren trotz des unstrittigen Quäntchens Wahrheit wohlfeile Sprüche derer, die auf der sonnigen Seite des Lebens residierten.

Im Parkstreifen der Villa Comunale waren mehrere schwarze Kindermädchen mit Kleinkindern unterwegs. Die Kinder liefen kreischend umher, einige hatten kleine Fahrräder, andere spielten Ball. Sonja hatte zwei der Kindermädchen das Foto der Afrikanerin gezeigt und Kopfschütteln geerntet. Natürlich, es wäre reiner Zufall gewesen. Hätte die Afrikanerin in dieser eher noblen Gegend als Kinder- oder als Hausmädchen gearbeitet, hätte sie doch längst jemand vermissen müssen.

Sie waren bis zum Hafen von Mergellina spaziert und am Uferweg wieder zurück. Frau Canetti hatte sich erkundigt, ob Gennaro – »Ihr Kommissar« – inzwischen mehr über den Mord in Pompeji und die Identität der Frau herausgefunden hatte. Sonja hatte es kurz verneint und stattdessen von ihrem Streit erzählt.

»Mein Mann hat auch nie etwas von seiner Arbeit erzählt.«

»Fragen Sie ihn danach?«

»Schon lange nicht mehr.«

»Worüber reden Sie?«

Dass Frau Canetti keine Antwort gab, war bereits Antwort genug.

»Manchmal denke ich, dass nicht alle Menschen dafür gemacht sind, ein Leben lang, gleichgültig, unter welchen Umständen, zusammenzuleben«, hatte Sonja gesagt. »Manche ja, andere nicht. Man muss herausfinden, welcher Typ man ist.«

»Und was für ein Typ sind Sie?«

»Keine Ahnung. Ich habe es nie ernsthaft und auf Dauer ausprobiert. Damit fange ich gerade erst an.«

»Dann wünsche ich Ihnen alles Glück der Welt«, hatte Frau Canetti gesagt. Es hatte aufrichtig geklungen – und auch traurig.

Vittorio lenkte das Auto aus Neapel heraus in Richtung Nordwesten, doch die Stadt schien einfach kein Ende zu nehmen. Staubige, schlechte Straßen, schmucklose südländische Häuserwürfel, Plastikschnurvorhänge, in der Sonne dösende Hunde, am Straßenrand immer wieder Müllrabatten.

Sonja hatte Vittorio in groben Zügen erzählt, worum es ging. Worum es ihr ging. Seit sie die tote Afrikanerin gesehen hatte, im grellen Sonnenlicht, mitten im Schutt der Ruinen, ging sie ihr nicht aus dem Kopf. Das musste man erst mal kapieren, von allen Seiten begreifen: Da ist eine Frau, die lebt und atmet – und ein bösartiges, kleines, eiskaltes, metallenes Objekt macht sie zunichte. Was für ein Unterschied, ob man in der Zeitung von einem Mordfall las, von Leichen, Massengräbern, Autobomben, ob man Fotos oder Fernsehbilder von gewaltsam zu Tode gekommenen Menschen sah, oder ob man direkt davor stand, keine drei Meter entfernt, von Angesicht zu Angesicht. Dazu der Gedanke: Du bist tot, ich lebe noch. Vielleicht lag es an diesem *Du*, das sich eingeschlichen hatte: Du, Unbekannte, Frau, Nicht-Schwester, Fremde. Du, Fremde.

Aber diese Frau hatte wie alle Menschen einen Namen,

eine Herkunft, eine Geschichte. Es musste jemanden geben, der erzählen konnte, woher die Tote stammte, aus welchem Land in Afrika, auf welchen Wegen sie nach Neapel gekommen war. Was ihr hier widerfahren war – und wenn es nur ein einziger Mensch war, der sie gekannt hatte und wiedererkannte.

»Sehen und sehen sind zwei verschiedene Vorgänge«, sagte Vittorio diplomatisch, der ihre Suche aussichtslos fand, was er als hingebungsvoller Beinahe-Schwager jedoch für sich behielt. Er stellte sich zur Verfügung, als Chauffeur, als Begleiter, ein wenig auch als Beschützer. Das war er seinem toten Bruder schuldig.

»Sicherlich hat jemand diese Frau gesehen. So wie wir durch Leute hindurchsehen, die uns auf der Straße entgegenkommen. Wir sehen sie – und wir sehen sie nicht. Deshalb heißt es noch lange nicht, dass wir uns an sie erinnern, wenn wir sie gesehen haben. Und wir fragen uns auch nicht, woher sie kommen, wohin sie gehen. Afrika heißt nicht ohne Grund der Dunkle Kontinent. Wir sehen ihn nicht, wir begreifen ihn nicht. Im Grunde interessiert er uns Europäer nicht. Außerdem sehen für unsereinen die Schwarzen doch irgendwie alle gleich aus …«

Sonja war empört. Sie protestierte vehement und warf Vittorio europäische Überheblichkeit vor.

»Ich wollte damit nur sagen, dass wir Weiße eben nicht genau hinsehen«, sagte Vittorio, der sich von Sonjas Vorwürfen nicht beirren ließ. »Das geht vermutlich umgekehrt den Afrikanern mit uns ganz ähnlich.«

Schweigend fuhren sie weiter. Nicht verärgert, aber doch mit einem schmalen Graben zwischen sich. Die verödeten Großstadtausläufer wurden von ausgedörrten, längst abgeernteten Feldern abgelöst, in der Ferne die dunklen Silhouetten der Büffelherden.

In dieser Gegend werde die berühmte *mozzarella di bufala* hergestellt, sagte Vittorio irgendwann.

In dieser Gegend gebe es Sex für zehn Euro, erwiderte Sonja.

Das war natürlich ein Satz, mit dem man jeden Neuansatz zu einem Gespräch ruckzuck totschlagen konnte. Aber sollte sie deshalb auf die Feststellung verzichten?

Sonja kam aus einer norddeutschen Großstadt, in der Prostitution zur Touristenattraktion geworden war. Sie kam von einer Wohnzeitschrift, da war das Schlimmste, was passieren konnte, Pilzbefall in einer frisch renovierten Wohnung oder ein Materialfehler im Wasserbett. Sie hatte nur ein bisschen googeln wollen. Sie war nicht naiv, aber die wenigen Artikel, die sie im Internet gefunden und gelesen hatte, hatten sie schockiert. Im Mittelpunkt der meisten Berichte standen Frauen aus dem Süden Nigerias, aus Benin-City, die nördlich von Neapel in der Gegend um Castel Volturno lebten, entlang des Litorale Domizio. Ein paar der Frauen hielten sich mit Putzjobs in Neapel über Wasser, verkauften Essbares an der Straße, boten im Sommer am Strand ihre Dienste als Friseurin an. Sie hatten mehrere Kinder und in der Regel keine Männer, denn die hatten sich längst aus dem Staub gemacht, sofern sie nicht an Aids gestorben waren. Die Mehrzahl der Frauen jedenfalls war gezwungen, auf den Strich zu gehen.

Sonja wiederholte in Vittorios Auto die Zahlen, die sie Gennaro am Abend zuvor um die Ohren gehauen hatte. Wie viele Männer diese Frauen über sich ergehen lassen mussten, um zu überleben. Um eventuell, irgendwann, nach ein paar endlosen Jahren, frei zu sein.

»So frei, zum selben niedrigen und erniedrigenden Hungerlohn weiterzumachen wie zuvor, wie denn sonst, solange dieses Land, das ganze reiche Europa, nichts ändert in seiner panikartigen, menschenverachtenden Abgrenzungspolitik.«

Sie redete sich in Rage. Es war ein Thema, bei dem man sich wunderbar in Rage reden konnte.

Vittorio schluckte. Was sollte er dazu sagen. Die Ungerechtigkeit schrie zum Himmel. Das alles war widerlich, gemein, ungerecht, menschenunwürdig, verachtend. Alle negativen Adjektive in allen Sprachen der Welt würden die Situation nicht angemessen umschreiben. Aber Sprache war nie sein Spezialgebiet gewesen, dafür war sein Bruder Antonio zuständig gewesen. Vittorio hatte sich von klein auf in die Welt der Zahlen geflüchtet, Mathematik, Informatik und Konsorten, er war einer der Ersten gewesen, die in Neapel einen Apple-Computer ihr eigen nannten, und er hatte den allerersten Apple-Computerladen in ganz Kampanien eröffnet. Aber hier bot selbst die Welt der Zahlen keine Zuflucht.

Er wusste noch viel weniger über die Afrikaner in Neapel als Sonja. Sie seien einfach da, sagte er lakonisch, seit zehn, fünfzehn Jahren, und es würden immer mehr. Das Straßenbild hatte sich verändert, weiter nichts. Man machte sich kaum noch Gedanken darüber. So war es eben. Zu den Armen Neapels waren die viel ärmeren Armen Afrikas und Osteuropas dazugekommen, von denen viele keine Aufenthaltserlaubnis hatten und auch niemals bekommen würden. Keine Chance. Was sollte man machen, *c'aggia fa'*.

Überhaupt, in diese Ecke der Mittelmeerküste fuhr er mit seinen Kindern nie. Entweder reisten sie südlich in Richtung Cilento oder aber mindestens bis nach Formia, Gaeta, Sperlonga, auf halber Strecke nach Rom. Das Meer von Cuma bis weit hinter Castel Volturno war verschmutzt, die Strände, ehemals Traumstrände an einer Traumküste, ein Trauerspiel, bessere Müllkippen für Bettgestelle, ausrangierte Kühlschränke, Abfälle jeder Art, die Pinienwälder entlang der Küste waren streckenweise für den illegalen Bau von Ferien- und Wohnsiedlungen abgeholzt worden. Die ganze Gegend war Camorraland. Die Camorra kontrollierte hier alles: die Büffelmozzarellaindustrie, die Agrarwirtschaft, die Baufirmen, den Drogenhandel, die Prostitution, die Politik in den Dörfern und Gemeinden. Eine Hand wusch die andere. Das wusste man. Auch deshalb fuhr Vittorio mit seiner Familie nicht hierher.

»Da vorne, halt bitte mal an.«

Am Straßenrand saßen zwei schwarze Frauen in T-Shirts, farbenfrohen Wickelröcken und Strohhüten auf dem Kopf. Auf einem Tisch unter einem Sonnenschirm hatten sie Melonen, kalte Getränke aus Kühltaschen und Fleischpasteten ausgebreitet. Drei, vier Kinder wuselten am Straßenrand herum.

Sonja stieg aus und kaufte zwei Teigtaschen und zwei kleine Flaschen Mineralwasser. Sie versuchte, mit den Frauen ein Gespräch anzuknüpfen, und erzählte radebrechend, woher sie kam, wie alt sie war, dass sie eine Tochter hatte, nein, keinen Mann. Die beiden Frauen stammten aus Nigeria. Sonja zeigte ihnen das Foto der toten Afrikanerin. Beide schüttelten den Kopf.

Sie fuhren weiter. Sonja bat Vittorio mehrfach anzuhalten, stieg dann aus, redete eine Weile, mehr oder weniger erfolgreich, zeigte das Foto, erntete ein Kopfschütteln, ein Lächeln, mehr nicht, stieg wieder ein.

Abends, nachts standen hier die Prostituierten, die nigerianischen Mütter, die widerwillig darauf hoffen mussten, dass eins der vorbeifahrenden Autos anhielt und einen Mann ausspuckte, der ihnen half, das Tagessoll zu erfüllen. Sie wussten nie, wer kam. Und hatten sowieso keine Wahl. Aus einem Bericht wusste Sonja, dass in den letzten zwei

Jahren über hundert afrikanische Frauen in Italien ermordet worden waren, viele von ihnen Opfer krimineller Banden, viele Opfer gewalttätiger Klienten.

Sie überquerten den Fluss, den Volturno, zu dieser Jahreszeit ein Rinnsal in einem Bett aus Plastiktüten und sonstigem Zivilisationsmüll. Vittorio unterbrach das Schweigen und sagte, dass die römische Kolonie Volturnum einst als Hafen für das landeinwärts gelegene Capua gedient habe. Der Ort Castel Volturno erstrecke sich als Straßendorf über viele Kilometer entlang der Domitiana.

Sie kamen ins Ortszentrum. An Sehenswürdigkeiten gab es die Ruinen einer von den Sarazenen zerstörten mittelalterlichen Burg, einen Segelhafen, ein paar schick aufpolierte Hotels, eine einladende Strandfassade.

An mehreren Häuserwänden sahen sie Graffiti und Schmierereien gegen unerwünschte Ausländer, dicht daneben andere gegen Rassismus.

»Außen hui, innen pfui«, war Vittorios Kommentar, »ganz nach Forza-Italia-Manier. Wo müssen wir hin? Weißt du die Adresse?«

Sonjas Ziel war die Mission der Padri Comboniani, die vor einigen Jahren vom Erzbischof von Capua beauftragt worden waren, die afrikanischen Flüchtlinge als Sozialarbeiter und als Seelsorger zu betreuen. Sie kümmerten sich seither vor allem um Frauen und Kinder. Vielleicht konnten sie ihr bei ihrer Suche weiterhelfen. Vielleicht hatte irgendwer die Frau aus Pompeji sogar gekannt. Denkbar war es.

Vittorio hielt vor einem unauffälligen zweistöckigen italienischen Einzelhaus. Via Matilde Serao. Ein Hinweisschild auf die Pfarrei S. Maria dell'Aiuto. Grüne Fensterläden. Hellblauer Metallzaun. Auf dem Hof vor dem Haus stand ein weißes Auto, im Vorgarten waren jede Menge Bettlaken zum Trocknen aufgehängt.

Als Sonja und Vittorio klingelten, war nur ein einziger Padre im Zentrum. Er begrüßte sie freundlich, bat sie herein, bot ihnen ein Glas Wasser an.

Sonja schilderte, weshalb sie gekommen waren. Mehrere afrikanische Kinder liefen barfuß durchs Haus. Nur ein paar der Knirpse trauten sich näher heran.

Padre Andrea, der auch äußerlich eher wie ein Sozialarbeiter aussah als wie ein katholischer Geistlicher – kurze Hosen, T-Shirt, Sandalen –, hatte von dem Verbrechen in Pompeji gelesen.

»Kein gutes Omen«, kommentierte er nüchtern. Eine Nigerianerin, die er betreute, werde bereits seit zwei Wochen vermisst. Sie schien wie vom Erdboden verschluckt. Er sah sich das Foto der toten Frau aufmerksam an. Dann schüttelte er den Kopf.

»Diese Frau habe ich nie gesehen. Hier bei uns war sie nicht. Tut mir leid. Es gibt in Neapel und im Hinterland viel zu viele Frauen wie diese, deren Spuren sich im Sand verlieren, im Staub der Straße, an der sie tags oder nachts stehen, weil sie eben keinen anderen Ort haben, an dem sie sich ihr Überleben sichern können.«

Vittorio fragte nach den fremdenfeindlichen Sprüchen, die ihnen aufgefallen waren.

Der Padre nickte. »Hier in Castel Volturno leben rund viertausend Afrikaner. Viele Leute aus der Gegend sind der Meinung, die Afrikaner sollten schleunigst dahin zurückgehen, wo sie hergekommen sind, und ihre verdorbenen Sitten, die Prostitution, wieder mitnehmen. Es ist unglaublich, wie die Zusammenhänge verdreht werden. Diese scheinheilige Hetze im Namen von Moral und Sittlichkeit.« Er warf die Arme in die Luft. »Hier im Ort stoßen zwei Welten aufeinander. Mindestens zwei. Da sind diejenigen, die etwas errungen haben und dieses Hab und Gut bis aufs Messer verteidigen würden – und diejenigen, die längst nichts mehr zu verlieren haben, was es zu verteidigen lohnt. Die Afrikaner sind aus nackter Not hierhergekommen, ohne eine Ahnung zu haben, wie die Leute hier leben, ja, wie man hier überhaupt überlebt. Wir helfen ihnen, so gut wir können. Mehr können wir leider nicht tun. Es ist wie beim heiligen Augustinus in unserer Kirche, wo der kleine Putto das Meer mit dem Löffel auszuschöpfen versucht.«

Auf dem Rückweg herrschte bedrücktes Nachdenken. Sonja und Vittorio sprachen zunächst wenig, sie hielten auch nicht mehr an, sobald am Straßenrand schwarze Frauen auftauchten.

Padre Andrea hatte ihnen von einer Frau erzählt, die monatelang zu Fuß die Sahara durchquert hatte. Unterwegs waren mehrere ihrer Weggefährtinnen gestorben. Nach vielen Etappen und Irrwegen war sie irgendwann endlich in einem Lager in Italien angekommen und hatte das Glück gehabt, nicht wie viele andere Leidensgenossinnen gleich wieder zurückgeschickt zu werden. Jemand hatte dafür gesorgt, dass sie das Lager verlassen konnte. Dann hatte man die Frau nach Castel Volturno gebracht. Und hier war sie als Prostituierte versteigert worden. An diesem Ort, der im Internet als Badeparadies angepriesen wurde.

»Versteigert, Vittorio, wie Sklavinnen in der Antike«, murmelte Sonja, als kurz vor Neapel ein Wegweiser nach Baia auftauchte. »Wir sind mitten in Europa, im einundzwanzigsten Jahrhundert!«

»Europa verändert sich. Die Armen aus dem Süden, die Armen aus dem Osten, alle kommen sie zu uns. Recht haben sie, wir leben ja immer noch wie die Maden im Speck«, sagte Giorgio so lakonisch wie betreten.

Die Frau war für zehntausend Euro gekauft worden – von einer sogenannten Madame, einer nigerianischen Zuhälterin, die ebenfalls einige Jahre lang Sexsklavin gewesen war und sich hochgearbeitet hatte. Zehn Männer am Tag wurden im Schnitt erwartet, hatte der Padre berichtet. Wer nicht genug Geld brachte, wurde geschlagen. Die Madame wiederum zahlte Schutzgeld an die Camorra. Darauf hatten sich nigerianische Banden und Camorristi nach diversen gewalttätigen, teilweise tödlichen Zusammenstößen geeinigt.

»Für jedes Mädchen zahlt diese *Madame* zweihundertfünfzig Euro im Monat. Rechne«, knurrte Sonja, obwohl Vittorio nun wirklich nichts dafür konnte. »Wie viele Männer muss jede dieser Frauen ranlassen, nur um das Schutzgeld für die Camorra zu bezahlen?«

Ihr Beinahe-Schwager hatte es längst ausgerechnet. Aber er sprach das Ergebnis nicht aus. Als Autofahrer konnte er sich am Steuer festhalten und nach Lücken im dichten Spätnachmittagsverkehr suchen, was ihm nur recht war. Nur einmal fauchte er Sonja an – als diese laut überlegte, was man gegen solche Schweinereien wie diese Versteigerungen unternehmen könnte.

»Bist du lebensmüde? Du kannst da gar nichts tun! Sich in alles einzumischen, das hat Antonio schon mit dem Leben bezahlt.«

Er fand einen Parkplatz in der Nähe seines Computerladens und begleitete Sonja zu Fuß den Hügel hinab in die Via Cedronio.

»Tut mir leid, das war wirklich kein amüsanter Ausflug«, entschuldigte sich Sonja beim Abschied.

Vittorio lächelte melancholisch. »Was, bitte schön, ist so ein Ausflug gegen so ein Leben – ein Kinderspiel. Nein, du musst dich nicht entschuldigen, Sonja, im Gegenteil, ich habe zu danken. Erst das fremde Auge zeigt einem, wie es bei einem zu Hause zugeht.«

Sie gab ihm einen Kuss auf die Wange. »Nächstes Mal fahren wir mit der ganzen Familie ins Cilento, *va bene*?«

»Und du bringst endlich mal deinen Gennaro mit.«

26

Von Castel Volturno auf den Vomero, vom Staub der Landstraße zum Edelparlando einer Vernissage, vom Zehneurofick zum Tausendeurofoto. Einmal mit dem Finger geschnippt, auf die Fernbedienung gedrückt, mit den Wimpern gezuckt, schon wurde die Welt gewechselt. Andere Spielebene, andere Aufmachung, andere Themen. Andere Sorgen. Vielleicht sogar eine andere Art von Hunger. Ein einziger turbulenter Wahnsinn.

Ort der Veranstaltung, zu der Livia ihren alten Freund Gentilini und dessen neue Freundin Sonja mitgeschleppt hatte, war die Villa Lucio, ein Palazzo aus dem achtzehnten Jahrhundert auf dem Vomero, der bis heute im Besitz eines steinreichen Conte war, der einen Teil seines Vermögens in die Sanierung der Fußballmannschaft SSC Napoli gesteckt hatte, einen anderen in die Förderung moderner Kunst. Künstler aus ganz Europa konnten für jeweils ein Jahr in der Villa Lucio wohnen und arbeiten, jeweils zwei Neapolitaner, zwei Künstler aus Restitalien und zwei aus Resteuropa. Zurzeit waren fünf Männer und eine Frau zu Gast – für eine gerechte Quotenregelung habe der Großmut des Mäzens nicht gereicht, hatte Livia auf dem Hinweg gespöttelt.

Der Held des Abends hieß Lello Sammartino, ein Fotograf und alter Freund von Livia aus ihrer Studienzeit, der lange im Ausland gelebt hatte. Das Stipendium hatte ihn in seine Geburtsstadt zurückgelockt. Umso mehr freute sich Livia auf seine Ausstellung, die erste seit über zwanzig Jahren. Sie war entsprechend aufgekratzt und hatte den Kripoalltag spätestens beim Verlassen der Questura abgestreift, abgeworfen wie eine lästige Berufskleidung. Eine zweite Haut, eine notwendige Außenhaut, die sie schützte und nährte, die aber nie mit der ersten Haut verwuchs. Der Haut des ureigenen Lebensatems.

Manchmal beneidete Gentilini Livia um diese Fähigkeit, flugs von einer Rolle in die andere zu schlüpfen und allen rotierenden Gedanken um die unbeantworteten Fragen eines ungelösten Falls einfach den Hahn abzudrehen. Diese Form der Rationierung wäre ihm recht, gerade jetzt, wo Sonja da war. Zumal nach diesem dummen Streit.

Er sehnte sich nach einem ganz normalen, unaufgeregten Abend, an dem er und Sonja einfach nur zusammen waren, redeten, sich ansahen, berührten. Einen Abend, an dem es Platz gab für die Vibrationen der Liebe, die seit Tagen vernachlässigt in einer schattigen Falte seines Herzens kauerte und darauf wartete, dass sie endlich herauskommen konnte und ihr nichts im Weg stand, kein sperriger Gedanke, kein unansehnlicher Mordfall, keine verkrüppelten Erinnerungen. Liebe, die auf stinknormale Stunden wartete. Einen ganzen Abend zu zweit!

Der Massenauflauf hektischer, avantgardistisch umhauchter Leute um ihn herum war da natürlich kontraproduktiv. Aber natürlich hatte er mitgehen müssen zu dieser Vernissage, von der Livia seit Wochen redete. Ihr zuliebe, damit Sonja und Livia sich kennenlernten, aber auch wegen Sammartino. Gentilini war ihm mehrfach bei Livia zu Hause begegnet. Sie hatten immer gute, anregende Gespräche geführt, die in ihrer Radikalität, ihrer Dichte und Intensität und Lust, immer neue Zweifel und Fragen aufzuwerfen, über das hinausgingen, was Gentilini gewohnt war. Sammartino war Anfang achtzig und in seinem Leben viel in der Welt herumgekommen. Er konnte nicht nur viel erzählen, er kannte auch viele unterschiedliche Denk- und Sichtweisen. Bis vor zwei Jahren hatte er so stolz wie stoisch an der Schwarzweißfotografie der großen Magnumzeit festgehalten. Seit er wieder in Neapel war, in der Villa Lucio, hatte er quasi über Nacht eine Kehrtwende vollzogen und sich so neugierig wie unbefangen der Digitalfotografie zugewandt. Die Ausstellung zeigte beide Seiten seines Schaffens. Allerdings konnte Gentilini deren Ergebnisse bisher eher erahnen. Wenn sich zufällig eine Schneise auftat, erhaschte er für Sekunden einen Blick auf die Fotos an den Wänden. Es war einfach viel zu voll, immer stand ihm jemand im Weg.

Als Feind von Menschenansammlungen war Gentilini hier stark in der Minderheit. Die Leute kreisten wie bei jeder Vernissage primär um sich selbst. Hier ein Küsschen, da zwei Küsschen, genüsslich in Szene gesetzte Auftritte, die Lust am Sehen und Gesehenwerden. Wie immer auf solchen Veranstaltungen, zu denen Livia ihn in den letzten Jahren mitgenommen hatte, damit er nicht endgültig zu Hause versauerte, hielt Gentilini sich am Rande, ein Glas Sekt in der Hand, und beobachtete das Geschehen. Wahrscheinlich konnte er nach den langen Jahren als Ermittler gar nicht mehr anders. Aber vielleicht war er schon immer so gewesen, ein Beobachter eben.

Einige Leute kannte er von anderen Vernissagen. Pepe Fiorentino, der eine kleine Galerie führte, in der auch Livia einmal ausgestellt hatte. Crescenza del Buono, eine Videokünstlerin, die viel mit amerikanischen Avantgardisten zusammenarbeitete, wie sie einmal ganz nebenbei, aber effektvoll eingeflochten hatte. Giancarlo Bevilacqua, laut Livia ein Virtuose auf der Leinwand, der jeden Stil kopieren konnte und dies in Zeiten finanzieller Flaute durchaus für sich zu nutzen wusste. Gentilini nickte dem einen oder anderen zu, wechselte einige wenige belanglose Worte, nippte an seinem Sekt. Eine Zeitlang war er als Livias neuer Liebhaber gehandelt worden. Was sie beide eher amüsiert hatte. Aber sie hatten nichts unternommen, um das Gerücht zu demontieren. Heute Abend ließe es sich widerlegen, dachte Gentilini – nur war sein lebender Gegenbeweis leider im Gewühl verschwunden. Livia hatte Sonja mit sich gezogen, um sie dem Fotografen und ein paar anderen Leuten vorzustellen.

Vor ihm standen in einem Halbkreis mehrere Männer seines Alters. Gentilini ertappte sich bei der Frage, wer von ihnen wohl in ein Fitnessstudio ging. Dieses dumme Fitnessstudio ließ ihm keine Ruhe. Seine Gedanken waren dort hängen geblieben wie an einem unsichtbaren Klebeband, irgendein Detail ließ ihn nicht los, aber er bekam es nicht zu fassen. Vielleicht hatte es etwas mit den laufenden Ermittlungen zu tun, vielleicht auch nicht. Vielleicht war es nur der Blick dieses Muskelpakets, der immer noch an ihm klebte. Dieser Blick hatte ihm ohne Umschweife zu verstehen gegeben, wer ein richtiger Mann war und wer nicht. Von Kindesbeinen an eingetrichtert und als Werbemaßnahme aufpoliert: Wenn du regelmäßig trainierst, hast du echte Chancen, ein richtiger Kerl zu werden. Was, du willst nicht? Sieh dich doch an, aber mit meinen Augen: Mitte vierzig, Ansatz zu einem Bauch, Schultermuskulatur unterentwickelt, Schreibtischtäterrücken – dabei ist da noch Potenzial! Du kannst es schaffen, wenn du willst! Dieser Blick war wie eine Art Trostpreis. Vielleicht wäre es lohnend, gewiss aber weniger schweißtreibend, einen ähnlichen Blick für die Questura einzuüben, gewissermaßen kommissarisch und auf der Dualität guter Mann – böser Mann basierend …

»*Carissimo …!*«

Wangenküsse wurden getauscht, ein süßliches Parfüm blieb an ihm haften. Er trat automatisch einen Schritt zurück. »*Ciao Antonia, bene, grazie, tu, come stai?*«

»*Benissimo, come sempre.*« Sie lachte ihn an und erzählte von ihrer letzten Ausstellung in Ercolano.

Antonia war eine Künstlerkollegin von Livia. Sie hatte streichholzkurze schwarze Haare, war ziemlich mollig und mindestens einen Kopf kleiner als er. Einmal waren sie zusammen essen gegangen. Ihm war bald klar gewesen, worauf der Abend, wäre es nach ihr gegangen, hätte hinauslaufen sollen. Sie male überwiegend abstrakt, hatte sie gesagt, und dass sie ihm gern ihre Bilder zeigen würde – und ob er abstrakte Malerei möge. Was für eine Fangfrage. Er hatte ausweichend geantwortet, sich insgesamt reserviert bis abwehrend verhalten, sie aber hinterher bis vor die Haustür gebracht, das gebot nicht nur sein Beruf, sondern auch der Anstand. Aber er hatte nie auch nur entfernt im Sinn gehabt, ihrer Einladung auf einen späten Espresso zu folgen.

»Wie findest du Lellos Alterswerk? Erstaunlich, nicht, dieser Sprung?« Antonia zog ihn zu einem mindestens zwei mal drei Meter großen Foto an der gegenüberliegenden Wand. Das Foto war eine Montage aus mehreren Digitalaufnahmen und zeigte die Quartieri Spagnoli am Hang des Vomero als pompejanische Ruinen: Das Castel Sant' Elmo war durch den rekonstruierten Tempel der Venus ersetzt worden; Blickfänger des Bildes waren die bunten Handtaschen, wie die Afrikaner sie auf der Via Roma und am Corso Umberto verkauften. Diese Handtaschen bevölkerten das völlig menschenleere Forum. Eine Überlappung von Zeit und Raum, ein Spiel mit Geschichte, Gegenwart und Zukunftsvisionen. So ungefähr formulierte es jedenfalls Antonia.

»Die Sachen erinnern mich stark an Gursky.«

Der Commissario wusste weder, wer dieser Gursky war, noch erinnerte ihn das Foto an irgendein anderes Kunstwerk, das er vorher schon einmal gesehen hatte. Außer an Pompeji natürlich, leider berufsbedingt. Er zuckte die Schultern.

»*Possibile*«, sagte er.

»Diese Verdichtungen von Realität.«

»Hmmm ...«

»Von welcher Realität sprichst du gerade, meine Liebe?« Ein etwa fünfzigjähriger Mann mit strähnigen Haaren in Nadelstreifenjackett und Jeans hatte sich von der Seite genähert und wurde ebenfalls mit Wangenkuss begrüßt.

»Carlo – Gennaro.«

»*Piacere.*«

Antonia holte tief Luft. »Ich sagte gerade zu Gennaro, dass Gurskys Verdichtungen und Überlappungen von Wirklichkeit weit über die Konstruktion dessen hinausgehen, was Lello hier ...«

»Du weißt, wie ich deine Meinung schätze, meine Liebe, aber in dem Fall bin ich nicht d'accord ...«

Carlos Nadelstreifenjackett rüpelte sich geschickt zur nächsten Fotomontage durch. Gentilini sah und ergriff die günstige Möglichkeit, sich Antonias Parfüm und dem Gespräch zu entziehen. Er driftete in den nächsten Raum und hielt wieder nach Sonja Ausschau, suchte nach ihrem giftgrünen Sommerkleid. Schließlich entdeckte er sie und Livia in einem Kreis von Leuten, die sich bestens zu amüsieren schienen. Ein hochgewachsener Mann mit dick gegeltem dunklem Haar, Typus Eros Ramazzotti, führte gerade das große Wort, gestikulierte ausladend, und prompt brachen alle in lautes Gelächter aus. Ein anderer Gockel im Kreis begann sich aufzuplustern. Gentilini beobachtete, wie Sonja lachte, etwas zu Livia sagte, die kurz den Arm um sie legte. Fein, dass die zwei sich offenbar verstanden …

Einen Moment lang spürte Gentilini den galligen, kalten Atem der Eifersucht, der durch ihn hindurchging. Er konnte nicht einmal genau ausmachen, wem diese Eifersucht galt: seiner alten Freundin Livia, die sich gut mit seiner neuen Liebe Sonja verstand, von Frau zu Frau? Den gruppendynamisch gewitzten männlichen Tausendsassas mit all ihren unsichtbaren, unter Hemden und Jacketts verborgenen, wohltrainierten Muskeln? Der gesamten Situation, aus der er nun einmal ausgeschlossen war? Er hatte ähnliche Situationen nur zu oft als Kind erlebt, als Jugendlicher, als Erwachsener. Und er kannte die Sehnsucht, endlich einmal zu einer Gruppe dazuzugehören, ebenso gut wie den brennenden Schmerz der Unmöglichkeit, in dieses Kollektiv einzutauchen.

Einzelgänger. Beobachter. Spürnase. *Taratùfolo* …

Sein Blick verschloss sich. Einen heftigen Moment lang kämpfte er mit sich, mit dem, was hier und heute möglich war und was nicht. Dann traf er eine Entscheidung. Er setzte sich, den Blick konzentriert auf den giftgrünen Fleck in der Gruppe gerichtet, in Bewegung. Scheiß auf das Fitnessstudio, dachte er, scheiß auf den gestohlenen Priapus und all die aufgestylten Artgenossen: Hier komme ich, Gennaro Gentilini … Mit jedem Schritt fiel ein Stück Anspannung von ihm ab.

Er war bei der Gruppe angelangt, durchschnitt den Kreis, schob sich zwischen Sonja und Livia, legte beiden den Arm um die Schultern, flüsterte Sonja etwas ins Ohr.

Sie wandte sich ihm zu, sah die Flecken in seinen Augen geradewegs auf sie zufliegen, bunte, wilde Vögel in Aufruhr, strich ganz sacht mit dem Finger über seine Brust, lächelte und nickte. Sie lösten sich aus dem Kreis, der sich sogleich wieder hinter ihnen schloss.

»Bist du sicher, dass du nicht länger bleiben willst?«, fragte Gentilini.

»Ganz sicher.«

»Wohin gehen wir?«

»Zu uns?«

Sie verließen die Ausstellungsräume.

Livia war ihnen gefolgt. »Wollt ihr schon gehen?«

Gentilini grinste. »*Guarda la luna …*«, summte er leise.

Livia knuffte ihn freundschaftlich auf die Brust. »Es ist nie zu spät.«

Sonja sah sich suchend nach einer Toilette um, entdeckte auch eine gleich neben dem Eingang, doch sie war besetzt.

»Im ersten Stock ist noch eine«, sagte Livia, »komm mit, ich zeig dir, wo. Es lohnt sich, du wirst sehen.« Ihre Augen blitzten vergnügt. »Wenn ihr wollt, könnt ihr kurz einen Blick in Lellos Atelier werfen. Da ist es nicht so voll wie unten.«

Gentilini winkte ab. Danke, ein andermal gern, heute nicht. Er zog es vor, unten zu warten. In der Mitte der Villa Lucio führte ein großzügiges Treppenhaus zu den Ateliers der Künstler in den oberen Etagen. Während Sonja und Livia im ersten Stock verschwanden, sah er sich die Ausstellungsplakate an, die hinter Glas im Eingangsbereich hingen; zwei der Ausstellungen hatte er gesehen, die anderen nicht. Es dauerte eine Weile, bis Sonja wieder auftauchte. Von der Balustrade im ersten Stock rief sie zu ihm herunter, er solle hochkommen: »*Vieni su, Gennaro.*«

»Jetzt nicht, Sonja.« Es klang leicht gequält.

»Das musst du sehen, unbedingt!«

Er spürte, wie seine Stimmung umzuschlagen drohte –

oh, halsstarrig Weib … »Ich will mir das Atelier jetzt nicht ansehen! Nicht *jetzt*!«

»*Vieni! Gennaro! Subito!*«

Sofort? Ein schriller, hysterischer Unterton in Sonjas Stimme ließ ihn aufhorchen. Er nahm zwei Stufen auf einmal. Das war keine Einladung zu einem Fotoreigen. Jedenfalls nicht so, wie er dachte …

27

Ein hoher, schlauchartiger Raum, ehemals weiß getüncht. Hochgeklappter Klodeckel. Stille Orte waren für Männer eine Art Heiligtum. Verniedlicht, verzaubert, das stille Örtchen. *Ich verschwinde mal eben.*

Nun, das Verschwindenwollen war auch für Frauen kein gänzlich unbekannter Wunsch. Trotzdem hatte Sonja diese männliche Affinität zu ausgedehnten Toilettensitzungen nie begriffen. Sicher, es gab Erklärungen, Flucht vor Mutters Zugriff, geheimer Ort zum Schmökern, die einzige Tür in der Wohnung, die man abschließen konnte und durfte. Aber das galt doch nicht nur für Männer. Worin genau bestand der Reiz dieses ausgedehnten Hockens auf einer Klobrille, unter einem der Abgrund? Vielleicht war es genau das, diese Kombination aus existentieller Bedrohung und gleichzeitiger Verankerung – sicherer Halt über der Kloake. Im Schwebezustand. Zwischen Verschwinden und Wiederauftauchen. Weg sein. Am Nicht-Ort, der Erholung versprach, Entspannung, Entleerung natürlich, Aufschub, Pause von was auch immer. Bevor Mann wieder in die Welt hinausging – nicht mehr um zu jagen, aber um sich auf andere Art zu beweisen. Um seinen Mann zu stehen. Durchzuhalten. Im Beruf, in der Familie, in der Ehe, auf der Straße. Unter Freund und Feind.

Dann wäre, hatte Sonja versuchshalber angedacht, als einer ihrer Exfreunde einmal eine geschlagene halbe Stunde lang ihr WC belegt hatte, dann wäre die Toilette vielleicht *der* Raum auf der Welt, wo Männer sie selbst sein können. Das Gegenstück zu Virginia Woolfs *room of one's own* ... Dieser Blickwinkel hatte so manche ausgedehnte Toiletten-Okkupation durch folgende Kurzzeitlover etwas leichter erträglich gemacht. Sonja selbst aber hatte trotz aller Bedrängnis nie den Wunsch verspürt, ausgerechnet diesen Ort einer Wohnung zu ihrem Allerheiligsten zu erklären. Nie. Und sie kannte auch keine andere Frau, bei der das so war, alle Ausnahmen inbegriffen.

Wie auch immer – im ersten Stock des Palazzo residierten Sammartino, ein junger neapolitanischer Maler und ein Bildhauer aus Polen. Sie hatten sich alle drei in dieser ihrer gemeinsamen Toilette verewigt. Der Fotograf mit Bildern von Klohäuschen, die er offenbar sein Leben lang, wo immer er gerade weilte, abgelichtet hatte. In einer Reihe hängende Schwarzweißabzüge in Postkartenformat, die Jahreszahl mit Filzstift rechts unten notiert, 1953, 1967, 1982, 2004, ohne Angabe des Ortes. Die Fotos waren in Augenhöhe des jeweils Stehenden angebracht. Sehr aufschlussreich, hier wurde also noch im Stehen gepinkelt.

Sonja, bereits ziemlich beschwipst vom Sekt und den vielen Leuten, denen sie vorgestellt worden war, nicht zuletzt von der Aussicht auf eine späte zweisame Stunde mit Gennaro, legte den Kopf in den Nacken, um sich die Ausmalung der hohen Decke anzusehen. Im Nu drehte sich ihr alles, sie schwankte und setzte sich und tat das, weshalb sie diesen Raum eigentlich betreten hatte. Dann legte sie erneut den Kopf in den Nacken und sah nach oben.

Der junge Neapolitaner – Livia hatte seinen Namen genannt, Sonja hatte ihm sogar die Hand geschüttelt, klein, Anfang dreißig, Halbglatze, Heiner-Müller-Brille – hatte sich beim Gestalten der Decke offenbar an alten Vorlagen orientiert, auch was die Wahl der Farben betraf, am augenfälligsten war das pompejanische Rot. Natürlich waren die Motive nicht dieselben. An dieser Decke gab es keine anmutigen Nymphen und Faune mit Weinkrügen, Flöten und Leiern, sondern Gestalten wie nach George Grosz, grotesk, verstellt, entblößt, Frauen wie Männer, der doppelphallische Priapus war hier nur ein Zwerg auf den Schultern ganz anderer Riesen. Aber die Kopfhaltung war anstrengend, sie konnte nicht alle Details erkennen, womöglich war genau das die Absicht. Sonja bedauerte es. Sie fand, der junge Mann hätte dieses Deckengemälde lieber über einer Badewanne malen sollen. Aber Kunst wurde ja weder zur Erbauung noch zur Entspannung geschaffen.

Wo aber befand sich die Hinterlassenschaft des polnischen Künstlers? Der Stapel von Zeitschriften und Heften auf einem Fußschemel konnte es wohl kaum sein. Auch nicht das Weckglas mit eingeweichten Pinseln oder die Pyramide von Klopapierrollen unter dem Waschbecken. Das im Übrigen seit längerem nicht mehr geputzt worden war, wie ihr Blick trotz leichter Alkoholumnebelung feststellte. In der Seifenschale lag eine vergessene, heruntergebrannte Kippe. Spuren von Farbe. Ein ehemals sauberes Handtuch an der Wand.

Sonja musste an ihre Mutter denken. An die erste gemeinsame Wohnung mit Maris, noch vor Luzies Geburt. Wie die Mutter bei jedem Besuch über den Zustand des Badezimmers gemeckert hatte – Haare im Ausguss, Zahnpastaspuren im Waschbecken, Kalkspuren auf den Armaturen, ein dunkler Rand in der Wanne, Flecken auf dem

Spiegel, zu hartes Klopapier –, irgendetwas hatte immer nicht gestimmt. Die AKW-Nein-Danke-Aufkleber an den Kacheln. Die graue Schiebetür, die Mutter Zorn am liebsten sofort ausgewechselt hätte. *Da hat man ja gar keine Intimität.* Die Lachnummer, die Sonja und Maris jedes Mal abzogen, wenn die Mutter gegangen war. Wie albern sie damals gewesen waren, in vielerlei Hinsicht, Kichern über alles und nichts.

Sie lächelte in sich hinein und nahm sich vor, Maris am nächsten Tag anzurufen. Ihr von allem zu erzählen. Von der Leiche in Pompeji und dem geraubten Priapus, vom erotischen Geheimkabinett im Museum, vom Empfang im Konsulat und von der desolaten Situation der afrikanischen Frauen, von ihrem Streit mit Gennaro und den Gesprächen mit Frau Canetti, auch von diesem Moment in der Toilette dreier Mannsbilder. Maris war ihre älteste, engste, vertrauteste Freundin, die sagenumwobene beste. Der man auch von beschwipsten Klogedankenreisen erzählen konnte.

Den Kalender, der an der Innenseite der Badezimmertür hing, hätte die Mutter sofort abgehängt oder zumindest umgedreht. *So etwas Verruchtes, Kinder, habt ihr denn gar keinen Anstand?*

Wahrscheinlich hatte der Pole den Kalender aufgehängt, als eine Art *objet trouvé*. Aber der Mann ging nicht mit der Zeit. Das Blatt zeigte noch immer den Monat August. Im Hintergrund der typisch azurblaue Himmel, das Meer, ein Küstenstreifen. Vorn eine nackte Frau. Ihr kakaobrauner Körper stand im Kontrast zum hellen Gestein der ebenfalls schlanken Säule, hinter der sie saß. Hinter der sie sich seitlich vorbeugte, so dass ihre Brüste zu sehen waren. Ihre Beine hatte sie um die Säule geschlungen. Die Säule wuchs zwischen ihren Beinen empor. Die Anspielung war so banal wie eindeutig. Und langweilig. Ständig diese Phallussymbole.

Sonja hatte sich in ihrem ganzen Leben noch keinen Pinup-Kalender angesehen. Gesehen, ja, davon gewusst, klar, aber sonst? Zwei, drei Pornofilme, in einer Seitenstraße der Reeperbahn, aber einen Kalender? Wozu auch?

Das Model hatte den Kopf leicht zurückgeworfen, den Mund halb geöffnet. Ihr Blick war herausfordernd, sinnlich, auch widerspenstig. Wahrscheinlich hatte genau diese Mischung auf Männer eine entsprechende Wirkung. Was diesem stillen Ort im Übrigen noch eine ganz andere Bedeutung verlieh ... Aber daran dachte Sonja jetzt nicht. Sie dachte, dass sie sich täuschen musste. Sie hatte sich die drei Fotos, die Gennaro von der toten Afrikanerin mitgebracht hatte, immer wieder angesehen. Ein bisschen Schminke, eine andere Frisur, ein anderes Licht konnten Menschen stark verändern. Trotzdem, sie war sich sicher, wen sie da vor sich hatte, direkt vis-à-vis in der Männertoilette der Villa Lucio: die Frau aus den Ruinen von Pompeji.

Die letzten Zweifel beseitigte Gentilinis verblüfftes Gesicht. Einen Moment lang hatte er gedacht, es wäre etwas Schlimmes passiert. Sie hätte womöglich eine Leiche gefunden. Etwas in der Art. Aber der Kalender war im Gegenteil eine Spur zurück zu den Lebenden. Als der Commissario ihn durchblätterte, wusste er auch, was ihn den ganzen Nachmittag über beunruhigt hatte. Haargenau derselbe Kalender hing im Büro des Fitnessstudios. Allerdings war der Riese offenbar penibler als die drei bildenden Künstler. Er hatte schon auf den Monat September umgeblättert.

28

Es stellte sich heraus, dass weder der Pole noch der junge Maler für die Kalenderhängung in der Toilette verantwortlich war, sondern Lello Sammartino selbst. Die Angelegenheit war ihm ziemlich peinlich, auch wenn er das mit schroffen Bemerkungen zu verbergen suchte. Es war nicht leicht gewesen, ihn aus dem Trubel der Vernissage herauszumanövrieren, ohne dass alle Welt erfuhr, worum es ging. Nun standen sie in seinem Atelier.

»Was habt ihr überhaupt im ersten Stock zu suchen?«, blaffte der Fotograf.

Livia sah ihn verblüfft an. »Du hast doch gesagt, ich könnte meinen Freunden jederzeit dein Atelier zeigen.«

»Genau, das Atelier, sehr richtig. Habe ich etwa von der Toilette gesprochen? Nein!«, schimpfte er. »Bitte sehr. Die Herrschaften können sich gern umsehen!«

Er breitete die Arme aus, kam dabei ins Schwanken, drehte sich einmal um sich selbst. Er war ziemlich angetrunken und wurde von einer Frau in Livias Alter gestützt, die taktvoll so tat, als hänge sie sich bei ihm ein.

»Was wollt ihr, die Natur hat die Frauen so geschaffen!«, donnerte Sammartino wie ein zweiter Zeus, der im Götterhimmel über die Menschen wettert. »Hätte sie uns Männer mit derselben Schönheit ausgestattet wie euch Frauen, hätten wir eben überall nackte Männer hängen: im Fernsehen, in der Werbung. Und auf unserer Toilette auch! Basta! Aber was dort hängt, ist unsere Privatsache.«

»Hängen?«, wiederholte die Frau an seiner Seite.

Sammartino sah sie mit wildem Blick an, der sofort zahm wurde, als ihre Augen sich trafen. »*Ma che dici* … In deinen Händen …«

Sie musste Franca Felice sein, die Frau, deretwegen Lello Sammartino nach Neapel zurückgekehrt war. Livia hatte erzählt, dass der Fotograf, zeitlebens ein Freund schöner, extravaganter Frauen, sich im stolzen Alter von achtzig Jahren noch einmal mit Haut und Haaren verliebt hatte. In eine glatt dreißig Jahre jüngere Frau, eine Violinistin im Orchester des Teatro di San Carlo. Alle hätten sich gewundert, weil Franca Felice keine Schönheit im üblichen Sinne war.

Das Gerede über vermeintliche Schönheit und deren »übliche« Zutaten ging Sonja immer mehr auf die Nerven. Es war eine Banalität, dass wahre Schönheit immer von innen kam. Aber es stimmte. Sie fand diese Franca wunderbar, und der betrunken polternde Fotograf war ein Glückspilz. Was er hoffentlich auch wusste.

Gentilini sagte, ihn interessiere einzig und allein die Herkunft des Kalenders.

»Seit wann ist es verboten, sich Aktfotos an die Wand zu hängen? Egal, um welche Hautfarbe es geht. Seid ihr etwa alle Rassisten?«

Gentilini entgegnete mit spürbar strapazierter Geduld, es sei natürlich nicht verboten, Sammartino könne sich seinetwegen herzlich gerne das ganze Atelier damit tapezieren, wenn es ihn glücklich mache.

»Wer hat dir den Kalender geschenkt?«, setzte Livia rasch nach, bevor Gentilini weitere unproduktive Äußerungen tätigte.

»Darf man nicht mal mehr einen Pin-up-Kalender haben?«, brummte Sammartino wie ein schuldbewusster Junge, dem man das Pornoheft unter dem Kopfkissen beschlagnahmt hatte. »*Peppino.*«

»Peppino wer?«, erkundigte sich Livia sanft.

»Na, Peppino, du weißt schon.« Der Fotograf löste sich aus Francas stützendem Griff und fuchtelte wild mit den

Armen. »*Managgia*, jetzt fällt mir doch der Name nicht ein … Du weißt schon, dieser Fotograf, der wirklich gute Sachen macht, die ihm aber keiner abkauft …«

Das war unter Künstlern nun wirklich kein exklusives Merkmal. Livia zog fragend die Augenbrauen hoch.

»Der Kleine, etwas dicke.«

Auch keine Seltenheit.

Sammartino wurde immer hilfloser, jetzt meldete sich wieder seine Wut. Er tat Sonja leid. Ihr passierte es seit ein, zwei Jahren auch immer wieder, dass sie einen Namen nicht auf Anhieb abrufen konnte, was besonders in den Redaktionssitzungen hochgradig peinlich gewesen war. Zumal sie den Eindruck hatte, alle anderen hätten dieses Problem nie.

»Der einen immer anpumpt«, polterte Sammartino nun drauflos. »Der mit diesem Hund, der ihm überallhin nachrennt und aus dem Mund stinkt … Wie heißt er doch gleich, der Hund … Ach, zum Teufel mit dem Alter!«

Der Hund war der entscheidende Tipp. »Meinst du vielleicht Giuseppe Messino?«

»Genau! Peppino, sag ich doch die ganze Zeit!« Er lächelte erleichtert. Die Anstrengung wich aus seinen Gesichtszügen. Nur der Alkohol würde noch ein paar Stunden länger brauchen, bis er wieder verdunstet und abgebaut war.

»Hat er ihn dir geschenkt?«

»Ja. Nein. Na ja.« Letzte Hürde. Er zuckte mit den Schultern. »Ich habe ihm das Ding abgekauft.«

Er warf Franca einen treuherzigen Blick zu, der um Vergebung bat. Dass er sich mit solchem Schund abgab. Dass er für nackte Weiber auch noch Geld zahlte, während eine so wunderbare Frau wie sie an seiner Seite war. Jetzt wirkte er geradezu unglücklich. Er gab sich einen Ruck. »Aber nicht so, wie ihr alle denkt, lüsterne Meute, ihr! Peppino braucht doch immer Geld, das war schon vor dreißig Jahren so, ich weiß nicht, wofür, und ich will es auch gar nicht wissen, das ist seine Sache. Livia, du kennst ihn selber, ab und zu hat er diese schrägen Geschäftsideen, die ihn für kurze Zeit sanieren, und dann ist er vollauf begeistert, und wenn man ihm dann über den Weg läuft – tja, dann kann man gar nicht anders.« Er sah Livia hilfesuchend an.

Livia grinste. »Also, mir hat er so einen Kalender noch nie angeboten. Nicht einmal als Weihnachtsgeschenk für meinen Vater, der sich wirklich darüber gefreut hätte.«

»Habt ihr zufällig darüber geredet, woher er seine Modelle hat?«, fuhr Gentilini fort. »Wer diese Frauen sind?«

»*Porcamiseria*, jetzt reicht's aber! Kannst du dich etwa daran erinnern, was du vor über einem Jahr zu einem deiner Kripokollegen gesagt hast, als ihr euch beim Pinkeln getroffen habt?«

Kleiner Gegenangriff gefällig ... Die Antwort war so patzig wie durchsichtig ausgefallen. Natürlich hatten die beiden Fotografen – unter Männern – in irgendeiner Form oder Perspektive über die Aktmodelle geredet. Aber man musste hier und heute nicht insistieren. Und schon gar nicht wiederholen, was damals – unter Männern – womöglich gesagt oder gedacht worden war.

»So was muss man doch unterstützen«, verteidigte sich Sammartino nun mit gespielter Reue. »Das ist ein soziales Projekt, hat Peppino gesagt. Und die Frauen sind echte Schönheiten ...« Er drehte sich zu Franca Felice um, zwinkerte ihr zu. »Natürlich nichts im Vergleich zu dir, mein Täubchen. Du läufst völlig außer Konkurrenz.«

Franca lachte. »Das will ich aber auch hoffen!«

»Wohnt Messino immer noch in Gianturco?«, fragte Livia.

»Ich glaube, ja.«

»Hast du seine Nummer?«

Sammartino ging zu einem Schrank, schleppte ein fettes Telefonbuch herbei und ließ es auf die Tischplatte plumpsen.

»Bitte sehr, bedient euch.«

Sie ist nicht allein, alle sind sie bei ihr, Sohn, Familie, Dorfbewohner, Tiere, Sonne, Sand, Wind, alle sehen gemeinsam mit ihren Augen, was sie sieht: Ankunft in Neapel. Fülle. Ein Häusermeer, Baracken und herrschaftliche Häuser, einen Vulkan, Zweiräder, Vierräder, viel Weggeworfenes, viel Zivilisation, Kultur, viel Unkultur. Menschen, viele Menschen. Die meisten von ihnen hellhäutig, Europäer, aber sie sieht auch ihresgleichen, Leute aus Afrika. Mit vielen kann sie nicht reden, aber es gibt die Körpersprache, die Augensprache. Es gibt gute Blicke und gute Augenblicke. Einen Wind, der von Zeit zu Zeit die Wüste herüberträgt. Der Geschichten von Zuhause mitbringt. Sie kommt klar. Sie ist schön. Sie teilt mit einer anderen Frau ein Zimmer. Sie lässt ihren Körper für sich sprechen.

29

Um kurz nach elf am anderen Morgen standen Gennaro Gentilini und Livia Picone vor der Tür von Giuseppe Messinos Studio. *Studio* war ein wenig hoch gegriffen, denn es handelte sich eigentlich um ein Industriegebäude inmitten von Gianturco, einem Gewerbegebiet mit kaputten Straßen und dubiosen Lagerhallen. Gentilini fragte sich lieber nicht, was darin gehortet wurde. Man konnte nicht die halbe Stadt verhaften, man konnte nicht alle Güter beschlagnahmen, die irgendwo illegal lagerten oder verkauft wurden. In diese Sisyphosschleife durfte man sich auf keinen Fall hineinbegeben, sonst war man in diesem Beruf auf verlorenem Posten. Auf dem Abstellgleis. Aber vielleicht standen sie dort sowieso längst, war die ganze Questura nichts weiter als ein ausgebremster D-Zug auf dem Weg zum Depot.

Inmitten dieser trostlosen Einöde südöstlich des Bahngeländes standen vereinzelt Häuser, in denen Menschen wohnten. Sie waren nicht freiwillig hierhergezogen, sie waren nur im Lauf der Jahre umzingelt worden von den Spätfolgen der Industrialisierung. Wie manche Pflanzenarten allen möglichen Umweltgiften, Abwasserbrachen, Flächenasphaltierungen trotzten, sich einfach nicht unterkriegen ließen und immer wieder durchbrachen, so hielten auch manche Menschen auf wundersame Weise durch. Ließen sich nicht vertreiben und gingen nicht unter. Giuseppe Messino war einer von ihnen.

Er öffnete ihnen ungekämmt und unrasiert, eine Espressotasse in der Hand. Hinter seinen Beinen tauchte eine Hundeschnauze auf. Der Irish Setter bellte nicht, hechelte dafür ausgiebig. Gentilini verstand auf Anhieb, was Sammartino gemeint hatte.

»Kommt rein«, brummte Peppino. »Aber tretet euch ja die Füße ab.« Er verschwand im Inneren des Studios, der Hund folgte ihm.

»Hat er das jetzt ernst gemeint?«, raunte Gentilini.

Livia schnalzte verneinend mit der Zunge.

Sie war zuletzt vor etwa einem Vierteljahrhundert hier gewesen, hatte aber nur noch vage Erinnerungen daran. Giuseppe Messino war ungefähr ihr Jahrgang. Sie hatte ihn in denselben Jahren kennengelernt wie Lello Sammartino, als sie an der Kunstakademie studierte. Die Zeit damals war so reichhaltig gewesen wie ein Leben in mehreren Welten gleichzeitig – im Rückblick aber schmolz das alles zusammen. Was herausragte aus diesem Häufchen Jugend, waren die wenigen Freundschaften, die geblieben waren. Wie die zu Lello. Und die eine oder andere verschwommene Erinnerung: an nächtliche Kunstaktionen im Hafen, Spontigelage bei diesem oder jenem zu Hause inklusive der obligaten Joints, die von Lippe zu Lippe gingen, mein Haus, dein Haus, mein Rauch, dein Rauch, mein Rausch, dein Rausch, ausgefallene Feste, eine Überfülle an Ideen, die ersonnen und entzündet wurden wie Leuchtraketen. Sie waren von kurzer Lebensdauer gewesen, aber immerhin, man hatte die nähere Umgebung ein wenig erhellt. Zu den meisten Leuten von damals hatte Livia schon lange keinen Kontakt mehr. Man lief sich in Neapel trotzdem unvermeidlich dann und wann über den Weg.

»Du wohnst also immer noch hier«, sagte sie, als sie das abgedunkelte Studio betraten.

»*My home, my castle.*« Der Fotograf feixte und zeigte auf

eine Tür. »Meine Gemächer liegen hinten raus, zum Park, da ist die Aussicht schöner. Und selbst?«

»Ich wohne in den Quartieri.«

»Na, wer sagt's denn, sozialer Aufstieg, gratuliere.« In der Espressokanne auf dem zweiflammigen Gaskocher begann es zu gurgeln. »Wollt ihr auch einen?«

»Danke, gern. Du, Gennaro?«

»*Sì, volentieri.*«

Peppino holte drei Espressotassen aus einem vergoldeten Tabernakel mit den vier Evangelisten auf den Türen – wo um alles in der Welt hatte er den wohl aufgetrieben?

Er sah ihren Blick. »Schönes Stück, was? Hat mir ein Kumpel aus einer Kirche in den Abruzzen besorgt. Geht demnächst bei IKEA in die Massenfertigung. Also, schieß los. Wie lange bist du schon bei diesem Verein?«

»Fünf Jahre.«

Er grinste. »Spätberufen sozusagen.«

»Ein Doppelleben.«

»Du malst noch?«

Sie nickte.

»Ausstellungen?«

»Ab und zu.«

Die Vernissage hatte Gentilinis Bedarf nach einem Plausch unter Künstlern und Künstlerfreunden vorerst abgedeckt. Er stellte seine Wahrnehmung auf eine andere Frequenz um und sah sich im Studio um.

Der Raum war rundum abgedunkelt, eine Mischung aus Fotostudio und Wohnraum im schwarzen Anarchogewand. An der Decke hatte Peppino wattstarke Strahler angebracht, an den Wänden Vorrichtungen zum Aufspannen von Leinwänden, diverse Fotohintergründe. An einer Wand hingen in Wechselrahmen Fotos von Auftragsarbeiten, vermutlich als Eigenwerbung gedacht. Ablichtungen eines Industriebaus aus diversen Perspektiven. Fotos von Türgriffen, Schuhen, Möbeln, Schmuckstücken. Dazu eine Vielzahl von Hochzeitsfotos, wie fast jedes neapolitanische Paar sie einmal im Leben anfertigen ließ, das wollten die Tradition, die Eltern, die Großeltern, die ganze Sippschaft, und wenn man keine hatte, dann gründete man eine, und die begann spätestens mit der Fotogalerie auf der Kommode.

Gentilini dachte beim Anblick dieser Fotos an seinen Besuch bei der Witwe des ermordeten Wachmanns. Der wahrscheinlich die Afrikanerin ermordet hatte, wegen der sie jetzt hier waren. Man konnte ihn nicht mehr fragen. Die Pistole in seiner Hand gab stellvertretend Auskunft. Aber in welcher Sprache redete sie mit ihnen? Verstanden sie diese Information richtig?

Neben der Eingangstür hingen Farbaufnahmen, die wie abstrakte Malerei aussahen. Als Gentilini näher heranging, sah er, dass es sich um Großaufnahmen von Oberflächen handelte, Eisenträger, dachte er, aber genau konnte er es nicht erkennen, vielleicht waren es Steine mit Flechten, Messino sammelte Fingerabdrücke der Natur, dachte er und nickte anerkennend. Und, zu seinem vorigen Gedankengang zurückkehrend, dass es doch seltsam war, dass auf den Glöckchen der silbernen Kette, die sie in Buttàs Hosentasche gefunden hatten, keinerlei Fingerabdrücke zu finden waren, nichts. Solche Hinweise hatte jemand sorgfältig entfernt. Aber wer? Der Wachmann selbst? Oder sein Mörder?

Zu viele offene Fragen. Hatte Buttà eine Freundin? Hatte er Kontakte zu afrikanischen Frauen? Mit wem war er befreundet, mit wem verfeindet? Sie hatten im Viertel herumgefragt, aber erwartungsgemäß keine konkreten Antworten bekommen. Auch eine zweite, intensivere Befragung der Wachleute, die nachts in Pompeji zusammen mit

Buttà Wache geschoben hatten, hatte nichts Neues ergeben. Und wer war dieser ominöse Mangano, den der Riese aus dem Fitnessstudio genannt hatte? Noch so ein *studio*, schoss es Gentilini durch den Kopf … Auch dazu hatten sie bisher nichts herausgefunden, vielleicht war es ohnehin eine falsche Fährte und dieser Mangano ein völlig unbescholtener Mann, jedenfalls tauchte er in keiner der diversen Datenbanken im Polizeicomputer auf, aber Cava blieb trotzdem am Ball. Gerade war er unterwegs zu diesem privaten Sicherheitsservice, ein Tipp von Todesco aus dem Stadion in Fuorigrotta. Vielleicht wussten sie bald mehr. Geduld, dachte er, beim Puzzlen braucht man Geduld, Gennaro, früher war das doch nie ein Problem.

»… meine Sachen sind sehr gefragt«, sagte Messino mit hörbarer Ironie, »ich bekomme ständig Einladungen zu Ausstellungen in aller Welt, so viel kann ich gar nicht malen, da bleibe ich doch lieber hier und helfe den letzten Hochzeitswilligen, sich an wenigstens einen schönen Tag in ihrem öden Leben zu erinnern. Sofern sie keinen Cousin mit Digitalkamera anschleppen.« Er lachte den eigenen Sarkasmus nieder. Dann fragte er: »Verkaufst du was?«

»Manchmal.«

Ich muss nicht davon leben, wollte Livia hinzufügen, schluckte es dann aber hinunter. Messinos Finanzen waren offenbar ein heikles Thema, das man lieber nicht vertiefte.

»Ihr seid aber bestimmt nicht hier, um mir eine Stelle als Polizeifotograf anzubieten. Also, was verschafft mir die Ehre? Was habe ich verbrochen?«

Diese Frage war an Gentilini gerichtet, der gerade über einem Regal mit Hi-Fi-Geräten und diversen Verstärkern eine Schwarzweißaufnahme von Miles Davis entdeckt hatte: typische Rückenposition, Glitzerjacke, über die Trompete gebeugt, als wolle er in das Instrument hineinkriechen und jeden seiner unverwechselbaren Töne, die manchmal bockig klangen, aufgeschreckt, einzeln aus ihm hervorlocken ...

»Ich dachte, das sagen Sie uns selbst ...«

Der Hund, der auf einem Flickenteppich hockte, wandte seinen Kopf ebenfalls dem Commissario zu, als wüsste er genau, was gespielt wurde. Wo Wachsamkeit geboten war.

»Dieser Pin-up-Kalender, den du gemacht hast«, übernahm Livia. »Wir suchen eins der Modelle. Monat August. Woher kennst du die Frau? Wie heißt sie?«

Der Hund spitzte die Ohren und klappte für einen Augenblick die Lefzen zu.

Peppino reichte erst Livia eine Tasse mit schwarzem Espresso, dann Gentilini. »Zucker?«

»Ja, bitte.«

»Nein, danke.«

»Setzt euch doch erst mal.« Er wies auf zwei alte Polsterstühle, stellte seine Tasse auf einen niedrigen Plexiglastisch, der nach ehemaligem Designermöbel aussah, ließ sich auf eine ausrangierte Autorückbank fallen. »Mein bestes Stück, dieser Tisch. Hab ich mal als Zahlungsmittel für einen Fotojob bekommen, geradewegs aus der Konkursmasse. Echt harte Währung.« Er grinste. »Er hat euch also gefallen, mein Kalender?«

»Negativ«, sagte Gentilini.

Die beiden Männer musterten sich schweigend. Messino schien noch an einer passenden Antwort zu feilen. Der Hund sprang auf den Sitz neben sein Herrchen und hechelte in Richtung des Commissarios.

Lello hatte den Kalender nicht ohne Protest aus der Hand gegeben. Gentilini und Stefano hatten ihn am Morgen in der Questura durchgesehen. Für jedes Kalenderblatt hatte Messino als Hintergrund ein anderes Motiv gewählt, den Vesuv, Cuma, die Solfatara, einen Strand mit antiken

Säulen im Hintergrund, eine Szene am Hafen von Mergellina. Im Vordergrund wälzten, drängten, fläzten, wanden, spreizten sich die entblößten Frauenkörper mehr oder weniger erotisch, das war Geschmackssache. Mindestens vier der zwölf Modelle waren afrikanischer Herkunft, drei oder vier Frauen kamen aus dem ehemaligen slawischen Reich des Bösen, so zumindest Stefanos Vermutung, der zu diesem Thema ein paar politisch unkorrekte Sprüche lockergemacht hatte. Aber Gentilini war ja schon dankbar gewesen, dass sie nicht von Cava kamen. Diesen Kalender in Cavas Beisein anzugucken wäre ein Alptraum gewesen.

»Macht nichts«, sagte Messino. »Für Männer wie dich ist der Kalender schließlich nicht gedacht.«

»Für Frauen wie mich auch nicht«, ergänzte Livia von der Seite.

Zwei Kalenderblätter zeigten Pompeji und eins das Lupanar. Livia und Gentilini bezweifelten, dass es sich dabei um Fotomontagen handelte: Die Äthiopierin *und* das Lupanar, das konnte kein Zufall sein.

»Peppino, hör zu, uns interessiert nicht, an wen du diese Dinger für wie viel verscherbelt hast. Wir sind nicht von der Steuerfahndung. Wir suchen nur diese Frau.«

»Was ist mit ihr?« Er begann sich eine Zigarette zu drehen. »Ich habe sie fotografiert, das ist alles.« Seine Augen wurden schmal, seine Stimme scharf. »Und ich liefere diese armen Teufel aus Afrika nicht aus. An niemanden!«

Gentilini stand auf. Er ging zum Foto von Miles Davis, zeichnete mit dem Finger, ohne das Blatt zu berühren, die Konturen des über das Saxophon gebeugten schwarzen Musikers nach. »Ihre Fotos sind exzellent. Das Konzert in Salerno, 1987, stimmt's?«

»Avellino«, knurrte Messino, aber man sah, dass er geschmeichelt war.

»Die Frau, nach der wir suchen, ist tot«, sagte Livia. »Sie lag erschossen in einem Ruinengrundstück in Pompeji. Es gibt Spuren von ihr im Lupanar …«

Giuseppe Messino starrte sie an. »Tot, sagst du, erschossen, ermordet?« Seine Stimme war rau, vielleicht lag es an der Zigarette, an der er heftig sog. Ein süßlicher Geruch breitete sich aus. »Wieso?«

Der Hund legte die Ohren an.

»Etwa zur selben Zeit, vielleicht eine Nacht vorher, wurde in diesem Lupanar ein Fresko abgemeißelt und gestohlen, das den Priapus mit dem Doppelphallus zeigt. Deshalb sind wir beide hier. Mordkommission und Kunstraub.«

Jetzt grinste Messino nicht mehr.

»Ein Blatt aus deinem Kalender zeigt eine Szene im Lupanar in Pompeji, Monat Mai, die Frau auf der steinernen Bank, du weißt schon. Wer das Modell ist, interessiert uns nicht. Wir suchen die Frau vom Kalenderblatt August. Du hast sie fotografiert, du kennst sie.«

»Und deswegen kommt ihr zu mir? Wieso ausgerechnet zu mir? Wieso immer zu den Leuten, die sowieso an der Kante leben, he? Ich habe nichts verbrochen. Wie ihr seht, habe ich auch nur wenig zu verlieren.«

Der Hund begann zu knurren, er war wirklich ein treuer Begleiter seines Herrchens. Messino legte ihm die Hand auf den Hals, tätschelte ihn: »Ich weiß, Rantano, es gibt Stress, aber du kannst nichts dafür.«

»Keine Ahnung, wie die hieß, X oder Y oder Z«, knurrte Messino. »Ich kann mir diese ausländischen Namen nicht merken. Alzheimer im Junggesellenstadium. Das ist über ein Jahr her.«

Livia wurde ärgerlich. »Woher kanntest du sie, Peppino? Über eine Agentur? Oder hast du sie einfach auf der Straße angesprochen?«

Falscher Satz. In dem Moment, als Livia ihn ausgesprochen hatte, wusste sie es.

Messino grinste. »Auf der Straße, genau.«

»Wo?«

»Weiß ich doch nicht mehr.«

Sie sah ihn ausdruckslos an. »Das stimmt nicht. Du lügst.«

Er hielt ihrem Blick nicht lange stand, beugte sich zu dem Hund, redete wieder mit ihm: »Lüge ich, Rantano? Darf man lügen? Nein, das darf man nicht, wir Katholiken schon gar nicht.« Der Hund leckte ihm die Hand.

»Na gut, ich lege ein Geständnis ab. Ein Freund hat sie mir vermittelt.«

»Sein Name?«

Messino verzog das Gesicht. »Wenn ich jetzt sage, dass ich das nicht mehr weiß, glaubt ihr mir garantiert wieder nicht ...«

»Stimmt genau.«

»Also gut. Marco.«

»Nachname?« Jetzt begann Gentilini laut zu werden. Livia warf ihm einen alarmierten Blick zu. Wenn Gennaro diese bellende Tonart anschlug, war seine Geduld fast erschöpft.

Messino verschränkte die Arme über der Brust und warf Gentilini einen herausfordernden Blick zu. »Ist eine Belohnung ausgesetzt? Ich meine, was habe ich ganz persönlich davon, wenn ...«

»Die Aufnahme im Lupanar ...«, sagte Livia schnell – Strategiewechsel, vielleicht musste sie Peppino die falschen Antworten unterjubeln, um die richtigen zu erhalten,«die hast du doch hier im Studio gemacht, oder? Ich sehe das am Licht, die Atmosphäre ist künstlich, das merkt man gleich ...«

»Aber gewiss, Frau Lehrerin.« Messinos Blick hatte sich verfinstert. »Das haben Sie mit Ihrem scharfen feministischen Blick sogleich erkannt. Alles gefälscht, der Hintergrund, die Frau auch. Das sind alles nur Puppen.« Er lachte böse. »Schaufensterpuppen aus dem Süden, aus dem Osten, die sich ihre Nasen an den Scheiben zu unserer wohlfeilen, funkelnden Welt plattdrücken. Aber wir lassen einfach die Jalousien runter, ziehen die Sperrgitter zu, schließen zehn Mal ab und gehen dann ins Hinterzimmer zu unserer Talkshow und zum Abendschmaus.«

Er hat Recht, dachte Livia. Aber das war nicht das Thema. Nicht jetzt. »Habe ich mich wirklich getäuscht, hast du die Fotos wirklich im Lupanar gemacht?«

»Na logisch! Eine echte Atmosphäre ist immer echter als jede noch so perfekte Illusion. Das ist so und wird immer so bleiben. Ein richtiger Künstler spürt das! Das ist dir offenbar verlorengegangen, seit du bei diesem Verein bist! Wundert mich nicht!«, sagte er voller Verachtung.

»Mit wem warst du da? Wer hat dich ins Lupanar gelassen?«

Messinos Blick flackerte ironisch. »Ich habe meine Beziehungen.«

»Wir auch!«, bellte Gentilini.

Der Hund knurrte zurück.

»Geh raus, Rantano«, sagte Messino zu seinem Hund und gab ihm einen Schubs. »Das ist nichts für deine Ohren. Na los, geh schon.« Der Setter sah ihn hechelnd an, setzte sich dann in Bewegung und verschwand folgsam durch die angelehnte Eingangstür.

»Wie viel hast du den Frauen gezahlt?«, fragte Livia leise. »Wie viel?«

»Wofür?«, fragte Messino, aber er wusste genau, was sie meinte.

»Für die Fotos. Oder gibt es da noch was anderes?«

Er schwieg.

»Du willst doch nicht sagen, dass sie sich umsonst haben fotografieren lassen, deine Schaufensterpuppen aus Süd und Ost? Für einen Abzug, den sie ihrer Familie schicken können …?«

»Ich …«

Messino sog noch einmal intensiv an seiner Zigarette oder was immer er sich gedreht hatte, schluckte, entließ den Rest durch die Nasenlöcher.

»Marco Canetti«, murmelte er. Seine Augen tränten. Er wirkte abgekämpft, zermürbt.

»Er kam letztes Jahr mal vorbei. Ich war gerade mit dem Kalender zugange, hatte Probeabzüge gemacht. Drei Frauen fehlten mir noch. Wir kamen ins Reden. Ich habe ihn gefragt, was er inzwischen so treibt, da erzählte er von seinen Reisen und von dem Tourijob in Pompeji. Wir haben zusammen was geraucht, irgendwann sagte Marco, er hätte da was Feines, eine afrikanische Queen, dann kam die Idee mit dem Lupanar, eine geile Idee, ich meine, für den Kalender. Marco hat das organisiert, dass wir da reinkonnten.« Er zuckte die Schultern. »Das ist alles. Mehr weiß ich auch nicht.«

»Wann lief das, diese Aufnahmen im Lupanar?«

»Weiß nicht mehr, Ende Juli, Anfang August oder so, das war eine der letzten Szenen, die ich noch brauchte.«

»Und woher kannte dieser Canetti die Frau?«, fragte Gentilini.

»Das müssen Sie nun wirklich *ihn* fragen, Signor Commissario«, entgegnete Messino spöttisch. »Ich bin nur ein kleiner Fotograf in einer großen Welt aus Schrott. Mein einziger Freund im Leben ist ein Hund. So sieht's aus.«

»Wie viel hast du den Frauen für ihre Arbeit gezahlt?«

In Livias Stimme klang eine gefährliche Unterströmung durch.

Messino zog die Augenbrauen hoch. »Für sie war es viel, für mich eher wenig. Ist das genug, *professoressa*? Ein gutes Geschäft für beide Seiten war es auf jeden Fall.«

30

Der Himmel war blau. Die Sonne stach. Gentilini wartete. Er konnte das. Ungeduldig wurde er nur, wenn jemand wie Messino seine Such-mich-doch-Spielchen mit ihm trieb. Die völlig unnötig waren, zumal der Fotograf nicht unter Verdacht stand. Er war nur ein Zwischenstück, ein unverzichtbares Bindeglied. Zu Marco Canetti, Fremdenführer in Pompeji mit Zugang zum Lupanar und Kontakt zu der ermordeten Frau. Das waren immerhin schon ein paar Puzzleteilchen mehr.

Was das Sammeln solcher Teilchen, das geduldige Zusammentragen von Details betraf, verfügte der Commissario über eine ausgezeichnete Kondition. Es musste nicht alles augenblicklich zusammenpassen, er hatte Zeit. Da konnte der Polizeipräsident noch so oft anrufen und drängeln. Es hieß nicht umsonst *La pazienza è la virtù degli asini e dei santi.* Das galt noch immer, auch wenn die Ära der Heiligen längst abgelaufen war …

Es war auch heute wieder heiß, selbst im Schatten. Man hatte Gentilini gesagt, wo er Canetti finden würde. Seine Tour sei um dreizehn Uhr beendet. Jetzt war es zehn nach eins. Gentilini fiel ein, dass heute Abend seine Kinder kamen. Seine Freude war nicht ungetrübt. Da war die vage Angst, sich vielteilen zu müssen. Sonja hatte ihm deshalb beim Frühstück vorgeschlagen, den Ausflug nach Capri nicht zu verschieben, sondern Giorgio und Isabella einfach mitzunehmen.

»Da kennst du sie schlecht«, hatte er gesagt. Mit Capri konnte man Jugendliche nicht locken. Nicht mehr oder noch nicht. Falsches Alter. Das war ja das Problem – das Richtige zu finden, wofür die beiden sich interessierten. Zurzeit gab es leider kaum Überschneidungen. Seinen Sohn konnte er immerhin noch mit einer sportlichen Aktivität aus der Reserve locken, Segeln, Tauchen, zu einem Ligaspiel des SSC Napoli, aber schon beim Wandern war der Ofen aus. Bei seiner Tochter Isabella war die Sache noch schwieriger. Sie konnten ja schlecht zu dritt ab Mitternacht in irgendeiner Disco auftauchen.

»Ich kenne sie gar nicht«, hatte Sonja erwidert. »Aber ich kenne das Problem. Luzie war auch mal in diesem Alter. Wir müssen doch nicht alles so machen, wie sie es wollen.«

»Ich möchte aber, dass sie dich mögen.«

»Wenn ich nicht mein eigenes Gesicht zeige, haben sie dazu wohl kaum eine Chance. Solange du immer nur ihren Wünschen hinterherhechelst, bleibst du für sie doch unsichtbar«, hatte Sonja gesagt. Und dass sie den Capri-Vorschlag gern auf ihre Kappe nähme, wenn er zu feige sei.

Das waren starke Worte, die er schnell unter Telefonaten und Akten versenkt hatte. Jetzt, beim Warten auf Canetti, regten sie sich wieder, zappelten sich frei. Er fühlte sich unwohl. Als ob er kein guter Vater wäre. So suggerierte eine seiner inneren Stimmen, die der Selbstgerechtigkeit. Eine andere sagte ihm, er solle lieber nachdenken. Es sei durchaus etwas dran an Sonjas These. War er denn nach seinen Vater-Kinder-Wochenenden nicht immer wieder völlig mit den Nerven fertig gewesen, unzufrieden mit sich und der Welt, in tausend Stücke zerrissen vom Versuch, alle Wünsche unter einen Hut zu kriegen und zu wissen, dass er es wieder einmal nicht geschafft hatte? Er wollte es ihnen doch nur recht machen. Und dabei machte er offenbar alles falsch. Jetzt bitte kein Selbstmitleid!, rief eine weitere Stimme. Er wischte sich den Schweiß von der Stirn.

Der Himmel war fast immer blau. Hellblau, azurblau, kobaltblau, weißlich blau. Weiß nur dort, wo kleine Wölkchen zu sehen waren, meistens nicht im Vordergrund, eher am Horizont. Und wenn, dann gab es nur wenige, eher durchsichtige Schäfchenwölkchen, hinter denen der blaue Himmel immer noch zu erkennen war. Der Himmel war am schwierigsten zu bewältigen. Schwieriger als der Vesuv, ein Kegel aus Grünschattierungen, die sich stellenweise mit dem Blau des Himmels paarten. Unten, an der Basis gewissermaßen, warteten die Farben der Zivilisation. Ein Meer von Häuserwürfeln, die am Hang des Vulkans hinaufwanderten, es zumindest versuchten, aber abzurutschen schienen, denn sie blieben unten liegen, wie mit großem Wurf von einer riesigen Hand ausgeschüttet.

Das Puzzle vom Vesuv, Teilchen für Teilchen aufgeklebt, hatte lange Jahre über Gentilinis Bett gehangen – früher. Im Laufe der Zeit hatten sich diverse Teilchen gelöst, waren heruntergefallen, auf Nimmerwiedersehen im Land der unauffindbaren Objekte verschwunden. Als Kind hatte Gentilini Puzzles geliebt. Stundenlang konnte er sich über den Haufen beinahe, aber eben nur beinahe identischer Pappelemente beugen und nach genau dem Teilchen suchen, das passte. Er erinnerte sich an ein Puzzle mit historischen Segelschiffen auf dem Meer. An eins mit Onkel Dagobert und den Panzerknackern. An das Weltall mit allen Planeten. Die größte Herausforderung aber war immer der Himmel gewesen, dachte Gentilini, während er auf Marco Canetti wartete, nun doch mit spürbarer Ungeduld.

Eine Gruppe Touristen näherte sich. Der Mann mit der roten Kappe vorne musste Canetti sein. Ende zwanzig, hatte Messino gesagt. Groß, blond, blauäugig, der normannische Typ des Neapolitaners.

Zwei Meter vom Commissario entfernt blieb der Trupp stehen. Unüberhörbar handelte es sich dabei um amerikanische Touristen, einige mit deutlich geröteten Hautpartien. Canetti sprach ein Schlusswort, verabschiedete sich. Die Gruppe klatschte, man hatte einen gemeinsamen zweistündigen Rundgang hinter sich und machte sich sofort aus dem Staub wie eine Schulklasse nach harten Stunden des Lernens. Nur zwei Frauen ließen nicht locker, sondern bedrängten den Fremdenführer mit weiteren Fragen. Natürlich, Pompeji war ein Pool an Fragen, sie lagen sozusagen auf der Straße, wucherten zwischen den antiken Steinen aus den Mauern, winkten aus jedem Fußbodenmosaik, man musste sich nur bücken und sie aufsammeln, sie abpflücken, dachte Gentilini. Fragen hatte er auch. Sogar eine ganze Menge.

Endlich ließen die beiden Frauen vom Reiseführer ab. Als der Commissario auf ihn zuging, hörte er ihn vor sich hin murmeln: »Ich bin doch keine Auskunftei, *managgia*. Aber ein Trinkgeld? *Noooooo … Tutto gratis.*«

Gentilini zeigte seinen Dienstausweis und nannte seinen Namen.

Canetti runzelte die Stirn. Ein wenig unwirsch sagte er: »Und womit kann ich Sie glücklich machen?«

Gentilini zeigte ihm das Kalenderblatt und beobachtete die Reaktion seines Gegenübers. Er sah ein Lächeln um die Mundwinkel, ein Aufblitzen des Begehrens in den Augen. Weder Angst noch Trauer.

»Giuseppe Messino sagte uns, dass Sie ihn mit dieser Frau bekanntgemacht haben. Ich hätte in diesem Zusammenhang ein paar Fragen an Sie …« Er zeigte auf den Mauervorsprung, auf dem er gesessen hatte, doch in der Zwischenzeit hatte sich dort ein Pärchen niedergelassen. Der Commissario wischte sich über die Stirn.

»Gibt es hier irgendwo Schatten? Einen Platz, wo wir in Ruhe miteinander reden können?«

Der Fremdenführer dachte kurz nach. Das Self Service platzte um diese Uhrzeit aus allen Nähten, von Ruhe also keine Rede. Er schlug daher den Weg zu den Terme Suburbane ein, vorbei am Tempel der Venus. Die Via Marina war staubig, steinig und sonnig. Ein paar Schritte lang schwiegen sie.

»Was ist passiert? Weshalb interessiert sich die Kriminalpolizei für Senait?«

»So heißt sie? Senait? Wissen Sie ihren vollständigen Namen?«

Canetti lachte. »Sie hat ihn mir einmal genannt. Beim besten Willen, Commissario! Diese äthiopischen Namen sind Silbenketten aus Tausendundeiner Nacht. Echte Zungenbrecher. Die kann man nicht aussprechen, geschweige denn im Kopf behalten …«

»Sie kommt also aus Äthiopien?«

»Aus Addis Abeba. Aber was ist mit ihr? Stimmt was nicht?«

Gentilini überging seine Frage. »Wo haben Sie sie kennengelernt?«

»Im Konsulat. Warum? Was ist los?«

Gentilini blieb stehen, runzelte die Stirn. Hatte Marco Canetti tatsächlich keine Ahnung von dem, was passiert war, oder tat er nur so?

»Im Konsulat? In welchem Konsulat?«

»Na, bei den Deutschen natürlich.«

Der Commissario war baff. Damit hatte er nicht gerechnet. »Was, wenn ich fragen darf, suchen Sie im deutschen Konsulat?«

»Nicht suchen, finden«, korrigierte ihn Canetti lächelnd. »Deutschen Tiefsinn. Deutschen Apfelkuchen. *Sehnsucht*. Meine zweite Identität. Suchen Sie sich was aus.« Als er sah, dass Gentilini dazu nicht gewillt schien, fuhr er fort: »Nein, Scherz beseite. Meine Mutter ist Deutsche. Ich selbst bin auch deutsch. Aber, wie gesagt, nur zur Hälfte.«

Gentilini überlegte, ob Sonja Marco Canetti und seine Mutter bei dem Empfang vor ein paar Tagen zufällig kennengelernt hatte. Er hatte sie nicht danach gefragt, aber weshalb hätte er es auch tun sollen?

»Sie haben dort also diese Senait gefunden ...«

Canetti reckte sich und wuchs damit eindeutig eine Hand breit über Gentilini hinaus. »Bravo, Commissario, jetzt haben Sie mich mit meinen eigenen Waffen geschlagen.«

»Waffen?«

»Worten. So sagt man doch. Ja, ich habe sie im Konsulat kennengelernt. Sie hat dort bedient, bei irgendeinem Fest. Sie war etwas ganz Besonderes. Eine African Queen.«

Sie waren bei den Thermen angekommen. Unter einer ausladenden Pinie stand eine freie Bank, auf die sie sich setzten. Der Commissario wischte sich dankbar den Schweiß aus der Stirn. Canetti holte ein Päckchen Zigaretten hervor, zündete sich eine an, bot dann auch Gentilini einen Glimmstängel an, der abwinkte.

»Was für eine Hitze ... Wann genau war dieses Fest?«

»Lassen Sie mich überlegen ... Ich glaube, es war das Sommerfest vor den großen Ferien, im letzten Jahr.«

»Wie haben Sie sich mit Senait verständigt?«

Canetti zuckte die Achseln. »Weiß ich nicht mehr. Nur

die Basics. Ein bisschen Englisch, ein bisschen Italienisch. Zeichensprache.« Er lachte. »Körpersprache.«

»Und wie kamen Sie auf die Idee, Ihren Freund Messino mit ihr bekanntzumachen?«

»Messino ist kein Freund. Man kennt sich einfach ... Sie wissen schon. Irgendwann traf ich ihn, er war gerade dabei, diesen Kalender zu produzieren, und hat über nichts anderes geredet als über seine Modelle, und ich dachte mir, das ist doch eine gute Gelegenheit für Senait, schnell und sauber hundert Euro zu verdienen. Also habe ich ihr geholfen.«

»Hundert Euro also.«

»Ja, so ungefähr, keine Ahnung!« Canetti fuchtelte ungehalten mit den Händen. »Für sie war es viel Geld.«

»War Senait eine Prostituierte?«

Canetti runzelte die Stirn. »Wie kommen Sie denn darauf? Nur weil sie Aktfotos gemacht hat? Commissario, auf welchem Stern leben Sie?«

»Viele Afrikanerinnen, die in Neapel leben, müssen sich prostituieren, um überleben zu können. Es ist also nicht so abwegig ...«

Canetti hob theatralisch die Hände hoch. »Ich weiß überhaupt nichts über diese Frau, Commissario. Nur ihren Vornamen, die Stadt, aus der sie kommt. Und dass sie klasse aussieht.«

»Haben Sie ihre Telefonnummer? Wissen Sie, wo sie wohnt?«

»Nein, wieso ...?«

»Wie haben Sie nach dem Fest damals Kontakt zu ihr aufgenommen?«

»Ich ... Ist das ein Verhör?« Canetti war aufgesprungen. Er sah Gentilini ärgerlich von oben herab an. »Was wollen Sie von mir, Commissario!«

Gentilini lehnte sich zurück. »Wissen Sie das wirklich nicht?«

Canetti trat seine Zigarette aus und musterte Gentilini argwöhnisch. »Sie sind nicht nur wegen dieses Kalenders hier.«

»Erraten.«

»Sondern?«

»Stichwort Lupanar.«

Canetti verdrehte die Augen. »Natürlich, das war ja klar. Ich hatte organisiert, dass Messino im Lupanar ein paar Aufnahmen für seinen Kalender machen konnte. Ein ausgefallener Schauplatz, ein besonderer Ort. Ist das etwa ein Verbrechen?«

»Und die Gegenleistung?«

»Welche Gegenleistung?« Canetti grinste. Er verschränkte die Arme über der Brust. »Na gut, wenn Sie unbedingt eine wollen: Messino macht auf meiner Hochzeit alle Fotos.«

»Gibt es schon einen Termin?«

»Übermorgen in zehn Jahren, Commissario. Wenn Sie wollen, sind Sie eingeladen. Wäre mir ein Vergnügen.«

Diese Arroganz. Gentilini musste sich sehr zusammenreißen, um nicht aus der Haut zu fahren. »Letztes Wochenende wurde im Lupanar ein Fresko gestohlen.«

»Aha, jetzt kommt man endlich zur Sache.« Canetti kniff die Augen zusammen. »Und was habe ich damit zu tun? Nur wegen dieser Aufnahmen im letzten Jahr …«

»Ebenfalls letztes Wochenende wurde hier auf dem Gelände eine Frau ermordet«, fuhr Gentilini um einiges schärfer fort. Er ließ den Fremdenführer nicht aus den Augen. »Wir haben ihre Blutspuren auch im Lupanar gefunden. Diese Frau war Senait.«

Canetti starrte den Kommissar überrascht an. Er sah

aufrichtig schockiert aus. »*Non è vero* …«, murmelte er. Ihm fehlten die Worte.

»Wussten Sie das etwa nicht? Haben Sie denn das Foto in der Zeitung nicht gesehen?«

Canetti schüttelte langsam den Kopf. »Ich war bis Dienstag in Rom, ich hatte keine Ahnung …«

»Aber der Mordfall ist doch sicherlich Gesprächsthema Nummer eins.«

»Ja, schon. Aber dass *sie* die Tote ist, wusste ich nicht …«, murmelte Canetti. »Woher sollte ich …? Warum haben Sie mir das nicht gleich gesagt?«

Darauf erhielt er keine Antwort.

»Hatten Sie in letzter Zeit zu ihr Kontakt?«

»Nein. Seit über einem Jahr nicht mehr. Wir haben uns nur einmal getroffen, nach dem Fest, und dann noch ein zweites Mal, als ich sie zu Peppino gebracht habe … Kurz nach der Sache mit dem Kalender bin ich in die USA geflogen. Ich habe Senait nie wieder gesehen.«

»Und sie hat Ihnen damals nichts von sich erzählt? Wo sie wohnt, wie sie lebt, wie sie sich in Neapel über Wasser hält, ob ihre Familie auch hier ist …?«

»Nein, zum Teufel, das habe ich Ihnen doch schon gesagt!«

Gentilini hielt ihm kommentarlos das Foto des Wachmanns unter die Nase. »Kennen Sie diesen Mann?«

Canetti warf einen kurzen Blick darauf, runzelte die Stirn. »Moment, wenn mich nicht alles täuscht, hat er mal im Konsulat gearbeitet. Glaube ich jedenfalls …«

»Im deutschen Generalkonsulat?« Jetzt war Gentilini sprachlos. Beinahe jedenfalls. Alles Mögliche hätte er erwartet, aber nicht das.

»Ja, im Wachdienst an der Pforte. Fragen Sie doch im Konsulat nach, die können Ihnen das mit Sicherheit sagen. Was ist mit ihm? Ist er etwa der Täter?« Er ballte die Fäuste.

»Der Mann heißt Paolo Buttà. Er war Wachmann in Pompeji. Er hatte am Wochenende Nachtdienst. Als das Fresko gestohlen und die Frau ermordet wurde.« Er machte eine kurze Pause, bevor er hinzufügte, dass Buttà seinerseits Montagnacht Opfer eines Mordes geworden war.

Canetti kratzte sich am Kopf. »Das hört sich ziemlich kompliziert an.«

»Ja. Das ist es auch.« Aber jetzt waren auf einmal völlig unerwartet zwei winzige, hauchdünne Spuren zu erkennen, die merkwürdigerweise ausgerechnet im deutschen Konsulat zusammenliefen.

Gentilini stand auf. »Leisten Sie mir doch noch ein paar Schritte Gesellschaft, und begleiten Sie mich zum Ausgang. Erzählen Sie mir von Ihrem Leben, eine kleine Führung sozusagen.«

»Machen Sie Witze?«

»Niemals.« Gentilini lächelte versonnen. »Aber ich liebe Puzzles, und mir fehlen noch diverse Teilchen.« Sie gingen zurück zum Hauptweg. »Was haben Sie gemacht, bevor Sie Fremdenführer wurden?«

»Ich habe studiert, hier in Neapel.«

»Welche Fächer?«

»Deutsch, Englisch, Russisch. Und Kunstgeschichte.«

»Spannende Mischung. Und danach?«

»Ich bin gern unterwegs. Wenn ich in Neapel bin, biete ich Führungen an. In Pompeji gibt es immer Bedarf. Manchmal mache ich auch Übersetzungen.«

»Und das reicht zum Leben?«

Canetti machte eine wegwerfende Handbewegung. »Ich habe keine großen Ansprüche.«

»Wohin reisen Sie am liebsten?«

Canetti zuckte die Achseln. »Deutschland, USA, Russland. Eigentlich überallhin.«

Als der Eingangsbereich der Ausgrabungsstätte in Sicht kam, fragte Gentilini: »Eins noch, nur zur Vervollständigung: Wo waren Sie am Wochenende?«

Canetti grinste. »Mein Alibi, Commissario? In Rom, das sagte ich doch schon.«

»Sie haben sicherlich Zeugen.«

»Aber natürlich.« Canetti nannte ihm aus dem Stegreif vier Leute, die bezeugen konnten, wo er in diesen beiden Nächten gewesen war. Entweder hatte er die Frage erwartet und sich schon vorher eine Antwort überlegt. Oder er hatte sein Leben einfach im Griff.

Gentilini notierte sich die Namen und die Telefonnummern, auch die Handynummer von Canetti.

»Bitte halten Sie sich in nächster Zeit für Fragen zur Verfügung.«

Jetzt wirkte Canetti tatsächlich getroffen, geradezu empört. »Ende September habe ich einen Flug nach Berlin gebucht!«

»Bis dahin ist der Fall längst geklärt.«

Der Commissario hatte das lässig und etwas von oben herab dahingesagt, aber als er zu seinem Auto ging, glaubte er tatsächlich daran. Er hatte auf einmal das Gefühl, etwas ginge voran. Man fing an den Rändern einer Tat an, tastete sich langsam vor, immer Schritt für Schritt. Diese Randgebiete besaßen lange Zeit keine erkennbare Form, manche Puzzleteile waren winzig klein, andere überdimensioniert, wieder andere lappten über, es war ein lästiges Hin- und Herschieben, ein Suchen und Ausprobieren. Aber irgendwann kam Bewegung in die Sache.

Bevor er losfuhr, gab er die Daten, die Canetti ihm gegeben hatte, zur Überprüfung an einen Kollegen durch und bat um die Telefonnummer des deutschen Generalkonsulats. Wenn er sich beeilte, bekam er vorher in Giuseppinas Trattoria noch etwas zu essen.

31

Der Anrufbeantworter des Konsulats hatte mitgeteilt, dass das Sekretariat am Freitag bis zwölf Uhr dreißig zu erreichen sei. Es war inzwischen früher Nachmittag. Das Wochenende stand bevor. Keine Rede davon, den Vicequestore anzurufen und ihn – sofern Gentilini ihn überhaupt erreichte – darum zu bitten, seine Kontakte spielen zu lassen, um eine Verbindung zu den Deutschen herzustellen. Das würde viel zu lange dauern.

Gentilini versuchte daher Sonja zu erreichen. Eine Deutsche an seiner Seite konnte im deutschen Generalkonsulat von Nutzen sein. Zugegeben, der Plan war zweckdienlich, aber hatte Sonja nicht darauf bestanden, über seine Arbeit informiert zu werden? Jetzt konnte sie ihm obendrein behilflich sein, schließlich war sie bereits einmal im Konsulat gewesen und kannte den einen oder anderen.

Eigentlich seltsam, dachte er, während er ihre Handynummer wählte. Es war jetzt schon das zweite Mal, dass sie ihm in gewisser Weise einen Schritt voraus war. Zuerst das Konsulat, gestern Abend dann der Kalender. Was sollte da noch kommen …?

Während es am anderen Ende klingelte, glitt er in einen Tagtraum hinein … Sonja wartete mitten auf der Piazza Plebiscito auf ihn, sie trug nur ihr federleichtes, eng anliegendes schwarzes Trägerkleid mit den hellgrünen Blütenblättern, das sie schon am Gardasee mehrmals angehabt hatte ... sie machte ein paar tänzelnde Schritte auf dem Brunnenrand, barfuß, ihr Körper war ein sinnliches Geschmeide, das einem den Kopf verdrehte und das man besitzen wollte, besitzen musste, um jeden Preis ... und so drehte er in seinem Cabrio lässig seine Kreise, immer enger, immer dichter, bis er sie spüren konnte, mit den Fingerspitzen, und zupacken, mit einer Hand, einem durchtrainierten, muskulösen Arm hob er sie hoch wie Tarzan Jane und setzte sie sanft auf seinem Schoß ab ... und sie legte den Kopf in den Nacken und schloss die Augen und bot ihm ihren Hals dar, und der Träger ihres Kleides rutschte endgültig von der Schulter, über die Brust, und während er mit dem kleinen Finger der linken Hand das Steuer dirigierte, beugte er sich vor und umschloss mit den Lippen ihre ...

Die Mailbox sprang an und sagte ihr deutsches Sprüchlein auf.

Gentilini fuhr zusammen und drückte die Leitung weg. Der Sturz zurück in die Realität war zu brutal, um eine Nachricht zu hinterlassen, gleich welchen Inhalts. Er musste einen Moment lang eingenickt sein. Vielleicht lag es an der wie immer unübertroffenen und allzu reichlich bemessenen Portion *parmigiana di melanzane*, die er bei Giovanna gegessen hatte, dazu ein halber Liter Rotwein ...

Er würde also allein hinfahren.

Cava war in anderen Gefilden unterwegs – er habe geheimnisvoll geklungen, hatte Stefano gesagt, als sie sich auf dem Flur der Questura begegnet waren. Sie hatten sich kurz über den Stand der Dinge ausgetauscht. Gentilini hatte von den Unterredungen mit Messino und Canetti berichtet, Stefano von der Verhaftung eines Nigerianers, der offenbar in den Menschenhandel zwischen Benin-City und Südeuropa verstrickt war. Die Polizei in Aversa hatte ihn auf einen anonymen Tipp hin verhaftet, vor Montag war aber kein

Dolmetscher aufzutreiben. In der Parkplatzsache von Ercolano hatte der Schwager des Opfers ein überraschendes Geständnis abgelegt. Stefano war bester Laune. Kein Wunder, bei ihm ging eindeutig etwas voran. Außerdem war Stefania, seine »bessere Hälfte«, wieder zu Hause. Da sie sich in den nächsten Monaten schonen sollte, suchten sie nach einer Haushaltshilfe. Gentilini empfahl ein afrikanisches Hausmädchen … Die konnte das Geld am besten gebrauchen. Auf seinem Schreibtisch hatte Gentilini außerdem eine Nachricht von Cava vorgefunden, ein gewisser Angelo habe angerufen. In Klammern stand dahinter: *lavoro.* Es dauerte einen Moment, bis der Groschen fiel – Angelo war der junge Wachmann aus Pompeji, den es in den Polizeidienst drängte.

Gentilini versuchte noch einmal im Konsulat anzurufen, danach erneut bei Sonja. Als er in beiden Fällen keinen Erfolg hatte, setzte er sich ins Auto und fuhr los.

Er fragte sich, auf welchem Wege und über welche Kontakte die Äthiopierin zu dem Partyservicejob im Konsulat gekommen war. Irgendwer musste sie empfohlen haben. Vielleicht hatte ein Partyservice sie hingeschickt. Irgendjemand im Konsulat musste das wissen. Gentilini wollte außerdem herausfinden, ob der Wachmann womöglich im selben Zeitraum dort gearbeitet hatte. Vielleicht hatten er und die Äthiopierin sich dort kennengelernt.

Cava erreichte Gentilini, als er in die Piazza Amedeo einbog. Der Commissario wollte erst langsam weiterfahren, dann hielt er doch lieber am Straßenrand an.

Der Ispettore klang aufgeregt, seine Stimme überschlug sich, seine Sätze hatten keinen Anfang und kein Ende, es gab daher auch keine Möglichkeit dazwischenzugehen, um nachzufragen. Was Cava erzählte, war wirr und unglaublich zugleich. Und es führte dazu, dass Gentilini, statt zum

Konsulat zu fahren, unverzüglich den Weg nach Bagnoli einschlug. Außerdem informierte er Livia. Er erwischte sie mitten in einer Besprechung mit ihrem Team, aber sie versprach, so schnell wie möglich nachzukommen. Unterwegs versuchte Gentilini zu sortieren, was er gehört hatte.

Erstens: Der Wachmann Paolo Buttà hatte eine Zeitlang für ein anrüchiges Etablissement vor den Toren Neapels gearbeitet – als Ordnungshüter und Rausschmeißer in einem Edelpuff, ganz in der Nähe des stillgelegten Stahlwerks in Bagnoli.

Zweitens: In dem Puff arbeiteten unter anderem mehrere Frauen aus Afrika. Vielleicht hatte er Glück, und die Spur der Äthiopierin führte genau dorthin. Aber was hieß hier *Glück* – Glück bedeutete es nur für den Ermittler, der damit ein Puzzleteilchen mehr an der richtigen Stelle einpassen konnte.

Drittens: Der Geschäftsführer des Etablissements hieß Mangano – das wiederum war der Name, den der Riese aus dem Fitnessstudio ihm gestern hingeworfen hatte, gewissermaßen als Leckerli aus alten Knochen. So hatte Gentilini es jedenfalls empfunden und vielleicht gerade deshalb entsprechend halbherzig nach diesem Mangano gesucht. Auch Alleswisser Massone hatte den Namen bisher nicht zuordnen können. Vielleicht hätte ich bei diesem Riesen mehr Druck machen sollen, dachte Gentilini und spürte Wut in sich aufsteigen, Wut der Ohnmacht, Anlass zu einem zweiten Tagtraum innerhalb weniger Stunden, in dem der Commissario den Riesen vom Fitnessstudio mühelos zum Schwitzen und Japsen brachte, bis dieser alles, was er über Buttà wusste, ausspuckte.

Zwei Vespas, jede mit drei Jugendlichen besetzt, alle ohne Helm, überholten ihn von beiden Seiten mit einem Affenzahn, scherten kurz nach dem Überholmanöver wieder in der Mitte zusammen. Das Grölen und Jubeln ging im Aufheulen der Motoren unter, die Gesten der ausgestreckten Finger reichten von Victory bis Fuck.

»Idiotenpack«, murmelte Gentilini, der bremsen musste, kopfschüttelnd. Habt ihr Glück, dass ihr noch Kinder seid. Sein Sohn würde sich hoffentlich niemals so hirnlos verhalten. Die Chancen standen jedoch fifty-fifty. Maximal.

Cava hatte den Tipp von einem Mitarbeiter der privaten Wachfirma bekommen, der seinen Namen auf keinen Fall genannt wissen wollte. Dieses Lieferantentum der Namenlosen war längst zum Bestandteil der Polizeiarbeit geworden. Manch einer lieferte kostenlos und frei Haus, andere nutzten die Gelegenheit nur zu gern zur Imagepflege und zur Bereinigung ihrer polizeilichen Akten. Ohne einen weit verästelten Kreis von Informanten wäre die Kripo längst schachmatt. Andererseits galt Verrat noch immer als Verrat. Eine Frage der Perspektive.

Vor ihm lag der Tunnel nach Fuorigrotta. Da hieß es aufpassen. Gentilini schaltete die Scheinwerfer an. Garantiert rasten die Kids ohne Licht durch dieses schwarze Loch. Er fuhr absichtlich langsam. Hinter ihm hupte einer, der es eilig hatte. Gentilini fuhr noch langsamer. Jetzt erst recht.

Viertens: Das Bordell in Bagnoli hatte laut Cava Ähnlichkeiten mit dem Lupanar in Pompeji – ein zweites, modernes Lupanar, genau wie der Puff aus der Antike mit erotischen Fresken ausgestattet. Und hatte Gentilini richtig gehört? Unter diesen Fresken befand sich auch der abgemeißelte Priapus, das geraubte Fresko aus dem Lupanar in Pompeji? Er konnte es kaum glauben. Das wäre zu schön, um wahr zu sein.

Das grelle Sonnenlicht hinter dem Tunnel blendete. Als seine Augen sich daran gewöhnt hatten, gab Gentilini Gas.

Zwischen Bagnoli und Pozzuoli erstreckte sich ein wunderbarer Küstenstreifen, sofern man eine Gabe zur Abstraktion besaß. Man musste sich nur den steinigen, stellenweise zugemüllten Strand wegdenken, die bröckelnden Fassaden der ehemals hochherrschaftlichen Villen an der Uferpromenade, die Straße voller Schlaglöcher und Risse, vor allem den rostenden Fabrikkoloss mit Zugang zum Meer. Alles weg, ausblenden. Alte Römer hinzudenken, wie aus Historienschinken, mit Toga, Sandalen, Lorbeerkranz. Baia, Pozzuoli, die Sommerfrische des alten Roms. Lustwandel mit oder ohne Gefolge an einem der idyllischsten Orte der damaligen Welt.

Cava hatte etwas von hohen Tieren gefaselt. Ein Edelpuff für die Lorbeerträger der Neuzeit also. In dem Fall war Fingerspitzengefühl angesagt, damit die Sache nicht im Sande verlief, besser gesagt: erstickt wurde, mit ein paar Sandsäcken, die von höchster Hand und von hoch oben ausgeschüttet wurden. Diese Leute hatten es nicht gern, wenn man in ihrem Privatleben herumstocherte. Egal, was darin geboten war, einfach nur Sex oder einfach nur Crime oder Sex and Crime zusammen … Es war dem Commissario schon jetzt zuwider. Es roch nach Sackgasse. Nach vergeblicher Suche.

32

Von außen hätte Gentilini das Etablissement nicht als solches identifiziert, aber das war ja auch der Zweck der Sache. Der Polizeiwagen, der direkt vor der Einfahrt auf der Straße parkte, war ein hilfreicher Wegweiser. Vermutlich hielt er außerdem die Kunden fern, die für den Freitagabend einen Lustgewinn an den traulichen Gestaden des Golfo di

Napoli eingeplant hatten. Gentilini hatte Cava angewiesen, draußen auf Livia Picone vom Dezernat Kunstraub zu warten. Mit dem Geschäftsführer des Bordells – dem Oberluden – redete er lieber ohne seinen eifrigen Ispettore.

Silvio Mangano erwartete das Auftauchen des Commissario bereits ungeduldig und erbost, doch wusste er sich zu beherrschen. Das Wochenende, speziell der Freitagabend, war die goldene Zeit seines Etablissements. Mangano hatte – nicht nur aufgrund des gemeinsamen Vornamens – eine verblüffende Ähnlichkeit mit Berlusconi, vielleicht wegen der Halbglatze und des jovialen, auf Dauer in die Gesichtszüge eingefrästen siegesgewissen Lächelns. Ein verjüngter Berlusconi, korrigierte sich Gentilini, und ein gutes Stück in die Länge gezogen, wie vor einem Zerrspiegel. Groß und schlank wie einst Prinz Charles und so gut und teuer gekleidet wie Karl Lagerfeld. Der Oberlude entsprach damit in keiner Weise dem Klischee des schmierigen, latent gewalttätigen Zuhälters. Er wirkte eher wie ein unterkühlter Manager der Telecom Italia.

Mangano setzte sich hinter einen Designerschreibtisch mit einer knallroten Plexiglasplatte. Der Rest des Mobiliars bestand aus wenigen ausgesuchten Stücken. An der hinteren Wand hingen zwei Ölgemälde mit unzweideutig erotischem Sujet.

Mangano war ein Mann, der mit Macht zu tun hatte und damit umzugehen verstand. Er wies auf seine zelebre Kundschaft hin, die es zu schützen galt, wolle man einen Skandal verhindern. Ein Appell an Gentilinis Verantwortungsgefühl – als Kommissar und als Angehöriger der männlichen Hemisphäre dieser Welt.

Der Commissario zweifelte keine Sekunde lang daran, dass Mangano wichtige Personen anrufen könnte, die die Ermittlungen ab diesem Punkt ins Leere laufen lassen würden. Sein Blick fiel auf eine kleine Bronzestatuette auf dem Schreibtisch. Eine antike Figur, ein Mann mit einem überdimensionalen Phallus, der ein ebenso überdimensionales leeres Tablett in der einen Hand hielt. Auf dem Tablett lagen – wie banal – Büroklammern.

Vor zwanzig Jahren, als Gentilini noch neu bei der Kriminalpolizei war, hatte er bei jeder noch so kleinen Drohung mit Macht und Autoritäten den Kopf eingezogen. Das hatte sich bald auf ein gewisses Ziehen in der Magengrube wie in der Achterbahn reduziert. Machtgebärden machten ihm schon lange keine Angst mehr, er wurde vielmehr wütend und hatte eher das Gefühl, nichts zu verlieren zu haben. Ein abgehobenes Gefühl von Unverletzbarkeit, unbedingter Freiheit. Wer Gentilini mit Macht kam, rief bei ihm Widerstand hervor. Käme der Polizeipräsident auf Druck von noch weiter oben auf die Idee, Commissario Gennaro Gentilini ins hinterste Kaff der Basilicata zu versetzen, würde er einfach alles hinschmeißen. Das Ende dieser Fahnenstange war längst erreicht.

Der Commissario fragte, ob sein Kollege schon eine Liste mit den Namen der hier arbeitenden Frauen erhalten habe.

Hatte er nicht.

Dies war sofort nachzuholen.

Mangano hatte keine Einwände.

Gentilini zeigte ihm das Foto aus dem Kalender.

Der Chefzuhälter warf einen desinteressierten Blick darauf. Nein, dieses Mädchen habe er noch nie gesehen. Das habe er dem Ispettore alles schon erzählt.

»Ich mag Wiederholungen«, sagte Gentilini. Hatte der Wachmann Paolo Buttà hier gearbeitet?

Ja, er hatte.

Von wann bis wann?

Mangano sagte, auch das habe er dem Ispettore bereits gesagt. Er griff nach einem Blatt Papier, das längst auf seinem schrillen Designerschreibtisch bereitlag, und überreichte dem Commissario den Ausdruck mit sämtlichen den Wachmann betreffenden Daten. Dann knetete er sanft und selbstzufrieden seine gepflegten Finger. Alles im Griff. Alles im Lot.

Der Commissario überflog das Blatt. Buttàs Zeit in diesem Etablissement lag über vier Jahre zurück. Wie sollte er sich das vorstellen: Fußballstadion, dann private Wachfirma, dann Konsulat, Puff, Pompeji? Oder in einer anderen Reihenfolge? Sie mussten dringend die Zeitangaben abgleichen. Sie mussten sich die Namen der Leute ansehen, die im Zusammenhang mit den wechselnden Jobs des Wachmanns auftauchten, vielleicht gab es Überschneidungen.

»Sie wissen, dass der Wachmann ermordet wurde?«

Kaum merkliches Heben der Augenbrauen. »Ihr Kollege erwähnte so etwas, ja. Sehr bedauerlich.«

Manganos Abgebrühtheit brachte Gentilini allmählich auf die Palme. Diese Coolness, die dem Oberluden aus allen Poren stieg. Er hatte sich in seinem echt antiken Sessel zurückgelehnt und sah Gentilini mit dem echt gelangweilten Lächeln desjenigen an, der nichts zu befürchten hat.

»Es geht um zwei Morde«, sagte Gentilini gefährlich leise. »Zwei Opfer und ein Mörder. Vielleicht auch zwei. Wir wissen es nicht.«

»Ich sehe nicht, wie ich Ihnen weiterhelfen könnte.«

Mangano blickte aus dem Fenster. Vom Büro des Bordellchefs im ersten Stock des Hauses hatte man einen grandiosen Blick auf den Golf von Neapel, über den schmutzigen Strand und die Straße hinweg. Die Welt war herrlich, glitzernd, rein. Wer etwas anderes behauptete, hatte einfach eine falsche Sicht auf die Dinge.

Gentilini verspürte plötzlich eine unbändige Lust, sich zu prügeln. Mit der Coolness, der Kaltschnäuzigkeit, der Überheblichkeit seines Gegenübers, und sicherlich gäbe es noch viele, viele Gründe mehr. Wie oft hatte er diesen Impuls schon unterdrückt.

»Mein Kollege berichtete von einem Fresko«, sagte er schärfer als zuvor. »Es gibt in dieser Angelegenheit offenbar eine weitere Spur, die hierherführt. Kunstraub. Das Priapus-Fresko. Sie haben vielleicht davon gehört. Falls nicht: Vor einer Woche wurde aus dem Lupanar in Pompeji ein Fresko gestohlen.«

Mangano erhob sich, ein amüsiertes Lächeln auf den Lippen.

»Kommen Sie. Je schneller wir die Sache hinter uns bringen, desto besser.«

Er ging zur Tür, neben der ein bronzenes Tintinnabulum hing, vier Glöckchen und ein Gladiator im Kampf mit einer Raubkatze, deren Kopf mitsamt dem Oberkörper den vorderen Teil seines riesigen Phallus bildete ... Als Mangano Gentilinis Blick sah, sagte er: »Sie können es nicht wissen, aber das Besondere an unserem Haus ist die Atmosphäre der Antike. Und zwar sowohl, was die sexuellen und erotischen Gepflogenheiten, die uns beispielsweise aus Pompeji überliefert sind, betrifft, als auch die künstlerische Gestaltung und die Ausstattung.« Er lachte. »Natürlich gibt es bei uns keine steinernen Betten. Aber wie im Lupanar weist ein Fresko vor jedem Zimmer darauf hin, welche spezielle Lustbarkeit dort zu erwarten ist. Natürlich ist in diesem Reigen auch der doppelphallische Priapus mit von der Partie. Im lockeren Jargon könnte man sagen: ein flotter Dreier ...«

In einem achteckigen Raum, der auch eine Bar beherbergte, trafen sie auf Cava, einen Mann vom Sicherheitspersonal, Livia, die gerade eingetroffen war, und ihren jungen norditalienischen Kollegen Rivello. Der ganze Trupp folgte Mangano in einen breiten, schummrigen Korridor, der zu den einzelnen Liebeskammern führte. An den nackten, aus grobem Gestein gemauerten Wänden loderten künstliche Fackeln. Über den Türen zu jedem der zehn Zimmer sah man ein Fresko. Und über einem von ihnen den doppelphallischen Priapus. Von innen waren die Zimmer groß und geräumig. Was im antiken Lupanar karg, hart und eng wirkte, war hier üppig, weich und luxuriös.

Mangano lächelte gönnerhaft. »Bei allem Respekt vor der Geschichte und unseren Kunden – wir haben natürlich keine Originale aufgehängt«, sagte er. »Wie auch, nicht wahr?! Aber Sie müssen zugeben, dass unsere Exemplare kleine Meisterwerke sind, alle aus der Hand eines neapolitanischen Künstlers.«

»Bevilacqua«, stieß Livia hervor.

Mangano zog erstaunt die Augenbrauen hoch.

Rivello leuchtete das vermeintlich gestohlene Fresko ab, verzog den Mund, nickte.

»Eine Fälschung?«, stieß Cava hervor. Er presste die Lippen aufeinander und ballte die Fäuste. Seine heiße Spur hatte sich abgekühlt. Der Priapus war nicht echt.

Mangano rieb sich die Hände und blickte freundlich in die Runde. »Kann ich – oder sonst jemand in unserem Hause – vielleicht noch etwas für Sie tun?«

33

Am Ende dieses Tages gab es diverse Sieger und Verlierer. Wie nach jedem Spiel, jedem Einsatz.

Wenn Gentilini an Manganos gönnerhaftes Auftreten dachte, packte ihn noch nachträglich der Zorn. Mangano zählte in der heutigen Welt zu den Siegern, aber vielleicht wäre es vor zweitausend Jahren nicht anders gewesen.

Erster Sieger aber war eindeutig Rivello, Livias junger Kollege aus Norditalien. Er hatte den Edelluden beim Wort genommen und darauf gedrungen, das gesamte Etablissement zu besichtigen, auch wenn das nach der Pleite mit dem gefälschten Priapus-Fresko gar nicht mehr nötig war, wie Mangano mehrfach betonte, was Rivellos Neugier jedoch eher angefacht hatte.

»Ich liebe Fälschungen«, hatte er gesagt. Mit diesen Worten war er direkt ins Büro des Bordellbesitzers hineinspaziert – und hatte scharfen Auges sofort das Tintinnabulum entdeckt und unter die Lupe genommen. Rivello war in erster Linie als Spezialist für Kunstfälschungen nach Neapel gekommen. Dies war der erste Großeinsatz, bei dem er sein Können unter Beweis stellen konnte.

»Enttäuschend echt«, hatte er nach kurzer Zeit verkündet und sich daraufhin intensiv mit Livia beraten. Mit großer Wahrscheinlichkeit handelte es sich um das im August gestohlene Tintinnabulum aus dem Gabinetto Segreto im Nationalmuseum. Dasselbe galt für die Statuette des Büroklammern anbietenden Fladenverkäufers.

Mangano hatte protestiert und zum ersten Mal seit Gentilinis Ankunft beinahe die Beherrschung verloren. Leider nur beinahe. Nach einigem Hin und Her hatte er die Strategie geändert. Er hatte ihnen den Namen des Händlers genannt, bei dem er beide Objekte erstanden haben wollte, und betont, er habe natürlich nicht die leiseste Ahnung davon gehabt, dass es sich um Diebesgut handelte. Mit solchen Sachen wolle er nichts zu tun haben. Das könne er sich gar nicht leisten.

Gentilini war davon überzeugt, dass Mangano um die Echtheit der Objekte gewusst hatte. Dass er sich innerlich an diesem Coup geweidet hatte. Nachweisen konnte man ihm das jedoch nicht. Livia und Rivello hatten sofort weitere Kollegen mobilisiert, die dem Händler einen unangekündigten Besuch abstatten sollten, bevor er womöglich vorgewarnt wurde. Wer weiß, vielleicht führte die Spur von dort weiter zu den Kunsträubern in Pompeji.

Der Puffherr wusste sehr genau, dass der Commissario ihm trotz allem, was in dem Etablissement vor sich ging, nicht zu nahe treten würde. Wenn überhaupt, dann handelte es sich um vergleichsweise kleine Delikte, Kavaliersdelikte, die keinen Sturm im Wasserglas wert waren. Außerdem war die Liste der möglichen Beschützer so lang wie prominent. Gentilini neigte nicht zu Kamikaze-Aktionen. Aber es ärgerte ihn gewaltig, dass Leute wie Mangano immer einen Weg fanden, ungeschoren aus allem Ungemach herauszukommen. Ein weiteres Merkmal, das er mit Berlusconi gemeinsam hatte.

Auch Mangano ließ andere für sich die Drecksarbeit machen. In seinem postpompejanischen Edelpuff waren diese *Anderen* ausgewählte Schönheiten aus dem Orient, aus dem ehemaligen Reich des Bösen, aus der Dritten und Vierten Welt. Keine einzige Europäerin, keine Frau aus Neapel. Mit zwei der Frauen hatte Gentilini zu sprechen versucht, einer Frau aus Gambia, einer anderen aus der Ukraine, die seit über vier Jahren in diesem Bordell arbeitete. Sie hatten sich hinter Sprachschwierigkeiten versteckt, viel gelächelt, aber dahinter war ihre Angst zu spüren. Nicht die Angst von Menschen, die zu viel wissen und nichts verraten wollen, sondern die Angst, aus Italien ausgewiesen und in ihre Heimatländer zurückgeschickt zu werden. Keine der Frauen hatte eine Aufenthaltserlaubnis. Gentilini hatte sein Bestes versucht, ihnen klarzumachen, dass er nicht von der Ausländerpolizei kam. Er hatte ihnen das Kalenderblattfoto gezeigt und ein peinlich berührtes Kichern geerntet. Und Kopfschütteln. Nein, die Frau hatten sie noch nie gesehen.

Die Frauen, die hier ihre Körper verkauften, waren zwar eigentlich auf der Verliererseite, und trotzdem hatten sie unter einem anderen Blickwickel betrachtet auch gewonnen. Sie stammten aus den vergessenen, wirklich armen Ländern der Welt und waren wegen dieser Armut und aus keinem anderen Grund nach Europa gekommen. Ihr Körper war die Eintrittskarte in ein besseres Leben. Lieber in einem Edelpuff arbeiten als auf dem Straßenstrich in Castel Volturno. Auch der Verdienst war in Bagnoli höher – aber natürlich kein Vergleich zu den Gewinnen, die Mangano und Konsorten einkassierten.

Zu den Verlierern gehörte natürlich auch Cava, und das tat Gentilini aufrichtig leid. Der Ispettore war sich so sicher gewesen, den großen Coup gelandet zu haben: das gestohlene Fresko aus dem Lupanar in Pompeji in einem Edelbordell vor den Toren der Stadt – was für eine Schlagzeile! Tatsächlich hätte dieser Fund, wäre er es denn gewesen, wirklich etwas ins Rollen gebracht, Mangano ins Schlingern und vielleicht sogar einige Prominentensessel ins Rotieren.

Und er selbst? Gehörte er zu den Siegern oder zu den Verlierern? Wie kam er nur auf diese blödsinnige Einteilung!? Das war doch eine Weltsicht nach dem Geschmack von Leuten wie Mangano und Berlusconi, dachte Gentilini. Aber auch die Sexarbeiterinnen waren Teil davon. Sieger und Verlierer, die Erste und die Dritte Welt, das war Realität, das war die Globalisierung. Leute wie er selbst waberten irgendwo in der Mitte herum, ohne wirklich große Erfolgserlebnisse, aber auch ohne existentielle Verluste. Er war keins von beidem. Außerdem war es doch immer eine Frage der Perspektive. Dessen, was als Maßstab galt. Beruflich, na ja, er war erfolgreich, aber war er deshalb ein Sieger? Cava hatte heute eine Niederlage eingefahren, aber deshalb war auch er noch lange kein Verlierer. Mangano, Kotzbrocken hoch sieben, galt in den Augen der Welt als Sieger, aber Gentilini hätte sich lieber die Kugel gegeben, als jemals so zu sein, zu reden, zu denken.

Trotzdem, was habe ich eigentlich in der Hand?, dachte der Commissario, als er am Abend abgekämpft in die Quartieri Spagnoli einbog. Nichts als einige wenige Fährten, die irgendwann im Nichts enden.

Hör auf, dich zu bemitleiden, sagte eine innere Stimme. Morgen ist auch noch ein Tag. Vergiss das Konsulat nicht.

Angenommen, der Wachmann hatte die schöne Senait im Konsulat kennengelernt. Sie waren auf irgendeine Weise in Kontakt geblieben. Oder sie hatten sich zufällig wiedergetroffen. Über das Kalenderblatt vielleicht. Der Wachmann hatte im Fitnessclub dieses Kalenderblatt gesehen, sich an Senait erinnert. Letzten Sonntag hatte es ein Wiedersehen gegeben. Buttà hatte die Äthiopierin mitgenommen ins Lupanar. Ins echte, antike Lupanar. Für ihn war es kein Problem, dort reinzukommen. Und dann? Dann war irgendetwas schiefgelaufen. Vielleicht wollte sie nicht so, wie er wollte. Vielleicht hatten die Kunsträuber die beiden überrascht.

Vielleicht hatte Buttà auch die Profession gewechselt. Vielleicht hatte er, ähnlich wie der Fotograf Messino und der Touristenführer Canetti, ein Geschäft gewittert und das antike Lupanar benutzt. Nicht für ein aufgeilendes Kalenderblatt, sondern für eine aufgeilende Nummer. Als Zuhälter verdiente man bekanntlich eine Menge. Mehr als ein Wachmann auf jeden Fall. Buttà könnte auf die Idee gekommen sein, dass Zuhälterei wesentlich einträglicher war als nächtlicher Wachdienst. Vielleicht hatte er gedacht, das kann ich auch. Garantiert gab es Kunden, die sich ein echtes Ambiente wie im alten Pompeji etwas kosten ließen. Die Sexsklavin Senait aus dem Orient im antiken Lustgemäuer, und der Wachmann verdiente mit. Aber wieso musste er sterben? War Buttà vielleicht übermütig geworden und hatte noch eine dritte Einkommensquelle anstechen wollen, indem er den einen oder anderen Freier erpresste? Hatte ein Kunde den Wachmann ermordet, um einen unliebsamen Zeugen aus dem Weg zu schaffen?

Bei Michele brannte noch Licht. Gentilini ging mit gesenktem Kopf am Barbiersalon vorbei. Ihm stand der Sinn jetzt nicht nach einem freundschaftlichen Schwatz: *Commissario, come va …*, wie sieht's aus, haben Sie die Übeltäter schon gefasst? Heute bitte nicht.

Und wie war das mit diesem Canetti? Auch Canetti arbeitete in Pompeji, Zufall oder nicht? Angenommen, dachte Gentilini, während er sich die Gassen hochmühte, angenommen, der Wachmann hat gar nichts mit der Sache zu tun. Nicht er war mit der Frau im Lupanar, sondern Canetti. Die ganze Sache mit Canetti durchdenken. Kleiner, aber gravierender Schönheitsfehler dieser Hypothese: Canetti hatte ein Alibi für die Mordnacht. Zwei Zeugen aus Rom hatten mittlerweile bestätigt, am Sonntagabend mit Canetti zusammengewesen zu sein. Das Alibi für den Samstag war jedoch noch offen. Aber am Samstag war Senait noch am Leben gewesen.

In den Gassen war nach wie vor viel Betrieb. Kinder

spielten Fangen, Erwachsene standen herum und palaverten. Vor der Straßenpizzeria wartete eine Traube von Leuten. Zwei aufgebrezelte Damen stolzierten auf Stöckelschuhen in Richtung Via Roma, auf dem Basaltpflaster eine beinbrecherische Tätigkeit – die beiden Transvestiten, die in diesem Viertel lebten.

Freitagabend, dachte Gentilini. Alle Welt ging aus, um sich zu amüsieren. Nur er schleppte sich den Hang hinauf, als wolle er Sisyphos Konkurrenz machen. Er rollte diesen Fall vor sich her, immer höher, immer weiter – aber er wusste, er konnte ihn nicht lösen. Würde ihn vielleicht nie lösen können. Die einzige Lösung wäre, den Fall loszulassen, ihn einfach wieder den Berg hinunterkullern zu lassen. Sollte jemand anderer sich darüber hermachen. Besser noch: Er gäbe dem ganzen Elend einen großen Tritt. Die Vorstellung, diesen verflixten Fall einfach bis Montag früh einzumotten, hatte etwas sehr Verlockendes. Allen Fragen die Luft rauszulassen, das Diensthandy auszuschalten. Feierabend, meine Damen und Herren. Das war's für heute. Dienst nach Menschenmaß und ab ins Wochenende mit Sonja und den Kindern.

Was ihn zu Hause erwarten würde, war ein weiteres großes Fragezeichen. Er hatte mit Sonja telefoniert, die ihm die Ankunft seiner Kinder bestätigt hatte. Ihre Stimme hatte alles andere als begeistert geklungen – oder hatte er sich das eingebildet? Er konnte es sich leider bestens vorstellen: Isabella mit ihrer blasierten Teenagerart, wie sie Sonja gnadenlos auflaufen ließ. Giorgio, der sich wenigstens Mühe gab, drei verbindliche Worte zu produzieren. Es war halb elf. Vielleicht schliefen sie ja alle schon.

Mit gemischten Gefühlen schob Gentilini den Schlüssel ins Schloss. Im Flur war kein Licht, in der Küche auch nicht. Er klopfte an die Tür zu Giorgios Zimmer. Nichts.

Ebenso bei Isabella. Er ging ins Wohnzimmer. Kein Fernseher, der lief. Waren sie etwa ausgegangen, vielleicht ins Kino? Er stieg die Treppe zur Terrasse hoch. Im selben Moment ertönte ein Aufschrei, ein Jubeln. Drei Stimmen, die durcheinander schrien. Das kam eindeutig von oben.

Verblüfft blieb Gentilini stehen. Oben auf der Terrasse brannte Licht. Seine Kinder und Sonja saßen um den Tisch. Keiner sagte ein Wort. Alle drei brüteten über den Spielkarten, die sie aufgefächert in der Hand hielten. Giorgio zog eine Karte und knallte sie auf den Haufen in der Mitte des Tisches. Isabella legte die nächste Karte blitzschnell nach und rief triumphierend: »Jetzt hat Sonja keinen Trumpf mehr!«

Sonja grinste. »Hab ich doch!«

»Mist. Ich dachte, sie hätte das Ass gedrückt.«

»Ich auch.«

Giorgio hatte seinen Vater entdeckt. »Ciao, Papa!«

Gentilini trat näher. »Was spielt ihr?«

»*Si chiama skat*«, sagte Isabella mit glänzenden Augen. »Das spielt man in Deutschland. Hat Sonja uns beigebracht. *È stupendo!* Voll krass.«

»Giorgio hatte neapolitanische Karten dabei«, sagte Sonja, die ebenfalls aufgekratzt wirkte. »Sie spielen immer in der Sch …«

»In der Pause«, fiel Giorgio ihr ins Wort. »Ich hab Sonja *Scopa* beigebracht.«

»*Wir*«, korrigierte ihn die ältere Schwester. »Und dann kam sie auf die Idee mit Skat.« Sie hielt eine Karte hoch. »Was ist das?«

»*Fante di fiori*«, sagte Gentilini.

»Kre-uz-bu-bä«, radebrechte Giorgio. »Erz-da-me, was ist das auf Italienisch?«

»*Regina di cuori*«, wiederholte Sonja brav. »Komm, Gennaro, hol dir was zu trinken und setz dich zu uns. Wenn du willst, bringen wir es dir auch bei.«

So kam es, dass dem Commissario am Ende dieses Tages alle Fäden entglitten und er den Fall nach und nach vergaß. Beim Einschlafen dachte er noch, dass es lange her war, dass er mit seinen Kindern so viel gelacht hatte. Also doch noch ein Sieg. Und was für einer!

Sie lässt ihren Körper für sich sprechen. Sie dient. Sie bedient die Lust der Europäer. Wenn sie Glück hat, nur Getränke, Häppchen für den Gaumen. Wenn sie Glück hat, ist sie nur der Augenschmaus. Alles andere nimmt sie hin. Nimmt sie mit. Und während die Männer sich bei ihr bedienen, schließt sie nicht die Augen. Nie. Ihre Augen sind ihre Wurzel, Luftwurzel, Wüstenwurzel. Den Körper hat sie hergegeben, doch in ihren Augen sammelt sich ihr Leben. Alles, was sie sieht und gesehen hat, tagaus, tagein. Sie ist ein Augenmensch. Sie kann im Dunkeln sehen.

34

Als Gennaro Gentilini gegen halb neun vom Joggen in der Villa Comunale zurückkehrte, war es vergleichsweise früh, jedenfalls für einen Samstag. Umso überraschter war er, seine Kinder schon auf den Beinen zu sehen. Normalerweise kamen sie am Wochenende nicht vor elf oder zwölf aus dem Bett und waren, auch wenn sie nicht mehr schliefen, nur mit größter Mühe ansprechbar. Giorgio las dann Comics und hörte Musik, Isabella telefonierte oder verschickte SMS an die Mädchen in ihrer Clique, um auch an den Vaterwochenenden auf dem Laufenden zu bleiben.

Das Kartenspielen schien eine belebende Wirkung zu haben. Oder sollte es tatsächlich an Sonjas Gegenwart liegen? Giorgio stand sogar unter der Dusche – sein Sohn freiwillig unter der Dusche? Ein weiterer Grund für gute Laune. Und noch einer: Heute gab es Wasser. Als Gentilini in die Küche kam, fand er dort Isabella und Sonja vor; sie saßen am kleinen Tisch und hatten einen Milchkaffee vor sich, in den sie Kekse tunkten, die Sonja gekauft hatte. Isabella fragte Sonja gerade nach Luzie aus.

Gentilini beugte sich, verschwitzt, wie er war, über Sonja und drückte ihr einen Kuss auf den Nacken.

Mit einem verstohlenen Blick aus dem Augenwinkel prüfte er, wie Isabella reagierte.

Es war lächerlich, gewiss, aber er hatte vor den Augen seiner Tochter nie eine andere Frau geküsst als Rosaria, ihre Mutter. Die Mädchen von heute waren alles andere als prüde, die Fernsehmoderatorinnen zeigten mehr Haut, als sie verhüllten, Sex und Verhütung waren allen Verrenkungen des Vatikans zum Trotz ein Thema, das überall breit und lang diskutiert wurde. Rein theoretisch, wohlgemerkt. Denn was sich tatsächlich in den Familien, unter Eheleuten, jungen Paaren abspielte, stand auf einem anderen Blatt. Die Tatsache, dass sieben Millionen italienischer Männer Prostituierte aufsuchten, sprach Bände.

Aber sein Kuss auf Sonjas Nacken war kein theoretischer Kuss und ihr Nacken kein Bildausschnitt aus einem Film. Hier war alles echt. Auch Isabellas wohlwollendes, wissendes Grinsen. Gut, dachte er. *Anzi, benissimo.*

Beschwingt ging Gentilini um den Tisch herum zu seiner Tochter und drückte ihr einen Kuss auf die Wange.

»Papa, du schwitzt.«

»Schwitze ich?«, fragte Gentilini mit gespielter Empörung.

»Geh duschen«, sagte seine Tochter nur. »Es gibt Wasser.«

»Giorgio ist gerade im Bad.«

»Männer duschen doch gern zusammen.«

»Ich seh schon, ihr wollt mich loswerden.«

Sonja und Isabella grinsten.

Als alle geduscht hatten, gab es ein richtiges Frühstück auf der Terrasse: ein deutsches Frühstück, wie Isabella ihn aufklärte: mit gekochtem Ei, Marmelade, Butter, Schinken, Käse. Seine Kinder aßen morgens normalerweise nicht mehr als irgendein zumeist in Plastik eingeschweißtes Gebäckteilchen oder eine Minischeibe Weißbrot mit Nutella. Offenbar hatten die beiden beschlossen, Sonja zu mögen. Der Tag begann einfach wunderbar. Nichts war kompliziert, alles so einfach.

Bis Sonja ihn fragte, was bei dem Fotografen herausgekommen war, dem Produzenten des Pin-up-Kalenders. Was es mit diesem Edelpuff auf sich hatte, von wo er angerufen hatte. »*Insomma* – wie gehen die Ermittlungen voran? Wisst ihr jetzt endlich mehr über die tote Äthiopierin?«

Gespannte Stille trat ein. Jedenfalls am Tisch, denn Neapel rumorte im Hintergrund unbeirrt weiter. Giorgio und Isabella waren sofort ganz Ohr. Er sah es ihren Gesichtern an. Edelpuff, Pin-up-Kalender, tote Äthiopierin? Giorgio hielt sogar im Kauen inne. Seine Kinder fragten sich jetzt, was er tun würde.

Zu Hause in der Familie hatte Gentilini nie von seiner Arbeit erzählt. Dass er Kommissar war, war seiner Frau und seinen Kindern bekannt, und was ein Kommissar in ungefähr tat, wusste man aus dem Fernsehen. Seit der Vater zu Hause ausgezogen war, hatte sich sein Sohn zu einem begeisterten Krimifan entwickelt, es gab kaum einen Krimi, den er im Fernsehen versäumte. Rosaria hatte Gentilini vorgeworfen, sein Sohn suche in Wirklichkeit nach seinem Vater, der ihm verlorengegangen war. Als sie kleiner waren, hatte er Giorgio und Isabella mehrfach in die Questura mitgenommen, den Kindern gezeigt, wo er arbeitete. Es war eher enttäuschend gewesen, viele Akten, keine Verbrecher, nur der freundliche Stefano, der immer einen Witz auf Lager hatte und den sie sowieso schon seit ihrer Geburt kannten. Die konkrete Kripoarbeit und alles, was damit zusammenhing, waren ansonsten tabu geblieben. Die Kinder waren zu klein gewesen für derlei Dinge. Aber jetzt?

Jetzt kam es allein auf Gentilini an, als Commissario *und* als Vater. Gestern Abend hatte Sonja die Lage bravourös gemeistert, jetzt war es an ihm, über seinen Schatten zu springen. Etwas anderes blieb ihm eigentlich auch nicht übrig. Der Fall mochte kompliziert sein, die Situation, in der er sich befand, war denkbar einfach.

Also begann Gentilini zu berichten, und zwar von Anfang an: von der toten Äthiopierin mitten in den Ruinen von Pompeji; vom gestohlenen Priapus-Fresko aus dem Lupanar und der Funktion des Lupanars in der Antike; vom ermordeten Wachmann und seinen diversen Jobs vom Fußballstadion bis zum Edelpuff; vom Pin-up-Kalender und von Marco Canetti, der Senait – jetzt gab es wenigstens einen Vornamen! – im Konsulat kennengelernt, den Kontakt zum Fotografen hergestellt und die Aufnahmen im Lupanar organisiert hatte; vom Priapus-Fresko im Edelpuff, das sich leider als Fälschung entpuppt hatte, sowie dem Fund von zwei echten antiken Objekten, die im August aus dem Gabinetto Segreto gestohlen worden waren.

»Aber dass eins klar ist«, schloss Gentilini mit beschwörendem Blick: »Alles, was ich euch erzählt habe, bleibt unter uns. Giorgio, *mi raccommando*, kein Wort darüber zu deinen Kumpels in der Schule! Auch nicht, wenn dich jemand in die Enge treibt und du auftrumpfen willst!«

»Das habe ich doch nicht nötig«, murmelte Giorgio verächtlich.

»Isabella, dasselbe gilt für dich! Absolutes Stillschweigen. Ich komme in Teufels Küche, wenn sich herumspricht, dass Commissario Gentilini seine Fälle von seiner Familie lösen lässt!«

»Haben wir denn schon was gelöst?«, fragte Isabella pikiert.

Nur Sonja hatte sich noch nicht geäußert, das fiel auch Gentilini jetzt auf. Sie kniff die Augen leicht zusammen und starrte in eine Ferne, die ihm nicht zugänglich war.

»Was ist los? Hab ich was Falsches gesagt?«

Sie zuckte wie ertappt zusammen. »Wie? Was? Nein, im Gegenteil ... Hast du eben gesagt, dass der Mann Canetti heißt, oder hab ich mich da verhört?«

Er sah sie verblüfft an. »Nein. Wieso?«

»Marco Canetti, Ende zwanzig, Fremdenführer in Pompeji, Vater Neapolitaner, Mutter Deutsche?«

»Ja.«

»Das ist er.«

»Das ist wer?« Alle drei starrten Sonja verständnislos an.

»Na, Signora Canettis Sohn ...«

Giorgio grinste. »Klar. Giorgio Gentilini, das ist Gennaro Gentilinis Sohn ...«

Sein Vater brachte ihn mit einer raschen Handbewegung zum Verstummen.

»So heißt die Frau, die ich im Konsulat kennengelernt habe«, fuhr Sonja fort. »Mittwoch war ich bei ihr zum Essen eingeladen. Sie wollte, dass ich ihren Sohn kennenlerne, aber er steckte irgendwo im Stau und kam nicht.«

»Warum hast du mir das nicht erzählt?«

Sonja lächelte ironisch. »Hätten wir je Zeit gehabt? Hast du irgendwann einmal gefragt, was ich die ganze Woche über gemacht habe?«

Er schob den Unterkiefer vor.

»Wenn du dich erinnerst«, fuhr Sonja fort: »Mittwochabend war unser Bratkartoffelstreit ...«

»Was ist ein Bratkartoffelstreit?«, fragten Isabella und Giorgio wie aus einem Mund.

Sonja lächelte verschmitzt, Gentilini schnitt eine Grimasse. Ihm war es offenbar peinlich, solche Themen vor seinen Kindern anzusprechen.

»Wir haben uns gestritten«, sagte Sonja bereitwillig.

»Worüber?«

»Über das richtige Essen. Pasta oder Bratkartoffeln.«

Giorgio machte ungläubige Augen. »*Che cosa?*«

»Das sind typische Stellvertreterdiskussionen«, verkündete Isabella wissend.

»Das interessiert jetzt wirklich keine Sau«, stieß Gentilini hervor.

»Sei nicht so vulgär«, rügte ihn seine Tochter. »*Forza, papà*, du bist noch jung, man kann alles ändern.«

Sonja musste grinsen, aber Gentilini ignorierte den Rat seiner Tochter.

»Erzähl!«, kommandierte er.

»Da gibt es nicht viel zu erzählen ... Ich habe Frau Canetti auf dem Empfang kennengelernt, sie ist Mitte sechzig, zurückhaltend und wirkt ein bisschen einsam. Sie sucht Kontakt zu mir, erst gestern habe ich sie wieder getroffen ...« Sonja schüttelte den Kopf. Aber eine Verbindung zu diesem Fall? »Das ist reiner Zufall, ihr Sohn arbeitet eben in Pompeji, na und? Jeder Mensch hat eine Familie, auch Marco Canetti, das ist nun wirklich keine Überraschung, dass seine Eltern in Neapel leben.«

»Ich sehe immer Krimis im Fernsehen«, warf Giorgio mit Emphase ein. »So was ist kein Zufall. Niemals!«

»Erzähl weiter! Alles, was dir einfällt.«

Sonja zuckte die Achseln. »Sie wohnen in einer Jugendstilvilla in der Via Tasso. Der Sohn bewohnt die untere Wohnung, aber er ist oft auf Reisen, hat sie gesagt. Ich war erst gestern Nachmittag bei ihr. Sie tut mir leid, weil sie so einen unglücklichen Eindruck macht. Sie lebt im Grunde in der Vergangenheit, sehnt sich zurück in ihre Heimat, aber sie wohnt seit fast vierzig Jahren in Neapel, also viel länger, als sie je in Deutschland gelebt hat. Sie hat mir alle Fotos aus ihrer weit verzweigten Familie gezeigt. Wir haben Kuchenrezepte ausgetauscht. Sie ist einsam, das ist alles.«

»Hat sie keinen Mann?«, fragte Isabella.

»Doch, aber der scheint mir ein ziemlicher Kotzbrocken zu sein. Ein alter Macho durch und durch. Er tauchte gegen Ende des Mittagessens auf und war ziemlich unhöflich.

Nicht zu mir, aber zu seiner Frau. Ich fand ihn unmöglich! Ach ja, jetzt fällt mir auch ein, sie hat ziemlich viel Wein getrunken – das hat ihm nicht gepasst. Und als er wieder weg war, ist sie regelrecht aufgeblüht.« Sie zögerte. »Sie ist ganz sicher nicht glücklich mit diesem Kerl, aber sie schafft es offenbar nicht, ihn zu verlassen und neu zu beginnen.«

»Boh, in dem Alter«, sagte Giorgio.

»He, vierundsechzig ist überhaupt kein Alter für eine Frau!«, widersprach Sonja.

»Unsere Nonna ist fünfundsechzig«, begehrte Giorgio auf. »Sie hat graue Haare, sie ist alt. Kennst du sie?«

Nein, Sonja hatte Gennaros Eltern noch nicht kennengelernt, aber irgendwann in den nächsten zwei Monaten würde sich vermutlich die Gelegenheit ergeben. Schließlich war Gennaro Italiener.

»Da ist dieser Lebensfunke, der immer wieder in Frau Canetti aufflackert«, nahm sie den Faden wieder auf, »dann strahlt sie von innen und wirkt jung und lebendig. Aber bald darauf fällt wieder dieser Schatten über sie, der sie unter sich begräbt.« Sonja zögerte, dachte über diese Formulierung nach, die sich unbewusst eingeschlichen hatte. »Vielleicht eine Depression. Sie ruft mich seither jeden Tag an. Sie braucht jemanden, mit dem sie reden kann.«

»Hat sie über ihren Sohn gesprochen?«, fragte Gentilini.

»O ja, ausgiebig. Ihr Sohn ist ihr Lieblingsthema. Wo er überall gewesen ist, was er alles schon gemacht hat. Wie Mütter ihre Söhne eben vergöttern. Als sie ihren Mann heiratete und nach Neapel zog, hat sie sich jahrelang ein Kind gewünscht, aber sie wurde und wurde nicht schwanger. Das muss eine schlimme Zeit gewesen sein«, fuhr Sonja fort. »Es hat einfach nicht geklappt, und die Familie ihres Mannes hat sie das wohl deutlich spüren lassen. Und als sie die Hoffnung schon aufgegeben hatte, wurde sie dann doch noch schwanger, das habe ich schon häufiger von Frauen gehört. Sie vergöttert ihren Sohn. Für ihn würde sie alles tun …«

Als sie den Satz ausgesprochen hatte, hielt sie irritiert inne.

Giorgio sprang auf. Er war heiß auf eine Fährte, an die er sich ranhängen konnte. »Weiß sie, dass du mit einem Kommissar befreundet bist?«

Sonja nickte. »Ich habe ihr auch von dem Mord in Pompeji erzählt, von meinem Wunsch, etwas über die Identität dieser Frau herauszufinden, wenigstens ihren Namen: Senait … Aber der Bericht über den Fund einer Frauenleiche stand ja auch in der Zeitung.«

»Sie will ihren Sohn schützen!«, rief Giorgio mit leuchtendem Blick. »Er ist der Mörder, sie weiß das und will dich aushorchen.«

Sein Vater lächelte milde. »Eins nach dem anderen. *Chi va chiano, va sano e va luntano.*«

»Sie hat mir ungewöhnlich viel von sich erzählt, Privates, aus ihrer Ehe. Wie das eben läuft, wenn zwei Frauen wie wir zusammensitzen, man redet über die Männer in Deutschland, die Männer in Italien, ich habe von der Geschichte mit Antonio erzählt. Aber eins ist wirklich seltsam …«

Sonjas Blick wanderte von Isabella zu Giorgio, von Giorgio zu Gennaro und wieder zurück, als müsse sich ihr Gedankengang erst runden. Gennaro hatte seinem Sohn die Hand auf die Schulter gelegt … *Für ihn würde er alles tun,* dachte Sonja, dann fuhr sie zögernd fort: »Wenn Marco Canetti Senait aus dem Konsulat kennt, von diesem Sommerfest vor einem Jahr, dann müsste Frau Canetti sie doch auch kennen.«

»Vielleicht war sie bei diesem Fest nicht mit dabei. War krank oder verreist.«

»Ich werde sie danach fragen. Wenn ich jetzt daran denke, hat sie komisch reagiert, als ich von der toten Frau anfing und ihr das Foto aus der Zeitung zeigte. Wie eine Muschel, die plötzlich zuklappt. Sie hat abrupt das Thema gewechselt. Vielleicht hat Giorgio wirklich Recht, und sie will Marco decken, um jeden Preis ...«

»Die Ausländer, die in Neapel leben, pflegen alle ihre eigene kleine Kolonie«, winkte Gentilini ab. »Egal, aus welchem Land sie kommen. Sie sucht den Kontakt zu dir, weil du auch Deutsche bist. Das ist alles.«

»Aber sie ist doch viel älter als Sonja«, wandte Isabella ein. »Wenn sie seit vierzig Jahren hier lebt, wird sie doch wohl ein paar Frauen in ihrem Alter kennen, die sie anrufen kann.«

Das Telefon klingelte.

»Wetten, das ist sie?« Giorgio sprang auf, um ins Wohnzimmer zu laufen. Er kam mit dem schnurlosen Telefon in der Hand und leicht enttäuschter Miene zurück. »Für dich, Papa.«

Am Apparat war Cava. Die Pleite mit dem gefälschten Fresko hatte ihm zugesetzt. Er war früh aufgestanden und in die Questura gefahren. Offenbar wollte er die Scharte wieder auswetzen. Cava war eifrig, das musste man ihm lassen. Er hatte eine chronologische Liste mit den Jobs des Wachmanns aufgestellt. Anschließend hatte er auch die Unternehmen geprüft, bei denen Buttà im Auftrag der Privatwachfirma eingesetzt worden war.

»Ob ihr's glaubt oder nicht«, sagte Gentilini, nachdem er aufgelegt hatte. »Eine der Firmen, für die Buttà nächtlichen Wachdienst geschoben hat, gehört einem gewissen Antonello Canetti, das ist garantiert der Vater von Marco Canetti. Zweitens, was für eine Firma ist das? Ein Catering-Service! Was sagt ihr nun?«

»Gute Arbeit«, nickte Giorgio fachmännisch.

»Und dieser Catering-Service arbeitet natürlich für das deutsche Konsulat«, sagte Sonja.

»Das wird gerade geprüft.«

»Und Senait hat für den alten Canetti gearbeitet«, sagte Isabella.

Giorgio hatte bereits weitergedacht. Er legte die Stirn in Falten: »Marco Canetti nimmt Senait, die er im Konsulat kennengelernt hat, mit in diesen alten Puff nach Pompeji. Der Wachmann überrascht die beiden. Es gibt ein Gerangel, Canetti zieht seine Pistole und macht den Wachmann kalt, wegen der Frau, aus Eifersucht, und weil der Wachmann Zeuge ist«, sagte er atemlos. »Dann erzählt er die ganze Sache seiner Mutter, weil … weil er das einfach loswerden muss. Und seine Mutter deckt ihn. Logisch. Das würde jede Mutter tun. Und deshalb horcht sie Sonja aus.« Er blickte triumphierend in die Runde.

Seine Schwester verzog den Mund. »Drei Denkfehler, würde ich sagen.«

»Wieso, was denn?« Giorgio wurde wütend. »Was passt dir jetzt schon wieder nicht?«

»Erstens wurde der Wachmann nicht in Pompeji erschossen und zweitens erst einen Tag später. Und wo bleibt in deiner Geschichte drittens die Frau?«

»Keine Ahnung, die wird halt rein zufällig erschossen, weil …«

Gentilini zerwuschelte seinem Sohn das Haar. Es war offensichtlich, dass er Giorgio über alles liebte, seine kriminalistischen Phantasien zwar nicht allzu ernst nahm, ihn aber in Schutz nehmen wollte.

»Denkbar ist alles«, sagte er. »Nur beweisen muss man es können. Das macht alles so kompliziert.«

»Du wirst doch nicht leugnen, dass die Canettis in diesem Fall ein bisschen zu oft vorkommen«, wehrte sich Giorgio und schob die Hand seines Vaters weg.

»Ich leugne nie!«

»Dann musst du eben Beweise ranschaffen!«, rief Giorgio. »Ihr müsst sofort im Konsulat nachfragen, und dann müsst ihr zu dem alten Canetti fahren und seine Firma auf den Kopf stellen.«

Gentilini lachte. »Kannst du neuerdings hellsehen? Genau das werden Cava und ich jetzt tun.« Er stand auf, sah in die Runde und machte eine zerknirschte Miene. »Tut mir wirklich leid, ihr Lieben. Eigentlich hätte ich heute frei gehabt. Ihr seid hier, und wir wollten doch gemeinsam einen Ausflug ...«

»*Oggi male, domani bene* ...«, begann Isabella.

»*... prendi il mondo come viene!*«, beendeten alle drei das Sprichwort im Chor.

Der gemeinsame Ausflug wurde auf Sonntag verschoben – was heut nicht ist, kann morgen werden.

»Nimm mich mit ... bitte!«, bettelte Giorgio. »Du hast mir das schon so oft versprochen ...«

Sonjas Handy klingelte. Sie stand auf, entfernte sich ein paar Schritte von den anderen und drückte auf Empfang. »Hallo? *Pronto?*«

»Sonja? Sind Sie schon wach?«, ertönte wie aus weiter Ferne die Stimme von Frau Canetti. »Schön, Ihre Stimme zu hören. Ich bin gerade in der Via Filangieri unterwegs und frage mich, ob Sie vielleicht Lust hätten, mir auf einen Cappuccino Gesellschaft zu leisten.«

35

Frau Canetti wartete bereits an einem der Tische mit Marmorplatte und schmiedeeisernen Beinen. Sonja hätte die Dame mit der Sonnenbrille in dem weiß-violett gepunkteten Sommerkostüm beinahe nicht erkannt, so elegant sah sie aus. Wie Sophia Loren in ihren besten Tagen. Ganz nach Italienerin. Ganz nach diesem edlen Viertel. Eine nur noch halbvolle Karaffe Weißwein und zwei Gläser standen bereits auf dem Tisch.

Sie begrüßten sich mit zwei Wangenküssen. Frau Canetti hatte Lippenstift aufgelegt, sie duftete leicht nach Parfüm, ihre Haare waren professionell frisiert.

»Schick sehen Sie aus«, sagte Sonja anerkennend.

Frau Canetti lachte, ein wenig geschmeichelt, aber auch verunsichert. Man merkte, dass sie es nicht gewohnt war, Komplimente zu bekommen. »Finden Sie? Zur Feier des Tages …«

»Sind Sie heute noch zu einem Fest eingeladen?«

»Ich? Nein …« Sie lächelte in sich hinein. »Schön, dass Sie gekommen sind«, sagte sie dann. »Es ist ja nicht weit bis zu Ihnen, deshalb dachte ich …« Sie hielt inne. »Ich habe Sie doch hoffentlich nicht aus Verpflichtungen oder Plänen für das Wochenende herausgerissen?«

»Aber nein«, beruhigte Sonja sie rasch, »ganz und gar nicht.«

»Seien Sie ehrlich: Halte ich Sie wirklich nicht ab? Sie wollten vielleicht mit Ihrem Gennaro den freien Tag genießen?«

»Kein Problem. Er muss heute sowieso arbeiten. Der Mordfall in Pompeji …«

Frau Canettis Hand zitterte, als sie nach ihrem Glas

griff. »Das tut mir wirklich leid, meine Liebe«, sagte sie leise. »Aber ich bin sicher, dass der Fall bald gelöst wird. Dann wird alles gut.« Sie erhob das Glas, jetzt mit einem zuversichtlichen Lächeln auf den Lippen. »Stoßen wir darauf an.«

Auch Sonja hob ihr Glas. Eigenartiger Trinkspruch. Sie ergriff die Gelegenheit, ohne Umschweife zur Sache zu kommen.

»Ich weiß jetzt, wie die Tote hieß«, sagte sie übergangslos. »Senait. Sie kam aus Addis Abeba.«

»Senait ... Aha. So, so. Seltsamer Name ...« Sie zuckte die Schultern. »Woher wissen Sie das? Hat sich doch noch jemand gemeldet, der die Frau kannte?«

»Ihr Sohn Marco ...«

»Was ist mit ihm?«

»Er kannte diese Frau.«

»Marco?« Frau Canetti nahm ihre Sonnenbrille ab und sah Sonja mit weit aufgerissenen Augen an.

»Gennaro, also der Kommissar, hat mit ihm gesprochen. Marco hat sie bei einem Sommerfest im deutschen Konsulat kennengelernt.«

»Im Konsulat?«, fragte Frau Canetti ungläubig. »Wann soll das gewesen sein?«

»Im Sommer vor einem Jahr. Senait hat dort als Bedienung ausgeholfen.«

»Ich habe noch kein einziges Sommerfest versäumt. Mir ist die Frau nicht aufgefallen.« Sie wurde bleich. »Hat er etwa mit ihr ... Sie wissen schon ...«

Sonja zuckte nur die Achseln. Darauf hatte sie keine Antwort. »Sie war ausgesprochen schön«, fügte sie wie zur Erklärung hinzu.

»Das sind doch alle Mädchen, die bei diesen Empfängen im Service arbeiten.« Klangen da Spuren von Bitterkeit durch? »Aber was hat Marco sonst noch gesagt? Über diese … Senait?«

»Offenbar nichts. Es war wohl nur eine flüchtige Bekanntschaft.« Sonja beschloss, nichts über den Pin-up-Kalender zu sagen.

Der Kellner kam an ihren Tisch und fragte, ob sie noch einen Wunsch hätten. Sonja bestellte eine Flasche Mineralwasser, Frau Canetti einen halben Liter offenen Weißwein. Sie setzte die Sonnenbrille wieder auf.

»Ich habe Sie noch nie gefragt, was Ihr Mann beruflich macht«, wechselte Sonja das Thema.

Frau Canetti trank das Glas in einem Zug leer, schenkte sich Weißwein nach. »Er hat eine Firma für … einen Partyservice für gehobene Veranstaltungen.«

»Wie für die Feste im Konsulat?«

»Ja, so ähnlich«, sagte Frau Canetti zögernd. Dann brach es aus ihr heraus: »Er ist den ganzen Tag unterwegs, wie Ihr Kommissar, jeden Samstag, oft genug auch sonntags, seit Jahren geht das so, er sagt immer, er muss in die Firma, er ist ja sehr gewissenhaft. In gewissen Dingen … die Firma dient als Entschuldigung für alles.« Nach einer kurzen Pause fügte sie mit bedeutungsvoller Stimme hinzu: »Die Firma ist für Männer immer ein wunderbares Alibi.« Sie nahm die Sonnenbrille ab.

»Was meinen Sie mit Alibi?«, fragte Sonja alarmiert.

»Ach, Sonja, für eine Geliebte natürlich«, sagte Frau Canetti und sah die Jüngere mit verwundeten Augen an. »Eine junge Frau. Eine, die noch frisch ist.« Ihre Stimme zitterte wieder.

Das war es also, was Frau Canetti ihr die ganze Zeit über hatte anvertrauen wollen. Nun war es heraus. Ihr Mann hatte eine Geliebte.

Frau Canetti trank ihr Glas leer, richtete sich auf. »So

sind sie, die Männer«, sagte sie mit mittelschwerer Zunge. »Warten Sie ab, wenn wir Frauen erst einmal die goldenen Fünfzig überschritten haben …« Es sollte vermutlich witzig klingen, aber die Abgründe hinter den Sprüchen waren deutlich zu spüren.

Sonja war erst vierzig, trotzdem hatte sie zuweilen das Gefühl, in den Augen gewisser Männer schon nicht mehr zu existieren. Wie musste es da erst einer Frau wie Clara Canetti ergehen, die für ihren Mann nicht mehr vorhanden war und in diesem Land der Supermachos längst das Alter einer Nonna erreicht hatte.

Alter Lüstling, dachte Sonja aufgebracht. Sollte er doch, der alte Bock, aber seine Frau sollte bitteschön nicht daran zerbrechen.

»Trennen Sie sich von ihm«, sagte sie aus einer spontanen Eingebung heraus. »Gehen Sie zurück nach Deutschland.«

»Dafür ist es leider zu spät.«

»Es ist nie zu spät! Nie! Sie können neu anfangen. Überall. Sie brauchen ihn nicht! Wenn er Sie so mies behandelt, schon gar nicht.«

Ihre Stimme brach immer wieder weg, als Frau Canetti sagte: »Sie haben leicht reden, Sie sind frisch verliebt, aber warten Sie nur zehn Jahre …«

Sonja schnappte nach Luft. Nein, dachte sie entschieden. Nein. Diese Nummer kannte sie von ihrer Mutter.

»Ich lebe heute«, sagte sie nachdrücklich.

Frau Canetti nickte. »Ja. Das ist wohl der Unterschied.« Sie legte Sonja ihre Hand auf den Arm. »Bitte entschuldigen Sie. Das war dumm, was ich eben gesagt habe. Sie haben mit meinem Kummer wirklich nichts zu tun.« Dann fing sie übergangslos an zu kichern.

Heute war Frau Canetti ziemlich neben der Spur. Und sie schien ihren Kummer eindeutig in viel zu viel Wein zu ertränken. Vielleicht hatte sie außerdem ein Beruhigungsmittel genommen?

»Bitte entschuldigen Sie …« Sie unterbrach sich, ihre Stimme wurde schrill. »Nein, das sage ich ab heute nicht mehr, ich entschuldige mich nicht! Für nichts!« Sie kicherte erneut, senkte ihre Stimme, beugte sich verschwörerisch zu Sonja hinüber. »Keiner weiß davon. Ich habe noch nie mit einem Menschen darüber geredet. Versprechen Sie, dass Sie schweigen wie ein Grab?«

Sonja stutzte. »Worum geht es denn?«

Frau Canetti sah auf ihre Hände. »Ich habe ihn auch einmal betrogen.« Sie kicherte. »Vor fast dreißig Jahren.« Sie hob den Blick und sah Sonja nun direkt an. »Verstehen Sie?«

Sonja schüttelte den Kopf. »Nur halb.«

»Marco ist nicht von ihm. Marco ist nicht von meinem Mann!« Frau Canetti schüttelte den Kopf. »Nein, das ist er nicht! Er ist der Sohn eines Waschmaschinenreparateurs! Jawohl!« Sie griff nach Sonjas Arm, fing wieder an zu kichern. »Und wissen Sie was? Ich erinnere mich nicht einmal an seinen Namen.« Sie erzählte mit wenigen Sätzen von ihrer einmaligen, folgenschweren Begegnung mit einem großen Blonden vom Kundendienst, der ihre Waschmaschine reparieren sollte. Kurz darauf hatte sie entdeckt, dass sie schwanger war.

»Kein Mensch weiß davon. Nicht einmal Marco. Er natürlich am allerwenigsten.« Sie lachte in sich hinein, hob das Glas. »Lassen Sie uns wenigstens auf diesen Seitensprung anstoßen.« Sie legte den Kopf in den Nacken, dann lachte sie, unverkennbar beschwipst. »*Non, je ne regrette rien!*«

Auch Sonja hob das Glas. »Das ist ein guter Trinkspruch. Daran sollten Sie anknüpfen. Und jetzt kommen Sie mir nicht wieder damit, dass es dafür zu spät ist!«

Frau Canetti sah sie an, und plötzlich schien sich in ihrem Blick der Schmerz der letzten Jahre zu sammeln.

»Ich bin heute wirklich durcheinander. Bitte ent ... Nein!«

Sie putzte sich die Nase, griff dann nach einer viereckigen Schachtel, die auf dem freien Stuhl neben ihr gelegen hatte, und zwang sich zu einem fröhlicheren Tonfall.

»Ich habe gestern Abend einen Apfelkuchen gebacken. Weil wir doch darüber gesprochen hatten. Nach dem Rezept meiner Mutter. Das war immer unser Sonntagskuchen. Und da dachte ich ... Da habe ich für Sie gleich einen mitgebacken.« Sie reichte Sonja die Schachtel von der Größe einer Kuchenform. »Aber erst morgen essen. Vielleicht denken Sie dabei an mich. Das würde mich freuen.«

36

Gegen halb zwölf standen Gentilini und Cava vor dem Generalkonsulat der Bundesrepublik Deutschland. Frau Fiumini-Winkler, eine rotblonde, hagere Frau um die fünfzig, schloss die Eingangstür auf und ließ sie herein, allerdings erst nachdem sie gründlich ihre Dienstausweise studiert hatte. Hinter ihnen sperrte sie wieder zu.

»Ich arbeite gern am Wochenende, wenn niemand im Haus ist«, sagte sie, was Gentilini, der ebenfalls am liebsten in der menschenleeren Questura arbeitete, sympathisch fand. »Dafür habe ich montags und dienstags frei, da ist es auf den Inseln am ruhigsten«, fügte sie hinzu. Nun, dieser Luxus war ihm leider nicht gegönnt, aber der Sonntagsausflug zu viert nach Capri zum Glück beschlossene Sache. Komme, was da wolle, dachte Gentilini. Selbst wenn sie der Lösung dieses Falls sehr nahe kämen, selbst wenn der Mörder sich freiwillig stellen sollte – morgen war frei!

Der Commissario und der Ispettore folgten der Sekretärin in ein Büro im ersten Stock. Es war geräumig und wirkte überdies aufgeräumt, was auch an der sparsamen Möblierung liegen mochte. Nichts lag oder stand herum. Eigentlich nach Gentilinis Geschmack, aber die Reduktion wirkte auf ihn nicht anregend, eher steril. An den Wänden hingen Kupferstiche von deutschen Landschaften, die keine Reiselust in ihm erweckten, und das Foto eines Politikers, vermutlich des derzeitigen Staatspräsidenten. Sie nahmen vor einem breiten, blank polierten Schreibtisch Platz, auf dem kein Staubkorn und keine Kaffeetassenspuren zu sehen waren, nur ein schwarz-rot-goldenes Fähnchen und ein Briefbeschwerer aus Bleikristall.

Von den beiden Mordfällen und dem Kunstraub hatte Frau Fiumini-Winkler in der Zeitung gelesen. Sie wusste auch, dass zwei deutsche Touristinnen die Leiche gefunden hatten.

»Schrecklich«, sagte sie. »Das wird man doch sein Leben lang nicht mehr los. Was für ein Souvenir!« Ihr Italienisch hatte einen starken deutschen Akzent.

Gentilini zeigte ihr das Foto der toten Äthiopierin und die digitale Reproduktion des Kalenderblatts.

»Diese Frau soll im letzten Jahr bei einem Sommerfest hier als Bedienung gearbeitet haben. Ihr Vorname ist Senait.«

Frau Fiumini-Winkler studierte die beiden Aufnahmen ebenso intensiv wie zuvor die Ausweise. Dann gab sie dem Kommissar die Fotos zurück.

»Möglich. Aber mit Sicherheit kann ich das nicht sagen. Diese Afrikanerinnen … sehen sich oft so ähnlich.«

»Keiner scheint sich an diese Frau zu erinnern«, sagte Gentilini. »Obwohl sie eigentlich auffällig war, auffällig schön, auffällig anders.«

»Auffällig sexy«, sagte Cava und fing sich einen strafenden Blick des Commissario ein.

»Bei den Empfängen im Konsulat helfen immer wieder afrikanische Mädchen aus, bei jedem Fest andere« – sie stutzte, kicherte mädchenhaft, hielt sich die Hand vor den Mund, wurde dann wieder ernst –, »oder auch dieselben, ich kann das wirklich nicht genau sagen. Ich meine, man sieht ihnen doch nicht direkt ins Gesicht … das macht man doch bei den meisten Menschen nicht und erst recht nicht bei Menschen anderer Hautfarbe, beim Servicepersonal sowieso nicht … Diese Menschen sind da, aber sie hinterlassen keine Spuren.«

»Weil wir sie nicht sehen«, sagte Gentilini.

»Ja«, nickte die Frau erleichtert. »Das habe ich gemeint: Sie sind da, aber wir sehen sie nicht.«

Cava kratzte sich am Kopf.

»Aus welchem Land kommt die Frau, sagten Sie?«

»Aus Äthiopien.«

»Wenn Sie mir das Foto hier lassen, kann ich meine Kollegen fragen. Aber wie gesagt, erst am Mittwoch …«

Gentilini nickte. »Ich lasse Ihnen einen Abzug schicken. Haben Sie vielleicht eine Liste mit den Namen der Mitarbeiterinnen des Konsulats oder eine Kartei?«

»Nur für die festen Angestellten. Diese Frauen, die bei den Empfängen servieren, werden ja nur stundenweise gebraucht.« Sie hielt inne, schien zu überlegen. »Wie kommen Sie überhaupt darauf, dass diese Frau hier gearbeitet hat?«

»Durch einen Tatzeugen«, sagte Gentilini ausweichend, »er heißt Marco Canetti.«

Das Gesicht der Sekretärin hellte sich auf. »Marco, aber natürlich. Aber was hat er …? Richtig, jetzt sehe ich die Verbindung, er ist ja Fremdenführer in Pompeji. Wenn er sagt, dass sie hier gearbeitet hat, dann wird das wohl so sein.

Aber ich würde Ihnen raten, bei seinem Vater nachzufragen, denn er sorgt normalerweise für …«

»… das Catering«, fiel Cava ihr ins Wort, »Antonello Canetti, so heißt er, *vero*?«

Frau Fiumini-Winkler nickte überrascht. »Stimmt. Ihm gehört der Culinaria-Catering-Service. Seit ich zurückdenken kann, liefert CCC bei all unseren Veranstaltungen das kalte Büfett und die Getränke …«

»… und auch die Kellnerinnen«, ergänzte Cava eifrig.

Die Sekretärin zog leicht irritiert die Augenbrauen hoch. »Wahrscheinlich, ja … Allerdings würde ich in diesem Falle nicht von einer Lieferung sprechen.«

Cava begann unruhig mit dem Bein zu wippen.

»Signor Canetti ist mit einer Deutschen verheiratet, aber das wissen Sie wahrscheinlich schon«, fuhr Frau Fiumini-Winkler seelenruhig fort. »Er ist ein Ehrenmann und über jeden Verdacht erhaben. Da können Sie fragen, wen Sie wollen.«

»Könnten Sie vielleicht trotzdem so freundlich sein, uns die Adresse dieses CCC-Caterings herauszusuchen?«, fragte Gentilini doppelt höflich, um das rüde Verhalten seines Ispettore auszubügeln.

»Aber die hab ich doch längst«, platzte Cava heraus und fing sich einen blitzschnellen Fußtritt von Gentilini ein.

Frau Fiumini-Winkler musterte die beiden Kriminalbeamten indigniert, ihr Blick schien zu sagen: Warum kommen Sie dann zu mir, wenn Sie schon alles wissen?

»Sie waren uns sehr behilflich«, beeilte Gentilini sich zu sagen und schenkte der Sekretärin sein warmherzigstes Lächeln, das tatsächlich Wirkung zeigte.

»Ist doch sonnenklar«, sagte Cava eine Viertelstunde später, als sie auf dem Weg nach Bagnoli waren. »Buttà und die

Frau haben sich gekannt. Doppelt und dreifach. Sie arbeitet als Hostess in diesem Culinaria-Catering-Service. Du glaubst doch nicht im Ernst, dass dieser Laden des alten Canetti nur Lachshäppchen und Fingerfood und so ein Zeugs liefert?! Geschirr, Gläser, Sektkübel, bei Bedarf auch Primi und Secondi?« Er schlug mit den Händen aufs Lenkrad. »Nie im Leben! Ich hab mich längst informiert, Gennà. So ein Partyservice vermietet natürlich auch hübsche Service-Frauen, dreimal darfst du raten, was für ein Service da mit dranhängt? Nachspeisen ganz spezieller Art. Die Frau war eine Nutte und basta!« Er gluckste. »Wart nur ab, für wen dieser Partyservice überall Party gemacht hat ... Würde mich nicht wundern, wenn die auch in Pompeji im Einsatz waren, bei diesem Konzert letzten Sonntag.«

»Ich dachte, das hättest du geprüft?«, fragte Gentilini kühl.

Cava warf die Hände hoch. »Hab ich doch auch! Ich hab mit mehreren Leuten gesprochen. Da war nie die Rede von einem Culinaria-Service, auch nicht von Canetti! Die Firma hieß einfach CCC.«

Gentilini schwieg.

Nach einer Minute hielt Cava das Schweigen nicht mehr aus: »Na ja, da sind so viele Namen gefallen, vielleicht war sogar einer darunter, der Canetti hieß, ich glaub das zwar nicht, aber man kann doch nicht auf alles achten, und am Anfang war der Name doch so gut oder schlecht wie jeder andere auch ...« Nach einer weiteren Minute fügte er hinzu: »Außerdem war das eine Großveranstaltung, wahrscheinlich hatten sie mehrere Catering-Dienste beauftragt oder diverse Subunternehmen, was weiß ich. Ist doch auch egal. Culinaria also, appetitliche Frauen zum Vernaschen.«

Die Canetti-Catering-Firma CCC war in einer dieser schmucklosen Industriehallen untergebracht, wie sie überall auf der Welt die Ränder der Städte verunzieren, architektonischer Abfall, schnell aufgebaute, funktionale Schachteln, bei denen es um Profitmaximierung geht, nicht um Schönheit. Das Büro des Chefs allerdings befand sich in einem kleinen Anbau, der ehemals ein hübsches Landhäuschen gewesen sein musste – beziehungsweise umgekehrt, das hübsche Landhäuschen hatte, vielleicht auf einem ehemaligen Olivenhain oder Tomatenfeld, diesen nichtssagenden Wurmfortsatz von phantasielosem Anbau hervorgebracht.

Nur leider war der Chef nicht da.

Das rief ihnen ein Mitarbeiter zu, der mehrere aufeinandergestapelte, längliche Aluminiumbehälter zu einem Lieferwagen trug. »*Non c'è!*«

Auf die Frage, wer ihnen Auskunft geben könne, verwies er sie an einen schmächtigen Mann namens Quaglia, den sie schließlich, nachdem sie sich durchgefragt hatten, in einem großen Lagerraum fanden.

Der Chef sei beim Segeln, sagte Quaglia. Er hatte eine unangenehm schrille Stimme. Er habe währenddessen hier das Kommando. Er fragte, was er für sie tun könne, während er mehreren weiblichen Mitarbeitern, die unter ziemlichem Getöse Geschirr aus den Regalen nahmen und in Kisten verstauten, Anweisungen zurief.

Diesmal ließ Gentilini Cava den Vortritt. Cava zeigte dem Mann das Foto von Paolo Buttà sowie die Fotos der Äthiopierin und stellte die bereits bekannten Fragen. Buttà wurde wiedererkannt – »Hat der nicht als Wachmann gearbeitet?« –, während das Gesicht der Frau nur ein Schulternzucken auslöste. Cava fragte nach der Mitarbeiterkartei. Ein Mann kam mit einer Kiste voll Besteck herein, das er unter lautem Geschepper in eine andere Kiste entleerte. Cava runzelte die Stirn, wiederholte seine Frage.

»Keine offizielle Kartei, nein«, rief Quaglia.

Quaglias Handy klingelte, er wandte sich ab, hielt sich das freie Ohr zu, um etwas zu verstehen. Als er nach einem längeren Telefonat leise vor sich hinfluchend das Handy wieder ausschaltete, wurde es Gentilini zu bunt. Er gab dem Mann unmissverständlich Order, sie auf der Stelle in das Büro zu begleiten.

»Moment, da muss ich erst den Chef anrufen«, protestierte Quaglia und stellte die unbeliebte Frage nach dem Durchsuchungsbefehl. Gentilini und Cava wechselten schnell einen Blick. War der Moment gekommen, tatkräftig einzuschreiten? Gentilini winkte ab. Sollte er doch mit Signor Canetti telefonieren, aber gern. Vielleicht könnte er sie bei dieser Gelegenheit auch gleich mit ihm verbinden? Wie er erwartet hatte, gab es keine Verbindung.

»Sie sind auf dem Meer, Commissario«, sagte Quaglia, »da gibt es kein Netz.«

»Aber viele Fische«, knurrte Gentilini. »Kleine und große. Zu welcher Sorte gehören Sie?«

»Non ho capito ...«, sagte Quaglia verwirrt.

»Macht nichts. Dafür werden Sie uns jetzt gefälligst einen kleinen Überblick über den Fang der letzten vierzehn Tage verschaffen.«

»Welchen Fang?«

»Die Auftragslage natürlich ...«

»Völlig unmöglich, das kann nur der Chef ...«

Gentilini griff nach einem ansehnlichen Stapel Teller, die auf einer mehrere Meter langen Ablage bereitstanden, hielt sie in Armlänge vor sich – und öffnete die Hände. Der Lärm war nicht unwesentlich größer als zuvor, allerdings gab es einen Haufen Scherben und dazu mehrere Flüche, die Quaglia im ersten Schreck ausstieß und die Gentilini lieber überhörte.

Als Quaglia Cava nach einem weiteren Stapel greifen sah,

verstummte er. Er nickte den beiden Kripomännern zu – *»va bene, andiamo all'ufficio«* – und gab den Männern und Frauen im Lagerraum Anweisung, das kleine Missgeschick zu beseitigen, aber dalli.

Gentilini zwinkerte Cava komplizenhaft zu. Er verspürte Genugtuung. Wie hatte Giorgio das genannt? Den Laden auf den Kopf stellen … Nun ja. Man musste kein Muskelpaket sein, um sein Gegenüber von den eigenen Interessen zu überzeugen – aber es schadete manchmal nicht, den starken Max zu markieren. Er nahm sich vor, zusätzlich zum Joggingprogramm ab jetzt jeden Morgen Liegestütze zu machen, so lange, bis er hundert Stück schaffte. Das wäre doch gelacht!

»Welche Party läuft denn heute Abend?«, erkundigte sich Cava auf dem Weg ins Büro.

»Ein Empfang beim Chef der amerikanischen Militärberater. Außerdem ein sechzigster Geburtstag«, knurrte Quaglia. »Ich habe wirklich alle Hände voll zu tun. Was suchen Sie eigentlich?«

»Ein bis zwei Mörder«, sagte Gentilini schlicht.

»Aber doch wohl nicht hier bei uns!«

Darauf gab es noch keine zuverlässige Antwort. Aber Giorgios Ansicht, der Name Canetti tauche in diesem Fall zu oft auf, begann allmählich auch den Commissario immer mehr zu überzeugen.

Während Quaglia sich am Computer zu schaffen machte, sahen Gentilini und Cava sich in dem Büro um.

»Wie viele Lagerräume haben Sie hier insgesamt?«

»Weiß nicht genau, vierzehn oder fünfzehn oder sechzehn, würde ich mal sagen.« Quaglia tippte etwas in die Tastatur.

»Ganz schön großer Betrieb«, sagte Cava. »Wer ist bei Ihnen zuständig für das Casting?«

»Für was?«

Cava grinste. »Wer ist der Personalchef? Wer stellt die Leute ein? Wer sucht die hübschesten Mädchen aus?«

Quaglia blickte irritiert auf. »Das macht immer der Chef.«

»Und Sie sagen, es gibt keine Kartei der Mitarbeiter?«

Quaglia wandte sich ab. »Fragen Sie bitte Signor Canetti.«

»Wie alt ist er eigentlich?«, erkundigte sich Gentilini.

»Im August ist er siebzig geworden.«

»So alt schon … Im Allgemeinen lässt spätestens ab fünfzig das Gedächtnis nach. Bei manchen Leuten auch eher …«

»Was wollen Sie damit sagen?«

»Na, ich frage mich nur, wie ein Siebzigjähriger sich die vielen Handynummern der Hostessen, Bedienungen und sonstigen Partygirls, die für ihn arbeiten, überhaupt merken kann«, sagte Cava.

»Er muss seine Mitarbeiter doch erreichen können, je nach Auftragslage«, ergänzte Gentilini. »Ich meine, wenn es keine Kartei mit den Stammdaten gibt. Dann muss er das doch alles im Kopf haben, oder nicht?«

Cava betrachtete mittlerweile zwei Fotos, die an der Wand neben dem Schreibtisch hingen. »Wer ist das?«

Quaglia blickte kurz auf. »Signor Canetti und seine Frau, in jungen Jahren. Ich glaube, auf der Hochzeitsreise. Und auf dem anderen Foto ist ihr Sohn, Marco.«

»Arbeitet er auch hier?«

»Nein.«

»Woher kennen Sie ihn?«

Quaglias Hand zitterte. Oder war es nur eine Bewegung mit der Maus? Er suchte etwas auf dem Bildschirm. »Er kommt manchmal hier vorbei.«

»Kennt er die Hostessen, ich meine die weiblichen Mitarbeiter?«

»Kann sein. Keine Ahnung.«

Gentilini hob eine mit Kranichen verzierte Amphore hoch, die auf einem kleinen runden Tisch stand. »Schönes Stück. Ist die echt?«

»Um Himmels willen«, schrie Quaglia, »stellen Sie die etruskische Vase wieder hin, das ist ein Geschenk von seinem Sohn zum Siebzigsten! Eine Rarität aus Capua!«

Gentilini tat bestürzt. »Du liebe Güte, haben Sie mich erschreckt, fast hätte ich sie fallen lassen ...« Er drehte die Amphore in den Händen. »Sieh mal einer an, auch noch ein erotisches Motiv, natürlich, für einen siebzigjährigen Mann ...«

Cava kam interessiert näher, riss die Augen auf. »Wahnsinn! *Cazzo! Nel culo ...* Ob das Teil auch aus dieser erotischen Sammlung stammt?« Flüsternd fuhr er fort: »Wir müssen sofort die Kollegen vom Kunstraub informieren, Gennà!«

Gentilini gab ihm ein Zeichen zu warten. »Vielleicht hat der Sohn die Amphore ganz reell erstanden. Hat sicherlich eine Stange Geld gekostet. Ich dachte, er arbeitet als Fremdenführer ...«

»Ja, genau, als Fremdenführer«, wiederholte Cava grinsend. »Er führt fremde Frauen in die Welt der ...«

»Wie war das jetzt mit dieser nicht existenten Kartei?«, schnitt Gentilini ihm das Wort ab.

Quaglia schwitzte. Er tat dem Commissario leid, er war ja nur der Stellvertreter und musste hier und jetzt stellvertretend für seinen Chef alle Fragen ausbaden oder aussitzen oder ausschwitzen ... Gentilini hätte nicht in seiner Haut stecken mögen.

Der Drucker begann zu surren, der Stellvertreter zog ein

Blatt heraus und reichte es Cava. »Das sind die Termine der letzten zwei Wochen. Mehr kann ich im Moment wirklich nicht für Sie tun. Bitte, kommen Sie doch am Montag wieder, und fragen Sie alles andere den Chef selbst.«

»Sonntagabend, Konzert Cecilia Bartoli, Pompeji«, las Cava laut vor. »Wir kommen der Sache näher. Ich wette, die Frau, die wir suchen, hat bei dem Konzert als Hostess gearbeitet.«

Gequält sah Quaglia ihn an. Er warf einen Blick auf die Standuhr in der Ecke. »Ich muss wieder rüber, das gibt sonst heute Abend die reinste Katastrophe!«

»Na, da wollen wir lieber nicht mit dabei sein«, sagte Gentilini, warf eine Visitenkarte auf den runden Tisch und ging mit der etruskischen Amphore im Arm zur Tür.

»Aber ... Die können Sie doch nicht mitnehmen!!!« Quaglias hohe Stimme schraubte sich noch ein paar Töne höher.

»Eine Leihgabe«, sagte Gentilini lakonisch. »Wenn sie nicht als gestohlen registriert ist, bekommt er sie am Montag zurück.«

Als Quaglia außer Hörweite war, sagte Cava: »Was die wohl in den anderen Lagerräumen lagern? Überall nur Geschirr? Damit könnte man ja ganz Süditalien eindecken.«

»Warten wir erst mal ab, was Rivello zu dieser Amphore sagt.«

Auf dem Rückweg begann Cava erneut, seine Gedanken in weitem Schwung auszuwerfen, und Gentilini musste aufpassen, dass er nicht ins Netz ging.

Cava war davon überzeugt, Paolo Buttà und Marco Canetti hätten gemeinsame Sache gemacht. Es gab zu viele Parallelen. Sie hatten beide in Pompeji gearbeitet, also war es für sie ein Leichtes, Zutritt zum Lupanar zu bekommen. »Vielleicht auch zu anderen schlüpfrigen Orten, in den

Thermen draußen vor der Stadtmauer hängen auch jede Menge erotische Bilder, im Umkleideraum, wie auf einer Speisekarte«, sagte der Ispettore, der sich offenbar in vielerlei Hinsicht kundig gemacht hatte. »Diese Senait ist im Konsulat aufgetaucht, und ich bin sicher, dass sie letzten Sonntag in Pompeji zum Einsatz kam. Alle waren sie da: die schwarze Schönheit, der Wachmann, der alte Canetti, der junge Canetti ...«

»... hat ein Alibi für diesen Abend«, bemerkte Gentilini.

»... macht auch nichts, der hat im Hintergrund die Fäden gezogen«, fuhr Cava unbeirrt fort. »Die haben einen After-Dinner-Service aufgemacht, nicht einfach bloß Culinaria, sondern ... ah, was weiß ich ... Camera Erotica oder so, Camera Proibita, für zahlungskräftige Kunden aus der besseren Gesellschaft ...« Cava lief zur Höchstform auf. »Vielleicht stand ja sogar der Direktor der Ausgrabungsstätte höchstpersönlich auf der geheimen Liste der Klienten, ehrlich, Gennà, der ist doch auch nur ein Mann, vielleicht sogar der Polizeipräsident ...«

Gentilini räusperte sich, aber Cava überhörte es.

»... oder der alte Canetti, wieso eigentlich nicht«, rief Cava im Rausch der Ideenflut, »das werde ich gleich prüfen, ob der auch Mitglied in diesem exklusiven Circolo an der Marina ist, Gennà, ich sag dir, wenn die zusammen Tennis spielen und diese Herrenabende veranstalten, warum dann nicht auch einen nächtlichen Ausflug ins alte Pompeji zur Lustsklavin Senait und anderen Gespielinnen, das wollen wir Männer im Grunde doch alle ...!«

»Basta«, rief Gentilini gequält und hatte das vage Gefühl, eine ähnliche Szene vor wenigen Tagen schon einmal erlebt zu haben. »Nicò, du warst gerade dabei, mir ans Herz zu wachsen, jetzt verspiel das nicht mit diesen dämlichen Machophantasien!«

»Wieso?!«, verteidigte sich Cava gekränkt, »ich bin doch bloß dabei, unseren Fall zu lösen. Aber wenn dir das nicht passt, dann zieh ich das allein durch.«

Den Rest der Fahrt verbrachten sie schweigend. Als sie am Circolo di Tennis an der Marina vorbeikamen, fragte Gentilini versöhnlich: »Und wer hat im Rahmen deiner ... äh, Theorie ... die Frau umgebracht?«

»Ganz klar der letzte Kunde«, antwortete Cava wie aus der Pistole geschossen, als hätte er nur darauf gewartet, die Missstimmung zu beenden.

»Und den Wachmann?«

»Auch. Oder vielleicht jemand anders, aber eindeutig im Auftrag dieses letzten Kunden, um die Sache zu vertuschen und den Zeugen aus dem Weg zu räumen und ihm den ersten Mord in die Schuhe zu schieben, beziehungsweise in die Hosentasche.«

»Und wie kommen wir an diesen Kunden heran?«, fragte Gentilini gähnend.

»Über den jungen Canetti. Oder den alten«, sagte Cava und warf dem Commissario einen kollegialen Blick zu. »Wir liefern noch diese Vase ab, dann machst du erst mal Wochenende, Gennà. Du brauchst eine Pause. Ich habe nichts vor, ich bleibe am Ball.« Er grinste fröhlich. »Und du musst doch deiner deutschen Flamme die Gegend schmackhaft machen.«

Überrascht sah Gentilini ihn an – woher wusste er das nun schon wieder? Aber Cava zuckte nur die Achseln und fing an, einen alten Schlager zu pfeifen.

Als der Commissario eine Stunde später nach Hause kam, stand nur ein einsamer Topf mit Tomatensauce auf dem Herd. Die Nudeln würde er sich selbst kochen müssen. Auf dem kleinen Küchentisch stand eine Kuchenschachtel. Er wollte sie gerade öffnen, als er den Zettel sah: *Non toccare! Per domani!* hatte Sonja geschrieben. Na gut. Gentilini griff sich ein angetrocknetes Stück Weißbrot aus dem Brotkorb und schob es in den Mund.

Sein Sohn saß im Wohnzimmer vor dem Computer und metzelte ungerührt Feinde jeglicher Art ab, der vierten oder fünften oder sechsten. Es war kein Ego-Shooter-Spiel, aber in Gentilinis Verständnis lief es auf dasselbe hinaus. Die Diskussion hatten sie hundertfach geführt: »Das ist kein wirkliches Blut, alles nur Pixel. Die Leute kippen nur um, und dann sind sie weg«, war Giorgios Hauptargument.

»Wie lange schon?«, fragte Gentilini nur.

»Halbe Stunde«, murmelte Giorgio, ohne vom Monitor aufzusehen. »Hast du den Täter?«

»So einfach wie im Computerspiel geht das im wirklichen Leben nicht. Um fünf ist Schluss, klar?«

Keine Antwort war auch eine Antwort.

»Wo ist Isabella?«

»Unterwegs.«

»Wann kommt sie zurück?«

»Weiß nicht.«

Aha, man war zur Ein-bis-drei-Wort-Kommunikation zurückgekehrt. Vielleicht änderte sich das erst bei Sonjas Auftauchen. Wo war sie überhaupt?

Sonja lag auf dem Bett und schlief. Gentilini legte sich neben sie und schob sich ganz nah an sie heran. Er hörte ihr Atmen, spürte die Wärme ihres Körpers. Eine Minute später war auch er eingeschlafen.

37

Um kurz vor zwölf legte die voll besetzte Fähre an der Marina Grande in Capri an. Die Sonntagsausflügler aus Neapel strömten an Land. Das Wetter war herrlich, nicht zu heiß, nicht zu kalt.

Sonja und Gentilini waren während der Überfahrt ganz dicht aneinandergerückt und hatten die Zweisamkeit genossen – soweit das inmitten des immensen Trubels an Deck, der herumrennenden Kinder, der schwatzenden Leute überhaupt möglich war. Zum Glück gab es viele Spielarten der Liebe – und eine davon bestand eben darin, sich selbst in hoch frequentierten Bereichen von der Menge abzukapseln und eine Zweiereinheit zu bilden, Seite an Seite, Kopf an Schulter, Hand in Hand, Blick in dieselbe Richtung, in Gedanken jeder für sich allein.

Sonja ging diese Frau nicht aus dem Sinn, die es nicht schaffte, sich von einem Mann zu trennen, der sie offensichtlich nicht mehr liebte, der sie seit Jahren nicht mehr berührte, der sie, wie sie mit eigenen Augen gesehen hatte, unwürdig behandelte, der sich jüngere Geliebte hielt, im Alter seines Sohnes, der allerdings gar nicht sein eigener Sohn war – sofern das, was Clara Canetti ihr gestern erzählt hatte, nicht lediglich die nachträglich gesponnene Rachephantasie einer einsamen, vernachlässigten älteren Frau war, die einen Seitensprung erfand, um ihr gegenwärtiges Elend darin zu ertränken. Sonja dachte auch, dass Frau Canetti zu viel trank. Aber wenn es half … Sie war Sonja ans Herz gewachsen in den wenigen Tagen ihrer Bekanntschaft.

Gentilinis Gedanken umkreisten ebenfalls die Familie Canetti, jedoch den männlichen Teil der Familie. Cava hatte versprochen, Vater wie Sohn im Auge zu behalten und ihnen, falls möglich, ein wenig auf den Zahn zu fühlen. Er hatte versprochen sich zu melden, falls es Neuigkeiten gäbe. Er hatte sich nicht gemeldet. Auch Livia nicht. Die Versuchung war groß, sie kurz anzurufen – unter Freunden – und zu fragen, was die Untersuchung der etruskischen Amphore ergeben hatte. Ob sie außerdem inzwischen trotz der zu erwartenden Störmanöver den Durchsuchungsbefehl für das Edelbordell bekommen hatten. Ob sie den Händler hatten unter Druck setzen können. Aber er widerstand. Heute war sein freier Tag. Aber vielleicht hatten Cava und Livia sich das ebenfalls gedacht und ihn vorsätzlich verschont?

Er spürte Sonjas Hand auf seinem Knie. Es war gut. Es war sehr gut. Auf halber Strecke entspannte er sich, zumindest halbwegs.

Giorgio und Isabella hatten sich von Anfang an abgeseilt: Man musste es mit dem gemeinsamen Ausflug nicht übertreiben. Isabella hatte sich auf dem zweiten Deck in den Schatten gesetzt, zwei Dutzend SMS verschickt und iPod gehört. Giorgio fanden sie bei der Einfahrt in den Hafen in einem Sessel lungernd im gähnend leeren Passagiersalon der Fähre; er starrte ausdruckslos auf den Fernseher, wo gerade ein Formel-1-Rennen übertragen wurde.

Am Hafen versuchten eifrige Kellner und Gastronomen unermüdlich die Ankommenden zu den Tischen ihres Cafés oder Restaurants zu lotsen. Nein, sie wollten nicht übernachten. Nein, danke, jetzt auch noch nicht essen. Die Schlange vor der Funicolare, die hoch in den Ort Capri führte, reichte fast bis an den Kai.

»Wir gehen zu Fuß«, verkündete Gentilini.

Einstimmiger Protest der Jugend. »Bei der Hitze«, knurrte Giorgio. »Sind wir hier etwa im Trainingscamp für die Olympiade?«, maulte Isabella.

Gentilini stapfte einfach los. Er hatte beschlossen, ein

guter geschiedener Vater zu sein, der in den gegenläufigen Stimmungen, Strömungen und Strudeln, die Giorgio und Isabella erzeugten, nicht länger wie ein Stück Treibholz richtungslos hin und her getrieben wurde. Sonja hatte Recht. Man musste eine Richtung vorgeben, selbst wenn es die falsche war, und auch auf die Gefahr hin, Unfrieden und Unzufriedenheit zu ernten. Denn wenigstens ein Beteiligter war auf diese Weise weniger unzufrieden, nämlich er selbst. Und waren Väter nicht Vorbilder? Also bitte.

Es ging stetig bergauf, ein idyllischer Fußweg schlängelte sich, von alten Steinmauern, in denen Eidechsen hausten, gesäumt, zwischen Häuserwürfeln, Zitronenhainen, üppigen Bougainvilleen bergan. Zweimal unterquerten sie die Trasse der Funicolare. Sonja und Gentilini brauchten inklusive kleiner Verschnaufpausen zwanzig Minuten, die Jugend ein paar Atemzüge länger. Als sie auf dem Platz neben der Bergstation der Seilbahn ankamen, wo ein grandioser Blick über den Golf von Neapel für alle Strapazen entschädigte, verließ gerade ein Trupp Touristen die Funicolare.

»Wir waren schneller«, stellte Giorgio mit großer Befriedigung fest. »Die Frau mit dem riesigen weißen Hut stand unten in der Schlange. Wann gibt's was zwischen die Zähne?«

Die Cafés auf der berühmten Piazza waren besetzt. Überhaupt schienen sich sämtliche Gäste und Einheimische, die die Insel aufzubieten hatte, an diesem Ort zu sammeln. Im Gänsemarsch zwängten Sonja, Isabella und Giorgio sich hinter Gentilini zwischen all den Leuten und Tischen hindurch. Sie passierten einen mittelalterlichen Torbogen am hinteren Ende der Piazza, rechts und links reihten sich eine Hand voll schicker Läden für Touristen mit Geld aneinander – und zehn Meter weiter war das Gewühl, das Seht-her der Piazza Vergangenheit, als hätten sie eine unsichtbare Tür durchschritten. Sie kamen an einem Schusterladen vorbei, einem kleinen Alimentari – keinerlei Trubel mehr, nur unspektakuläre Normalität, hier wohnten die Capresen.

Gentilini steuerte ein Restaurant an, das per Plakat eine Terrasse mit Blick auf Sorrento versprach.

»Das ist bestimmt schweineteuer«, bemerkte Giorgio.

»Das ist mir heute völlig egal.«

Sie waren früh dran und hatten daher noch die freie Auswahl an Tischen.

»Willst du uns für irgendeinen fiesen Plan milde stimmen?«, fragte Isabella, als sie die Speisekarte studierte.

»Ihr seid doch unbestechlich.«

Sie grinste. »Stimmt genau. Wann gibt's endlich den Apfelkuchen?«

»Später. Sonntagnachmittag, so gegen halb vier, das ist die Regel«, sagte Sonja.

»Wenn wir in der Villa Jovis sind«, ergänzte Gentilini.

»Von dort hat Kaiser Tiberius seine Geliebten aus dem Fenster ins Meer geschmissen«, bemerkte Giorgio.

»Seine Widersacher«, korrigierte ihn Isabella.

»Ist doch dasselbe. Also ich nehme eine Margherita.«

»Willst du nicht lieber Spaghetti mit Meeresfrüchten oder Ravioli oder Fisch? Wie wär's mit Schwertfisch? Du kannst essen, was du willst.«

»Eben. Ich will eine Pizza.«

»Grausamer Herrscher«, sagte Sonja. »Warum wollte er seine Geliebten loswerden?«

Giorgio zuckte die Achseln, dann grinste er boshaft. »Vielleicht haben sie zu viel gemeckert.«

»Sehr witzig!«

»Neulich Nacht habe ich gelesen, dass Tiberius in seiner Residenz erotische Skulpturen und Bilder gesammelt hat«, bemerkte Gentilini. »Atalante und Meleagros beim ...« – er senkte die Stimme und flüsterte –, »beim Oralverkehr. Angeblich, um auf diesem Wege seine nachlassende Manneskraft zu stimulieren.«

Giorgio verzog das Gesicht und sah seinen Vater an. Auch der schnitt eine Grimasse. Und griff nach einer Tüte mit Grissini.

»Er musste die Frauen um die Ecke bringen, weil sie Augenzeuginnen seiner Impotenz waren«, sagte Isabella ungerührt. »Ist doch völlig klar. Das lässt kein Kaiser auf sich sitzen. Sie wussten zu viel, also ab ins Meer.«

»Wenigstens ein eindeutiges Motiv«, sagte Sonja.

»Ist sowieso nur ein Gerücht.«

»Die halten sich bekanntlich am längsten.«

Zwei Stunden später und drei delikate Menügänge schwerer schleppten sie sich im Schneckentempo den Fußweg zur Villa Jovis hinauf. Solange sie sich im Gewürfel der Häuser befanden, taten sich immer wieder Schattenwürfe auf, in denen man kurz verschnaufen konnte. Nicht einmal die Hunde rührten sich vom Fleck. Zweimal kamen ihnen allerdings Touristen entgegen, schnellen Schritts – für sie ging es bergab und dem Ort entgegen.

»Wir sind wirklich die einzigen Idioten in ganz Italien, die um diese Uhrzeit solche Strapazen auf sich nehmen«, bemerkte Isabella. Und mit Seitenblick auf Sonja: »Außer den deutschen Touristen.«

»Ihr habt Capri direkt vor der Haustür«, erwiderte Sonja gelassen. »Wir müssen erst die Alpen überqueren. Das härtet ab.«

Der Weg führte jetzt an Gärten vorbei. Die Aussicht auf die blaue Bucht war traumhaft schön, aber Sonja hatte keinen Blick dafür. Sie war unruhig. Sie dachte wieder an Frau Canetti, die ebenfalls die Alpen überquert hatte und seit dreißig Jahren in Neapel lebte, Tag für Tag mit all diesen Herrlichkeiten der Natur vor der Nase. Und trotzdem war sie nicht glücklich. Im Gegenteil, sie wirkte wie gelähmt, gefangen von alten Sehnsüchten und neuen Enttäuschungen. Sie müsste einen Schritt nach vorn wagen, dachte Sonja, einen Sprung ins kalte Wasser ... Sie nahm sich vor, sie am Abend auf jeden Fall anzurufen.

Die Residenz des Kaisers Tiberius lag auf dem höchsten Punkt im Osten der Insel. Dahinter war Schluss. Die schroffen Felsen fielen steil zum Meer hin ab, viele hundert Meter tief. Wenn man Pompeji gesehen hatte und sich die Villa Jovis ähnlich gut erhalten vorstellte, konnte man enttäuscht sein. Wie die meisten antiken Stätten wurde auch dieser Ort vor allem durch das Wissen um seine Geschichte, vor allem aber durch den Einsatz von Phantasie lebendig. Wo hatten die Küchen, die Ställe, die Räume der Dienstboten gelegen, wo die Privatgemächer des Kaisers? Besucher konnten nur noch den Grundriss des Palastes nachvollziehen, in zum Himmel offene Zimmergevierte treten, teilweise winzige dunkle Kammern, in denen es feucht und modrig roch.

Was sich in den knapp zweitausend Jahren seit der Herrschaft des Tiberius wenig verändert hatte, war die Aussicht vom höchsten Punkt seiner ehemaligen Luxusvilla aus, dieser weite Blick auf den Vesuv, die Küste bis zur Halbinsel von Sorrento, das tiefblaue Meer, auf dem Boote Spuren legten, die kurz darauf vom Wasser verwischt wurden.

»*Che pazzia!*«, stöhnte Giorgio und zog sein T-Shirt aus. »Das kann man auswringen!«

Sie ruhten sich auf einer Mauer neben einer weiß getünchten Kapelle aus, tranken einen Schluck Wasser und hielten Ausschau nach einem schattigen Platz. Von hier oben wirkten die von Gräsern, Moosen, Pflanzen umwucherten Ruinen wie ein natürlicher Teil des Inselgesteins. Vor einem Mauergeviert ein Stück weiter unten tauchten zwei Frauen auf. Touristinnen mit auffälligen Sonnenkäppis, hellen Shorts, knallroten Trägertops und Wandersandalen. Sie sahen aus wie Zwillinge.

»Die kennen wir doch«, sagte Sonja und richtete sich auf.

»Wen?«

»Da unten. Sind das nicht die beiden Frauen, die in Pompeji die Leiche entdeckt haben?«

Sie beobachteten, wie die Frau mit dem orangefarbenen Käppi sich bückte, irgendetwas aufhob und ihrer Begleiterin zeigte – eine Scherbe, einen Stein oder ein Stück von einem Mosaik. Die andere nickte. Dann verstaute sie das Fundstück in der Außentasche ihres Rucksacks. Als Nächstes hob sie einen Stein auf und klopfte damit ein Stück aus der Mauer der Palastruine.

»Frechheit! Die stehlen unser kulturelles Erbe!«, platzte Isabella empört heraus, begann mit den Armen zu wedeln und in gröberer Formulierung zu rufen, die Frauen sollten sich gefälligst vom Acker machen.

Eine der beiden wandte sich um, sah Isabella winken, zögerte, winkte zurück.

»Sonja, tu was«, sagte Isabella.

»Lass doch«, sagte Gentilini.

Aber Sonja war schon von der Mauer gesprungen und auf dem Weg.

»Wir kennen uns doch«, sagte sie, als sie bei den beiden Frauen ankam.

»Ich wüsste nicht, woher«, begann die eine.

»Pompeji«, sagte Sonja. »Sie haben doch die Leiche entdeckt.«

»Na klar, jetzt erkenne ich Sie«, sagte die andere. »Sie sind die Freundin vom Kommissar.«

»Wieso Freundin?«, fragte die andere. »Sie war doch die Dolmetscherin.«

Sie musterte Sonja. Ihr Blick hatte etwas Abschätzendes und Abschätziges. »Wie klein die Welt doch ist. Weiß man denn inzwischen, wer die Frau umgebracht hat? Hat die Polizei die Täter verhaftet?«

»Bisher noch nicht.«

Die Frau lachte. »Kein Wunder. Wir sind ja in Italien.«

»Was soll das heißen?«

Sie sah Sonja verständnislos an. »Na, dass die Uhren hier langsamer gehen. Deshalb sind wir doch alle hier, Sie etwa nicht? Weil die Italiener nicht so effektiv sind wie wir Deutschen.« Es klang eine Spur zu selbstgefällig.

Sonja ging zum Gegenangriff über. »Und deshalb lassen Sie ganz effektiv und nebenbei antike Scherben und Mosaiksteine mitgehen?«

»Wovon reden Sie?«

»Sie haben doch gerade ein paar Dinge gefunden und abgehämmert und in den Rucksack gesteckt.«

»Unsinn! Das bilden Sie sich ein.« Die Ertappte widersprach heftig. Es war klar, dass sie log.

»Wenn das jeder machen würde«, sagte Sonja verächtlich. Das rutschte ihr einfach heraus, es war die richtige Bemerkung, aber sie hasste diesen Spruch. Ihre Mutter hatte ihn, als Sonja jung war, viel zu oft benutzt, denn er passte immer, leider auch jetzt.

»Ist doch nur ein Stein«, sagte die Frau mit dem pinkfarbenen Käppi achselzuckend. »Eine kleine Erinnerung an diese Reise.«

»Außerdem geht Sie das gar nichts an«, keifte die andere. Die beiden Silberglöckchen an ihrem Ohrring glänzten in der Sonne.

Wütend dachte Sonja, dass es alles nicht zusammenpasste, der feine, orientalisch angehauchte Ohrring, das banale orangerote Käppi mit der Aufschrift *Globetrotter*, die derben Wandersandalen. Die zweite Frau war ähnlich aufgemacht, im Partnerlook, nur dass sie keinen Ohrring trug, sondern denselben Glöckchenanhänger als Kette um den tiefbraunen Hals. Dass Menschen sich gegenseitig so gern kopierten ... Nur das Käppi hatte eine andere Farbe, hier hatte offenbar der Hang zum Individualismus seine Bühne gefunden, im pinkfarbenen Käppi, dachte Sonja boshaft. Wahrscheinlich stapften die zwei in aller Welt durch die Gegend und sammelten Scherben oder Münzen auf, oder was immer sich leicht einstecken ließ, wenn es sich ergab, im Fall des Falles sicherlich auch größere Objekte.

Grußlos wandte sich Sonja ab und kehrte zu den anderen zurück. Giorgio hatte in der Zwischenzeit einen brauchbaren Platz für den Kaffeeklatsch entdeckt, eine versteckt liegende Aussichtsterrasse mit zwei freien Bänken. Gentilini verteilte Pappteller, Kuchengabeln, Papierservietten, Sonja packte eine Thermoskanne mit Milchkaffee und den für den Transport extra bruchsicher verpackten Kuchen aus. Beim Öffnen der Pappschachtel fiel ein Umschlag heraus. Isabella hob ihn auf.

Sonja schnitt den Kuchen an, verteilte ihn auf die Teller.

»Da sind ja Rosinen drin«, mäkelte Giorgio enttäuscht.

»Meckerfritze«, sagte seine Schwester.

»Gib sie mir«, bot Gentilini an.

Isabella hatte ihr erstes Stück im Nu verschlungen. »Nicht übel«, sagte sie mit vollem Mund. »Aber er hätte auch gestern schon geschmeckt.« Sie wedelte mit dem Umschlag. »Was ist da drin?«

»Keine Ahnung. Vielleicht das Rezept.«

»Darf ich nachsehen?«

»Bitte.«

Isabella öffnete den Umschlag und zog ein Schwarzweißfoto heraus. Sie sah noch einmal genau nach, aber er enthielt keine weitere Nachricht, keine Karte, keinen Brief.

»Nur dieses Foto.«

»Zeig mal.« Alle vier beugten sich über das Foto. Zwei Menschen strahlten einen an, Mann und Frau, ein junges Paar. Der Mann hatte seinen Arm um die Frau gelegt, sie schmiegte sich an ihn. Die Ähnlichkeit war unverkennbar.

»Die Canettis«, murmelte Sonja. »In jungen Jahren.« Sie drehte das Foto um. Mit Bleistift hatte jemand notiert: Harare, 1966. »Harare? Wo liegt das?«

Das wusste aus dem Stegreif keiner. Wahrscheinlich war das Foto auf einer Urlaubsreise entstanden.

Isabella griff in ihre Tasche und tippte etwas in ihr Handy.

»Ein ganz ähnliches Foto hängt beim alten Canetti im Büro«, sagte Gentilini. »Das glückliche Ehepaar vor vierzig Jahren …«

»Warum schickt sie mir das?«, fragte Sonja ratlos.

»Du bist ihre neue Vertraute«, erwiderte Gentilini und goss sich Kaffee ein.

Sonja schüttelte den Kopf. Sie kniff leicht die Augen zusammen, wie sie es immer tat, wenn sie intensiv nachdachte. »Das kann nicht der Grund sein. Sie will mir damit irgendetwas mitteilen. Ich glaube, sie erzählt mir die ganze Zeit eine Geschichte, jedes Mal, wenn wir uns treffen, hat sie weitererzählt, aber nie die ganze Geschichte, immer nur Ausschnitte, häppchenweise …«, murmelte sie. »Sie ist unglücklich, sie ist einsam, ihr Sohn geht seine eigenen Wege, ihr Mann vernachlässigt sie … Erst gestern hat sie erwähnt, dass er immer wieder Affären hat.« Sie blickte in die Runde. »Ich denke oft, das ist doch nur ein Klischee, aber dann höre ich solche Geschichten und weiß, es ist keins. Diese alten Säcke, die sich jüngere Frauen anlachen und sich dann wer weiß wie verjüngt und toll fühlen und ihre Frauen nach zwanzig, dreißig, vierzig Jahren Ehe einfach nicht mehr anrühren. Sie ausrangieren, als wären sie ein abgetragenes, nicht mehr aktuelles Kleidungsstück. Ein schäbig gewordenes, altes Kleid. Körperkleid.« Sie ballte die Faust, dann erschien ein Lächeln der Genugtuung auf ihrem Gesicht. »Wisst ihr, was sie gestern erzählt hat? Dass sie selbst auch einmal fremd gegangen ist, vor vielen Jahren. Sie wollte ein Kind, aber sie wurde nicht schwanger, es klappte einfach nicht. Die Beziehung zu ihrem Mann begann schwierig zu werden, in den Augen seiner Familie war natürlich ganz allein sie schuld daran, die Deutsche, na klar, doch um alles in der Welt nicht ihr Mann, der tolle Neapolitaner, der ganze Kerl und *figlio di mamma*, der locker zehn kleine Canettis zeugen könnte, wenn er nur die richtige Frau geheiratet hätte … Sie war verzweifelt. Eines Tages ging die Waschmaschine kaputt, ein Mann vom Kundendienst stand vor der Tür. Kurz darauf war sie schwanger, Marco wurde geboren, die Familienehre war gerettet. Ihr Mann weiß nichts von diesem Kuckuckskind. Das hat sie mir gestern alles gebeichtet, weil sie schon ein bisschen beschwipst war …«

»Die Kette ist toll«, sagte Isabella, die wieder das Foto studierte. »Die hätte ich auch gern.«

Giorgio verdrehte die Augen.

Sonja beugte sich über Isabellas Schulter. »Welche Kette?«

Eine silberne Halskette, an der eine Art Sichel hing, ein auffälliger, filigran verzierter, leicht gebogener und an den Enden gerundeter silberner Anhänger, von der Größe und der Form ein wenig wie ein Phallus, an dessen Unterseite glöckchenähnliche Kugeln hingen, je zwei silberne Kugeln in einem Ring, der in einen zweiten Ring überging, der wiederum an der Sichel befestigt war. Insgesamt fünf Stück, zählte Sonja. Seltsam, diese Ähnlichkeit. Die beiden Silberkugeln in den beiden Ringen, dieses Dekor hatte sie doch vor nicht einmal zwanzig Minuten irgendwo gesehen …

»Gennaro, sieh dir das an! Ist das nicht die Kette der toten Äthiopierin?«

Gentilini schob die Sonnenbrille hoch, betrachtete das Foto, wiegte den Kopf. »Solche Ketten gibt es bestimmt öfter. Das müsste man exakt vergleichen, im Lupanar lag ja nur ein Teil dieser Kette, aber du hast Recht, diese phallusförmige Silbersichel sieht verdammt ähnlich aus. Und das Teil in der Hosentasche des Wachmanns könnte einer dieser Glöckchenanhänger sein … Die Spurensicherer haben die Kette zusammengesetzt, aber sie war eben nicht vollständig.« Er tippte auf das Foto. »Nicht so vollständig wie hier.«

»Ich weiß, wo die anderen beiden Anhänger sind!«, rief Sonja aufgekratzt. »Die beiden Touristinnen tragen sie an Hals und Ohr! Das ist echt unglaublich! Sie haben die Glöckchenanhänger in Pompeji gefunden, in der Nähe der Leiche oder auf dem Weg dorthin, und haben sich bedient, genau wie sie sich heute ein paar Andenken eingesteckt haben!«

Giorgio sprang von der Bank auf. »Schnell, wir müssen sie suchen und ausfragen, vielleicht sind sie noch auf dem Gelände. Soll ich?«

Gentilini gab ihm ein Zeichen. »*Pian piano.* Warte einen Moment. Ich muss nachdenken.« Er begann auf und ab zu gehen.

Warum hatte Frau Canetti Sonja dieses Foto geschickt, zusammen mit dem Apfelkuchen, dem Sonntagskuchen? Was wollte sie erzählen? Das Foto war doch irgendein Hinweis, aber worauf, bestimmt nicht auf das Glück vor vierzig Jahren. Einmal angenommen, es handelte sich tatsächlich um ein und dieselbe Kette – wie zum Teufel war Frau

Canettis Kette dann an den Hals der Äthiopierin gelangt? Die letzte Frage sprach er laut aus.

Giorgio hatte sofort eine Antwort parat. »Marco hat sie seiner Mutter stibitzt und der Äthiopierin geschenkt.«

»Oder ihr Mann«, sagte Isabella. »Canetti senior.«

Nicht der Sohn, sondern der Vater! Gentilini sprang von der Bank auf, die Thermoskanne kippte dabei um, der Rest der milchbraunen Flüssigkeit schwappte über den Kuchen, aber keiner achtete darauf. Gentilini sah seine Kinder gespannt an. »Weiter. Was ist mit dem Wachmann? Wie passt der in die Geschichte?«

»Der Wachmann hat in der Nacht Aufsicht und überrascht den alten Canetti zufällig mit der Frau im Lupanar«, sagte Giorgio.

Und Isabella: »Und der Wachmann kennt ihn, erstens aus dem Konsulat und zweitens, weil er für ihn gearbeitet hat.«

»Er will den alten Canetti natürlich erpressen!«, fuhr Giorgio fort. »Logisch. Also muss er sterben.«

»Der schöne Apfelkuchen«, sagte Isabella bedauernd.

Sonjas Blick fiel ebenfalls auf den hellbraun durchweichten, nicht mehr so appetitlich aussehenden Rest des Kuchens. Was wollte Frau Canetti ihr mit dem Foto und dem Kuchen sagen – was wollte sie *beichten*? An diesem Wort blieb sie hängen.

»Der Sonntagskuchen! Sie hat ausdrücklich gesagt, wir sollen ihn erst am Sonntag essen«, murmelte sie auf Deutsch, weshalb keiner sie verstand. Manche Gedankengänge konnte man nur in der eigenen Sprache weiterdenken. *Aber erst am Sonntag, meine Liebe!*, hörte sie Frau Canettis Stimme und dann ihre Worte beim Abschied vor dem Café, die ihr gekünstelt vorgekommen waren, übertrieben theatralisch: *Leben Sie wohl …*

Sie griff nach ihrem Rucksack, begann hektisch zu suchen, fand ihr Handy, schaltete es ein, dann hörten die anderen sie fluchen, abermals auf Deutsch, aber unmissverständlich. Verdammte Technik! Sie hatte die Telefonnummer der Canettis gespeichert, aber sie hatte vergessen, ihr Handy aufzuladen.

»Harare liegt übrigens in Äthiopien«, sagte in dem Moment Isabella und blickte von ihrem eigenen Handy hoch, das gerade kurz gepiepst hatte.

»Was sagst du da?«

»Ich habe Bianca vorhin eine SMS geschickt. Sie hat im Internet nachgesehen.«

»Äthiopien ... Sieh mal einer an. Ehepaar Canetti reist nach Äthiopien.«

»Auf Hochzeitsreise.«

»Und auf dieser Reise kaufen sie irgendwann diese Kette mit den beiden Glöckchen, immer zwei davon in einem Ring als Zeichen ihrer Verbindung, zur Erinnerung.«

»Als Souvenir an eine glückliche Zeit, die aber nicht lange dauert«, dachte Sonja laut weiter. Sie sprang auf und begann hastig, das Geschirr zusammenzuräumen. »Wir müssen sofort zurück!« Sie schob den Rest des Kuchens in die Verpackung. »Warum soll ich das Foto erst heute sehen?«

Gentilini starrte sie verständnislos an, aber Giorgio hatte sofort begriffen, was sie meinte.

»Weil heute irgendetwas passiert!«, rief er aufgeregt. »Vielleicht will sie heute ungestört ihren Mann umbringen. Ich hab mal auf Rai Due eine Folge gesehen, da war das genauso.«

»Spinnst du?«, fragte sein Vater.

»Wir müssen zurück!«, bestimmte Sonja. »Jetzt, sofort. Wir müssen die nächste Fähre erwischen.«

»Vielleicht sind ja auch die beiden Touristinnen mit der Kette an Bord!«, rief Giorgio.

Bis sie wieder am Hafen standen, verging fast eine Dreiviertelstunde. Gentilini versuchte mehrfach Cava zu erreichen, erwischte aber nur die Mailbox. Das nächste Schnellboot fuhr erst vierzig Minuten später, die Überfahrt dauerte noch mal so lange. Die beiden Touristinnen waren nicht an Bord.

Als sie schließlich alle vier – Giorgio und Isabella hatten darauf bestanden mitzukommen – vor dem Haus der Canettis in der Via Tasso standen, waren seit dem überstürzten Aufbruch aus Capri fast drei Stunden vergangen. Sonja drückte immer wieder auf die Klingel, aber niemand reagierte.

38

Der lange Esstisch, an dem sie erst vor wenigen Tagen zu Mittag gegessen hatten, war für zwei Personen gedeckt, an der den hohen Fenstern zugewandten Seite, die jetzt im Licht der Abendsonne lag, denn Fenster wie Vorhänge waren weit geöffnet. Auf der Via Tasso brausten unermüdlich Zweiräder hügelauf und hügelab, die halbe Stadt war unterwegs, zu einem Termin oder zu keinem, der Sonntagabend wurde eingeläutet, nicht durch Glocken, sondern durch Geknatter und Gehupe, das ebenso ungehindert wie das Abendlicht hereinflutete.

Sonja nahm weder den Lärm wahr noch das Licht. Ihr Blick fiel auf die gläserne Vase auf dem Tisch. Das Wasser darin war ein wenig trüb, die sieben gelben Rosen, die sie am Mittwoch mitgebracht hatte, begannen zu welken. Sie sah ein Schälchen mit Resten geschlagener Sahne, die schon wieder flüssig wurde. Eine Kaffeekanne mit silberner Haube. Zwei benutzte Kaffeetassen mit Goldrand. Ein Zuckerdöschen, ein Milchkännchen, alles aus demselben feinen Porzellan, mit handgemalten Rosen verziert. Zwei Stoffservietten mit besticktem Rand, eine davon nicht benutzt, die andere auf den Tisch geworfen. Sie sah eine Kuchenplatte mit einem aufgeschnittenen Apfelkuchen, der genauso aussah wie der, den sie auf Capri verspeist hatten. Drei Stücke fehlten. Auf den Kuchentellern sah sie Krümel, zwei benutzte Gabeln, Spuren von Sahne. Auf einem der beiden Teller ein Dutzend herausgepulter Rosinen.

Letzte Spuren eines deutschen Kaffeetrinkens, dachte Sonja wie betäubt. Ein Bild von früher tat sich kurz auf, in verblichenen Farben und ohne Ton, wie ein Fenster in eine vergangene Zeit. Als man sich sonntags im Wohnzimmer zum Kaffeetrinken einfand, Vater, Mutter, Kind, manchmal auch mit Gästen, Verwandten, dann wurde mehr Kaffee gekocht, mehr Kuchen gebacken. Dieses sonntägliche Ritual wurde auch nach dem Tod des Vaters beibehalten, für Sonjas Mutter der Höhepunkt der ganzen Woche, nicht wahr, am Sonntag kommt ihr zum Kaffeetrinken.

Sie vermied es, zu den Konturen der beiden Körper zu sehen, die unter einem hellen Laken am Boden lagen. Sie wusste, dass sie da waren. Sie wusste, wer unter den Tüchern lag.

Das Foto von Marco auf der weißen Anrichte. Sein unbekümmerter Blick in die Welt. Sie dachte, dass dieser Blick sich verändern würde.

Gentilini hatte die beiden Umschläge längst entdeckt, die neben dem Foto auf der Anrichte lagen. Einen weißen, der an Marco Canetti adressiert war, und einen hellbraunen Umschlag mit der schlichten Aufschrift *Sonja, personalmente*.

»Vielleicht ein Abschiedsbrief.«

»Wir haben uns schon verabschiedet«, sagte Sonja mit belegter, kaum hörbarer Stimme.

»Mach ihn trotzdem auf.«

»Hier? Jetzt?«

Er hielt ihr den Umschlag hin und sah sie bittend an. Die Flecken in seinen Augen tanzten nicht. Sie standen still, ganz still, ganz dunkel standen sie neben ihr am Rande eines Abgrunds.

Sie nahm den Umschlag entgegen, öffnete ihn zögernd, behutsam. Ihre Hand tauchte hinein, zog ein liniertes Schulheft hervor, Din-A5, sechsunddreißig Blatt. Nur das Schulheft, sonst nichts. Ihr Herz klopfte heftig, als sie das Heft aufschlug und durchblätterte. Es war von der ersten bis zur letzten Seite beschrieben.

»Es ist Deutsch«, sagte Sonja.

Lies es, baten die dunklen Flecken in Gentilinis Augen. Hier. Jetzt.

Frau Canetti hatte sieben Tage lang Buch geführt. Keine Buchführung über Soll und Haben im Haushalt, wie Sonjas Mutter sie noch heute in ähnlichen Heften anlegte, mit akribisch genau verzeichneten Ausgaben, mit Rubriken für Geburtstage, Kochrezepte sowie denkwürdigen Tipps zu Haushalt, Gesundheit, Körperpflege. Was Sonja in der Hand hielt und nun zu lesen begann, erst zögernd, dann gierig, war auch kein Tagebuch im üblichen Sinne, kein Notizheft von Ideen, Befindlichkeiten, aufblitzenden Gedanken, die es festzuhalten galt, bevor sie sich im Irrlicht des Alltags auflösten. Clara Canetti hatte ihr Leben aufgeschrieben. Einen Rückblick im Zeitraffer. Ein Schulheft voller Worte. Über das, was wichtig war. Eine Lebensbeichte. Und ein Geständnis, das dafür sorgte, dass es in diesem doppelten Mordfall keine falschen Verdächtigen mehr geben würde.

Der erste Eintrag datierte vom fünften September. Das war der Tag, an dem Sonja in Neapel eingetroffen war. Der Tag, an dem sie in Pompeji die Leiche der Afrikanerin entdeckt hatten. *In der Erinnerung sind wir ein Paar*, stand auf dem Blatt wie eine Überschrift, ein Motto. Und darunter: *In der Erinnerung bin ich unschuldig und jung und verliebt. Jetzt bin ich schuldig, alt und verbittert.*

Er liegt neben mir und schnarcht. Im Halbdunkel sehe ich sein Profil. Wie gut er damals aussah, ich konnte mich gar nicht sattsehen an ihm, ein echter Südländer, diese dunklen Augen. Das ist das Glück, habe ich gedacht.

In der Erinnerung sind wir ein Paar. In der Erinnerung bin ich unschuldig und jung und verliebt. Jetzt bin ich schuldig, alt und verbittert …

Jetzt habe ich Hunger. Ich liege neben ihm und kann nicht schlafen, obwohl ich genug Wein getrunken habe, mehr, als mir gut tut. Ich weiß nicht, wie er das macht, einfach zu schlafen, nach allem, was passiert ist …

Das Erzählen der Vergangenheit setzte an dem Tag ein, als sie ihrem Mann zum ersten Mal begegnet war, im Sommer 1960. Aber Clara Canetti erzählte nicht chronologisch, sachlich, Schritt für Schritt, sondern sprang beinahe übergangslos in der Zeit vor und zurück, damals, heute, der erste Kuss, die Hochzeit, dann wieder Gegenwart, die Begegnung mit Sonja im Konsulat, ein Telefonat mit Marco, die Hochzeitsreise nach Äthiopien, die Kette, die Antonello ihr dort geschenkt hatte.

Mein letztes Souvenir an unser Glück. Du hast es verschenkt, Antonello. Du hast mir mein Glück geraubt! Du hast meine Kette zerrissen, meine Lebenskette …

Auch der Tonfall wechselte, der Stil, die Zeitebenen, Gegenwart, Vergangenheit, es gab Passagen in der dritten Person, dann wieder sprach sie ihren Mann direkt an, mal schrieb sie sachlich, dann wieder melodramatisch. Seite für Seite erzählte sie von Glück, Hoffnung, Enttäuschungen, von ihren ersten Monaten in Neapel, wie überwältigt sie gewesen war von dem Leben in Süditalien, wie eingeschüchtert.

Antonello Canettis Familie wurde knapp und schroff abgehandelt, die Wunden saßen offenbar tief. Dagegen der Triumph der werdenden Mutter nach jahrelangem Warten auf eine Schwangerschaft.

Ich bin schwanger! Ich habe es euch allen gezeigt! Antonello trägt mich auf Händen. Er weiß nichts von meinem Seitensprung, er käme nie auf die Idee, dass ich so etwas tun könnte. Er hält mich für naiv. Er hat mir nie etwas zugetraut. Nichts. Die Pistole? Zu meinem Schutz, hat er gesagt, wenn ich mal nicht da bin. Das war damals, als bei den del Giudices zwei Häuser weiter eingebrochen wurde. Als ob ich jemals hätte schießen können …

Absatz.

Aber man kann viel mehr, als man glaubt …

Viele Seiten Marco, immer wieder Marco, Kindheit, Schulzeit, lustige Situationen, an die sie sich erinnerte, die sie in sich trug wie eine eiserne Reserve. Seitenlang, was Marco wann gesagt oder getan hatte – und parallel dazu das komplette Verschwinden ihres Mannes aus den Aufzeichnungen, die viele Jahre übersprangen. Erst auf den letzten Seiten des Heftes tauchte er wieder auf, jetzt im Zusammenhang mit Eifersucht, die zur Bitterkeit wurde. Clara Canetti schrieb nun zunehmend in der Vergangenheit und in der dritten Person. Es war, als erzählte sie eine Geschichte. Eine längst abgeschlossene Geschichte. Als stünde sie selbst bereits jenseits von Gut und Böse, nur noch eine Zuschauerin.

Er rührte sie nicht mehr an. Wenn er sie ansah, sah er sie nicht an. Sie war für ihn unsichtbar geworden …

Die deprimierende Entdeckung, dass er es in ihrer Abwesenheit mit dem russischen Hausmädchen trieb. Was er nicht einmal leugnete. Das Hausmädchen wurde rausgeschmissen und, wie sie vermutete, im CCC beschäftigt. Es folgte der schicksalhafte Tag. So drückte sie es aus: *schicksalhaft* … Sie war in der Gegenwart angekommen.

Sie erhält den Anruf einer Bekannten, die ihr eine Karte für ein Konzert anbietet, da sie selbst verhindert ist: Cecilia Bartoli singt Verbotenes, *Opere proibite*. Am Samstagabend ist Antonello entweder im Club oder bei einer CCC-Veranstaltung, weshalb soll sie sich nicht auch ein Vergnügen gönnen? Sie fährt mit ihrem Auto nach Pompeji, steckt die Pistole ein, für alle Fälle, der Weg ist weit, die Nacht dunkel, besonders auf dem Rückweg, man kann nie wissen, was passiert, die Zeitungen sind voll von bösen Berichten. Sie hat einen guten Platz, das Konzert übertrifft ihre Erwartungen, und sie beschließt, in der Pause die CD zu kaufen. Fast ist sie ein wenig stolz, als sie sieht, dass CCC das Catering betreibt.

Auf dem Land, außerhalb der steinernen Stadt, die die Hitze speichert, wird es abends schneller kühl. Bevor der zweite Teil des Konzerts beginnt, geht sie rasch zu ihrem Auto, um sich eine Jacke zu holen. Das Auto steht auf dem kleinen Parkplatz für Mitarbeiter, den Marco ihr einmal gezeigt hat. Als sie das Auto zuschließt, sieht sie im fahlen Mondlicht einen Wagen auf den Parkplatz einbiegen, der ihr bekannt vorkommt. Sie kennt das Nummernschild. Es ist das Auto ihres Mannes. Er wird nach dem Rechten sehen wollen, denkt sie, ob das Catering gut läuft, und will schon aus dem Dunkeln treten, zu ihm hin, hört ihn schon sagen: Na so eine Überraschung …

Doch sie rührt sich nicht vom Fleck. Ihr Mann ist nicht allein. Die Beifahrertür geht auf. Sie sieht hohe Schuhe, dunkle, nackte Frauenbeine.

In der Erinnerung waren sie ein Paar …

Sie folgt dem Paar. Es schlägt nicht den Weg zum Amphitheater ein. Sie friert und schwitzt zugleich. In der Dunkelheit sieht es beinahe so aus, als habe die Frau, vielleicht eine Afrikanerin, keine Beine, keine Arme, keinen Kopf.

Ein helles Kleid schwebt zwischen den Ruinen, wie ein Geist, ein Gespenst. Es ist ein Spiel, und sie ist mit von der Partie …

Das Paar bleibt vor einem Eckhaus an der Kreuzung zweier antiker Straßen stehen. Er öffnet eine Tür, sie gehen hinein.

Sie steht draußen. Wartet, lauscht. In der Ferne Applaus. Nicht lauter als das Zirpen der Grillen. Murmeln, Kichern, Rascheln, Stöhnen …

Die Tür ist nur angelehnt. Frau Canetti tastet sich leise vor. Unbemerkt. Den Geräuschen nach, dem Lichtschein.

Sie treiben es auf dem nackten Stein. Er hat eine rote Friedhofskerze angezündet! Ein Grablicht! Er hängt über dieser fremden, schwarzen Frau, atmet schwer, keucht. Fast muss sie lachen. Oder weinen. Sie weiß es nicht. Sie sieht zu und lachtweint und will nur, dass es aufhört …

Vielleicht, als ihr Mann sich aufrichtet, als die Frau sich umdreht, entdeckt sie ihre Kette am Hals der fremden Frau. Es ist die Kette, die Antonello ihr auf der Hochzeitsreise geschenkt hat. Er muss sie aus ihrem Schrank entwendet und der Frau geschenkt haben. Die fremde dunkle Frau trägt *ihre* Kette um den Hals. Etwas in ihr zerbricht endgültig, etwas anderes bricht auf. Dahinter lauern Abgründe. Lange Aufgestautes findet einen Weg. Die Pistole liegt leicht in ihrer Hand, ein Schuss fällt. Und sie stürzt los, stürzt sich auf die Frau, will die Kette, nichts als die Kette, sie zieht und zerrt, mit beiden Händen, bis die Kette endlich in viele Stücke reißt.

Die schwarze Frau liegt am Boden. Die weiße Frau weiß nicht, was geschehen ist. Etwas Entsetzliches. Oder gar nichts. Ein Spiel. Ein Versehen. Gleich wird die schwarze Frau wieder aufstehen. Dann kann die weiße Frau gehen, für immer …

Nach der Tat wurden die Aufzeichnungen wirrer, vielleicht aufgrund des Schocks. Frau Canetti schrieb etwas von *ungeschehen machen*. Vom unerwarteten Auftauchen des Wachmanns an diesem unheilvollen Ort. Ein Schrank von einem Mann. Er hatte den Schuss gehört, wollte nach dem Rechten sehen.

Was er sah, war ein alter Mann mit einer Pistole in der Hand und eine alte Frau mit einem Grablicht …

Vom Opfer keine Rede.

Der Wachmann und ihr Mann schienen sich zu kennen, es gab einen Wortwechsel, während sie dastand und in die Nacht lauschte, an den Worten vorbei, und wartete und wusste, dass dies das Ende war.

Irgendwann zückte ihr Mann seine Brieftasche und drückte dem Wachmann ein paar Geldscheine in die Hand. Der Wachmann grinste und klopfte ihrem Mann auf die Schulter. Der Schrank von einem Mann würde sich darum kümmern, die Spuren zu beseitigen. Die dunklen Spuren, das Opfer.

Das Ehepaar Canetti verließ das Gelände unerkannt. Clara schrieb, die Frau, die sie an diesem Abend war, konnte nicht mehr Auto fahren. Sie nahmen sein Auto, um ihres würde er sich später kümmern. Die Frau setzte sich auf den Beifahrersitz, wo vor kurzer Zeit, vor einer Ewigkeit, die andere Frau gesessen hatte, die dunkle, die schwarze, die tote. Sie setzte sich und spürte, dass etwas auf dem Sitz lag, etwas Flaches. Sie zog es hervor, steckte es in ihre Handtasche und schloss die Augen.

Die Nacht war eine Reise in den Tod, aber am nächsten Morgen lebte die Frau wieder, schrieb sie.

Sie verstand es nicht, aber sie lebte, dabei fühlte es sich so an, als sei sie längst gestorben.

Sie befand sich in einem Zwischenreich. Sie war doppelt. Ein Teil von ihr lebte, der andere war tot. Die Frau war an eine Grenze gestoßen, die nicht überschritten werden durfte. Aber sie hatte es getan. Sie hatte diese Grenze überschritten. Sie hatte den Tod gerufen. Er war gekommen. Er war da, Tag für Tag, und sah sie an. Und wartete.

Zwei Tage nach dem Mord fand wieder ein Konzert statt, diesmal im deutschen Konsulat.

Die Frau wollte nicht aus dem Haus, auf die Straße, unter Leute, nie mehr. Sie wollte nicht zu diesem Konzert gehen, aber ihr Mann sagte, sie müsse sich zwingen. Sie müsse mitspielen. Es sei nichts Schlimmes passiert. Das Leben gehe weiter. So einfach war das für ihn. Für ihn ging das Leben weiter. Sie hatte die Frau getötet und er den Wachmann, den unliebsamen Zeugen, der später noch mehr Geld von ihm gewollt hatte, und nun waren sie quitt. Das Leben ging weiter. Und sie ging zu dem Konzert.

Von dem Moment an schrieb Frau Canetti wieder in der ersten Person. Mit knappen Worten erzählte sie von ihrer Begegnung mit einer Journalistin aus Hamburg namens Sonja Zorn, die erst seit kurzem in Neapel war. Und mit einem Kommissar befreundet! Sie hatte die Leiche der schwarzen Frau gesehen.

Zufall? Schicksal? Bestimmung?

Sonja sagt, sie müsse herausfinden, wer die namenlose tote Frau war (mein Opfer!). Die Frau brauche einen Namen. Eine Herkunft. Eine Geschichte.

Das hat mich berührt.

Mit diesem Satz war Clara Canetti zu sich selbst zurückgekehrt, zu dem Ich ihrer Aufzeichnungen, ihrer Lebensbeichte. Sie schrieb, sie habe Sonja zu sich nach Hause eingeladen, um zu reden. Um alles zu erzählen, von Anfang an. Von ihrem ersten Tag in Neapel vor so vielen Jahren bis in die Gegenwart. Von ihrer jugendlichen Verliebtheit bis zu dem Tag, der sie zur Mörderin gemacht hatte. Wie alles gekommen war.

Am Abend nach dem Konzert musste sie sich an den Gegenstand erinnert haben, der auf dem Autositz gelegen hatte. Ein schmales schwarzes Täschchen, nicht größer als eine Hand. Sie mutmaßte, dass die Tote es im Auto gelassen hatte, in der Gewissheit, später wieder dorthin zurückzukehren und nach Hause gefahren zu werden. Sie hatte es geöffnet. Sie fand ein Taschentuch, Briefmarken, ein altes Handy, einen Zettel mit Adressen, Telefonnummern, eine Visitenkarte. Und ein Foto von einem Jungen, einem afrikanischen Jungen, der etwa zwölf Jahre alt war.

Was folgte, war ein Versuch, sich das Leben der toten Senait vorzustellen. Senait in den Augen von Clara.

Diese Augen! Sie haben alles gesehen. Alles. Von Anfang an.

Nach der Geburt, der erste Blick ins Leben, wie man ihn sich vorstellt, verschwommen, der Schatten einer Hütte, dunkle Haut, dunkle Mutterbrust. Die Gesichter der Geschwister, der Mutter, des Vaters, der Familie, der Nachbarn. Ein paar Hühner, Esel. Der Weg zur Wasserstelle.

Die Sonne, unersättlich und grell, die alles Wasser an sich bindet, aus dem Boden saugt. Der Wind, der um die Hütten fegt, Sand bringt und mit sich nimmt. Sie hat die Wüste gesehen, den Staub der Straßen, die Dürre der Tage. In ihren Augen liegt der Schmerz des Mädchens, das beschnitten wird, wie alle Mädchen aus dem Dorf. Mit sechzehn hat sie ein Kind geboren, einen Sohn. Auch er wohnt seither in ihren Augen, dieser Sohn. Wohin sie auch geht, er geht mit ihr, in ihren Träumen, und wenn sie wacht, er ist immer da.

Sein Blick begleitet sie auf ihrem Weg gen Norden. Er sieht wie sie die Menschen in den Bussen, in denen sie fährt, die Landschaft, die sich verändert, die Grenzkontrollen, die Augen der Männer, die ihren Körper abgrasen. Auf dem Meer ist er an ihrer Seite, sie teilen den Blick zum Horizont, kurze Momente von Glück, eine Brise Sorglosigkeit im Schatten des Bangens, das dem Boot vorauseilt. Sie ist nicht allein, alle sind sie bei ihr, Sohn, Familie, Dorfbewohner, Tiere, Sonne, Sand, Wind, alle sehen gemeinsam mit ihren Augen, was sie sieht.

Ankunft in Neapel. Fülle. Ein Häusermeer, Baracken und herrschaftliche Häuser, ein Vulkan, Zweiräder, Vierräder, viel Weggeworfenes, viel Zivilisation, Kultur, viel Unkultur. Menschen, viele Menschen. Die meisten von ihnen hellhäutig, Europäer, aber sie sieht auch ihresgleichen, Leute aus Afrika. Mit vielen kann sie nicht reden, aber es gibt die Körpersprache, die Augensprache. Es gibt gute Blicke und gute Augenblicke. Einen Wind, der von Zeit zu Zeit die Wüste herüberträgt. Der Geschichten von Zuhause mitbringt. Sie kommt klar. Sie ist schön. Sie teilt mit einer anderen Frau ein Zimmer. Sie lässt ihren Körper für sich sprechen.

Sie dient. Sie bedient die Lust der Europäer. Wenn sie Glück hat, nur Getränke, Häppchen für den Gaumen. Wenn sie Glück hat, ist sie nur der Augenschmaus. Alles andere nimmt sie hin. Nimmt sie mit. Und während die Männer sich bei ihr bedienen, schließt sie nicht die Augen. Nie. Ihre Augen sind ihre Wurzel, Luftwurzel, Wüstenwurzel. Den Körper hat sie hergegeben, doch in ihren Augen sammelt sich ihr Leben. Alles, was sie sieht und gesehen hat, tagaus, tagein. Sie ist ein Augenmensch. Sie kann im Dunkeln sehen.

Sie sieht die niedrige Decke, den Türbogen aus Stein. Im Augenwinkel den Mann, den sie bedient, graue Kopfbehaarung, einen Hemdkragen, eine Schulter. Der Mann ist alt, es wird nicht lange dauern. Sie sieht den Schatten, noch bevor er den Raum betritt. Sieht das Gesicht einer Frau, das sich aus dem Schatten löst. Sieht die Augen dieser Frau. Sieht sich mit den Augen dieser Frau.

Sieht den Sohn in den Augen dieser Frau. Es ist nur ein kurzer Augenblick, in dem zwei Welten sich begegnen, dann ist es dunkel.

»Was steht in dem Heft?«, fragte Gentilini, dessen Stimme wie aus einer anderen Welt zu Sonja herüberwehte.

Ich habe diese Frau getötet, stand da. *Ich wollte sie nicht töten, sagt eine Stimme in mir, aber eine andere sagt mir, dass ich sie sehr wohl töten wollte. Und eine dritte sagt mir, ich soll mich stellen und zur Polizei gehen, eine vierte sagt: Geh zur Beichte. Eine fünfte sagt: Denk an deinen Sohn! Eine sechste: Mach ein Ende, und eine siebte: Fang neu an. Ich weiß nur, dass alle Stimmen Recht haben. Aber dass es nur eine Lösung gibt. Trotzdem: danke, Sonja. Bitte entschuldige. Ein letztes Mal.*

»Alles«, sagte Sonja. Alles über die Vielstimmigkeit des Lebens. Über die Ausweglosigkeit. Sie konnte nicht weinen, aber in ihr liefen die Tränen.

39

Es war spät. Zwei Uhr sechsundzwanzig, zeigte die digitale Anzeige des Weckers. Sonja konnte nicht schlafen. Zwischen ihr und dem Schlaf stand der vergangene Tag. Hartnäckig stand er da, eindringlich, schmerzend, geschichtet aus Bildern, die sich nicht unter ihren Augenlidern wegschließen ließen, nach dem Motto: willkommen in Morpheus' Armen, und ja keinen Blick zurück in die verbotenen Zimmer des Lebens.

Gennaros Atem neben ihr ging tief und gleichmäßig. Sie beneidete ihn nicht, aber sie fragte sich, wie er das machte, so ruhig zu schlafen, nach allem, was passiert war. Vielleicht war es Routine. Sonja hingegen hatte das Gefühl, wachen zu müssen. Wenigstens eine Nacht lang.

Sie schlüpfte lautlos aus dem Bett, ging ins Bad, zog Gennaros Morgenmantel über. Auf nackten Sohlen tappte sie in die Küche, holte sich ein Glas und aus dem Kühlschrank die offene Flasche Weißwein. Sie wusste inzwischen, wo Gennaro Kerzen aufbewahrte. Leise schlich sie hoch auf die Terrasse.

Sie liebte diese Großstadtnächte, in denen der Lärm nie ganz verebbte und man trotzdem wusste, dass die Stadt schlief. Bis auf wenige wie sie, die noch wachten. Nachtwächter – worüber auch immer sie wachen mochten. Über antike Schätze vielleicht. In Sonjas Fall über die ganz und gar nicht antiken Erlebnisse dieses endlosen Tages, über die inneren Bilder, die noch nicht zur Ruhe gekommen waren, in wilder Hatz durcheinandertobten. Und sie saß da und ließ sich von der Nacht umfangen und wartete, dass sie das Geschehene endlich verstand.

In ihren Aufzeichnungen hatte Frau Canetti eine Art Geständnis abgelegt. Sie hatte sich und ihren Mann vergiftet. Sie hatte auf Senait geschossen. Ihr Mann hatte den Wachmann erschossen. Eine Kette des Todes. Verzweiflung lag darin, tödlich verletzte Liebe, sexuelles Verlangen, kaltblütiger Mord.

Dem Wachmann war in der ganzen Geschichte offenbar nichts anderes vorzuwerfen, als dass er, der Muskelmann, gegen Bezahlung die Leiche der Frau vom Tatort im Lupanar hinaus ins Freie geschleppt und vermutlich auch ihre Kleider entsorgt hatte. Weshalb Signor Canetti ihn am Tag darauf umgebracht hatte, war ein Fall für Spekulationen: Buttà war ein Mitwisser gewesen, vielleicht hatte er sogar versucht, seinen ehemaligen Chef zu erpressen – man wusste es nicht und würde es wohl nie erfahren. Um den Verdacht auf den Wachmann zu lenken, hatte Antonello Canetti ihm die Pistole seiner Frau in die Hand gedrückt und ein Teil der silbernen Hochzeitskette, das Frau Canetti nach dem Kampf im Lupanar ergattert hatte, in die Hosentasche geschoben. Unklar blieb, weshalb Buttà die Leiche der Äthiopierin nicht an einem anderen Ort und auf Nimmerwiedersehen entsorgt hatte. Denkbar war, dass er mitten in der Aktion gestört worden war. Von Kollegen. Von Konzertbesuchern, nächtlichen Flaneuren, einem Liebespaar. Von den Kunsträubern, die in derselben Nacht ins Lupanar eingedrungen waren, der Nacht des Konzerts, in der auf dem Gelände von Pompeji so vieles drunter und drüber ging.

Am späten Abend hatte Livia angerufen, aufgeregt, fast euphorisch. Sie hatte sensationelle Neuigkeiten, die nicht bis Montagmorgen warten konnten. Erstens: Die etruskische Amphore aus dem Büro von Antonello Canetti stammte wie das Tintinnabulum und der Fladenverkäufer tatsächlich aus dem erotischen Geheimkabinett des Nationalmuseums. Die eigentliche Sensation jedoch war folgende: Der gestohlene Priapus war wieder aufgetaucht – ein Erfolg, der allerdings eher einem glücklichen Zufall zuzuschreiben war als einer geglückten Fahndung. Einer ganz gewöhnlichen Routinekontrolle. In der Nacht von Samstag auf Sonntag. In einem Ort namens Terespol an einem Fluss namens Bug an der Grenze zwischen Polen und Weißrussland, hatte Livia gesagt. In einem Kleintransporter. Der Fahrer – von den vermutlich nicht gerade zimperlichen Grenzern unter Druck gesetzt – hatte als Ziel eine Adresse in Brest angegeben. Und als Kontaktperson einen Italiener.

Sein Name war Canetti, Marco Canetti.

»Was sagt ihr nun?«, hatte Livia in den Hörer gerufen. »Solche Zufälle brauchte das Leben!«

Also hatte er seine Finger doch mit im Spiel: Marco Canetti, der große Unbekümmerte, der Fremdenführer, der ständig in aller Welt unterwegs war, vielleicht auf den versteckten Pfaden des internationalen Kunstraubs, der Sohn …

Sie hatten ihn nicht erreichen können. Er weiß nicht einmal, dass seine Mutter nicht mehr lebt, dachte Sonja. Aber das war nur ein Gedanke, der für einen kurzen Moment auftauchte und keine Spuren hinterließ. Um Marco Canetti tat es ihr nicht leid. Die beiden männlichen Mitglieder der Canetti-Familie waren wie Randfiguren eines Brettspiels, die jemand umgestoßen hatte.

Wer einsam auf dem taghell erleuchteten Spielfeld vor Sonjas innerem Auge zurückblieb, waren die beiden Königinnen: Senait und Clara.

Clara hatte versucht, Senaits Geschichte zu entwerfen, in vagen Umrissen. Gedachte Linien eines Lebens, das auf so viele Frauen, die aus Afrika nach Europa kamen, zutreffen mochte. Nichts davon war gewiss. Wie die Fremde namens Senait nach Neapel gekommen war, wie sie sich durchgeschlagen hatte, wen sie hier kennengelernt und wen sie zu Hause zurückgelassen hatte – all das würde im Dunkeln bleiben.

Sie hatte einmal Modell gestanden, für das Kalenderblatt August. Sie hatte als Bedienung gearbeitet, im Culinaria-Partyservice, als Bedienung im erweiterten Sinne, nämlich für eine Reihe männlicher Kunden, deren Namen ebenso im Dunkeln bleiben würden. Sie hatte sich, soweit man es rekonstruieren konnte, gegen Bezahlung oder gegen Versprechungen, darauf eingelassen, nachts mit dem Chef nach Pompeji zu fahren, ins Lupanar, das antike Bordell. Dort hatte er sie dreist mit der Hochzeitskette seiner Frau geschmückt. Sicher wusste man nur dies: Sie hieß Senait und kam aus Addis Abeba.

Die kleine Handtasche, die Frau Canetti erwähnt hatte, war bisher nicht gefunden worden.

Sonja fröstelte ein wenig, die Nacht warf jetzt kühlere Schleier aus. Irgendwo an der Domiziana standen die anderen Frauen aus Afrika und warteten auf späte oder frühe Kunden. Und es würden immer neue Frauen kommen und immer neue Freier. Es würde so weitergehen. Es würden neue Frauenleichen gefunden werden und keine Täter, immer nur die Opfer …

Die zweite heimliche Königin, Clara Canetti? Sie war es gewesen, die den tödlichen Schuss auf Senait abgegeben hatte. Clara hatte Sonja Schritt für Schritt ins Vertrauen gezogen, wie als Vorbereitung für dieses Ende. Aber warum mich?, fragte sich Sonja, warum ausgerechnet mich? Weil ich ebenfalls Deutsche bin, neu in Neapel, fremd? Eine Stimme in ihr flüsterte, dass Clara sie benutzt habe. Eine andere Stimme hielt dagegen: Frau Canetti habe nach der schrecklichen Tat nach einem Halt gesucht und ihn in Sonja gefunden. Vielleicht war es am besten so, raunte eine dritte Stimme, mit dieser Schuld hätte sie nie und nimmer leben können. Und mit ihrem Mann noch viel weniger, ergänzte eine vierte. Aber allein!, rief eine fünfte.

Basta! Sonja hatte Clara Canetti nicht gut und lange genug gekannt. Aber sie wusste, sie hätte ihr ein anderes Leben gewünscht. Ein Leben, das noch eine andere Tür für sie offen gehalten hätte. Nicht nur für sie …

Der letzte Schluck Wein. Sonja hob das Glas und blickte in die Nacht. »Auf Senait und Clara«, murmelte sie.

Die Flasche war leer, der Morgen noch weit. Es gab nur die Gegenwart, das Hier und Jetzt im Halbdunkel der Großstadtnacht, deren Lärm nie ganz verebbte, wie als Erinnerung daran, dass nach dem Traum der Morgen käme, wieder ein neuer Tag.

Ein Schatten näherte sich von der Seite und setzte sich ganz dicht neben sie. Er legte seinen warmen Arm um ihre Schultern und wurde Körper, Gennaros Körper. Sonja schmiegte sich an ihn. Sie wusste nicht, wie lange diese Liebe dauern würde. Das wusste man nie. Aber sie spürte, dass sich die Liebe längst in ihr eingenistet hatte.

Irgendwann holte Gennaro eine Decke und eine Flasche Grappa. So saßen sie lange da. Seite an Seite, wachend. In der Morgendämmerung begann er zu singen. Sonja kannte die Melodie nicht. Aber sie summte lautlos mit.

Dank

Ich danke Dany, Eva, Gisela und Petra für Rat und Tat und Gespräche, die Wichtiges klärten. Meiner Lektorin Julia Eisele für den liebevoll-kritischen Blick. Meiner Familie für ihre unendliche Geduld. Leon und Luca für ihre erfrischenden Einfälle. Mein besonderer Dank gilt wie immer meinem Lebensgefährten Gerd. Für alles.